MARIEKE HANSEN

Küstenrauschen

W0415812

Weitere Titel der Autorin:

Seehundsommer
Friesenfrische
Krabbenglück

Über die Autorin:

Um am Strand spazieren zu gehen und dem Rauschen der Wellen zuzuhören, muss **Marieke Hansen** nicht weit fahren. Seit vielen Jahren lebt sie an der Küste, ist vertraut mit Wind und Sand, Wasser und Salz. In ihrem neuen Roman vereint Marieke Hansen ihre Leidenschaft für das Meer mit einem Erlebnis aus ihrem eigenen Leben: an einen neuen Ort umzuziehen, der gleichzeitig fasziniert und herausfordert und der letztendlich alle Anstrengungen wert ist.

Marieke Hansen

Küstenrauschen

Roman

Lübbe

NACHHALTIG PRODUZIERT

Die Bastei Lübbe AG verfolgt eine nachhaltige Buchproduktion. Wir verwenden Papiere aus nachhaltiger Forstwirtschaft und verzichten darauf, Bücher einzeln in Folie zu verpacken. Wir stellen unsere Bücher in Deutschland und Europa (EU) her und arbeiten mit den Druckereien kontinuierlich an einer positiven Ökobilanz.

FSC
www.fsc.org
MIX
Papier | Fördert gute Waldnutzung
FSC® C014496

Originalausgabe

Dieses Werk wurde vermittelt durch die litmedia.agency, Germany.

Copyright © 2025 by
Bastei Lübbe AG, Schanzenstraße 6–20, 51063 Köln

Bei Fragen zur Produktsicherheit wenden Sie sich bitte an:
Produktsicherheit@bastei-luebbe.de

Vervielfältigungen dieses Werkes für das
Text- und Data-Mining bleiben vorbehalten.

Textredaktion: Anne Schünemann, Schönberg
Foto »zum Schluss«: © Marieke Hansen
Umschlaggestaltung: Guter Punkt, München | www.guter-punkt.de
Umschlagmotiv: © Willfried Wende/Pixabay; © Patryk Kosmider/
iStock/Getty Images Plus; © Hemera Technologies/PHOTOS.com>> /
Getty Images Plus; © Mrs-Wilkins/iStock/Getty Images Plus
Satz: hanseatenSatz-bremen, Bremen
Gesetzt aus der Adobe Garamond Pro
Druck und Verarbeitung: GGP Media GmbH, Pößneck

Printed in Germany
ISBN 978-3-404-19460-5

2 4 5 3 1

Sie finden uns im Internet unter:
luebbe.de
Bitte beachten Sie auch: lesejury.de

Für das kleine Mädchen, das vor
fünfunddreißig Jahren auf einer Schaukel saß und
sich nicht nach Hause traute. Das sich damals schwor,
Tieren mit allen Mitteln und gegen jede Herausforderung
zu helfen. Und das dieses Versprechen eingelöst hat.

Kapitel 1

Sonntag, der 03. Mai

Die letzten Sonnenstrahlen kitzelten Leas Gesicht, als sie ihre Schuhe auszog, um sie direkt vor ein Büschel Strandhafer zu legen. Es war nicht weit bis zur Wasserkante, die sich heute nur träge vor- und zurückbewegte. Ein milder Wind wehte, und überhaupt war es für ostfriesische Verhältnisse friedlich. Selbst die Möwen fehlten, und die wenigen Besucher in den Strandkörben lasen oder schauten dem glühenden Sonnenball zu, der gerade hinter dem Horizont versank.

Der Sand fühlte sich warm zwischen Leas Zehen an und war so weich, dass sie die feinen Körnchen kaum spürte. Eine leichte Brise kam auf, die ihr erhitztes Gesicht kühlte. Die Fahrt von München war anstrengend gewesen.

»Na, wie gefällt dir die Nordsee?«, fragte sie ihren Border Collie Peanut, der neugierig das glitzernde Wasser betrachtete. Es war das erste Mal, dass der Rüde den Strand besuchte und das erste Mal, dass Lea ihn mit in ihre Heimat nahm. Sein seidiges Fell schimmerte mit dem Sand um die Wette, und auf seiner Nase klebten einzelne Körner, weil er sie immer wieder senkte, um am Boden zu schnuppern. Er nieste und schaute überrascht drein.

Lea seufzte. »Wie schön es hier doch ist!«, raunte sie verträumt. »Und dieses Farbenspiel.« Sie war viel zu lange nicht mehr hier gewesen, sechzehn Monate, um genau zu sein, aber jetzt würde sie ihre Heimat ganze sechs Wochen lang genießen können – solange, bis ihre Großeltern von der Kreuzfahrt zurückkamen und Opa Enno seine Tierarztpraxis am Riedenschloot wieder übernehmen würde, die sie in der Zwischenzeit für ihn leitete. Sie streckte sich, um die Müdigkeit der langen Autofahrt von sich abzuschütteln. Es war nicht so, dass sie sich in München unwohl gefühlt hatte – zumindest, bis Konstantin ihr fremdgegangen war und sie zeitgleich ihren Job verloren hatte –, aber es war kein Vergleich zum freien Lebensgefühl in Ostfriesland. Das platte Land, über dem der Wind so oft die grauen Wolken vorantrieb und an Bäumen und Schafen zerrte. Wo unnachgiebiger Regen durch jede Faser der Kleidung drang und Gummistiefel oft das beste Schuhwerk waren.

Aber heute war nichts davon zu spüren. Das dunkle Meer war glatt und warf nur winzige Wellen an den Strand, der wolkenlose Himmel strahlte eine Gelassenheit aus, die Sehnsucht nach Geborgenheit in Lea weckte. Sie spürte diese Verbundenheit mit ihrer Heimat, die sie in München nie gehabt hatte. Ja, München, ganz Süddeutschland, war schön mit seinen zuckersüßen Fachwerkhäuschen, den Dorfkirchen und den sagenhaften Bergpanoramen. Aber Norddeutschlands raue, ungestüme Natur, die herzlichen Menschen und diese endlose Weite, das war etwas ganz Besonderes. »Das Küstenkind in dir wirst du nie los – und wenn du an den Amazonas ziehst«, pflegte Opa Enno zu sagen.

Ihr Handy klingelte, und sie hielt es ein Stück vom Ohr entfernt, als ihre Schwester Merle laut quietschte: »Mensch, Lea, wo bleibst du?«

»Ich bin noch kurz am Meer. Ich komme gleich.« Sie erreichte das Wasser, hielt probeweise ihren Zeh hinein, rief »Brrr!«, und Merle riet: »Bist du gerade ins Wasser gelatscht?«

»Ja«, gab Lea zu. »Ist kälter als gedacht, aber gleichzeitig auch erfrischend.« Sie seufzte und betrachtete die einzelnen Muscheln, die um sie herum lagen, die meisten davon kleiner als ein Fingernagel.

»Na gut, aber lass dir nicht zu viel Zeit«, mischte sich Jannas deutlich ruhigere Stimme ein. »Wir sitzen alle auf glühenden Kohlen. Mama hat den Salat schon mindestens ein halbes Dutzend Mal umgerührt.«

Janna war ihre andere Schwester, das mittlere Kind und mit ihren zweiundzwanzig Jahren deutlich näher an der neunzehnjährigen Merle als an Lea, die gerade siebenundzwanzig geworden war. Ihr Vater neckte Lea gern indem er behauptete: »Du hast als Kind so viele Fragen gestellt, dass wir sieben Jahre gebraucht haben, bis wir eine Minute Zeit fanden, um ein weiteres Kind zu zeugen.«

Merle legte auf, und Lea wagte einen zweiten Schritt ins Wasser. Jetzt sah Peanut sie schräg an und hob mutig seine Pfote. Plötzlich gab es einen Ruck an der Leine, als er erschrocken zurücksprang. Lea lachte und hockte sich hin, um ihren Border Collie zu streicheln. »Keine Sorge, das Wasser tut dir nichts.«

Peanut kräuselte skeptisch die Nase, aber wagte sich wieder an die nächste Welle heran, die sanft an den Strand rollte. Dieses Mal war er vorsichtiger, wartete, bis sie schäumte und roch dann am nassen Sand. »Wuff«, machte er, drückte seinen Oberkörper nach unten und den Hintern nach oben, als versuchte er sich an einer Yoga-Pose.

»Genau, dat dürst du driest doon«, ermutigte Lea ihn. In der Ferne entdeckte sie einen einsamen Krabbenkutter, die Baumkurren, an denen die Fangnetze mit ihren Rollen seitlich in das Wasser gelassen werden konnten, waren unverkennbar. Er trieb so langsam und bedächtig, als wäre er das einzige Schiff in dieser endlosen See. Die Szene wirkte wie ein Gemälde, das von der Zeit vergessen worden war, und sie konnte sich nicht daran erinnern, wie lange es her war, dass sie so etwas Schönes gesehen hatte. Nichts kam an das Schillern der Nordsee an einem Sonnentag heran! Ein Lächeln breitete sich auf ihrem Gesicht aus, und ein warmes Gefühl der Geborgenheit breitete sich in ihr aus. »Weißt du was? Ich glaube wir werden uns hier sehr wohl fühlen«, sagte sie zu Peanut, der immer noch in seiner Yoga-Pose verharrte.

Sie atmete tief ein, nahm den Geruch von salziger Seeluft, Seetang und Watt in sich auf, hörte dem Rauschen des Meeres zu, das Tausende Geschichten gleichzeitig zu flüstern schien. Seit sie das Studium beendet und die Stelle in der Tierarztpraxis am Viktualienmarkt angenommen hatte, hatte sie ihre Familie einmal im Jahr zur Weihnachtszeit besucht. Da waren Strandspaziergänge nur mit Fleecepullover und gefüttertem Friesennerz möglich gewesen, und nach wenigen Minuten waren ihre Zehen trotz dicker Wollsocken taub. Aber das war ihr ganz besonderes Ritual, wenn sie in ihre Heimat zurückkehrte: ein Spaziergang am Meer, ganz allein, um wieder anzukommen. Mit dem Unterschied, dass sie heute ihre vierbeinige Begleitung dabeihatte, die sich gerade ausgiebig im feuchten Sand wälzte. Und dass der tiefe Frieden, den sie verspürte, in wenigen Minuten enden würde, wenn sie ihrer Familie gegenübertrat und die Realität sie einholte.

Ihre Mutter wusste noch nicht, dass sie wieder Single war. Der Job bei Opa war nur vorübergehender Natur. Während sie in seiner Tierarztpraxis arbeitete, musste sie sich zeitgleich auf neue Stellen bewerben, um sich eine Zukunft aufzubauen. Und auch wenn sie sich auf ihre Freundinnen Kerstin und Christine freute, so gab es hier jede Menge Menschen, die sie gern nie wieder gesehen hätte. Allen voran Tarja. Sofort richteten sich die feinen Härchen in ihrem Nacken auf, und die Temperatur schien um ein paar Grad zu sinken. Auch Peanut spitzte die Ohren. »Alles gut«, beruhigte Lea ihn und verdrängte die furchtbaren Erinnerungen an ihre Abizeit und den Unfall, der sie damals zur Außenseiterin gemacht hatte und dessen Nachwirkungen sie noch heute verfolgten. Bisher war sie Tarja erfolgreich aus dem Weg gegangen. Trotzdem durchströmte sie eine innere Kälte, die sie frösteln ließ.

Peanut bellte, als eine Küstenseeschwalbe über ihn hinwegflog, und sie konzentrierte sich wieder auf die idyllische Szenerie vor ihr. Als Kind hatte sie hier Drachen steigen lassen und davon geträumt, irgendwann selbst einmal fliegen zu können. Jetzt stand ihr die Welt offen. Ein Flugticket war nur ein paar Klicks auf der Buchungsplattform entfernt. »Was meinst du, Peanut – wohin sollen wir auswandern? Nach London oder Wien? Oder möchtest du lieber nach Prag?«

Peanut schielte dem Vogel hinterher, als wüsste er auch keine Antwort. Aber kurz darauf drehte er den Kopf, weil er einen Mann entdeckt hatte, der etwa fünfzig Meter von ihnen entfernt am Wasser stand und ihnen den Rücken zugewandt hatte. Das lockere Leinenhemd flatterte um seine Schultern und riss an seinen beigen Boardshorts, er selbst stand ganz still. Er war außergewöhnlich groß, ebenso wie sie selbst, allerdings mit dem Unterschied, dass er um einiges breiter gebaut war. Die letzten Sonnenstrahlen tanzten auf seiner leicht gebräunten Haut, und sein langes Haar, das von der salzigen Meeresbrise zerzaust war, verriet eine Unbeschwertheit, die ihrer angeschlagenen Seele guttat. Gern hätte sie ihn von vorn gesehen, um herauszufinden, ob sein Gesicht ebenso entspannt war, wie seine Haltung versprach. Fror er nicht in den dünnen Klamotten?

Peanut fiepte und hob die Pfote.

»Was ist? Bist du in eine Muschel getreten?« Sie vergaß den Mann und untersuchte Peanuts Pfotenpolster. »Verflixt.« Sie zog eine winzige Glasscherbe heraus, die sich zum Glück nur oberflächlich in die Haut gebohrt hatte. »Armer Peanut«, tröstete sie ihn. Der Border Collie sah selbstmitleidig drein, bevor er sich die wunde Pfote schleckte.

Als sie das nächste Mal aufschaute, war der Mann weg.

»Komm, es wird Zeit, nach Hause zu fahren.« *Nach Hause.* Die Worte hallten in ihrem Kopf nach, weil Ostfriesland auch nach all den Jahren immer noch ihr Zuhause war, egal, wo sie wohnte. Sie machte einen Bogen um ein verliebtes Pärchen, das in einem Strandkorb kuschelte, und lief zurück zu ihren Schuhen, um sich neben ihnen auf den Boden gleiten zu lassen.

Die Restwärme des Bodens drang durch ihre Kleidung, und

sie grub die Finger tief in den Sand. Dann umarmte sie Peanut, dessen Fell sich nach dem Wälzen rau und körnig anfühlte, und beobachtete das Farbenspiel, das die Nordsee mit jeder Minute ein bisschen mehr in die Schatten der Nacht einhüllte. Für diesen kostbaren Moment gehörte der Strand nur ihnen beiden, und sie fühlte sich eng mit dem Border Collie verbunden, den sie vor Kurzem erst vor seinem sicheren Todesurteil gerettet hatte. Auf sie wartete ein Abenteuer – und tief in ihrem Innern ahnte Lea, dass es ihr Leben auf den Kopf stellen würde.

Kapitel 2

München. Einen Monat vorher.

Die Luft war scharf und klar, als Lea über den Viktualienmarkt schritt, hinüber zum Eingang der Tierarztpraxis, in der die Jalousien noch heruntergelassen waren. Der Frost bedeckte den Boden mit einem funkelnden Schleier, der sich in den ersten Sonnenstrahlen des Tages auflöste. Jetzt herrschte Ruhe in der Münchener Innenstadt, nur vereinzelt sah Lea Menschen über die Straßen huschen. Das würde sich in den nächsten Stunden ändern, wenn die Geschäfte, Cafés und Verkaufshallen öffneten und die Menschenmassen zu ihren Arbeitsplätzen strömten.

Der kalte Aprilwind blies ihr ins Gesicht, als sie den Kragen ihrer Trainingsjacke enger zog. Sie zitterte, aber blieb trotzdem kurz stehen, um Kraft zu tanken. Als sie vor drei Jahren bei *Glamour Vets for Glamour Pets* anfing, hatte sie jeden Morgen diese ganz besondere Aufregung begleitet, die sie durch den Tag trug. Immerhin handelte es sich um Münchens angesagteste Tierarztpraxis, zu der Lokalpolitiker, Fernsehstars und andere Promis ihre geliebten Weggefährten brachten. In der Zeit hatte sie viel gelernt, aber es war eine harte Schule gewesen. Jetzt spürte sie vor allem eins: Erschöpfung.

Bevor sie die Tür der Praxis aufschloss, um für die nächsten zwölf Stunden im Inneren des Gebäudes zu verschwinden, atmete sie die frische Morgenluft tief ein. Ihr Handy piepte, und sie schaute überrascht auf das Display, weil sie um diese Uhrzeit selten Nachrichten bekam. Es war ein Foto von Kerstin, die mit geschulterter Axt vor einem Holzblock stand. Über ihrem braunen Wollhemd trug sie einen beeindruckend breiten Gürtel. Außerdem hatte sie sich einen Vollbart angeklebt, der bis auf ihre Brust hinabreichte. *Und, was machst du so?* stand in der Nachricht darunter.

Lea lachte und tippte zurück: *Auf dem Weg zur Arbeit, viel Spaß beim Rollenspiel.*

Sie schoss ein Selfie, auf dem sie ein Peace-Zeichen machte, und schickte die Nachricht ab. Unschlüssig schaute sie aufs Handy. Ob sie Konstantin zur Sicherheit auch eine Nachricht schicken sollte? Ihr Freund musste erst in einer halben Stunde aufstehen und sollte dann den Kühlschrank wieder einschalten, den sie am Wochenende abgetaut hatte, um das Gefrierfach zu enteisen. Sie hatte ihm zwar einen Notizzettel geschrieben, aber bei Konnie wusste man nie. *Der Zettel muss reichen,* entschied sie.

Hinter der alpenländischen Fassade mit den Holzverzierungen erwartete Lea die hochmoderne Praxis mit weiß getünchten Wänden, verglastem Wartezimmer und Klappstühlen aus gebürstetem Metall. Die Geräte waren auf dem neuesten Stand der Entwicklung, die Computersysteme basierten auf künstlicher Intelligenz.

Ihr erster Weg führte zur Kaffeemaschine, um sich einen doppelten Espresso zuzubereiten. Sie trank einen Schluck aus der dampfenden Tasse, um die Kälte aus den Gliedern zu vertreiben. Dann ging sie in ihr schickes Eckbüro und blieb erschrocken stehen, als sie den neuen Berg Akten auf ihrem Schreibtisch sah.

»Oh nein.« Sie stöhnte auf, stellte den Kaffee ab und hob den obersten Ordner hoch. Fünfzehn weitere Akten, die durchgearbeitet werden mussten. Auf ihrer Tastatur klebte eine Heftnotiz: *Bitte gehe die vor Praxisöffnung durch. Adele.*

Der Stapel hatte die gleiche Wirkung wie ein Felsbrocken, der ihr auf die Schultern gelegt wurde. Druck baute sich in ihr auf, dabei hatte der Tag noch nicht mal angefangen. Ihr Anrufbeantworter blinkte, und sie spielte die Nachrichten ab, während sie die erste Akte durchblätterte.

»Hallo Lea, ich bin's, Adele, du hast sicher die Akten auf deinem Schreibtisch schon gefunden. Bitte priorisiere die heute …«

Lea hörte nur mit einem Ohr hin, sie kannte das Spiel bereits. Sie hatte mit Adele zusammen studiert, damals hatten sie über Histologie gestöhnt und nächtelang Knochen auswendig gelernt. Adele war eine Wackelkandidatin gewesen, und Lea, der das Studium leichtfiel, hatte sich ihr angenommen und mit ihr geübt, bis sie auch die letzte Prüfung bestanden hatte. Das hatte zusammengeschweißt. Als Adele dann die Praxis ihres Vaters erbte, war es für sie selbstverständlich gewesen, Lea ins Boot zu holen. Leider hatte sich seitdem alles verändert. Während Lea weitestgehend Adeles Aufgaben übernommen hatte – die anderen angestellten Tierärzte hatten beide kürzlich gekündigt –, fuhr Adele von einem Interviewtermin zum nächsten. Seit ihrem Auftritt in der Fernsehshow *Die Pfotenretter* war sie überregional nachgefragt.

Anscheinend war Adele mitten in der Nacht in der Praxis aufgekreuzt, um die Akten auf Leas Tisch zu türmen, und hatte dann die Nachrichten aufgesprochen. Anders war die Extra-Arbeit nicht zu erklären, denn Adele war gestern den ganzen Tag für ein Feature in einem Tiermagazin außer Haus gewesen.

Punkt acht klingelte Leas Timer. Der Kaffee war mittlerweile kalt, ihr Kopf brummte. Dafür war der Aktenberg geschrumpft. Sie schnappte sich den weißen Kittel mit dem Praxislogo – einem Dalmatinerkopf mit Perlenkette – und band sich ihre widerspenstigen langen Haare zu einem Dutt zusammen. Eine dunkle Locke kringelte sich in die Stirn. Das war ihre Glückslocke, die zu kurz für den Zopf war. Ihr Magen grummelte, aber für ein Frühstück blieb keine Zeit, denn es klopfte bereits an der Tür, und Friederikes schmales Gesicht erschien im Rahmen. »Grüß Gott, Frau Doktor Ostendorf, kann ich den ersten Patienten reinschicken? Herr Koch mit Kater Löffel zur Nachuntersuchung nach der Abszessbehandlung.«

Lea nickte müde und massierte ihre pochenden Schläfen. Während der Besprechung spürte sie, wie ihr Kreislauf schwächer wurde. *Ich muss nachher dringend etwas essen,* dachte sie und ignorierte die silbernen Fäden, die vor ihren Augen hin und her tanzten.

»Ist Ihnen nicht gut?«, fragte Herr Koch, als sie einen Schritt zur Seite taumelte, aber Lea winkte ab.

»Danke, alles in Ordnung. Mein Fuß ist nur eingeschlafen.«

Kaum waren Herr Koch und Kater verschwunden, eilte sie in ihr Büro. In der obersten Schreibtischschublade befanden sich ihre Not-Müsliriegel. Vielleicht hätte sie die Praxis gestern nicht erst gegen Mitternacht verlassen sollen. Aber es gab so viel zu tun. Der Zucker half, und sie prüfte schnell ihre E-Mails, bevor der nächste Patient eintrudelte. Adele schrieb: *Du musst heute Nachmittag und Abend für mich einspringen. Bin auf einer wichtigen Gala fürs öffentliche Programm. Muss vorher passende Klamotten besorgen.*

»Nicht heute«, murmelte Lea, aber tippte zurück: *Kein Problem.* Eine weitere Spätschicht würde sie schon irgendwie überstehen. Aber als sie aufstand, wurden ihre Knie merkwürdig weich, und sie brauchte eine weitere Minute, um Halt zu finden. Zum Glück kam Friederike Kern gerade mit einer weiteren Tasse Kaffee ins Zimmer.

»Sie sehen erschöpft aus«, sagte sie mitleidig und drückte ihr noch eine Packung Kekse in die Hand. »Hier, damit Ihr Blutzuckerspiegel nicht zu stark absinkt.«

Als sie abends nach Hause kam, war Konstantin noch auf der Arbeit. Den Kühlschrank hatte er nicht eingestöpselt, ihr Notizzettel lag unberührt auf dem Esstisch. Ratlos stand sie mit einer Tüte voll mit Eiscreme, Joghurts und Aufschnitt vor dem warmen Gerät.

Zwei Tage später schlief Lea mitten beim Überarbeiten der Kundendatenbank ein. Als sie aufwachte, lagen ihre Arme auf der Tastatur und der Bildschirm zeigte: *JJJJJJJJJJJJJJJJJJJJJJJJJJJJJJJJJJJJJJJJJJJJJJJJJJJJJJJJJJJJJJJJJJJJJJJJJJJJJJJJJJJJJJJJJJJJJJJJJ*.

Sofort setzte ihr Herz einen Schlag lang aus, als sie erkannte, dass sie aus Versehen einen Teil der Daten gelöscht hatte. »Das darf doch wohl nicht wahr sein«, raunte sie und tippte wie wild im Programm herum, um die Daten zu retten. Vergeblich. Schnell griff sie zum Hörer und wählte Konstantins Nummer. »Hi Konnie, könntest du mir mal bei einem IT-Problem helfen?«

»Sag mal, spinnst du? Du kannst mich nicht einfach auf der Arbeit anrufen. Ich bin gerade an der letzten Slide vom Pitch Deck, da ist die Deadline einfach nur ASAP.«

»'tschuldige, ich habe gerade aus Versehen wichtige Daten gelöscht und –« Im Hintergrund lachte jemand leise, und ein Glas klirrte. Verwirrt hielt sie inne. Konstantins Eckbüro lag im siebten Stock, hinter dem Konferenzraum und weit weg von anderen Mitarbeitern. »Habt ihr gerade einen Umtrunk?«

Konstantin schnaubte. »Nein, ich sagte dir doch, ich bin schwer busy am Arbeiten. *Allein.* Wir reden später, ja?« Er legte auf.

Lea kratzte sich am Kopf, der sich ungemein schwer anfühlte. In letzter Zeit verhielt Konstantin sich so distanziert. Vielleicht hätte sie das Thema Verlobung nicht ansprechen sollen? Immerhin waren sie erst zwei Jahre zusammen. Und zwischendurch hatte es mehrfach gekriselt.

Sie schüttelte sich, um das flaue Gefühl loszuwerden, das sich in ihr ausbreitete. *Er arbeitet ebenso hart wie ich*, entschied sie und öffnete die Webseite des Datenbankanbieters, um nach einer Lösung für ihr Problem zu suchen. Dabei glitt ihr Blick immer wieder sehnsüchtig zu ihrem Globus, der auf dem Eckschrank stand. Rote Aufkleber markierten die englischsprachigen Länder, die sie besuchen wollte. Australien, Irland, USA und Kanada. Ein paar Länder, aber nicht viele, waren mit einem grünen Sticker versehen. Das waren die, die sie schon besucht hatte: Türkei, Österreich, Italien, und in der Oberstufe hatte sie einen Schüleraustausch nach Spanien gemacht. *Wie schön es jetzt wäre, ganz weit weg zu sein,* dachte sie. *Sand unter meinen Zehen, Wind in meinen Haaren, das Rauschen des Meeres …* Sie seufzte, riss sich zusammen und konzentrierte sich wieder auf ihre Arbeit.

Eine Stunde später kam Adele in ihr Büro gestürmt. »Lea!« rief sie atemlos und knallte ihre Schlangenlederhandtasche auf den Schreibtisch.

Erschrocken setzte sie sich kerzengerade auf und versteifte sich. »Ja?«, fragte sie.

Rote Flecken bildeten sich auf Adeles Wangen, als sie schnaubte und in ihrer Handtasche nach ihrem Mundspray angelte, von dem sie sich ein paar Spritzer in den Mund sprühte. Ein künstlicher Pfefferminzgeruch breitete sich im Büro aus, während Adele sich Luft zufächelte.

Lea nutzte den Moment, um sich zu sammeln. »Ich dachte, du bist beim Radiosender für diese Wohltätigkeitsgeschichte?«

»Ja, das war ich auch. Meine Güte, war das anstrengend.« Adele seufzte und wischte sich theatralisch über die Stirn. Lea bemerkte, dass ihre Bluse falsch zugeknöpft war, und hoffte für sie, dass der Termin nicht mit einem Fotoshooting verbunden gewesen war. »Ich musste mich sehr beeilen, weil ich gleich den nächsten Termin habe. Du kannst meine Schicht übernehmen?« Ihr Blick wanderte unter den Schreibtisch, wo Leas rote Turnschuhe hervorlugten. Adele hatte vor einer ganzen Weile aufgehört, Leas legeren Look in der Praxis zu kritisieren, aber ihre hochgezogenen Augenbrauen verrieten, was sie von dem sportlichen Schuhwerk hielt.

»Natürlich«, entgegnete Lea perplex, aber ihre Brust zog sich schmerzlich zusammen. Heute Abend hatte sie sich eigentlich mit einem guten Buch auf dem Sofa einrollen wollen. Wohlverdiente Ausspannzeit. Damit ihr Blut nicht mehr wie Blei durch ihre Venen lief und sie Kraft schöpfen konnte.

»Und wo wir gerade dabei sind, morgen komme ich drei Stunden später. Nach dem ganzen Stress muss ich erst mal ins Spa.« Sie fragte nicht, ob das in Ordnung sei, aber das wäre ohnehin nur eine Formalie. Es war Adeles Praxis, und sie entschied, wann sie kam und ging.

Spa, dachte Lea, *Spa. Dampfbad, Massage, Salzkristallraum. Meer. Möwen. Muscheln.* Plötzlich vermisste sie ihre ostfriesische Heimat umso mehr, in der die Zeit stets langsamer zu verlaufen schien als im Rest der Bundesrepublik.

Adele kam um den Schreibtisch herum und schielte ihr über die Schulter. Ein weinroter Fingernagel schoss vor, tippte mehrfach auf den Bildschirm, dass es laut klackte.

»Nicht …«, sagte Lea. Es war ein Touchscreen, aber es war zu spät – mehrere Fenster öffneten sich.

»Was machst du da?«

Lea schloss die Fenster wieder, um Zeit zu gewinnen. Dann atmete sie tief durch. »Es gab ein Problem mit der Kundendatenbank. Ist aber alles wieder gut, ich habe alles repariert. Es sind keine Daten verloren.«

Kurz hörte sie Alarmglocken schrillen. Wieso interessierte sich Adele auf einmal so konkret für ihre Arbeit? Das plötzliche Auftauchen in der Praxis, ihr gehetzter Blick, als hätte sie etwas geahnt.

Adele kniff die Augen zu Schlitzen zusammen. »Bist du sicher? Das darf nicht wieder passieren«, sagte sie schmallippig. Dann schoss sie herum und eilte aus dem Büro. Gerade rechtzeitig, bevor Friederike den nächsten Patienten ankündigte.

Müde stand Lea auf und öffnete ein Fenster. Erschöpft lehnte sie sich an den Schrank mit dem Spülbecken, als ein glatt rasierter Mann mit nach hinten gegelten Haaren den Raum betrat. An seiner Leine führte er einen jungen Border Collie, der ängstlich den Schwanz zwischen die Beine geklemmt hatte. Der Rüde hatte ein braunes und ein blaues Auge, mit denen er sie demütigt von unten herauf anschaute, und hielt sich geduckt.

Lea schluckte. Solche Fälle hatte sie schon mehrfach erlebt. Oft hatten die Tiere einfach nur Angst vor dem Tierarzt, aber manchmal … Sie verdrängte die düsteren Gedanken und straffte die Schultern. »Guten Morgen, Herr Walter«, begrüßte sie den Mann, der sich gerade ihren Drehstuhl schnappte, um sich breitbeinig darauf niederzulassen.

»Grüß Gott. Is der Chef net da? Ich habe nen Termin mit Herrn Lechner.«

»*Frau Doktor* Lechner ist außer Haus. Was kann ich für Sie tun?«

»Ach, des is ne Frau? Ich dachte, weils der Chef halt ist. Jedenfalls, der Brutus is aggressiv und gemeingefährlich. Er hat mich gebissen. Sehen Se?« Er rollte einen Hemdsärmel hoch, und Lea beugte sich über den Arm, auf dem sie einen winzigen roten Punkt entdeckte. Sie scannte die Miene des Mannes, der todernst wirkte. Der Hund hatte nicht gebissen, sondern maximal geschnappt.

»Erzählen Sie mir mehr«, sagte sie möglichst neutral.

»Meine Frau hat die Töle aus dem Tierheim geholt, aber die Schoasblodan bellt den ganzen Tag. Hat keinen Respekt, nicht mal vor dem Stock.«

Lea zog die Augenbrauen zusammen. »Welchem Stock?« Sie spürte, wie Wut in ihr aufstieg und die professionelle Maske bröckelte.

»Na, der spurt halt net. Hab alles versucht. Und jetzt knurrt er mich an, wenn ich nach Hause komme. Der hat aggressive Gene.« Demonstrativ riss er an der Leine, aber dem Border Collie entfuhr nur ein Winseln.

»Ich kann Ihnen gern die Nummern mehrerer Hundeausbilder geben. Sicherlich liegt da nur ein wenig Misskommunikation zwischen Ihnen beiden vor. Mit viel *Liebe*«, sie betonte das Wort, »Beständigkeit und Geduld kann man viel erreichen. Ihr Hund ist gerade erst …«, sie schaute auf das Datenblatt, »sieben Monate alt, da testen die gern mal ihre Grenzen. Das ist aber meist nicht bösartig, sie haben eben noch viel zu lernen.«

»Himmel, Oarsch und Woiknbruch, dafür habe ich keine Zeit.«

Lea runzelte die Stirn. Der Border Collie hatte sich flach auf den Boden gelegt, sein wuscheliger Kopf ruhte zwischen den Pfoten. Allerdings zuckte sein Schwanz unruhig hin und her, er war weit davon entfernt, sich zu entspannen. Anspannung konnte ein Zeichen für Aggression sein. Testweise ging sie in die Knie, um zu sehen, wie er reagierte. Der Hund machte sich noch flacher, als wollte er mit dem Parkett verschmelzen. *Nein,* entschied sie, *das Problem liegt nicht beim Hund.*

»Ich kann Ihnen auch die Nummern mehrerer Vermittlungsstellen geben, falls Sie Brutus abgeben möchten.«

»Ja, wie stehe ich denn da? Wie der letzte Sepp. Können Sie ihn net einfach einschläfern? Immerhin isser gemeingefährlich, des kann man doch auch niemand anders zumuten.«

Ein Mississippi, zwei Mississippi, drei Mississippi zählte Lea innerlich, bevor sie tief Luft holte. Das half, ihre Gedanken zu sortieren. Nun strich sie über das stumpfe Fell des Tieres, unter dem sie Schwellungen spürte, Hämatome von Schlägen. Jetzt holte die Wut sie mit voller Wucht ein. Sie richtete sich zu voller Größe auf und sah Herrn Walter direkt in die verhärteten Augen. Mit fester Stimme sagte sie: »Nein, wir machen das anders. Sie lassen ihn einfach hier. Ich kümmere mich darum, dass er ein neues Zuhause bekommt. Dann haben Sie keinen Ärger mehr, es ist alles ganz anonym. Was meinen Sie?«

Der Mann verzog das Gesicht. Lea mobilisierte ihre letzten Kraftreserven und hielt seinem Blick stand. Endlich rümpfte er die Nase und gab sich einen Ruck. »Na jut«, schnaubte er. Dann kratzte er sich am Bauch, stand auf, reichte ihr die Leine. »Er hat heute noch net gefressen. Ich dachte, das lohnt eh net mehr.«

Kapitel 3

Der Border Collie schlief tief und fest unter ihrem Schreibtisch, als sie abends die letzten Dokumente bearbeitete. Gerade lag er auf der Seite, die Pfoten weit von sich gestreckt, und fiepte gelegentlich im Schlaf.

»Du bist purer Zucker«, sagte Lea, als sie wieder einmal zu ihm hinunterschielte. Sie hatte noch nie ein eigenes Haustier besessen, als Kind hatten ihre Eltern nur gelegentlich Pflegetiere aufgenommen, während des Studiums hatte sie keine Zeit, danach kamen andere Prioritäten, und jetzt würde Konstantin ihr aufs Dach steigen. Aber dieser Kleine hier würde sicherlich schnell ein gutes neues Zuhause finden, so niedlich wie er war. Stolz erfüllte sie – sie hatte ein junges, gesundes Tier vor einem grausamen Schicksal bewahrt.

Leider sah Adele das anders, als sie später in der Praxis vorbeischaute, um sich einen Kaffee zu holen. »Ja, sag mal, spinnst du? Wenn der Kunde will, dass das Tier eingeschläfert wird, dann machst du das. Du weißt, dass solche Entscheidungen zum Job gehören. Wir können nicht jedes Mal eine Ausnahme machen.«

»Aber –«

»Kein Aber!«, unterbrach Adele sie harsch. »Du kennst nicht die ganze Geschichte des Hundes, und wenn du es nicht machst, geht der Kunde zu einem anderen Arzt – und der verdient dann daran. Oder, wie in deinem Fall, verdient niemand daran.«

Erschrocken schaute Lea sie an. Hier ging es doch nicht um Geld! Wie sehr Adele sich seit dem Studium verändert hatte …

Abgeschlagen knöpfte sie ihren Kittel auf, um sich für den Feierabend bereit zu machen. »Der Hund ist kerngesund. Ich kann doch kein Tier töten, nur weil ein inkompetenter Tierhalter das wünscht. Das geht gegen das Tierschutzgesetz und meine persönlichen Prinzipien. Keine Sorge, ich kümmere mich um alles.«

Adele stemmte die Arme in die Hüften. »Falsch. Ob ein Tier eingeschläfert werden soll, liegt im Ermessen des Tierarztes. Wir sind ein Geschäft, das wirtschaftlich sein muss. Deine persönlichen ethischen Prinzipien spielen hier keine Rolle – das ist eine Arbeitsstelle, kein Tierschutzverein. Dieses Mal bist du zu weit gegangen. Mir reicht es.« Sie trat so nahe an Lea heran, dass sich ihre Nasen fast berührten. Ihr nach zuckrigem Tee riechender Atem schlug unangenehm auf Leas Magen. »Erst löschst du Teile der Kundendatenbank –«

»Die sind alle wiederhergestellt.«

»Das spielt keine Rolle. Es hätte nicht passieren dürfen. Und dann verweigerst du einem Kunden sein Anliegen. Was kommt als Nächstes? Betrug?«

Jetzt drehte sich Leas Magen um, und ein warmes Gefühl breitete sich in ihrem Mund aus. Niemals würde sie ihre Arbeitgeberin betrügen! Ihre Finger zitterten, als sie die Hand auf ihren Bauch legte, um das unruhige Grummeln zu verdrängen. »Adele, ich -« War das noch dieselbe Adele, mit der sie Hunderte Karteikarten mit dem Namen der Blutgefäße beschriftet hatte, während sie sich eine Pizza geteilt hatten?

»Ich habe die Faxen dicke! Du setzt mir keinen Fuß mehr in meine Praxis. Lea, du bist gefeuert.«

»Aber …« Ungläubig schaute Lea auf die Akten auf ihrem Schreibtisch, auf den Kalender, der voller Termine war. Sie schluckte, um die Übelkeit zu verdrängen, die mit jeder Sekunde stärker wurde. Adele kam ihr so fremd vor.

»Ab morgen. Heute Abend arbeitest du noch meine E-Mails ab. Und wage es nicht, mir zu widersprechen, wenn du ein gutes Arbeitszeugnis erhalten willst.«

Lea biss sich auf die Lippe. Adele konnte drohen, so viel sie wollte, aber sie hatte eine gute Rechtsschutzversicherung und würde dafür sorgen, dass diese Kündigung fair vonstattenging. Aber um weiteren Ärger zu vermeiden, nickte sie. Sie hatte Tiermedizin studiert, um Tieren zu helfen. Nicht, um sie gewissenlos zu entsorgen, wenn sie anderen nicht in den Kram passten. Wie Konstantin wohl auf den Rauswurf reagieren würde? Die Vorstellung ließ ihr Herz schneller schlagen. Konstantin war scharf auf das Penthouse, das die indische Rechtsanwältin drei Stockwerke über ihnen demnächst verkaufen wollte. Aber allein würde er die Kosten dafür nicht stemmen können.

Wie in Trance arbeitete sie Adeles E-Mails ab. Das waren überraschend wenige, nur ein paar Interviewtermine, die sie in Adeles Kalender eintrug, Spam, Werbung, eine Einladung zu einer Konferenz. Es dauerte nicht lange, bis sie sich Brutus' Leine schnappte und zur Rezeption eilte, die schon lange nicht mehr besetzt war, um ihre Post einzusammeln. Da sie tagsüber nie zu Hause war, ließ sie sich die immer direkt in die Praxis schicken. Nachdenklich wog sie ein kleines Päckchen in den Händen, das an sie adressiert war. Sie hatte doch nichts bestellt, oder?

»Was soll's?«, murmelte sie und öffnete es. Seide in Gelb-Schwarz glitt durch ihre Finger. »Ein Leoparden-Negligé?« Sie hielt es sich vor die Brust.

Die pinkfarbene Spitze, die den Ausschnitt umrundete, wanderte hinunter bis zum Bauchnabel. Puh, wie geschmacklos. Ein Seufzer entfuhr ihr. Das kam bestimmt von Konstantin, der stand auf solche Fummel. Aber gut, wenn es ihn glücklich machte …

Sie hatten seit drei Monaten nicht mehr miteinander geschlafen, was vor allem daran lag, dass sie auch am Wochenende arbeitete und Konstantin oft bis spät in die Nacht unterwegs war. Wenn dieser seidene Fetzen half, wieder Pfeffer in ihre Beziehung zu bringen, dann war es die Sache wert. »Lea in Leo«, murmelte sie und kicherte, mehr aus Verlegenheit.

Brutus sträubte das Fell und trat einen Schritt zurück. »Alles gut, das ist nicht echt«, beruhigte sie ihn. »Oder beleidigt das einfach nur deine Geschmacksnerven?«

Zu Hause angekommen zog sie sich sofort im Gästebad um, das direkt neben der Wohnungstür lag. Das kontrastreiche Muster des Negligés ließ ihre helle Haut glänzen, sodass sie noch blasser wirkte, als sie ohnehin schon war. Unglücklich betrachtete sie sich im Spiegel, legte versuchsweise eine Hand an die Hüfte. »Grrr.« Aber die Wildkatze im Spiegel wirkte eher wie ein unsicheres Kätzchen. Und die glanzlosen kurzen Fingernägel, auf denen ein paar resistente Jodflecken zu sehen waren, verbesserten den Eindruck nicht.

»Wuff?«, machte Brutus, der brav hinter ihr wartete.

»Pscht, verrate mich nicht.« Sie hockte sich hin, streichelte den Border Collie. »Ich hole dich in einer halben Stunde hier wieder raus, okay? Solange kannst du dich ausruhen.« Sie faltete ihm ein paar Handtücher zu einem Bett, legte ihren Pullover dazu und stellte eine Wasserschüssel daneben. Sie tätschelte ihn am Hals, aber der Hund rollte sich bereits auf den Handtüchern zusammen. Auch für ihn war es ein langer Tag gewesen.

Dann schlich sie auf Zehenspitzen in den Flur und Richtung Schlafzimmer. Sie wollte Konstantin überraschen, der sicherlich auf dem Bett lag und im Internet surfte. Oft trug er dabei Kopfhörer und hörte Musik, bekam nicht mit, was um ihn herum passierte, bis Lea ihn zum Abendessen rief. »Ich kann nicht kochen«, behauptete er immer, und nachdem er ihr mehrfach Eigenkreationen wie verbrannte Spiegeleier mit Dosentomaten und Senf zum Abendessen serviert hatte, hatte sie den Küchendienst lieber selbst übernommen. Sie zupfte an den kratzigen Rüschen, die im Nacken an ihrer Haut rieben.

Es rumorte im Schlafzimmer, dann hörte Lea eine viel zu vertraute Stimme: »Du dreckiger Mistkerl, geh auf alle viere.«

Alles in ihr gefror. Ihre Knie wurden wackelig und drohten nachzugeben, tastend suchte sie Halt an der Wand. Binnen Sekunden trocknete ihre Kehle aus, und jeder Atemzug wurde zur Qual.

»Na, wie gefällt dir das?« Es klatschte, so als ob Leder auf Haut traf.

Konstantin stöhnte: »Ja, Meischterin, dasch ischt gut.«

»Du bist ein böser Junge, Konnie-Boy.«

Konnie-Boy stöhnte dumpf.

Das brach den Bann. Leas Muskeln spannten sich an, und sie stieß sich von der Wand ab. Ihre Fingerknöchel verfärbten sich weiß, so fest ballte sie die Hände zu Fäusten, bevor sie die Tür mit einem Stoß aufkrachen ließ.

Auf der Matratze hockte ein splitternackter Konstantin, einen schwarzen Knebelball im Mund, der mit einem Lederband an seinem Kopf befestigt war. Rote Striemen zogen sich über seinen Rücken. Hinter ihm stand Adele, eine Peitsche in der Hand. Sie trug das gleiche Leoparden-Negligé wie Lea.

»Konstantin?« Leas Kehle war so trocken, dass ihre Stimme krächzte. Die Luft im Raum schien drückender zu werden, und sie kämpfte gegen den Drang an, laut aufzuschluchzen. Es fühlte sich an, als ob all die Sicherheit und das Vertrauen, die sie in dieser Beziehung aufgebaut hatte, in diesem Moment in sich zusammenfielen. Dass Konstantin fremdging, war eine Sache. Aber mit *Adele*? In ihrem Schlafzimmer? Sado-Maso?

»Wasch mascht du denn hier?« Konstantins Gesicht war eine Fratze des Entsetzens. Hektisch richtete er sich auf und versuchte, sich den Knebel aus dem Mund zu ziehen. Er hustete, als es ihm gelang. »Du solltest doch auf der Arbeit sein.«

Lea schüttelte den Kopf und ließ den Vorwurf im Raum stehen. Adele lachte nur und richtete sich die dunkelblonden Haare. »Du bist wie eine Filzlaus. Dich wird man einfach nicht los.«

Leas Blick verharrte auf den beiden Personen im Bett – den vertrauten Zügen des Mannes, den sie so gut kannte, und der hämischen Miene ihrer Ex-Kommilitonin und Ex-Chefin, die jetzt zur Konkurrentin geworden war. Die Mischung aus Ekel und Neugierde trieb sie dazu, genauer hinzusehen, obwohl sie am liebsten ihre Augen vor dieser schmerzvollen Realität verschlossen hätte. Adeles solariumgebräunte Beine, ihre prallen Riesenbrüste, die kurz davor waren, aus dem Dekolleté zu springen, und Konstantins behaartes Unterteil, das er nun hinter einem Kissen zu verstecken versuchte, als hätte sie ihn noch nie zuvor nackt gesehen. Das alles brannte sich in ihr Gedächtnis, es würde unmöglich sein, diese Bilder jemals wieder loszuwerden. Ihr Atem wurde flach und unregelmäßig, während sie um ihre Fassung rang.

»Das ist zufällig meine Wohnung, Adele«, stellte sie leise fest, als ob das einen Unterschied machte. Auch wenn Konstantin bei ihr eingezogen war, stand sie allein im Mietvertrag. »Hast du mir deshalb die ganze Extra-Arbeit aufgebürdet? Damit du in Ruhe meinen Freund vögeln kannst?«

Adele zuckte mit den Schultern, nur um sich gleich darauf auf ihre Fingernägel zu konzentrieren, die bei dem rauen Spiel anscheinend ein paar Macken abbekommen hatten.

Plötzlich wurde Lea schmerzlich bewusst, dass Adele ihr in letzter Zeit schon oft ihre Arbeit aufgehalst hatte, sodass sie abends erst spät nach Hause kam und Konstantin die Wohnung für sich hatte. Und Konstantin hatte es vermieden, sich vor ihr umzuziehen – vielleicht, um Flecken und Striemen auf seinem Rücken zu verstecken? »Wie lange geht das schon?«

»Lea, du musst verstehen –«, setzte er mit weinerlicher Stimme an.

Doch sie hob eine Hand, um ihn zu unterbrechen. Sie konnte keine verlogene Ausrede ertragen. Nicht, während sie den Abdruck des Knebelriemens auf seiner Wange sah. »Still. Ich rede nicht mit dir.« So krumm sie Konstantin die Affäre nahm, dass Adele, die sie so viele Jahre lang kannte und mit der sie eng zusammengearbeitet hatte, sie betrog, das war schlimmer.

»Spielt doch keine Rolle. Such dir einen anderen Job und einen anderen Mann.«

Obwohl der Schmerz in ihrer Brust nahezu unerträglich war, nickte Lea anerkennend – dieses Selbstbewusstsein, das Adele an den Tag legte, war bemerkenswert. Mit so einem Selbstbewusstsein konnte man ganze Völker unterdrücken und ein Imperium aufbauen. Die Peitsche schwang gefährlich hin und her, streifte die Packung Gleitgel, von der ein künstlicher Erdbeergeruch ausging.

»Das mache ich gern beides. Aber erst einmal verzieht ihr euch aus meiner Wohnung. Meinetwegen könnt ihr miteinander glücklich werden.« Ihre Stimme klang fest, aber innerlich brodelte es in ihr. Die Müdigkeit, die Enttäuschung – und dieses dämliche Negligé, das sich eng um Adeles Körper schmiegte, während es um ihren eigenen Bauch schlackerte, das war zu viel.

Konstantin rappelte sich auf und angelte sich seine Unterhose. Die rote mit dem Rentier drauf, auf der stand *Was hier steht … steht in keiner Zeitung*. Lea wandte den Blick ab. Die Unterhose hatte sie ihm letztes Jahr zu Weihnachten geschenkt, weil er solchen albernen Kram mochte.

»Ich gebe euch fünf Minuten.« Sie schnappte sich einen übergroßen Hoodie, der hinter der Tür hing und zog ihn über, während sie in die Küche lief. Dort brühte sie sich einen Kaffee auf. Dabei zitterten ihre Hände so stark, dass Kaffeepulver in das Wasserfach geriet. »Verdammt«, fluchte sie und versuchte es noch einmal.

Schritte erklangen, und sie wappnete sich. Konstantin trug seinen blauen Seidenbademantel, aber seine Beine waren noch nackt. Reuevoll schaute er sie an. »Es tut mir leid. Aber du musst mich verstehen, Lea. Adele ist eine erfahrene Frau, die genau weiß, was ein Mann braucht. Und sie lässt mich an Stellen ran, die bei dir tabu sind.«

Der Schmerz grub sich wie ein Messer in ihren Bauch. Das waren eindeutig zu viele Informationen. Sie schaute ihn an, suchte in seinen Augen den Grund, weshalb sie sich vor zwei Jahren in ihn verliebt hatte, und fand ihn nicht.

»Nein, ich verstehe dich nicht. Ich dachte, mit uns beiden das hat Bestand. Deshalb haben wir uns doch verlobt, um zu heiraten, eine Familie zu gründen.« Ihre Stimme brach. »War das alles eine Illusion?«

»Das ist das Problem. Du willst zu viel. Ein Mann braucht seine Freiheit. Und naja, wilden Sex, nicht so romantischen Kram.«

Lea entging nicht, dass er wieder versuchte, die Schuld auf sie zu schieben. Aber das konnte er vergessen. »Nein, das Problem ist, dass du nicht treu bist und nicht die Courage besessen hast, mit mir Schluss zu machen.« Trotzdem legte sich ein Schleier um ihr Herz, und der Satz mit der Freiheit waberte trübe in ihrem Inneren.

»Falsch. Zu einer Beziehung gehören immer zwei«, sagte Konstantin nun deutlich überzeugter. »Wenn ich fremdgehe, dann nur, weil du meine Bedürfnisse nicht erfüllt hast. Vielleicht hättest du dich etwas femininer kleiden und nicht immer diese unweiblichen Sportsachen tragen können?«

Lea biss die Zähne zusammen. Ihre lässigen Outfits – die Konstantin ihrer Meinung nach gar nichts angingen – waren praktisch, bequem, und sie fühlte sich darin wohl.

»Kommst du, Schatz?«, klang Adeles Stimme honigsüß durch den Raum. Statt des Negligés trug sie nun ein enges Minikleid.

»Geh, Konnie. Deine Sachen kannst du dir am Wochenende abholen«, brachte Lea trocken hervor.

Nachdem beide endlich verschwunden waren, holte sie Brutus aus dem Bad, der müde hinter ihr her tapste. Dann hockte sie sich auf die Küchenbank und schlang die Arme um die Knie. Und endlich kamen die Tränen, die sich so lange aufgestaut hatten.

Kapitel 4

Eine feuchte Hundenase berührte Lea in der Achselhöhle.

»Was?«

Brutus schaute sie mit großen Augen an, bevor er eine Pfote auf ihr Knie legte.

Lea lächelte durch ihre Tränen, die ihre Wangen aufgedunsen hatten, spürte Trost in der einfachen Geste. »Du verstehst genau, dass ich traurig bin«, stellte sie fest.

Der Border Collie wedelte mit dem Schwanz, nicht vertikal, um Freude auszudrücken, sondern horizontal, ein Zeichen von Nervosität. Auch seine Ohren waren besorgt zurückgezogen, und sein Körper wirkte steif.

»Weißt du was? Wir zwei Hübschen gehen jetzt eine Runde spazieren. Und du brauchst einen passenderen Namen. Brutus klingt viel zu sehr nach Gladiatorenkampf und römischen Kriegen.« Sie schnappte sich seine Leine und eine Packung Erdnussflips, die sie auf dem Weg essen wollte. Er fiepte, als sie mit der Tüte raschelte. »Du hast Hunger, richtig? Ich koche dir nachher Hühnchen mit Reis. Das bringt den Glanz in dein Fell zurück. Bis dahin musst du dich gedulden.«

Der Border Collie schielte gierig auf die Flips, dann drehte er sich einmal im Kreis. Lea strich sich nachdenklich über das Kinn. »Flips?«, fragte sie versuchsweise.

Er reagierte nicht.

»Erdnuss?«

Nichts.

»Vielleicht Peanut?«

Der Rüde legte den Kopf schief.

»Ach, du sprichst Englisch?« Lea lachte. »Na gut, wenn du dir das wünschst, dann heißt du ab jetzt Peanut. Meinetwegen auch MC Peanut, wenn es stimmt, dass du so viel bellst.« Sie wuschelte ihm durchs Fell, und er drückte seinen Rücken gegen ihre Hand, als sie aufhörte. »Später gibt's mehr«, versprach sie.

Die klare Nachtluft half, um ihre Gedanken zu sortieren. »Wie ich das sehe, lieber Peanut, sind wir beide im Prinzip Glückspilze«, erklärte sie dem Hund, der immer wieder stehen blieb, um an Zaunpfosten und Laternenpfählen zu riechen. »Du, weil du eine zweite Chance bekommst. Und ich, weil …« Sie kickte einen Kiesel fort, während sie nachdachte. Mit Konstantin war es schon lange nicht mehr gut gelaufen, und ihr Job hatte sie am Ende kaputtgemacht. »Weil ich dich gefunden habe«, beendete sie ihren Satz. »Wir werden gemeinsam nach vorn schauen, okay?«

Der frisch getaufte Peanut hob sein Bein an einer Pflanze, und Lea hielt wieder an. Sobald er fertig war, kniete sie sich zu ihm hinunter und umarmte ihn. »Und dich, dich behalte ich. Du sollst nie wieder in Not geraten. Das verspreche ich dir.«

Er gab unter dem Druck ihrer Arme ein grunzendes Geräusch von sich, und sie lockerte den Griff. Zu langsam, um der feuchten Schlabberzunge auszuweichen, die ihr über das gesamte Gesicht strich.

In den nächsten Tagen packte sie Konstantins Kram, holte ihre Sachen aus der Praxis ab und schlief den Rest der Zeit.

Meist mit Peanut im Arm, der ihr nicht von der Seite wich. Anfangs duckte er sich, wenn sie sich näherte, aber er verstand schnell, dass sie ihm nicht wehtun würde. Und als sie ihm ein kleines blaues Bällchen schenkte, spielte er damit so begeistert, dass Lea ihm gleich zwei weitere kaufte, die er sorgsam hütete. Sie half Konstantin, der übergangsweise bei einem Arbeitskollegen einzog, seine Kartons zum Auto zu tragen, aber weigerte sich, mit ihm zu sprechen. Nicht nur, um sich selbst zu schützen, sondern auch, weil sie für nichts garantieren konnte, falls er seine Affäre mit dummen Sprüchen rechtfertigen wollte.

Am Wochenende rief sie mit klopfendem Herzen bei ihrer Mutter an, um ihr von der aktuellen Situation zu erzählen. Sie konzentrierte sich auf ihren Job – das mit Konstantin tat noch zu weh. Außerdem verkraftete ihre Mutter nicht zu viele schlechte Nachrichten auf einmal.

»Was hast du denn jetzt vor?«, fragte diese besorgt. »Es wird nicht einfach sein, einen Arbeitgeber von dir zu überzeugen, wenn der vorherige dir keine gute Referenz gibt.«

Lea krallte die Finger fester in Peanuts Fell. »Adele wird sich hüten, mir Steine in den Weg zu legen. Ihr Ruf steht auch auf dem Spiel. Und ich habe nicht nur mehrere Jahre Arbeitserfahrung, sondern auch einen hervorragenden Abschluss.« Ein gurgelnder Laut ertönte, dann ein Pfeifen. »Was sind das denn nur für komische Störgeräusche in der Leitung?«

»Das ist meine neue CD mit Walgesängen«, erklärte ihre Mutter ungerührt. »Ganz beruhigend für die Nerven. Lea, dein Abschluss interessiert niemanden mehr. Der ist nur für den ersten Job wichtig. Jetzt geht es um deine berufliche Perspektive. Du musst hart arbeiten, um Karriere zu machen. Dafür brauchst du unbedingt eine Spezialisierung, zum Beispiel im Bereich Zahnheilkunde.«

Lea schüttelte den Kopf. Das war typisch für ihre Mutter, die bisher kein tröstendes Wort gefunden hatte. Immer pragmatisch, zielorientiert und immer hohe Anforderungen an sie. Aber wenn sie sich wehrte, dann wurde ihr ein schlechtes Gewissen eingeredet. Und die Walgesänge klangen eher nach einer Gruppe Außerirdischer, die versuchten, mit einem Rasenmäher zu kommunizieren.

»Damit verliere ich ein paar Jahre. Oder ich finde eine Praxis, die sich bereit erklärt, dass ich das nebenher mache.« *Außerdem habe ich momentan keine Kraft für eine Doppelbelastung*, dachte Lea, aber das konnte sie ihrer Mutter nicht sagen.

Die seufzte. »Du hättest gleich an der Uni bleiben sollen, um auf eine Professur hinzuarbeiten. Dann hättest du ein sicheres Einkommen. Aber du wolltest ja nicht auf mich hören.«

Und da waren sie – die Schuldvorwürfe. Lea atmete tief ein, um Energie zu tanken. »Ich muss jetzt los. Peanut muss raus.«

Als sein Name fiel, öffnete der Border Collie sein blaues Auge und sah sie erwartungsvoll an. Gegen einen Spaziergang hatte er nie etwas einzuwenden. Er stand auf und streckte sich.

»Ist gut. Zumindest kannst du dich ja noch auf Konstantin verlassen.«

Schmerzlich zuckte Lea zusammen. In diesem Moment war sie froh, dass ihre Mutter sie nicht sehen konnte. Konstantin war Geschichte für sie, auch wenn die Wunde noch offen war, und Mutters Worte Salz, das in ihr brannte.

»Ruf deinen Opa heute noch an. Aber pass auf, was du erzählst. Oma geht es nicht gut. Sie hat wieder Probleme mit dem Herzen.«

Sofort saß Lea kerzengerade. »Wie? Und das sagst du mir erst jetzt?«

»Du hast doch gerade genug um die Ohren.«

Fassungslos starrte sie an die gegenüberliegende Wand, an der ein vergrößertes Foto von einem Krabbenkutter hing – der hatte Opas Vater Janek, also ihrem Urgroßvater, gehört. Erinnerungen an Oma Tildas Teezeremonien stiegen in ihr auf, die faltigen Hände, mit denen sie die Kluntjezange hielt, das Lächeln in ihren Augenwinkeln, wenn sie den ersten Schluck trank. »In jeder Tasse Ostfriesentee steckt die gesamte Gemütlichkeit des Nordens«, sagte sie dann oft.

Oma Tilda war früher Ingenieurin gewesen, ebenso wie Leas Mutter, Leas Vater und ein Großteil ihrer Tanten und Onkel. Opa

Enno hingegen war Kleintierarzt und führte eine Praxis in Pewsum, dem Ortsteil der Gemeinde Krummhörn zwischen Greetsiel und Emden, in dem auch die Gemeindeverwaltung und das Haus ihrer Eltern lagen. Er weigerte sich beharrlich, in Rente zu gehen. Als Kind hatte sie ihn oft in der Praxis besucht und über all die Geräte gestaunt, die er verwendete. Manchmal durfte sie sein Stethoskop ausleihen, das ihr bis über die Hüfte gebaumelt hatte. Damals bedeckte noch ein brauner Vollbart sein Gesicht, und sein Hemd spannte sich über einem leichten Bauchansatz, der im Laufe der Jahre verschwunden war. Der würzige Geruch, der entstand, wenn er an seiner Meerschaumpfeife zog, hatte sich tief in ihre Nasenwände gebrannt.

»Die wichtigste Grundregel eines Tierarztes ist es, Respekt vor allen Lebewesen zu haben, unabhängig von Spezies oder Größe«, pflegte er zu sagen. Und Lea hing an seinen Lippen, denn Opa Enno war bei seinen Kunden überaus beliebt, kümmerte sich ebenso liebevoll um einen Hund oder eine Katze wie um ein Meerschweinchen oder ein Huhn. Das hatte Lea imponiert und sie dazu inspiriert, selbst Tiermedizin zu studieren.

Sie kam erst am späten Nachmittag dazu, sich bei Opa Enno per Skype zu melden, weil sie vorher Dutzende E-Mails und Textnachrichten bearbeitete, um sich bei ihren Kunden zu verabschieden. Natürlich auf eine professionelle Art, ohne die Verwerfungen mit Adele zu erwähnen. Aber viele der Kunden kannte sie seit Langem, und sie fragten bei Terminen ausdrücklich nach ihr. Frau Melchior zum Beispiel, Englischprofessorin an der Technischen Universität Isarstadt, die als eingetragene Dackelzüchterin fast monatlich eins ihrer kostbaren Tiere vorbeibrachte. Oder Frau Andrewski, deren chronisch kranke Perserkatze eine Dauerpatientin war.

Auf dem Bildschirm ihres Computers tauchte das wohlvertraute Wohnzimmer ihrer Großeltern auf, mitsamt der selbst bestickten Tischdecken, der Öllampe auf dem hölzernen Beistelltisch und der Wand mit den zahlreichen Fotorahmen im Hintergrund. Auf einem davon, ganz unten links, war sie selbst zu sehen, dreizehn Jahre alt, ein Krabbenbrötchen in der Hand. Die Form des Rahmens war unverkennbar – es war der einzige, der horizontal aufgehängt war.

»Mien Leev, schön dass du dich meldest«, hörte sie die kratzige Stimme ihres Großvaters. »Na, haben die *Radiant Rovers* das Spiel am Wochenende gewonnen?«

»Opa, du musst die Kamera umdrehen. Ich kann dich gar nicht sehen.«

»Wie umdrehen? Das Tablet? Ach so. Moment.«

Kurz darauf sah Lea in zwei riesige Nasenlöcher. »Und jetzt etwas Abstand zum Tablet, bitte.«

Die Nasenlöcher wichen nach hinten, und Opas glatt rasiertes Gesicht wurde erkennbar. »So, das hätten wir. Jetzt erzähl, habt ihr gewonnen?« Opa Enno verfolgte die Spiele ihres Basketballteams genau und trug sich die Ergebnisse sogar in sein Notizbuch ein.

»Klar«, sagte sie und grinste breit. »98 zu 62.« Sie spielte, seit sie in ihren Teenagerjahren einen Wachstumsschub gehabt und die meisten ihrer Klassenkameraden größentechnisch eingeholt hatte.

Opas nächste Frage, so unscheinbar sie auch sein mochte, brachte sie allerdings aus dem Konzept. »Und, wie geht es dir?«

»Mhm, wat mutt, dat mutt«, murmelte sie ausweichend. Die Sache mit Konstantin lag wie Senkblei auf ihren Schultern. »Und bei euch?«

»Deiner Oma geht es gar nicht gut. Ich wollte dich aber nicht beunruhigen.« Die Falten zwischen seinen buschigen Augenbrauen zogen sich zusammen.

»Opa, ich bin siebenundzwanzig. Du musst mich nicht mehr vor schlechten Nachrichten beschützen.«

»Ich weiß, ich weiß.« Er brummte undeutlich vor sich hin. Es klang nach »isthaltallesnichtmehrsoeinfach«.

»Na, erzähl. Was hat sie denn genau?«

»Alles und nichts.« Er seufzte. »Der Arzt sagt, sie braucht dringend eine Kur. Das will sie aber nicht. Stattdessen möchte sie mit mir zur Erholung eine Kreuzfahrt machen.«

»Lass mich auch mal an das Tablet, du Bullerjan!«, fuhr Oma Tilda im Hintergrund dazwischen. Lea hörte es rascheln, Opa Enno fluchte, dann erschien das blasse Gesicht ihrer Oma vor ihr. Die tiefen dunklen Ringe unter ihren Augen erschreckten Lea. »Dein Opa redet Unsinn«, behauptete sie rasselnd. »Ich bin nicht krank.«

»Das sieht der Arzt aber anders. Deine Pumpe pumpt nicht richtig«, schimpfte Opa Enno.

»Jaja. Aber eine Kreuzfahrt wäre schön. Leider ist dein Opa nicht von der Praxis loszueisen.«

»Was? Ich …?«

»Pscht, noch mal!«, fuhr Oma ihn an. »Ich telefoniere.« Sie rückte ein Stück nach hinten, und Lea sah, dass sie eine Topfpflanze im Arm hielt. »Also, die Sache ist die. Es gibt da dieses tolle Angebot im Mittelmeer. Mit dem Traumschiff *Summer Star*. Barcelona, Palermo, Athen. Hach, herrlich! Das wollte ich immer schon mal machen, aber es gibt immer zu viel zu tun! Du kennst das ja, Kind.« Sie schaute am Tablet vorbei, und ihre Pupillen weiteten sich, als könnte sie dort das Traumschiff vor sich sehen, das im Schatten einiger Palmen vor Anker lag.

Lea nickte. »Ja, das tue ich. Man kommt selten dazu, die Sachen zu verwirklichen, die man sich wünscht.« Sie dachte an das Meer, die weißen Schaumkronen, die auf den Wellen tanzten. Lauter werdendes Möwengekreisch, wenn ein Kutter sich näherte. Oma sehnte sich nach Wärme und Mittelmeer, aber Lea zog die raue Nordsee vor. In diesem Moment vermisste sie ihre Heimat umso mehr. Pewsum lag zwar nicht direkt am Meer, aber dort war es jederzeit in Reichweite. Und an stürmischen Herbsttagen wehte die frische Meeresbrise bis zum Haus ihrer Eltern. Aber da gab es diese schreckliche Sache, die damals passiert war, der Grund, warum sie nie lange in Ostfriesland blieb …

»Sag mal, mein Kind, deine Mutter meint, du arbeitest nicht mehr bei *Glamour Vets for Glamour Pets?*«

Lea presste die Lippen zusammen. Da hatte ihre Mutter also

schon Vorarbeit geleistet. »Das stimmt. Es gab Differenzen mit Adele. Ich muss mir eine neue Stelle suchen.«

»Harrijasses! Wenn die dich freiwillig hergibt, ist sie selbst schuld. Lass mich raten: Du hattest keine Lust mehr, dich von ihr schikanieren zu lassen?«, mischte sich Opa wieder ein.

Auch wenn er damit falschlag, tat es ihr gut, dass er an sie glaubte. Ein Staubtuch raste auf den Bildschirm zu, und für ein paar Sekunden sah Lea nur kreisende Stoffwirbel.

»Tu das weg«, maulte Opa.

»Das ist aber doch ganz verschmiert, man sieht ja gar nichts«, behauptete Oma.

»Du brauchst eine neue Brille.«

»Und du brauchst eine Brille.«

Lea grinste. Die beiden stritten sich immer, aber meinten es nie böse. Oma und Opa hielten zusammen, wenn es ernst wurde. Das war so sicher wie Ebbe und Flut.

Endlich verschwand der Lappen, und Oma sah sie wieder an.

»Ich habe eine ganz, ganz tolle Idee«, verkündete sie. »Was hältst du davon, wenn du eine Weile auf die Krummhörn zurückkehrst? Du kannst bei uns wohnen.« Oma wusste, wie sehr Lea das alte Häuschen ihrer Großeltern liebte, das direkt neben dem Haus ihrer Eltern lag. »Hier blüht alles, es ist wunderschön. Du kannst zur Ruhe kommen und planen, wie es weitergeht«, redete sie weiter. Ein hoffnungsvoller Glanz lag in ihren Augen.

Lea überlegte. »Eine Auszeit wäre nicht schlecht«, gab sie zu. Endlose Spaziergänge am Meer, morgens ausschlafen und danach im Café Zeitung lesen – keine schlechte Idee. »Ja, das könnte ich mir gut vorstellen.«

»Meinst du wirklich?« Omas Stimme quietschte fast. »Das wäre wunderbar. Hach, dann buche ich uns gleich die Tickets. Meine Güte, welch Segen! Also dass du deine Arbeit verloren hast, tut mir wirklich sehr leid, aber dass dein Opa und ich endlich verreisen können! Wie schön!«

»Wie?«, fragte Lea, dann dämmerte es ihr. Ihre Großeltern wollten, dass sie auf das Haus aufpasste, während sie ihre Kreuzfahrt machten.

»Oder ist dir das nicht recht?« Omas Augen waren groß wie Wagenräder, und die Muskeln neben ihnen zuckten nervös.

Lea hasste es, ihre Großeltern zu enttäuschen, aber sie hielt es nie lange in Pewsum aus. Irgendwann holten sie immer die Erinnerungen ein, wenn sie auf alte Schulkameraden traf oder ein blaues Coupé sah, das dem Sportwagen von Tarjas Vater ähnelte.

»Was ist mit Opas Praxis?«, fragte sie, in der Hoffnung, einen Weg zu finden, um die Idee abzuwehren.

Oma wackelte triumphierend mit dem Zeigefinger. »Na, das ist das Beste daran! Du wirst die Praxis so lange führen. Dann gibt es keine Lücke in deinem Lebenslauf, und du kannst stressfrei den Arbeitsmarkt erforschen.« Triumphierend schaute sie nach links, wo Opas unglückliche Miene erschien.

»Aber mien Leevke, die Lea, die hat doch ihr ganz eigenes Leben«, mischte er sich ein.

Doch Oma griff bereits nach einem Katalog und hielt das Bild eines Kreuzers in die Kamera. Ihre Hände zitterten so stark, dass das Schiff wie im Sturm schwankte. »Dreimal am Tag gibt es ein Buffet!«, rief sie, senkte die Broschüre und blätterte darin herum. »Schau mal, Enno, die haben sogar eine digitale Golf-Anlage an Bord. Da kannst du an deinem Handicap arbeiten.« Auf ihre blassen Wangen hatte sich ein zartrosafarbener Schimmer gelegt, und sie sah so glücklich aus, dass Lea ein schlechtes Gewissen bekam. Ohne Oma Tildas Hilfe hätte sie nie die Eins in Mathe geschafft, die sie für den Numerus Clausus gebraucht hatte, der ihr den Zugang zum Tiermedizinstudium sicherte. Stundenlang hatte Oma ihr Formeln erklärt und Karteikarten abgefragt. »Zehn von neun Schülern sind mit Mathe überfordert – du nicht!«, war ihr Motivationsspruch gewesen, wenn Lea an schier unlösbaren Aufgaben verzweifelte.

Opa schaute verlegen zu Boden, und Lea konnte ihn nicht recht lesen. Wünschte er sich die Kreuzfahrt, oder war es ihm nicht recht, wenn sie für ihn einsprang? Seine Praxis war sein Leben, sein ganzer Stolz. Aber als er sehnsüchtig zur Katalogseite schielte, kannte sie die Antwort.

»Das können wir so machen«, sagte sie, erstaunt darüber, wie leicht ihr diese Worte über die Lippen kamen. *Nie wieder kehre ich nach Pewsum zurück, nie wieder, selbst wenn der Rest der Erde gefriert*, hallte der Schwur in ihr nach, den sie mit neunzehn geleistet hatte. Aber das Wohl ihrer Großeltern war ihr wichtiger.

»Meinst du wirklich?« Omas Stimme überschlug sich vor Begeisterung. »Würdest du das tun? Ist nur für sechs Wochen, danach kommen wir braungebrannt zurück und meine Zipperlein sind Geschichte.«

»Klar. Wenn Opa damit einverstanden ist«, antwortete Lea zögerlich. In ihrem Bauch grummelte es bei der Vorstellung, für einen längeren Zeitraum in ihrer Heimat zu verweilen. Was war, wenn sie Tarja begegnete und mit ihr all die Vorwürfe und Schuldzuweisungen zum Tod ihres Vaters wiederkehrten?

Kapitel 5

Sonntag, 03. Mai

Die Sonne hing tief über den weiten Wiesen der Krummhörn und warf ein warmes Licht auf die gepflegten Gehöfte und reetgedeckten Häuser. Ein leichter Wind trug den salzigen Duft der Nordsee über die Landschaft. Lea hatte die Fenster ihres uralten Kombis heruntergefahren und sog den Geruch ihrer Heimat tief in sich auf. Küstengräser, Torf, Salzwiesen, Algen. Obwohl sie das letzte Weihnachtsfest durchgearbeitet hatte und seit gut anderthalb Jahren nicht mehr nach Hause gefahren war, kam es ihr vor, als wäre sie nie weg gewesen. Auch Peanut schien der Ausblick zu gefallen. Jedes Mal, wenn sie an einer Schafwiese vorbeifuhren und der Geruch nach Wollfett zu ihnen herüberwehte, spitzte er die Ohren und bellte.

»Möchtest wohl mal ein Hütehund werden, wie?«, neckte Lea ihn. Sie hatte ihn mit einem speziellen Hundegurt angeschnallt, an den er sich schnell gewöhnt hatte. Seine drei blauen Bällchen lagen neben ihm, und er passte darauf so gut auf, als würde es sich um seine eigene Schafherde handeln.

»Noch ein wenig Geduld«, sagte sie, »wir fahren gleich erst mal ans Meer. Die Zeit muss sein.« Das Ritual war wichtig, damit sie den Süden Deutschlands abschütteln und wieder in ihrer Heimat ankommen konnte. Und auch, um sich zu wappnen, innere Stärke zu finden, falls die Vergangenheit sie einholte.

Der Spaziergang am Meer tat seine Wirkung, und Lea stieg erst wieder in den Wagen, als die Dunkelheit sich wie eine Decke über die Dünen gelegt hatte und die funkelnden Sterne am Nachthimmel diese tiefe Verbundenheit mit dem alten Land in ihr weckte, die sie ihre ganze Kindheit über begleitet hatte. Sand rieselte von ihren Füßen, als sie ihre Socken und Schuhe wieder anzog. Während sie den Motor startete und die Fahrt zu ihrer Familie fortsetzte, dachte sie an den attraktiven Mann, den sie am Strand gesehen hatte, und fragte sich, woran er wohl gedacht haben mochte, als er auf das Meer schaute. Ob er einfach nur den Abend genossen hatte oder ebenso wie sie von einer besseren Zukunft träumte?

Bald erreichte sie die ersten Häuser Pewsums, in deren Gärten Frühlingsblumen sprossen. Durch das offene Fenster konnte sie die Vielfalt der Blüten riechen, aber viel von ihrer Pracht war im Schein der Laternen nicht zu erkennen. Ihr Auto rollte gemächlich die Straßen entlang, und mit jedem vertrauten Anblick wuchs die Aufregung in ihrem Inneren. Die Häuser, die Gassen, der kleine Marktplatz – alles war unverändert und doch neu. *Vielleicht*, dachte sie, *weil ich zum ersten Mal mit dem Wissen nach Hause komme, dass ich Zeit mitbringe*. Sie setzte den Blinker, um von der Landstraße abzubiegen und den Ortskern zu durchqueren. Das Haus ihrer Eltern lag im Westen des Dorfes, direkt in Feldrandlage. Im Gegensatz zu den typisch friesischen Ziegelsteinhäusern rundherum war die alte Villa weiß getüncht, hatte riesige Sprossenfenster und ein strahlend rotes Giebeldach.

Kaum hatte sie in der Einfahrt gehalten, liefen ihr Janna und Merle entgegen. Im und ums Haus herum bewegte Merle sich so zielsicher, dass man ihr nicht anmerkte, dass sie blind war. Lea konnte nicht schnell genug aussteigen. »Hallo ihr beiden!«, rief sie und fiel ihren Schwestern in die Arme.

»Hi, willkommen zu Hause«, erwiderte Merle und presste sie fest an sich. »Dass deine olle Blechbüchse es noch bis hierhergeschafft hat!«

»He, nichts gegen Bruno. Solange der durch den TÜV kommt, bleibt er bei mir.« Den Wagen hatte sie von Oma Tilda übernommen, nachdem die sich entschieden hatte, dass sie nicht mehr selbst fahren wollte.

Janna war etwas verhaltener, dafür standen ihr Tränen in den Augen. »Dass wir dich so bald wiedersehen, hätten wir nicht gedacht«, sagte sie leise.

»Genau. Irgendwie rechne ich die ganze Zeit damit, dass du Weihnachtsgeschenke im Gepäck hast«, meinte Merle und kicherte.

»Ich habe euch tatsächlich süßen Senf und Brezn mitgebracht. Und jeweils ein Lebkuchenherz.« Abwechselnd küsste sie Janna und Merle auf die Stirn, die beide deutlich kleiner waren als sie.

»Recht so, Schwesterherz.« Merle lachte und kniff ihr frech in die Wange, dass sie aufschrie.

»He, lass deine Schmutzfinger bei dir und zwick dich selbst«, rügte sie ihre Schwester und rieb sich die wunde Stelle.

Merle streckte ihr die Zunge heraus und antwortete: »De Schohmakers lopen mit de schofelste Schoh.«

Lea grinste. Sie konnte Merle nicht böse sein, niemand konnte das. »Ihr müsst mich unbedingt auf den neusten Stand bringen und mir genau erzählen, was in meiner Abwesenheit alles passiert ist. Aber lasst mich erst mal meine Sachen ins Haus bringen. Und ich möchte euch Peanut vorstellen.«

Wie auf ein Stichwort bellte der Border Collie und drückte seine Schnauze gegen das Fenster, damit Lea ihn rausließ. Sie öffnete die Tür, aber legte ihm sofort die Leine an. »Er ist lieb, aber er hört leider noch nicht besonders gut«, erklärte sie ihren Schwestern. »Und er ist furchtbar schreckhaft.«

»Ach, das ist doch kein Problem.« Merle ging in die Hocke und tastete den Hund ab.

Instinktiv erklärte Janna: »Er ist schwarz-weiß, hat ein blaues und ein braunes Auge. Seine Schnauze sieht feucht aus.«

Merle nickte. Da sie von Geburt an blind war, konnte sie sich Farben nicht vorstellen, aber sie verstand das Konzept. »Dass seine Schnauze feucht ist, das spüre ich.« Sie kicherte, während Peanut interessiert an ihrem Haar schnupperte. »Magst wohl Apfelshampoo, was?«

Leas Herz ging auf, als Merle seine Schnauze zwischen ihre zarten Hände nahm und ihn auf die Nase küsste. Peanuts Augen weiteten sich, und ein fröhlicher Ausdruck trat in sein Gesicht.

»Was für ein Tüütje«, schwärmte Merle. »Du kannst ihn so oft bei uns lassen, wie nötig. Ich pass gern auf ihn auf, mache momentan eh viel Homeoffice, solange in der Firma renoviert wird. Komm, lass uns reingehen, dann besorge ich ihm einen Wassernapf.«

»Leider ist er noch nicht ganz stubenrein«, gestand Lea. »Und er mag nicht gern allein gelassen werden. Seine Vorbesitzer haben einiges versäumt, das er jetzt nachholen muss.«

Janna warf einen Blick auf den Inhalt ihres Kombis, in dem dicht gedrängt ihre Topfpflanzen standen, die teilweise bis an den Dachhimmel reichten. »Sag mal, du hast ja einen ganzen Regenwald mitgebracht.«

»Jep. Die kann ich ja schlecht in meiner Wohnung zurücklassen«, sagte Lea. In dieser Hinsicht war sie sich mit Oma Tilda immer einig gewesen – um sich wohlzufühlen, brauchte man Pflanzen. Und zwar möglichst viele.

Im Haus roch es verführerisch nach Milch, Vanille und Butter. Lea sog den Duft tief ein, der ihr so vertraut war. Ihre Mutter hatte immer viel gebacken und gekocht. Meist gesunde Kost, aber gelegentlich gab es typisch Friesisches. Für einen Moment vergaß sie den Grund, der sie hierhergebracht hatte, und die Anspannung, die sie in ihrer Heimat immer mit sich trug, ließ nach.

»Mama hat Struwen gemacht«, erklärte Janna. »Mit roter Grütze.«

Das gab es sonst nur zu Feiertagen. Lea strahlte. »Up 'n vullen

Buuk steiht 'n lüstigen Keerl«, sagte sie glücklich. »Es ist so schön, wieder hier zu sein.«

»Ja, das finde ich auch«, stimmte Janna ihr zu. »Obwohl ich auch manchmal davon träume, auszuziehen.«

Lea legte den Kopf schief – keine ihrer beiden Schwestern hatte bisher Ambitionen gezeigt, ihr Elternhaus zu verlassen.

Am Garderobenhaken hing Mutters gelber Friesennerz, und sie stockte kurz. Genau so einen hatte sie in jener schicksalhaften Nacht vor neun Jahren getragen. Die Freude wich von ihr, und kurz sah sie wieder die verregnete Straße, die sich wie ein schnurgerade gespanntes Band durch die Felder zog. Mit dem Bild stieg auch die Bitterkeit in ihr hoch, die jegliche Lebenslust zu zerquetschen schien. Instinktiv berührte sie die kleine Narbe an ihrem Hals, die sie von dem Unfall zurückbehalten hatte.

Merle trat zu ihr, beugte sich verschwörerisch vor. »Mach dir keine Sorgen wegen Tarja. Das ist alles lange her.«

Es war erstaunlich, dass Merle oft ein besseres Gespür für ihre Launen hatte als alle anderen, auch – oder vielleicht gerade – weil sie nicht sehen konnte, hinter welcher Mimik Lea ihre Gefühle versteckte.

»Da bin ich mir nicht so sicher. Manche Dinge ändern sich nie, du weißt ja: Du kannst di dreihen as du wullt, de Mors blifft alltied achtern.«

Merle lachte. »Dein Ostfriesisch ist zumindest nicht eingerostet.«

»Lea, bist du das?« Ihre Mutter trat aus der Küche, über ihrer beigen Baumwollkleidung und den Birkenstock-Sandalen trug sie eine dunkelblaue Schürze, auf deren Brusttasche ein Leuchtturm prangte. Sie drückte Lea kurz an sich, schob sie dann von sich weg. »Du bist zu dünn, mein Kind. Du solltest dich ganzheitlicher ernähren. Aber jetzt husch, husch, mach dich frisch und komm dann ins Esszimmer. Und Tante Anneke kommt heute – zieh dir lieber was Vernünftiges an.«

»Hallo Mama«, sagte sie, aber die hatte bereits abgedreht.

Janna stupste sie an und hob die Augenbrauen. »Du weißt, dass sie das nicht so meint«, raunte sie, aber Lea winkte nur stumm ab.

Janna half ihr, alle Sachen ins Gästezimmer zu tragen, während Merle sich mit Peanut beschäftigte. Sie würde die ersten beide Nächte hier schlafen und in das Haus ihrer Großeltern nebenan ziehen, sobald die sich auf die Reise gemacht hatten. So hatte sie ihr eigenes Reich und konnte sich gut um die zahlreichen Topfpflanzen kümmern, die Oma liebevoll hegte und pflegte. Einige von ihnen hatten Namen – Fridolin Ficus, Philipp Philodendron und Ella Einblatt standen um Oma Tildas Lesesessel verteilt und ihnen wurden sogar regelmäßig epische Dichtungen aus den vergilbten Büchern vorgelesen, denn wie Oma stets sagte: »Jede Pflanze gedeiht in einer stimulierenden Umgebung.« Ihre Lieblingspflanze war Gummibaum Günther, der den Premiumplatz am Fenster hatte. Lea würde es nie zugeben, aber sie sprach auch gern mit ihren Zöglingen, die sie einfach zu Omas Lieblingen stellen wollte.

»Wie läuft es mit deinem neuen Lehramtsstudium?«, fragte Lea, während sie ihren Koffer öffnete, um sich einen frischen Pullover herauszusuchen, der den Ansprüchen ihrer Tante gerecht würde.

Janna verzog gequält das Gesicht. »Naja«, brummte sie, »ich habe es mir anders vorgestellt. Eigentlich wollte ich endlich ausziehen und mir eine eigene Wohnung suchen, aber ich bin mir nicht sicher, ob ich das Studium durchziehe. Es passt einfach nicht zu mir.«

Mitleidig drückte Lea sie an sich und wuschelte ihr durch die erdbeerblonden Fransen. Sie selbst war die einzige der drei Schwestern, die die braunen Haare ihres Vaters geerbt hatte. »Das ist sicherlich schwierig für dich, nicht zu wissen, wohin der Weg geht«, erwiderte sie. Schließlich hatte sie schon früh gewusst, dass sie Tierärztin werden wollte.

»Ist schon okay. Mach dir keine Gedanken. Ich muss nur Mama verklickern, dass ich den Studiengang wechsele, wenn ich weiß, was ich stattdessen machen möchte.« Sie löste sich aus der Umarmung und schaute auf einen Fleck an der Wand. »Ich bin halt nicht so schlau wie du«, fügte sie mit gerunzelter Stirn hinzu.

Lea schluckte. Es stimmte zwar, dass sie einen hervorragenden Abschluss hatte, aber es war nicht so, dass sie sich etwas darauf einbildete. »Du hast einfach nur andere Fähigkeiten als ich. Und glaube mir, ich würde meinen kleinen Finger dafür hergeben, um nur halb so kreativ zu sein wie du. Ich kenne niemanden, der so gut schreiben kann!«, versuchte sie, ihre jüngere Schwester aufzumuntern.

»Nur den kleinen Finger?«, fragte Janna und glitt seufzend aufs Bett. »Das scheint mir kein guter Tausch.«

Lea machte es sich neben ihr bequem und schaute sich um. Bevor es zum Gästezimmer umfunktioniert worden war, war es ihres gewesen. Ihr Lieblingsbild mit den beiden Seehunden auf der Sandbank hing immer noch an der Wand, aber die gelbe Tapete war durch eine dunkelrote ersetzt worden, und dort, wo früher ihr CD-Schrank gestanden hatte, stand nun eine weißgraue Kommode im Shabby-Chic-Stil.

»Oma und Opa kommen gleich vorbei. Du ahnst nicht, was für eine Freude du ihnen mit deinem Angebot gemacht hast. Die beiden sind ja noch nie verreist. Opa würde seine Praxis niemals für einen Urlaub dichtmachen. Er ist stolz darauf, dass er in fünfunddreißig Jahren nur zweimal schließen musste.«

»Jaja, einmal wegen der Grippe und einmal, weil Mama zur Welt kam.« Die Geschichte hatte sie schon oft gehört.

Es klingelte an der Haustür, und die Schwestern sahen sich an. »Das sind sie bestimmt.«

Sie stürmten die Treppe hinunter, um ihre Großeltern in Empfang zu nehmen.

»Hach, Lea!« Oma Tildas Wangen wirkten eingefallen, aber ihre Augen strahlten. Liebevoll tätschelte sie Leas Gesicht und presste sie dann so fest an sich, dass Lea nach Luft schnappte. Oma Tilda reichte ihr nur bis zur Brust, aber trotzdem erfüllte die Umarmung sie mit Wärme. »Was siehst du wieder cool aus!«, schwärmte sie. »Du musst unbedingt mal mit mir shoppen gehen.« Sie löste sich von ihr und zupfte an Leas grünem Hoodie, auf dem das Logo der Chicago Bulls prangte. Mist, sie hatte sich doch umziehen wollen, aber dafür war es jetzt zu spät.

In der Zwischenzeit schälte sich Opa Enno aus mehreren Schichten Klamotten. Windjacke, Sommerjacke, Weste. Obwohl er früher mit seinem Vater auf dem Krabbenkutter mitgefahren war und eisige Stürme, Gischt und pfeifende Winde erlebt hatte, war er eine echte Frostbeule. »Lüttje«, sagte er leise, als er an der Reihe war und Lea um einiges sanfter umarmte. Er roch nach dem Lavendelöl, das er in seiner Tierarztpraxis verwendete, um den Geruch von Desinfektionsmitteln zu übertünchen.

»Opa.« Sie blickte in seine hellblauen Augen, die so scharf waren wie die eines Seeadlers und eine tiefe Zuneigung ausstrahlten. Sofort durchfuhr Lea diese innige Wärme, die sie immer in seiner Nähe spürte und die sie mit unzähligen Erinnerungen verband. Und anscheinend wusste er genau, was in ihr vorging, denn er zwinkerte ihr zu und hob und senkte die Augenbrauen verschwörerisch. Ein leises Lächeln legte sich auf Leas Lippen. Es war, als ob ihre Herzen in diesem Moment im Einklang schlugen, eine unsichtbare Verbindung, die keiner Worte bedurfte. Opa und sie waren ein Team, immer schon gewesen.

Dann aber klopfte es noch mal an der Tür, und Tante Anneke schob sich in den Flur. »Es riecht nach Hund«, stellte sie fest. Die an den Seiten spitz zulaufende Brille saß schief auf ihrer Nase, aber das nahm nichts von ihrem scharfen Ausdruck, den Lea von jeher fürchtete.

»Hallo Anneke«, begrüßte sie ihre Tante und reichte ihr förmlich die Hand.

»Ich dachte, als Tierärztin verdient man gut genug, um ein Auto zu fahren, das nicht nur von Rost und gutem Willen zusammengehalten wird«, kommentierte die schnippisch und spielte demonstrativ mit dem Schlüssel ihres teuren SUVs. »Und wie du wieder aussiehst, immer diese Active Wear! So gehst du aber nicht in die Praxis, oder?« Sie selbst trug einen dunkelblauen Dreiviertelrock mit Blazer und dazu ein Seidentuch. Ein ähnliches Kostüm hatte Lea neulich bei einer Stewardess gesehen.

Bevor sie antworten konnte, rief ihre Mutter bereits: »Kommt rein ihr Lieben, das Essen steht auf dem Tisch!«, und sie gingen zügig in die Stube.

Der ovale Tisch war mit dem guten Delfter Porzellan eingedeckt, auf dem sich zarte Blumen wanden. Mutters Silberbesteck, das sie auf Hochglanz poliert hatte, war akkurat neben den Tellern arrangiert. In der Mitte des Tisches stand eine Vase mit perlfarbenen Rosen, die einen Sommerduft ausströmten, der Lea sofort in ihre Jugend versetzte. Wie oft war sie mit Kerstin und Christine am Mühlenweiher entlangspaziert, um den Zwaantje Dammann Dutzende Rosenbüsche gepflanzt hatte? Hunderte Bienen und Schmetterlinge hatten von der Blütenpracht profitiert. Damals war das Leben so einfach gewesen. Sie hatte unbeschwert in den Tag hineingelebt, und das größte Problem war gewesen, sich alle paar Monate neue Schuhe kaufen zu müssen, weil sie so schnell wuchs.

»Mutter kennt den Knigge in- und auswendig«, flüsterte Janna ihr zu, die bemerkte, wie sie auf den Esstisch starrte.

»Ja, aber sieht toll aus. Wie früher an Festtagen.«

Nur Tante Anneke runzelte die Stirn und fing an, die Servietten umzusortieren. »Servietten liegen immer links von der Gabel«, murmelte sie dabei. Ihre Liebe zur Perfektion hatte bereits zweimal dazu geführt, dass sie das gemeinsame Osteressen in der evangelischen Kirchengemeinde, in der sie aushalf, allein organisieren musste – weil alle anderen Helfer abgesprungen waren, nachdem sie sich auf der Liste eingetragen hatte.

Kurz darauf aßen sie gemeinsam, und es war genau wie früher. Alle quatschten durcheinander, der Berg Struwen verschwand schnell. Merle, die sich rein vegan ernährte, bekam einen Extrateller mit Struwen auf Hafermilch- und Margarinebasis. Und auch Leas Mutter hatte sich eine Schale mit Sprossen dazugestellt. »Die sind reich an Vitaminen, Mineralien und Antioxidantien«, erklärte sie. »Ich vertrage das fettige Essen nicht mehr so gut.«

Leas Vater schwieg die meiste Zeit, aber sorgte dafür, dass die Teller gut nachgefüllt wurden. Irgendwann allerdings klopfte er auf die Tischplatte und beschwerte sich: »Merkt ihr denn nichts?« Lea schaute ihn verwundert an, und Janna grinste. Beleidigt deutete er auf die Tischbeine, die leicht nach innen zeigten, statt nach außen wie früher. »Ich habe den Tisch umgebaut. Ist ein Hack. Habe ich aus dem Internet.«

»Oh, aha?«, kommentierte Lea, unschlüssig, ob das eine optische oder praktische Verbesserung war.

»Deswegen wackelt der die ganze Zeit!«, rief Oma und ruckelte demonstrativ an der Platte, dass die Teller vibrierten. Janna versteckte ihr Gesicht hinter einer Serviette, aber Lea sah genau, wie sie ihr Lachen hinunterschluckte.

»Du verschüttest meinen Tee«, brummte Tante Anneke und hielt die Tasse fest.

Zum Glück holte Oma Tilda jetzt ihren Medikamentenplan aus der Henkeltasche hervor, die an ihrer Stuhllehne hing. »Schaut mal«, sagte sie und strich das Papier glatt. »Das muss ich alles schlucken. Ich komme gar nicht hinterher, der Plan ist komplizierter als die Anleitung zum Zusammenbau eines Familienkleiderschranks aus diesem schwedischen Möbelhaus, in dem ihr immer einkauft.« Als alle sie verwirrt anschauten, erklärte sie: »Wisst ihr, die roten Pillen brauche ich für den Magen, aber die machen mir Kopfschmerzen. Dagegen nehme ich die weißen Pillen, aber die sind nicht gut für den Blutdruck. Dafür nehme ich dann die blauen Pillen, aber die schlagen wiederum auf den Magen. Muss das denn alles sein?«

Opa brummte unzufrieden. »Ich verschreibe meinen Kunden nur das, was wirklich nötig ist.«

Lea nickte ihm zu. »Ja, so mache ich das auch immer.« Auch das hatte Adele missfallen, die eine Meisterin des Upsellings war, selbst wenn die Kunden nicht wiederkamen, wenn sie merkten, dass sie viel Geld für unnötige Zusatzprodukte ausgegeben hatten.

Peanut lag unter dem Tisch und schlief. Nur einmal jaulte er im Schlaf, und als Lea sich hinunterbeugte, um ihn zu streicheln, zuckte er zusammen. »Du bist hier in Sicherheit«, flüsterte sie ihm zu, und er entspannte sich wieder und streckte die Pfoten aus.

»Und, freust du dich eine Weile in der Heimat bleiben zu können?«, fragte Merle, als alle anderen gerade in Gespräche vertieft waren.

»Mhm«, erwiderte Lea, »es ist merkwürdig für mich. Ich bin zwar in Ostfriesland, aber mein Geist steckt noch in München.« Auch wenn sie froh war, Adeles Praxis, Konstantin und den hektischen Berufsverkehr hinter sich zu lassen, hatte die Zeit in München sie geprägt. Die Metropole war ein Teil von ihr geworden, und es kam ihr so vor, als gäbe es zwei Versionen von ihr – die Ostfriesin, die in ihrer Kindheit Schlammschlachten im Watt veranstaltet hatte und später mit ihren Freundinnen auf dem Fahrrad durch die Dörfer gezogen war, und die stets akkurate Ärztin, die zu viel Kaffee trank, am Wochenende Konferenzen besuchte und mit Kollegen auf sozialen Plattformen netzwerkte.

»Also ich verstehe gar nicht, warum du Ostfriesland überhaupt verlassen musstest«, sagte Anneke so laut, dass alle Gespräche verstummten.

»Hier kann man nicht Tiermedizin studieren«, beeilte sich Lea zu antworten.

»Ja, aber es gibt doch noch andere Tierberufe. Ich finde, du hast es dir damals ganz schön einfach gemacht, als du gegangen bist.«

Tausend Alarmglocken schrillten gleichzeitig in Leas Kopf, und es kostete sie alle Mühe, Anneke nicht anzufauchen. »Tiermedizin war meine erste Wahl«, sagte sie mit gepresster Stimme.

»Damit hast du deine Heimat aber verraten. Einmal weg aus Ostfriesland ist man nicht mehr derselbe.«

»Opa hat auch in Hamburg studiert.«

Lea merkte, wie alle um sie herum das Besteck sinken ließen. Besonders Merle sah äußerst besorgt aus, und ihr Vater räusperte sich – allerdings zu leise, um beachtet zu werden.

»Das ist aber immer noch Norddeutschland. Ich denke, du bist vor allem deshalb bis nach München gezogen, um dem Konflikt mit Tarja zu entgehen.«

Lea klappte die Kinnlade nach unten. Natürlich hatte Anneke recht, aber warum musste sie das Thema unbedingt beim Familienessen ansprechen?

»Schade, dass dein Freund nicht mitkommen konnte«, unterbrach Oma Tilda die beiden und tätschelte liebevoll Leas Arm. »Wie heißt er doch gleich?«

So nett die Ablenkung gemeint war, jetzt hätte sich Lea am liebsten in ein Gürteltier verwandelt, das sich zu einem kleinen Ball zusammenrollen konnte. Zum Glück kam Janna ihr zu Hilfe. »Nie merkst du dir Namen«, warf sie ihrer Oma vor. Das stimmte nicht ganz – Oma merkte sich nur die Namen der Menschen, die sie leiden konnte. Konstantin hatte sie bei seinem einzigen Besuch in Ostfriesland abwechselnd Konrad, Kostas und Tristan genannt, bis er es aufgab, sie zu korrigieren.

»Christian?«

»Konstantin heißt er«, korrigierte Janna sie forsch und warf einen Seitenblick zu Lea, als ahnte sie, dass etwas vorgefallen war. Die war allerdings noch damit beschäftigt, die Wut herunterzufahren, die Anneke in ihr ausgelöst hatte.

»Hat er dir immer noch keinen Antrag gemacht? Wenn ihr ein Haus kaufen und Kinder kriegen wollt, dann wird das aber langsam Zeit«, sagte Leas Mutter, bevor sie ihr ungefragt einen weiteren Löffel Grütze auf den Teller füllte. »Ihr werdet nicht jünger. Bei Männern ist das ja nicht so schlimm, aber du solltest dir wirklich Gedanken machen.«

Unwillkürlich zog Lea die Schultern zusammen.

»Das ist sexistisch«, fand Merle und erntete dafür ein Kopfnicken von Janna.

»Tss«, machte Leas Vater und mischte sich zum ersten Mal während des Abendessens in das Gespräch ein. »Lea ist erst siebenundzwanzig.«

Lea nickte dankbar. Ihre Eltern hatten früh geheiratet, aber das hieß nicht, dass es für sie selbst zu spät war. Bestimmt gab es noch unzählige interessante Single-Männer. Schlau, sexy und sportlich. Zumindest hoffte sie das, obwohl eine neue Beziehung momentan so ziemlich das Letzte war, das sie sich wünschte.

»Wie, die Lea will heiraten?« Opa schaute verdutzt in die Runde. »Ist das wahr, Lea?«

»Den Kornelius?«, fragte Oma Tilda skeptisch und zog eine Schnute, die klar verriet, was sie davon hielt.

»Sicherlich nicht.« Merle schnaubte. Auch sie hatte Konstantin nicht leiden können. »Das hätte sie uns ganz sicher zuerst erzählt.«

»Konstantin heißt er«, korrigierte Lea kläglich, weil sie nicht recht wusste, was sie darauf antworten sollte.

»Das ist dieser nette junge Mann mit dem Sportwagen, richtig?«, fragte Anneke.

»Man kann heutzutage auch einfach so Zusammensein, ohne Ring am Finger«, warf Janna ein. Der stechende Blick ihrer Mutter glitt an ihr ab wie Wasser auf einem Entengefieder.

»Aber doch nicht in Leas Alter.« Ihre Mutter schaute so streng, dass Janna nun doch verstummte.

»Lockere Partnerschaft auf Dauer ist eine Sünde, Lea. Denk an deine Seele!«, mahnte Anneke vehement. »Im ersten Korintherbrief, Kapitel sieben, Vers neun steht: ›Wenn sie sich aber nicht enthalten können, sollen sie heiraten; denn es ist besser, zu heiraten, als in Begierde zu brennen.‹«

Abwehrend hob Lea die Hände. »Ganz ruhig. Ich gedenke nicht, in absehbarer Zeit zu heiraten. Und um mein Seelenheil braucht sich niemand Sorgen zu machen.« Jetzt wäre ein guter Zeitpunkt, um ihrer Familie zu verraten, dass mit Konstantin Schluss war, aber sie wollte die Stimmung beim ersten gemeinsamen Essen nicht noch weiter kippen lassen. Es würde in den nächsten Wochen genug Gelegenheiten geben, das Thema zur Sprache zur bringen. Sie suchte nach einer Erklärung, aber in dem Moment räusperte sich Opa.

»Ich hätte dich gern länger als nur zwei Tage in die Praxis eingeführt«, sagte er. Als Einziger am Tisch schien er wenig Appetit zu haben, stocherte in dem Teig und legte die Gabel schließlich beiseite. »Aber es ging alles so schnell mit dieser Buchungsänderung. Die Reisegesellschaft meinte, wenn wir das neue Angebot nicht annehmen, dann müssen wir mindestens zwei Monate warten. Und bis dahin hast du sicherlich längst einen neuen Job, nachgefragt wie du bist.«

Das Kompliment ging runter wie Butter, aber Leas Mutter warf ein: »Nach einer Kündigung ist gar nichts einfach. Lea muss sich ordentlich ins Zeug legen, um wieder eine gute Stelle zu finden.«

»In Ostfriesland wird das schwierig ohne lokale Arbeitserfahrung«, fuhr Anneke dazwischen, was ihr ein Augenrollen von Janna einbrachte.

»Ja, darum geht es doch gar nicht«, erklärte Opa. »In der Praxis hat sich einiges verändert. Es gibt ja jetzt die Kooperation mit –«

»Die Lea ist so gut ausgebildet, die schafft das schon«, unterbrach ihre Mutter ihn. »Nicht wahr, Lea?«

Sie schüttelte den Kopf, dann nickte sie. Mal gab ihre Mutter ihr das Gefühl, nichts erreicht zu haben, im nächsten Moment erwartete sie zu viel von ihr. Sie merkte, dass sich ein bitterer Zug um Jannas Mundwinkel legte. Das passierte oft, wenn es um Leas Karriere ging. Bei den Schwestern wurden unterschiedliche Maßstäbe angesetzt, auch das war schon immer so gewesen.

Nach dem Essen gingen alle ins Wohnzimmer. Merle warf sich stöhnend in einen der Sessel: »Ich bin so voll, wenn mich jemand piekt, platze ich.«

Opa Enno hielt Lea am Arm zurück, als sie auf das Sofa zuschritt. »Magst du mich in den Garten begleiten? Ich brauche ein bisschen frische Luft, hier drinnen ist es zu warm«, beklagte er sich, aber Lea spürte, dass er mit ihr allein sein wollte.

Draußen setzte er sich auf die blaugestrichene Bank, die vor dem Fliederbusch stand, dessen Zweige mit zahlreichen lilafarbenen Blütenbüscheln bedeckt waren. Lea schob eine der konischen Trauben beiseite, die über die Rückenlehne wuchsen, bevor sie sich zu ihm setzte. Der süße Duft legte sich wie eine Decke um sie, die sie in ihre eigene kleine Blase einhüllte.

»Lüttje.« Opa Enno legte seine sehnige Hand auf ihre. »Bist du dir sicher, dass du das alles schaffst?«

»Natürlich, Opa. Ich kenne deine Praxis seit meiner Kindheit, und ich habe in München sämtliche Aufgaben meiner Chefin übernommen.« *Die als Dank dafür meinen Freund gevögelt hat,* dachte sie den Satz weiter. Die dumpfe Schwere, die seit dem Vorfall auf ihr lag, bekam noch etwas mehr Gewicht.

Zum Glück lenkte Opa sie ab: »Morgen früh kann ich erst später anfangen, weil ich noch ein paar Angelegenheiten mit unserem Reiseanbieter besprechen muss, und da fahre ich lieber ins Büro nach Emden, um das persönlich abzuklären. Aber du kannst dich in Ruhe mit allem vertraut machen. Jens Rietmeier, mein TFA, wird dich einweisen. Er ist der beste Assistent überhaupt, wenn man mit seiner Art klarkommt. Er ist sehr offen und direkt und naja, sehr redselig, aber ich mag das.« Er schaute Lea über den Rand seiner Brille an. Sie nickte verständnisvoll – Offenheit klang gut. »Wir haben ausgebaut. Es sieht jetzt alles anders aus, und ich laufe manchmal ins falsche Zimmer. Ich –« Er brach ab, rieb sich die Stirn. »Wahrscheinlich liegt es am Alter.«

»Jens Rietmeier«, wiederholte Lea. »Der Name kommt mir bekannt vor, aber ich kann ihn nicht einordnen.« Sie war beruhigt, dass Opa mit seinem tiermedizinischen Fachangestellten zufrieden war – ein guter TFA war in Gold nicht aufzuwiegen.

»Jedenfalls bin ich eine vielversprechende Partnerschaft mit einem weiteren Tierarzt eingegangen«, fuhr Opa fort. »Er arbeitet eigenständig, hat einen Teil meiner Räumlichkeiten gemietet, und wir unterstützen uns gegenseitig. Bajo ist viel unterwegs, aber er hat bei den Umbauarbeiten Hand angelegt, da er äußerst pragmatisch veranlagt ist. Er hat allerdings viel um die Ohren, seit er ein paar Farmtiere gerettet hat. Ich werde euch einander vorstellen.« Er hielt inne und kratze sich am Ohr. »Da war noch etwas. Genau – mein blaues Notizbuch liegt in meiner Schublade, da notiere ich mir immer wichtige Vorkommnisse. Zum Beispiel, wenn ich ungewöhnlichen Krankheitsfällen begegne oder es Fälle für den Tierschutz gibt. Das kommt beides äußerst selten vor, aber man weiß ja nie.«

»Mach dir keine Sorgen, Opa. Ich arbeite sehr gründlich und nehme mir viel Zeit, um alles genau zu verstehen. Versprochen! Du und Oma, ihr macht euch einen tollen Urlaub und schickt mir ganz viele Fotos.«

»Das mache ich gern.« Verschwörerisch beugte er sich zu ihr hinüber. »Wenn deine Oma Fotos schießt, sind die immer verwackelt. Sie kann die Hände nicht stillhalten.«

Lea lächelte zurück, aber es versetzte ihr trotzdem einen Stich in die Brust – irgendwann würde es eine Zeit ohne ihre Großeltern geben. Aber das lag hoffentlich noch in weiter Ferne.

»Sag mal, Lüttje, könntest du dir vorstellen, meine Praxis irgendwann zu übernehmen?« Opa Ennos faltige Hände tasteten nach ihren, aber sie entzog sie ihm, weil ihre Finger bei der Frage sofort zu zittern anfingen.

»Nein«, sagte sie entschlossen. »Das ist absolut ausgeschlossen.«

Kapitel 6

Obwohl die Praxis am Riedenschloot gut zu Fuß erreichbar war, entschied Lea sich am nächsten Morgen dafür, mit ihrem alten Citybike zu fahren. Das Schutzblech war verrostet und so verbogen, dass es gelegentlich klapperte, wenn sie um eine Kurve fuhr. Peanut begleitete sie, lief brav an der Leine neben dem Rad. Den Praxisschlüssel hatte sie zusammen mit ihrer geräumigen Hobo Bag und einem Lunchpaket in dem Bastkorb verstaut, der vorne am Lenker hing.

Früher war sie auf diesem Rad zusammen mit Kerstin und Christine bis nach Norddeich gefahren, um dort in den Dünen eine Decke auszubreiten und zu lesen. Ihre Freundinnen hatten dicke Fantasywälzer verschlungen, während sie sich wie ein Bücherwurm durch sämtliche Tierlektüren fraß. Für Lea war es der größte Verlust gewesen, die beiden beim Studienbeginn zurückzulassen. Kerstin und Christine hatten sie selbst in ihrer dunkelsten Stunde vor den gehässigen Kommentaren ihrer Mitschüler in Schutz genommen. Auch in München hatte sie immer Kontakt zu den beiden gehalten. Probeweise drückte sie die blaue Klingel, die ein schepperndes Geräusch von sich gab, das ihr einen Schauer über den Rücken jagte.

Die Sonne schien warm auf ihr Gesicht, als sie die leeren Straßen entlangfuhr. Es war völlig windstill, und nur Peanuts Hecheln und das vielfältige Gezwitscher einiger Vögel durchbrachen die Ruhe. Sie entspannte sich, auch wenn ihr enges Etuikleid sie beim

Fahren behinderte und die italienischen Markensandalen auf den Pedalen rutschten. Sie fühlte sich in den teuren Klamotten unwohl, aber Tante Anneke hatte noch ein weiteres Mal darauf hingewiesen, dass sie sich für die Arbeit zurechtmachen müsse. Zumindest für den ersten Tag. Dabei trug ihre eigene Schwester – Leas Mutter – auch nur naturbelassene Baumwollklamotten oder ihre Achtzigerjahre-Aerobic-Outfits.

Trotz der unbequemen Schuhe sog sie jeden Moment des beginnenden Morgens in sich auf. Sah, wie ein weißhaariger Mann in Schlappen durch seinen Vorgarten schlurfte, eine hübsche Metallgießkanne mit Krabbenmuster in der Hand, roch den Duft der zahlreichen süßen Blüten, die am Wegesrand wuchsen. Im Unterschied zu München verschwand dieser Frieden nicht plötzlich, sondern herrschte auch tagsüber. Die Vögel in den Sanddornbüschen wurden nicht durch kommerzielle Laubbläser beim Nisten gestört, und das Gluckern des Baches ging nicht im allgemeinen Verkehrslärm unter. Und endlich spürte sie, wie die Freude darüber, die nächsten sechs Wochen hier arbeiten zu dürfen, in ihr aufstieg. Und mit der Freude kam die Leichtigkeit, die ihre Füße wie von selbst in die Pedale treten ließ.

Die Praxis öffnete erst um neun Uhr, aber aus alter Gewohnheit – und weil sie sich mit den Räumlichkeiten und Geräten vertraut machen wollte – war sie bereits um sechs Uhr dreißig unterwegs. Um acht Uhr würde Jens Rietmeier sie in die Abläufe einweisen, und die Rezeptionistin Miriam würde ihr später die Computersysteme vorstellen. Und danach könnte sie zumindest heute und morgen an Opas Seite arbeiten.

Als sie das Bauernhofgebäude erreichte, in dem die Praxis lag, stieg sie vom Rad und atmete tief durch. Energie pulsierte durch ihre Venen – sie war bereit!

Früher hatten Opas Großeltern auf dem alten Hof Milchkühe gehalten, bis Opa dann die Praxis im Westflügel einrichtete. Den Rest des riesigen Ziegelsteingebäudes hatte er lange an Bauer Laas vermietet, der letztes Jahr gestorben war. Jetzt wuchs das Gras hoch auf den Wiesen, und im Kuhstall herrschte Stille. Es wurde eng in Leas Brust, als sie merkte, dass auch der Traktor fehlte, der jahrelang neben dem Heuschober geparkt hatte. Laas und Opa waren im selben Alter und gute Freunde gewesen.

Die Praxis lag ganz rechts, direkt neben dem Apfelhof und dem Weiher mit seinen kreisrunden Wasserlilien, in dem an milden Sommerabenden Grasfrösche und Knoblauchkröten um die Wette quakten.

Zielsicher ging Lea auf den Eingang zu und landete vor einer Wand. Ungläubig starrte sie auf die Ziegelsteine, dann auf den Schlüsselbund in ihrer Hand. Dort, wo sich früher eine Tür befanden hatte, gab es jetzt keinen Durchgang mehr.

»Richtig«, murmelte sie. Opa Enno hatte bereits angekündigt, dass er umgebaut hatte. Sie lief um das Gebäude herum und suchte den neuen Eingang, vorbei an Schubkarren, Geräten und einem Betonmischer neben einem Sandberg. Anscheinend war der Umbau noch nicht ganz abgeschlossen.

Das Praxisschild hing neben einer Glastür zu deren Seiten rechts und links Blumentöpfe standen. Der Duft der Apfelbäume, die in voller Blüte standen, wehte zu ihr herüber. Zartrosafarbene Wolken, in denen es von Insekten summte, fleißig damit beschäftigt, die Holsteiner Cox zu bestäuben. In ein paar Monaten würden die leuchtend roten Äpfel mit ihrem süßsäuerlichen Geschmack reif sein und in rauen Mengen in Oma Tildas Küche eingekocht werden. Bei dem Gedanken fing Leas Magen an zu knurren, denn sie hatte noch nicht gefrühstückt. Sie probierte die Schlüssel aus, bis endlich einer in das Schloss der Glastür passte. »Es ist so weit«, sagte sie ehrfürchtig zu Peanut, der neben ihr saß.

Gedankenverloren lief sie durch die Praxis und schaute sich um. Tatsächlich war der Grundriss komplett anders, als sie es in Erinnerung hatte, aber die meisten Praxen waren sich vom Aufbau her ähnlich, und dank ihrer zahlreichen Rotationen während des Studiums fand sie sich schnell zurecht. Am Eingang lag das Wartezimmer, in dem die Kunden auf zwei blauweiß gestreiften Bankreihen Platz nehmen konnten. An den Wänden waren blaue Silhouetten von Rettungsringen abgebildet, die sofort eine gemütliche Küstenatmosphäre schufen. Von hier aus schaute man auf die Anmeldung, die aus einem ebenso blauweiß gestrichenen Tresen bestand. Lea atmete lächelnd aus, als sie das Muschelglas darauf entdeckte – sie hatte es Opa geschenkt und im Laufe der Jahre mit ihren Strandfunden gefüllt.

Hinter der Rezeption gab es einen Lagerraum und daneben gleich das erste Untersuchungszimmer. Ein paar Räume waren abgeschlossen, aber das konnte sie später mit Jens klären. Sie strich mit den Fingern über einen Blutdruckmesser. Die meisten Geräte waren alt. *Wahrscheinlich lohnen sich teure Anschaffungen für Opa Enno nicht mehr*, dachte sie traurig.

Sie suchte Opas Büro und staunte nicht schlecht, als sie im hinteren Teil der Praxis einen großzügig geschnittenen Arbeitsbereich mit Panoramablick auf den Apfelhof fand, der sich vom Rest der Praxis durch seine moderne Ausstattung abhob. Mitten im Raum thronte ein riesiger Glasschreibtisch, der ebenso minimalistisch war wie der Rest der Einrichtung. Auch die schlichte graue Kommode und der schmucklose Eckschrank hatten Übergröße.

»Na so was«, murmelte Lea und zog testweise einen Kugelschreiber aus dem Stiftehalter, auf dem das Praxislogo aufgedruckt war – ein Hund und eine Katze, die sich mit ihren Pfoten ein High-Five gaben. Peanut schnupperte an dem hellbraunen Sisalteppich, der unter dem Schreibtisch lag, und kratzte testweise mit der Pfote darüber.

Ungläubig schüttelte Lea den Kopf. Was war aus Opas Eichenschreibtisch geworden, an dem er so hing? Sie begutachtete die beiden schwarzweißen Wandbilder, die Nahaufnahmen von Schiffsankern aus verschiedenen Perspektiven zeigten. Ein weiterer, echter Anker, der Lea bis an die Hüfte reichte, stand in einer Ecke, ein Stück Kette dekorativ um das Metall geschlungen. Ansonsten war der Raum so leer, dass es hallte, als sie ihre Tasche auf den Tisch stellte, um ihren unförmigen Tonklumpen hervorzuholen, der sie überallhin begleitete. Der runde Flatschen solle einen Seehund darstellen, hatte Merle ihr erklärt, als sie Lea mit elf Jahren das selbstgemachte Kunstwerk zum Umzug nach München schenkte. »Als Erinnerung, damit du uns nicht vergisst«, hatte sie gesagt, und Lea behandelte den Klumpen seither wie ein Heiligtum. Sie platzierte ihn neben der Tastatur und stellte ihren Mini-Globus mit den roten und grünen Markierungen daneben, nur um ihn gleich darauf mit einem Brillenputztuch zu reinigen. Peanut beobachtete sie aufmerksam, als sie sich in den Drehstuhl gleiten ließ, dessen Rückenlehne weit über ihren Kopf hinausragte.

»Warum ist nur alles so groß hier?«, fragte sie ihren Border Collie, der vorsichtig näher kam. Er traute dem Sisalteppich nicht und hob die Pfoten nach jedem Schritt weit hoch, bis er sie erreichte. Dann setzte er sich vor sie hin, reckte sich, kratzte sich hinter dem Ohr. Lea lachte. »Ja, so geht es mir auch gerade. Alles neu und anders. Nur dass ich nicht so flexibel bin, um mit dem Fuß an mein Ohr zu kommen.«

Sie schaltete den Rechner an – selbst der Bildschirm war riesig – und wartete, bis die Passwortaufforderung kam. In ihrer Tasche fand sie den Zettel, auf dem Opa ihr sein Passwort *Enno123!* in krakeliger Handschrift notiert hatte. Natürlich hatte er nicht verstanden, warum Lea ihn daraufhin argwöhnisch angeschaut hatte. »Das ist ja das offensichtlichste Passwort überhaupt, Opa«, hatte sie ihm erklärt, aber gut, in Pewsum war die Wahrscheinlichkeit für einen analogen Datendiebstahl sehr gering.

Nur leider funktionierte das Passwort nicht. Hatte sie sich vertippt? Sie gab es noch einmal ein, wieder nichts. Ratlos strich sie sich übers Kinn. Dann holte sie ihr Handy hervor, um Opa anzurufen. Vielleicht hatte er sich verschrieben? »Moin. Das ist die Mailbox von Doktor Enno Ostendorf. Für dringende Anrufe und Notfälle wählen Sie bitte …«

Seufzend legte Lea auf. Wahrscheinlich schlief Opa aus, weil er nachher erst nach Emden ins Reisebüro fahren wollte, bevor er in die Praxis kam.

»Mist.« Nach einem weiteren Eingabeversuch sperrte sich der Bildschirm, und eine Meldung zeigte an, dass sie zehn Minuten für weitere Anläufe warten müsse. Ein leises Plätschern ließ sie aufhorchen. Peanut pinkelte genüsslich gegen ein Tischbein. »Nein!« Sie stürmte vor, um größeren Schaden abzuwehren, aber es war zu spät. »Wir waren doch eben erst spazieren.«

Schuldbewusst schlich Peanut weg, klemmte dabei den Schwanz zwischen die Beine und klappte die Ohren zurück.

»Ist nicht schlimm«, beruhigte sie ihn, »der Sisalteppich riecht wirklich stark nach Heuwiese, da kann man sich mal vertun.« Sie eilte in den kleinen Pausenraum, der direkt neben dem Lagerraum lag, und schnappte sich eine Küchenrolle und ein Reinigungsspray. Zurück im Büro ging sie auf alle Viere, um den feuchten Fleck zu beseitigen. »Ich bin dir nicht böse«, raunte sie. Peanut hatte bisher wenig Regeln kennengelernt, und die neue Umgebung verwirrte ihn. Sie schrubbte auf dem Fleck herum, ignorierte den beißenden Uringeruch, der ihr in die Nase stieg.

»Was machen Sie hier?«, fuhr eine tiefe Stimme sie an.

Erschrocken richtete Lea sich auf und verlor dabei das Gleichgewicht. Wie in Zeitlupe kippte sie nach hinten und landete auf dem Hosenboden. Schnell hob sie die linke Hand, die auf dem Urinfleck lag.

»Und was ist das für ein Fleck auf dem Teppich?«

Zu perplex, um zu antworten, schielte Lea zu Peanut, der sich die Küchenrolle geschnappt hatte und das Papier in kleine Fetzen riss. Rund um ihn herum schneite es weiße Schnipsel, als säße er in seiner eigenen Schneekugel.

»Puh.« Sie schaute hoch, zu dem Turm von Mann, der sie reserviert beäugte. Er trug Jeans und ein dunkelblaues Poloshirt, auf dem sich noch dunklere Flecken befanden.

Langsam richtete sie sich auf, während der Turm die Arme vor der Brust verschränkte. Sie selbst war zwar auch recht groß, aber neben dem Riesen, der sie um einen ganzen Kopf überragte, fühlte sie sich wie ein Hobbit.

»Und?«

»Äh.« Sie brauchte einen Moment, um ihre Gedanken zu ordnen. »Die Frage ist eher, was Sie in meinem Büro machen.« Herausfordernd schaute sie ihm in die Augen, die so blau waren, dass sie fast wie gemalt wirkten. Ein helles Aquamarin mit einem subtil grünem Unterton, betont von zwei dunklen geraden Augenbrauen, die sich skeptisch zusammenzogen. Dann aber wanderte ihr Blick über sein Gesicht und blieb an dem dunklen Vollbart hängen, der ihm bis weit über das Kinn reichte. Damit erinnerte er an einen Wikinger aus einem historischen Film. Oder einem dieser Comicstrips, die früher in der Tageszeitung abgedruckt waren, auch wenn ihm dafür der Hörnerhelm fehlte.

»So kommen wir nicht weiter.« Die Augenbrauen des Mannes schoben sich noch ein Stück weiter zusammen, und die Muskeln an seinen verschränkten Armen traten hervor. Mitten auf seinem seitlichen Deltamuskel prangte ein Tattoo von einem Anker, der von rankenden Rosen umgeben war.

»Das sehe ich auch so.« Lea setzte sich in den Drehstuhl und deutete auf einen Holzstuhl, der neben dem Schreibtisch stand. »Setzen Sie sich doch, und wir klären das.«

Trotz seines Vollbartes schien der Wikinger nicht viel älter als sie zu sein. Jetzt trat ein grimmiges Funkeln in seine blauen Augen. Er machte keinerlei Anstalten, sich den Stuhl heranzuziehen. Dafür presste er beide Hände auf die Tischplatte, beugte sich weit vor und zischte sie an: »Gern. Aber erst, wenn Sie mir meinen Stuhl überlassen.«

Kapitel 7

Der Vollbart wippte auf und ab, als der Wikinger erklärte: »Ich bin Doktor Bajo Arends, der Tierarzt. Sie verstehen? Die Person, die hier arbeitet.« Trotz seiner Größe bewegte er sich unglaublich geschmeidig, als wollte er der Schwerkraft ein Schnippchen schlagen.

Lea schnaubte vor Schreck. Hitze stieg ihr in die Wangen. Das war der neue Kollege, von dem Opa ihr erzählt hatte. Darauf hätte sie auch selbst kommen können! Trotzdem versuchte sie, ihre Verlegenheit zu überspielen, und schaute ihm direkt in die Augen. Ein Fehler, denn das tiefe Blau, intensiver als jeder Sommerhimmel, irritierte sie zutiefst. Blau wie das Meer, wie Samt auf einem Thron, Kornblumen und Lapislazuli. Schön und tief und voller Energie …

Vollbart, dachte sie, *schau auf den Vollbart*. Das half. Doktor Bajo Arends hatte längere dunkle Haare, die er hinten zu einem Knoten zusammengebunden hatte. Jetzt da sie ihn näher betrachtete, kam er ihr irgendwie bekannt vor. Hatte sie ihn schon mal irgendwo getroffen?

Zu den locker sitzenden Jeans trug er feste Wanderschuhe. Ein komischer Stilmix, den Lea nicht ganz einordnen konnte.

»Habe die Ehre. Ich bin Doktor Lea Ostendorf, ebenfalls Tierärztin und Enkelin von Enno Ostendorf. Ich vertrete ihn während seines Urlaubs.«

Ein Schimmer der Erkenntnis erhellte Doktor Bajos Gesicht.

»Ahh«, stieß er aus, und seine Schultern entspannten sich. »Natürlich.« Er schüttelte den Kopf. »Warum sagen Sie das nicht gleich?«

Lea kniff die Augen zusammen. »Zu welchem Zeitpunkt wäre es Ihnen denn am liebsten gewesen?«

Bajo lachte. »Stimmt. Der Punkt geht an Sie. Es tut mir leid, das hätte ich mir denken können. Es war eine kurze Nacht, und Enno meinte, dass er Sie mir vorstellen will. Ich habe einfach um diese frühe Uhrzeit nicht mit Ihnen gerechnet. Und vor allem nicht in meinem Büro.«

Jetzt meldete sich Leas schlechtes Gewissen. Immerhin hatte Peanut gerade seinen Sisalteppich ruiniert. »Es tut mir auch leid. Ich dachte echt, dass dies Opas Büro sei. Mensch, das ist mir wirklich unangenehm.«

Bajo winkte ab. »Kein Problem. Das befindet sich zwei Türen weiter.«

Peanut schnüffelte am Bein des Doktors, der sich herunterbeugte und ihn streichelte. »Na du hübscher Kleiner«, sagte er.

Lea schoss das Blut bis in die Ohrenspitzen, denn Peanuts Uringeruch lag deutlich im Raum. »Ich werde einen Teppichreiniger besorgen«, versprach sie. »Wenn Sie mir verraten, wo die Reinigungsmittel aufbewahrt werden.«

Bajo richtete sich wieder auf und lächelte sie an. Es kitzelte in ihren Zehen, als er sich eine Strähne, die sich aus seinem Knoten gelöst hatte, aus der Stirn strich.

»Machen Sie sich keine Gedanken. Wir sind für solche Fälle gut vorbereitet. Ist nicht das erste Mal, immerhin ist das eine Tierarztpraxis.« Er zwinkerte ihr zu, und sie grinste verlegen. Auch deshalb, weil es ihr schwerfiel, nicht auf seine Schultern zu starren, die so breit waren, als trüge er eine American-Football-Ausrüstung.

Natürlich, dachte sie, *der geheimnisvolle Mann am Strand! Das muss er gewesen sein.*

»Sie teilen sich die Praxis also mit meinem Großvater«, sagte sie und stellte dabei fest, dass ihre Stimme höher als sonst klang. *Zusammenreißen*, ermahnte sie sich, aber das war schwierig, wenn dem Wikinger nur ein Pferd fehlte, um zu seinem nächsten Abenteuer durch den Eissturm zu reiten, und er keinen Speer brauchte, um seine Feinde zu durchbohren, weil dafür schon ein Blick ausreichte.

»Ja. Aber ich halte mich meistens draußen bei den Ställen auf oder bin unterwegs. Ich bin Großtierarzt. Kühe, Schweine, Pferde und dergleichen. Also zusätzlich zu Behandlung und Notfallversorgung auch öffentliche Gesundheitskontrollen und Haltungsmanagement.«

Das erklärt seinen gebräunten Teint, dachte Lea, deren blasse Arme verrieten, wie wenig Zeit sie dieses Jahr an der frischen Luft verbracht hatte. In München hatte sie erst Feierabend gehabt, wenn die Sonne bereits untergegangen war oder längst ihre Strahlungskraft verloren hatte. Und am Wochenende hatte sie zwar abends Basketball gespielt, aber tagsüber meist liegen gebliebene Arbeit nachgeholt oder Vorträge auf Konferenzen gehalten. Knapp vierzehn Tage vor ihren Rauswurf bei Adele hatte sie noch im Kongresszentrum über das Thema »Aspekte der Nutzung von Ölmühlennebenprodukten in der Hundeernährung« referiert.

Bajo lief zu einem Wandschrank und holte einen Kittel hervor, den er gleich anzog. Oder eher lässig überwarf. Warum sah alles an diesem Mann so nonchalant, geradezu lässig aus? An seinem Rücken war ein keilförmiges Stück Extrastoff eingefügt, damit der Kittel über seine ausladenden Schultern passte. Und das wiederum fand Lea so ultrasexy, dass ihre Finger zuckten.

»Als ich Sie eben überrascht habe, habe ich sofort mit dem Schlimmsten gerechnet. Sie wissen ja, wie das ist: Bei den Medikamenten, die wir verwahren, rechnet man immer mit einem Einbruch. Dabei hat Enno mir gestern Abend noch eine Nachricht geschickt, aber ich war –« Er brach ab und seufzte. »Ist ja auch egal. Mein Fehler.«

Sie beobachtete, wie er ein Ophthalmoskop und einen Kugelschreiber aus dem Schrank holte und in der Brusttasche des Kittels verstaute.

»Keine Ursache. Wie lange arbeiten Sie schon mit meinem Opa zusammen?«

»Erst seit ein paar Monaten. Ich war vorher in Emden in einer größeren Praxis angestellt. Die hatte allerdings einen Industriefokus, und ich habe mich hauptsächlich in Schweinezuchtbetrieben aufgehalten. Das lag mir nicht.« Er seufzte wieder, und in diesem Seufzen lag eine Schwere, die Lea gut kannte. Das Gefühl, fehl am Platz zu sein.

»Das heißt, wir teilen uns die Praxis, Rezeption und Einrichtung. Wie sieht das mit dem TFA aus?«

»Jens arbeitet für Ihren Opa. Also jetzt für Sie. Ich leihe ihn mir aber gelegentlich aus, wenn es nicht anders geht.« Er trat auf seinen Computer zu und beugte sich vor, um ihr über die Schulter zu sehen. »Hm«, brummte er, als er den Passworthinweis sah.

Sie roch sein Deo und spürte, wie die Lehne nachgab, als er eine Hand darauflegte. Seine Wange tauchte parallel neben ihrer auf. Sein Bart roch nach einem frischen Duschshampoo, der an das Meer an einem Frühlingstag erinnerte.

»Kann ich da mal ran?« Er sah sie dabei nicht an, schien ganz in den Bildschirm vertieft. Aber trotzdem klopfte Leas Herz so stark, dass sie kurz blinzeln musste, um sich zu konzentrieren. Binnen weniger Sekunden wurde ihr Mund so trocken, als hätte sie gerade in Kerstins Streuselkuchen gebissen, der sie immer an einen Ausflug auf den Mond denken ließ.

»Klar«, sagte sie und glitt weiter nach unten in den Stuhl, nur um in einer holprigen Geste aufzustehen und unter seinem Arm durchzuschlüpfen. Sie nahm in sicherem Abstand auf der Tischecke Platz, rückte sich die Haare zurecht und atmete durch. »Wir können uns gern duzen. Unter Kollegen meine ich«, brachte sie hervor und hoffte, dass es nicht zu zittrig klang. Immer noch wummerte ihr Herz viel stärker, als es sollte. Dass dieser Wikinger aber auch so attraktiv sein musste …

Bajo hob die Augenbrauen. »Okay«, sagte er und reichte ihr die Hand. »Ich bin Bajo.«

»Lea.«

Sein Händedruck war fest, aber ihrer war es ebenfalls.

»Wissen Sie … du … ich bin heute früher gekommen, weil es ein Personalproblem gibt. Unsere Rezeptionistin fällt bis auf Weiteres aus, weil sie für einen Familiennotfall sofort nach Dresden reisen muss.« Seine Hand ruhte immer noch in ihrer, warm, rau und kräftig. Ganz anders als Konstantins Hände, die weich, stets manikürt und oft verschwitzt waren. Konstantin kam leicht aus der Puste, weil Sport für ihn etwas war, das nur anderen passierte.

»Miriam?«, fragte sie und schob den Gedanken von Konstantin von sich.

»Ja, genau. Ihr kennt euch?«

»Nur vom Sehen. Ist lange her. Das tut mir leid für sie.«

»Mir auch. Und für die Praxis bedeutet es Chaos, bis wir eine neue Mitarbeiterin oder einen Mitarbeiter gefunden haben. Ich hoffe, dass Jens die nächsten Tage einspringen kann, bis wir das Problem gelöst haben.«

»Mein TFA?« Eigentlich sollte Jens ihr unter die Arme greifen, sie einweisen, assistieren, Patienten betreuen und unzählige weitere Aufgaben erledigen.

Bajo hob langsam eine Augenbraue. »Ist das ein Problem?«

»Sicherlich ist Jens sehr beschäftigt«, rechtfertigte sich Lea, die den TFA ungern überlasten wollte.

»Das können wir ihn nachher gern fragen.«

Die Selbstverständlichkeit mit dem er Jens die Zusatzaufgaben abverlangte, ärgerte Lea. Es erinnerte sie viel zu sehr an Adele, die einem immer mehr Aufgaben aufbürdete, bis man unter der Last zu ersticken drohte.

»Ich werde eine Anzeige schalten und mich darum kümmern,

dass wir schnell einen temporären Ersatz finden«, bot sie an. Niemand sollte wegen ihr gezwungen werden, Überstunden zu machen.

Bajo sortierte ein paar Stifte auf dem Schreibtisch. Dabei stieß er an den Tonseehund, hob ihn hoch und schaute ihn ungläubig an. »Was ist denn das?«

»Das ist mein Glücksbringer.« Verlegen nahm sie ihm den Seehund ab und schob ihn in ihre Tasche. Er würde sicherlich nicht verstehen, warum der Tonklumpen so wichtig für sie war.

»Aha.« Bajo schüttelte unmerklich den Kopf. »Und das da?«

Wonach sieht es denn aus?, wollte Lea fragen, riss sich aber zusammen. »Das ist mein Globus.«

»Auch ein Glücksbringer?«

»Nein, einfach nur ein Globus.«

»Rot, wo du schon warst, grün, wo du mal hinmöchtest?«

»Ja.« Die Hitze stieg ihr in die Wangen. Es gab so viele grüne Markierungen und viel zu wenig rote. *Der Wikinger ist eindeutig zu neugierig*, entschied sie.

»Für mich ist es in Ostfriesland am schönsten.«

Schön für dich, dachte sie, denn ihr klang das viel zu sehr nach Tante Anneke. Aber sie schluckte ihren Kommentar herunter und sagte stattdessen: »Das stimmt. Zumindest an den drei Tagen im Jahr, an denen es weder regnet noch stürmt oder der Wind einem die Locken glättet.« Ja, ihre Heimat war etwas Besonderes, und es tat unglaublich gut, eine Weile hier verbringen zu dürfen, aber trotzdem hatte sie Ostfriesland nach dem Abi nicht schnell genug verlassen können – wenn auch aus einem anderen Grund.

Bajo schien nicht zu merken, dass ihr das Thema unangenehm war. Müde rieb er sich über die Schläfe, nur um gleich darauf zu gähnen. »Tschuldige, ich bin echt noch nicht ganz wach. Ich glaube, ich muss mir gleich erst mal einen Pu-Erh-Tee kochen. Komm, ich zeige dir dein Büro.« Er führte sie auf den Gang hinaus und zu einem abgeschlossenen Raum, für den er allerdings einen Schlüssel besaß. »Enno schließt nachts ab. Hier, den Schlüssel kannst du gern behalten.«

Lea trat in den Raum und musste unwillkürlich lächeln. Vor ihr stand Opas antiker Eichenschreibtisch. Wie gewohnt türmten sich dicke Nachschlagewerke darauf, von deren vergilbten Seiten ein alter Buchgeruch ausging. Dahinter befand sich ein Regal mit Ordnern, alle mit Aufklebern versehen, auf der sich unverkennbar Opas Handschrift befand. Auf der Fensterbank stand ein Fotorahmen mit einem Jugendbild von Oma im Badeanzug, und daneben lagen die Meerschaumpfeife seines Vaters und eine bunt bemalte Holzschatulle, die Lea ihm in der Grundschule zum Geburtstag geschenkt hatte. Darin befand sich eine kastanienbraune Strähne, die sie sich zum Entsetzen ihrer Mutter abgeschnitten hatte.

Bajo nickte ihr zu, bevor er hinausging, und sie setzte sich auf Opas durchgesessenen Stuhl, drehte sich hin und her und sog den Lavendelduft ein. Ja, es roch unverkennbar nach Opas Büro. Sie schaltete den Rechner ein, und dieses Mal funktionierte das Passwort. Erleichtert machte sie sich an die Arbeit.

Jens kam pünktlich um acht Uhr, und zu Leas Freude hielt er zwei dampfende Becher Kaffee in der Hand.

»Ta-da«, sagte er und grinste sie breit an. Dabei bewegte er seine schwarz gefärbten Augenbrauen auf und ab, die in starkem Kontrast zu den hellblonden Stoppelhaaren standen. Der Lavendelgeruch wurde von seinem sommerlichen Parfüm verdrängt. »Da ist ja unsere Retterin in der Not. Herzlich willkommen im Tierparadies Ostendorf, wie ich es immer nenne. Wir werden eine ganz wunderbare Zeit miteinander haben, da bin ich mir sicher.« Er sagte das mit solch einer ehrlichen und überschwänglichen Freude, dass Lea nicht anders konnte, als zurückzugrinsen. »Ich hoffe, du – darf ich dich duzen? – magst Cappuccino. Falls nicht, tausche ich gern meinen Latte. Und sieze dich. Ist aber mit Karamellsirup, ich mag es süß.« Er zwinkerte ihr zu, aber deutete gleich auf sein regenbogenfarbenes Armband. »Keine Sorge, das war keine Anmache. Steh auf Kerle. Ich bin Jens.«

»Hi, gern – ich bin Lea. Cappuccino ist gut, danke.«

»Bajo trinkt ja leider nur Pu-Erh- und Brennnesseltee und irgendwelche tibetischen Kräuterdrinks. Und jetzt, wo Miriam nicht mehr da ist, brauche ich unbedingt einen neuen Coffee Buddy.« Jens stellte den Kaffeebecher ungeschickt auf den Schreibtisch, sodass er überschwappte.

»*Oopsie Daisy.*« Er zupfte ein Tuch aus dem Papierspender, wischte den Fleck weg, zerknüllte das Tuch und warf es in einem gekonnten Bogen in den Mülleimer.

Lea lachte. »Das war ein glatter Drei-Punkte-Wurf.«

»Ach, du kennst dich mit Basketball aus? Draußen auf dem Hof ist ein Korb, falls du in einer ruhigen Minute mal Lust auf eine Partie hast?« Seine erwartungsvolle Miene verwandelte sich in ein Grinsen, als sie nickte und »Klar« sagte.

»Super! Ich liebe Basketball, auch wenn ich ein grauenhafter Spieler bin und beim Dribbeln aussehe, als würde ich den Ball verhauen. Bajo ist ganz gut, aber der ist ja jede freie Minute bei seinen Tieren. Er hat jetzt wieder ein paar Ziegen mehr, nachdem ein Kunde verstorben ist und die Erben keine Lust auf die Zottel hatten.« Er zuckte mit den Schultern. »Wie dem auch sei. Wenn du möchtest, können wir zwei Hübschen uns jetzt zusammensetzen, und ich erkläre dir unsere Abläufe. Aber erst nachdem du mir verraten hast, wo du dieses atemberaubende Kleid herhast.«

Lea schaute ihn erstaunt an, und er erklärte: »Meine Mutter hat demnächst Geburtstag. Und ich kaufe seit Jahren für sie ein, weil sie kein Gefühl für die Farben hat, die zu ihr passen.«

Wie sich herausstellte, hatte Opa Enno nicht übertrieben, und Jens war äußerst kompetent. Er erklärte ihr die Programme und Apps und wusste auch, wie Miriam den Terminkalender organisierte. »Also heute und morgen gibt es nur Routinebesuche zusammen mit Herrn Doktor Ostendorf senior. Und ich kümmere mich um die Rezeption und übernehme das Telefon. Ich schwatze gern mit den Patienten, auch wenn das dann mal etwas länger dauern kann.« Daran hatte Lea keinen Zweifel. »Bei Notfällen bin ich natürlich sofort bei dir. Aber wenn du einen Ersatz für Miri finden könntest, wäre das gut. In letzter Zeit ist unglaublich viel los.«

Er klickte auf das Programm, mit dem die Laborergebnisse verwaltet wurden, und erklärte ihr, wie sie Daten einsehen konnte. Kaum waren sie damit fertig, kam Opa Enno von seinem Termin mit dem Reiseanbieter aus Emden zurück. »Die hätten uns fast in eine fensterlose Innenkabine gesteckt«, schimpfte er und lockerte den Kragen seines verschwitzten Hemds. »Da hätte deine Oma statt Meerespanorama eine weiß getünchte Wand bestaunen dürfen! Alles muss man dreimal nachfragen. Wenn die so weitermachen, bin ich bald wirklich urlaubsreif.«

»Du kommst gerade rechtzeitig, Enno«, sagte Jens und tippte auf den Bildschirm, der nun den Kalender zeigte. »In fünf Minuten habt ihr den ersten Termin.«

Lea und Opa Enno sahen einander an. »Dann mal los, Lüttje!«, rief er. Gemeinsam liefen sie ins Sprechzimmer und bereiteten alles für den ersten Kunden vor. Sie hörten dumpf durch die Wände, wie Jens jemanden am Empfang begrüßte.

Opa zog eine Schublade auf und kramte daraus ein Stethoskop hervor. »Du übernimmst, ich schau nur zu«, sagte er und stellte sich auf die Zehenspitzen, um Lea das Stethoskop um den Hals zu legen. Dabei wirkte er so stolz, als überreichte er ihr eine Medaille. Lea strahlte und tastete über das Metall – mit diesem Stethoskop hatte Opa Tausende Tiere abgehört, es war ihm so heilig wie Lea ihr Tonseehund. Dann setzte er sich auf einen der beiden Besucherstühle und wartete, bis Jens den ersten Kunden hereinführte. Lea atmete tief durch und konzentrierte sich.

Die ersten Termine liefen gut. Sie impfte einen Wurf Dackelwelpen, schaute sich das entzündete Auge einer Katze an und war nicht wenig erstaunt, als ihre Freundin Kerstin mit ihrem achtjährigen Sohn Melle den Untersuchungsraum betrat.

»Ich musste dich unbedingt sehen«, gestand sie und fiel Lea in die Arme, die unter ihrem festen Griff ächzte.

»Hi, das ist eine schöne Überraschung.«

»Lea, meine Süße, ich kann gar nicht glauben, dass du wieder in der Heimat bist. Ich hatte die Hoffnung schon aufgegeben. Hallo Herr Ostendorf! Lang nicht gesehen.«

»Moin Kerstin. Dein Lüttje wächst wie Rispengras. Bald hat er mich eingeholt.«

Melle räusperte sich. Er hielt eine kleine Plastikbox mit Löchern hoch. »Pickles ist krank«, beschwerte er sich und zog die Nase hoch. Opa Enno reichte ihm ein Taschentuch.

»Das haben wir gleich. Gut, dass du ihn mir vorbeibringst, Melle«, beruhigte Lea ihn. Sie nahm die Box, holte das goldbraune Fellknäuel hervor. »Oh, wie hübsch er ist«, sagte sie und untersuchte den Hamster. »Wie geht es Hinderk?«, fragte sie dabei. Kerstin hatte ihre Jugendliebe aus dem Fußballverein zum Schrecken ihrer Eltern direkt nach dem Abi geheiratet.

»Gut. Sein Fischcafé an den Greetsieler Zwillingsmühlen läuft super. Er denkt sich jede Woche neue Kreationen aus. Allerdings gab es letzte Woche den Heavy-Metal-Fisch-Burger.« Sie unterdrückte ein Lachen und strich sich das T-Shirt glatt, auf dem eine Metalband zu sehen war. »Er steht da ja genauso drauf wie ich. Allerdings war der Burger eher ein Fail, weil ausgerechnet letzten Dienstag eine Doku über den hohen Bleigehalt in Speisefischen rauskam.«

»Oh.« Lea grinste. »Heavy Metal und Blei. Das ist natürlich schlecht fürs Geschäft.« Sie suchte eine passende Creme für die Pilzinfektion des Hamsters heraus und erklärte Melle, wie er die aufzutragen hatte. Als sie es ihm demonstrierte, versuchte Pickles sie in den Finger zu beißen.

»Pickle heißt saure Gurke im Englischen«, erklärte ihr der Achtjährige entschuldigend. »Weil er auch eine saure Gurke ist. Ich habe noch einen zweiten Hamster, der ist ganz lieb.«

»Ja, jedes Tier ist anders und hat seine eigene Persönlichkeit. Pickles hat einfach etwas Angst vor mir, aber das ist in Ordnung. Ich bin ihm nicht böse.«

Zum Abschied drückte Kerstin sie noch mal und machte ein Telefonzeichen mit den Fingern. *Ich rufe dich an*, hieß das.

Die nächste Kundin wollte sich über eine mögliche Knieoperation für ihren Zwergspitz erkundigen, und Lea ging mit ihr potenzielle Risiken durch und erklärte, welche Ergebnisse sie sich von einer Operation erhoffen konnte.

Opa schaute schweigend zu, aber beobachtete genau, was sie tat. Manchmal öffnete er den Mund, als wollte er sich einmischen, aber er hielt sich zurück. Lea spannte sich an. War Opa unzufrieden?

Sie konzentrierte sich auf die Kundin und half ihr, den Zwergspitz wieder in seinem Transportkäfig zu verstauen. Kaum hatten Hund und Besitzerin den Raum verlassen, erhob Opa sich langsam. Lea merkte, dass er dabei eine Hand am Rücken hielt, als kostete ihn das Aufstehen große Kraft. Sie hielt den Atem an, als er sich räusperte, sein Feedback war ihr wichtig.

»Ich hätte einiges anders gemacht«, sagte er und massierte dabei seinen Nacken. »Und du arbeitest deutlich zügiger als Bajo. Ich hoffe, ihr zwei versteht euch, wenn es drauf ankommt.«

Enttäuscht senkte Lea den Kopf. Das kam unerwartet und traf sie mehr, als jede harsche Kritik die Adele je geäußert hatte. Und dass Opa ihr nicht zutraute, mit Bajo zusammenzuarbeiten, versetzte ihr einen Stich mitten ins Herz.

Kapitel 8

»He, Lüttje, anders habe ich gesagt, nicht besser. Du hast eine moderne Herangehensweise, die mir teilweise fremd ist, aber du leistest saubere Arbeit.« Er zwinkerte ihr zu und sah sie so aufmunternd an, dass sie erleichtert die Luft ausstieß. »Und Melles Hamster hast du so behutsam untersucht, dass es eine wahre Freude war, zuzuschauen. Schade, dass du meine Praxis nicht übernehmen möchtest.« Prüfend musterte er sie, und sie hielt seinem Blick stand. Nein, so gern sie ihren Opa auch hatte, Ostfriesland war nicht ihre Zukunft.

Er strich sich übers Kinn, um die Enttäuschung zu überspielen, als sie nicht antwortete. »Na, wie dem auch sei. Ich glaube, den Rest schaffst du ohne mich«, sagte er und klopfte sich auf die Oberschenkel.

»Wie meinst du das?«

»Ja, was soll ich dir weiter über die Schulter schauen wie so ein Aufseher? Ich kenne dich dein ganzes Leben lang und weiß, dass ich mich auf dich verlassen kann.«

Lea schluckte. Eigentlich hatte sie sich darauf gefreut, noch zwei Tage mit ihm zusammenzuarbeiten. Ein Verdacht stieg in ihr auf. »Hat Oma dir eine ausführliche To-do-Liste geschrieben?«

Opa hüstelte, und Lea kannte die Antwort. Bestimmt hatte sie alles akribisch geplant, damit nichts schiefging. »Na denn auf«, sagte sie aufmunternd. »Gib Oma einen Kuss von mir.«

»Mach ich. Und stell dich mit Bajo gut, er ist ein hervorragender Tierarzt.«

Lea spürte, wie das Blut in ihre Wangen schoss, und sie griff schnell nach einer Sprühflasche, um den Behandlungstisch zu desinfizieren. »Mach ich«, brachte sie hervor und hoffte, dass er ihre Verlegenheit nicht bemerkte.

Kaum war Opa verschwunden, kam der nächste Patient – eine Perserkatze, die vor Kurzem sterilisiert worden war. Lea rief Jens dazu, der die Katze festhielt, während sie die Narbe untersuchte und schließlich den Schutzkragen abnahm. »Es ist alles gut verheilt«, teilte sie mit.

»Ach, wissen Sie, Frau Doktor Ostendorf, die Cleopatra hätte den gar nicht gebraucht. Die pennt eh den ganzen Tag«, verriet ihr Dirk Epkens, der nicht nur der stolze Besitzer der Perserkatze war, sondern auch die kleine Bäckerei führte, die der Praxis am nächsten lag und in der Jens morgens seinen Kaffee holte. Mit seiner flachen Nase, dem runden Gesicht und dem Backenbart sah Dirk seiner Katze etwas ähnlich.

Bei einem Wellensittich, dem sämtliche Federn fehlten, diagnostizierte sie Verhaltensstörungen, nachdem sie Ungezieferbefall ausgeschlossen hatte. Der Besitzer, Karsten Reineken, ein hagerer Mann um die fünfzig, der leicht schielte, zeigte ihr ein Foto des Käfigs, und Lea erkannte das Problem. »Der Käfig ist sehr groß, aber ich rate Ihnen, ihn mit Schaukeln, Seilen und einem Spiegel auszustatten. Außerdem sind Wellensittiche gesellige Vögel, vielleicht mögen Sie sich ja einen zweiten anschaffen?«

Karsten Reineken nickte. »Das ist eine gute Idee. Ich bin auch ungern allein.« Dabei schaute er so traurig auf seinen Vogel, dass es Lea einen Stich versetzte. *Einsamkeit ist bitter*, dachte sie, *aber Zweisamkeit ist nicht immer süß. Und im Fall Konstantin hat sie dazu geführt, dass ich mir nicht mal mehr vorstellen kann, wie schön es zu zweit sein kann, ohne dass ich gleich Magenschmerzen bekomme.* Sie wühlte in den Schubladen und musste wieder Jens dazuholen, damit er ihr zeigte, wo Opa die Info-Broschüren zum Thema Vogelhaltung verwahrte.

Als Nächstes schnitt Lea die Krallen einer Schäferhündin. Das dauerte nur wenige Minuten, da die Hündin brav die Pfoten hob. Nicht jeder Patient war so kooperativ. »Eine der Krallen ist eingewachsen«, stellte Lea fest und arbeitete vorsichtig weiter, um die Hündin nicht zu verschrecken.

»Früher ist das nie passiert. Aber ich kann nicht mehr so lange Spaziergänge wie früher machen, da nutzen sich die Krallen weniger ab«, entschuldigte sich Frau Hinrich, eine knochige ältere Dame, während sie ihrer Schäferhündin liebevoll über den Kopf fuhr. Es klingelte bei jeder Streicheleinheit, da sie ein Dutzend Armreifen trug, die dabei gegeneinanderstießen. »Ist der Herr Doktor Ostendorf senior denn in zwei Wochen noch unterwegs? Sie sind seine Enkelin, richtig?«

»Ja, er ist mein Großvater und in ein paar Wochen wieder zurück. Aber ich werde selbstverständlich alle Informationen in …«, sie schielte auf die silbernen Buchstaben auf dem Halsband der Hündin, »Pavlovas Akte eintragen, damit er Bescheid weiß. Pavlova, das ist ein ungewöhnlicher Name für eine Schäferhündin.«

Die Brust der dürren Frau schwoll vor Stolz an. »Nach Anna Pavlova, der Primaballerina. Meine Pavlova ist ebenso sportlich, und wenn sie ihren Willen nicht bekommt, mimt sie gern den sterbenden Schwan.«

Ihr helles Lachen steckte Lea gleich an. »Jaja, manche Tiere sind wirklich dramatisch veranlagt. Mein Border Collie Peanut denkt immer, dass die Welt untergeht, wenn er allein gelassen wird.« Sie tastete über Pavlovas Brust und spürte einen erhöhten Puls. »Warten Sie kurz, ich checke Pavlova eben für Sie durch.« Sie griff nach dem Stethoskop und hörte den Herzschlag ab. »Alles in Ordnung«, sagte sie erleichtert. Sie fuhr den Körper des Tieres ab und schaute ihm zuletzt ins Maul. »Sieht ganz gut aus, aber sie hat Zahnbelag.

Sehen Sie, hier?« Sie deutete auf eine Stelle weiter hinten im Maul, die Frau Hinrich sicherlich nicht erkennen konnte, aber die beugte sich trotzdem interessiert vor.

»Aha. Und jetzt?«

»Es ist noch kein Problem, aber kann zu Gingivitis führen. Wenn Sie möchten, können wir einen Termin für eine Zahnreinigung ausmachen und ich kann Ihnen heute bereits helfen, ein Spezialfutter herauszusuchen, um dagegen anzugehen. Dafür müsste ich wissen, was Sie ihr momentan geben.«

»Naja, ich gebe ihr immer das günstige Dosenfutter vom Discounter. Aber wir können das gern umstellen, wenn es Pavlova hilft. Ich habe nur eine kleine Rente, aber sie soll ja nicht so enden wie ich!« Frau Hinrich grinste breit und gab einen Blick auf ihre dritten Zähne frei.

Lea lachte und beriet sie, um ein geeignetes Futter zu finden, das bezahlbar war.

Zum Abschied schüttelte die alte Dame ihr die Hand, dass ihre Armreifen klingelten wie Weihnachtsglocken. »Sie waren mir eine echte Hilfe. Vielen Dank für alles.«

»Gern geschehen. Bis bald. Darf ich?« Als Frau Hinrich nickte, reichte sie Pavlova einen Hundekeks.

Lea summte ein Lied, während sie den Behandlungsraum reinigte und desinfizierte. Wie schön es war, in Ruhe arbeiten zu können! Ganz anders als die eng getakteten Tage in München. Ihr Handy klingelte und sie schaute auf das Display. Da der nächste Patient erst in zehn Minuten angemeldet war, lief sie in ihr Büro, um Christine zurückzurufen und nach Peanut zu sehen, der auf einem Kissen lag und an seinem Knochen kaute.

»Hi Lea, ich wollte nur kurz fragen, ob du Lust hast, dich morgen Abend im Funkelsteen zu treffen«, meldete sich Christine.

»Gern. Es gibt so viel zu bequatschen.« Bevor sie nach Ostfriesland gekommen war, hatte sie Christine und Kerstin unter strenger Geheimhaltung verraten, dass mit Konstantin Schluss war.

»Super, ich texte Kerstin nachher auch. Dann sind die drei Musketiere aus dem hohen Norden wieder vereint. Wie läuft's in der Praxis?«

»Ganz gut so weit. Alles um einiges entspannter als in München. Allerdings teilt sich mein Opa die Praxis neuerdings mit einem recht …«, sie suchte nach einem passenden Wort, »exzentrischen Großtierarzt. Eine Art Öko-Hippie mit Vollbart und Sommersprossen. Daran muss ich mich erst mal gewöhnen.« Kaum hatte sie das gesagt, hörte sie ein Klopfen. Bajo stand in der offenen Tür, den Zeigefinger noch am Türrahmen. Lea wurde rot – wie viel hatte er gehört?

Seine Lippen waren fest zusammengepresst, als er ihr eine Bestellliste für Medikamente auf den Schreibtisch legte.

»Lea? Bist du noch da?«, hörte sie Christines Stimme wie aus weiter Entfernung. Bajo ging wortlos wieder raus.

»Ja. Mist.« Sie stand auf, schloss die Tür und lehnte sich von innen dagegen. Ihr Kopf dröhnte. »Das hat er gerade leider gehört.«

»Oh Mann.« Christine stöhnte. »Ich bin nicht gut in Lebensweisheiten, aber ich könnte dir einen sarkastischen Kommentar anbieten?«

»Das ist nicht lustig.«

»Nicht für dich. Aber mal im Ernst, Lea, du hast echt ein Talent für Fettnäpfchen. Weißt du noch, wie du beim Basketballspiel gegen die Uplewarder so unglücklich gelandet bist, dass du zwei Spielerinnen umgerissen hast und wir durch dein Foul das Spiel verloren haben?«

»Ähm, ja. Die ganze Mannschaft war sauer auf mich. Ich trete nicht in Fettnäpfchen, ich springe da rein.« Die Erinnerung trieb ihr die Schamesröte in die Wangen. »Aber ich bin mir nicht sicher, ob das technisch als Fettnäpfchen zählte oder einfach nur Pech war.« Sie nestelte an der lockeren Ecke eines Posters, das auf Zeckenbiss-Prävention hinwies. Die Oberstufenzeit verdrängte sie gern. Damals war sie nicht nur mit Abstand die Größte in der

Klasse gewesen, sondern auch die Klassenbeste. Eine ungünstige Kombination, wenn man außerdem furchtbar ungeschickt war und jedes Mal knallrot wie eine Boje anlief, sobald man irgendwie auffiel. Und am Ende der zwölften Klasse war dann der Unfall mit Herrn De Fries passiert, der ihr ganzes Leben umgekrempelt hatte. Das war die schlimmste Zeit ihres Lebens gewesen. Sie stieß die Luft aus, als ihr Herz sich zusammenzog.

»Lea?«

»Mhm?«

»Du denkst jetzt aber nicht wieder an die Nacht, in der Tarjas Vater gestorben ist?«

Erwischt. Die Posterecke riss vollständig ab, und das Poster rollte sich an der Stelle nach unten. Lea klemmte sich das Handy zwischen Ohr und Schulter und machte sich mit zitternden Fingern daran, es ganz abzunehmen.

»Meinst du, die Gemüter haben sich mittlerweile beruhigt?« Sie war Tarja seit Jahren nicht mehr begegnet, aber damals waren die Vorwürfe schwer gewesen und das, obwohl sie selbst genug an dem Vorfall zu knabbern gehabt hatte.

»Darf ich dich daran erinnern, dass du vollkommen unschuldig warst? Herr De Fries war angetrunken, ist zu schnell gefahren und war nicht angeschnallt, als er dir ausgewichen ist. Man muss doch damit rechnen, dass auf der Landstraße Radfahrer unterwegs sind.«

Aber nicht nachts, dachte Lea. Trotzdem hatte Christine natürlich recht. Sie hatte nichts dafür gekonnt, dass sein Wagen auf der regennassen Straße ins Schlingern geraten war. Sie hatte sogar eine Reflektionsweste getragen. Aber die Bilder in ihrem Kopf … das Geräusch des splitternden Metalls … das Zischen des Dampfes, der aus der Motorhaube aufstieg … Sie schüttelte sich, um die Beklemmung loszuwerden, die sie ergriff.

»Tarja hat das anders gesehen. Und ihre Freunde auch.« Und nicht nur das – sie hatten sie gemobbt, andere gegen sie aufgebracht. Mehr als einmal waren ihre Fahrradreifen zerstochen worden, tauchten Graffiti mit ihrem Namen in der Schultoilette auf, und einmal hatte sie ihren Rucksack mit Schimpfwörtern bekritzelt wiedergefunden, nachdem er in der Pause unbeaufsichtigt im Klassenraum gestanden hatte.

»Natürlich. Ihr Vater ist gestorben, und sie wollte nicht wahrhaben, dass er es selbst verschuldet hat. Wenn man trauert, ist es oft einfacher, wenn es einen Schuldigen gibt, auf den man seinen ganzen Frust projizieren kann. Reiner Selbstschutz.«

»Ja.« Es kam Lea so vor, als hätten sie dieses Gespräch schon Dutzende Mal geführt, und wahrscheinlich war das auch so. Ohne ihre Freundinnen hätte sie das Haus damals wahrscheinlich gar nicht mehr verlassen.

»Mach dir keine Sorgen. Sie wohnt nicht mehr in Pewsum. Das letzte Mal bin ich ihr in Oldenburg in der Fußgängerzone begegnet. Da hatte sie ein kleines Mädchen an der Hand, das ein T-Shirt von einem Oldenburger Turnverein trug. Anscheinend lebt sie jetzt dort.«

Lea atmete tief durch. »Ja, du hast recht. Die Sache ist Vergangenheit.«

»Genau so sehe ich das auch«, sagte Christine, aber es klang gepresst und verhalten, als würde sie selbst nicht dran glauben.

Aber ihr Telefon blinkte, als Jens den nächsten Patienten ankündigte, und sie sagte nur kurz: »Du, ich muss weiterarbeiten. Wir sehen uns dann morgen.«

Der Rest des Tages verging schnell. Lea hörte sich die Sorgen und Nöte der Tierbesitzer an und kümmerte sich routiniert um deren Pfleglinge. Bajos Büro blieb leer, und einmal sah sie ihn durchs Fenster über den Hof laufen. Er trug grüne Gummistiefel, die in starkem Kontrast zu seiner weinroten Schürze standen, und schleppte ein Maulgatter und eine riesige Raspel zu seinem Wagen. Anscheinend brauchte ein Pferd seine Zahnpflege. Sie beneidete ihn nicht. Großtierärzte hatten mit ganz anderen Herausforderungen zu kämpfen als Kleintierärzte wie sie. Hoffentlich nahm er ihr nicht krumm, dass sie ihn einen »exzentrischen Öko-Hippie« genannt hatte.

Sie beobachtete, wie er seinen pinken VW-Bus einräumte, in dem in zwei Reihen Boxen und Kästen gestapelt waren. Dabei sortierte er seine Werkzeuge für den anstehenden Besuch sorgfältig. Routiniert und kontrolliert – genau die Eigenschaften, nach denen Lea sich momentan am meisten sehnte. Sie stützte das Kinn auf die Arme und versank in dem Anblick. Und tief in ihr drin kribbelte es, eine Art Vorahnung, die sie sich nicht erklären konnte.

Kapitel 9

Am nächsten Morgen ignorierte Lea das schicke Kostüm, das Tante Anneke ihr gestern Abend noch vorbeigebracht hatte. Stattdessen suchte sie ihre Sportschuhe, eine graue Stoffhose und dazu ein weites weißes T-Shirt heraus. In der Praxis trug sie eh einen Kittel, und Bajo schien ebenso wenig Wert auf Mode zu legen wie sie.

Behutsam goss sie Oma Tildas Pflanzen und ihre eigenen und schaute sich die Blätter genau an, um Mangelerscheinungen festzustellen. »Wer hat dich denn gebissen?«, fragte sie Gummibaum Günther, der nicht nur ein Blatt mit einem Loch in der Mitte hatte, sondern auch ein frisch abgerissenes Ästchen. Peanut schaute betont unschuldig zur Seite. »Hast wohl noch nie was von Phytotoxinen gehört, Peanutchen?«, fragte sie den Border Collie und schob ein halbhohes Regal vor den Gummibaum, damit der Hund nicht mehr an die Pflanze herankam.

Sie führte ihn eine Runde spazieren, genoss die Morgenfrische und beobachtete ein paar kleinere Vögel, die in den Büschen hüpften. Heute würde sie zum ersten Mal ohne Opa arbeiten. Gut, nicht ganz allein, es gab noch Jens. Und Bajo, der so ganz anders war als ihre männlichen Kollegen in München und ihre Kommilitonen auf der Uni. Rauer, eigenwilliger und mit seinen langen Haaren und dem Vollbart um so einiges alternativer. Und der Duft nach Frühling und Meer, der sie umgeben hatte, als er sich über ihre Schulter beugte, der war umwerfend gewesen.

Peanut zog an der Leine, als er eine Spur entdeckte, die interessant roch. Lea ließ ihn kurz schnuppern und änderte dann die Richtung, um nach Hause zu gehen und sich fertig zu machen. »He, zieh nicht so«, korrigierte sie ihn, als er an ihr vorbeischoss, um vorzulaufen.

Sie gab Peanut bei ihren Eltern ab und fuhr zur Praxis. Bajos pinker VW-Bus parkte bereits davor, obwohl sie erst in einer Stunde öffneten. Bajo selbst eilte gerade mit einer Kiste voller Medikamente aus dem Gebäude. »Moin!«, rief er ihr zu. »Ich habe gerade einen privaten Notfall. Mein neuer Sussex-Hahn Bernd ist aus seinem Gehege ausgebrochen und hat meinen anderen Hahn Willy angegriffen. Es sind ordentlich Federn geflogen, und ich muss Willy verarzten. Ich kümmere mich darum, und danach habe ich Außentermine. Man sieht sich!«

Er verstaute die Sachen in seinem Wagen, während sich in Lea Enttäuschung breitmachte. Wahrscheinlich würde sie ihn den ganzen Tag nicht zu Gesicht bekommen, auch deshalb, weil sie selbst am Nachmittag außer Haus sein würde, um das neue Röntgengerät abzuholen, das Opa beim Fachhändler für veterinärmedizinische Ausrüstung in Emden bestellt hatte.

»Du scheinst ziemlich viele Haustiere zu haben«, sagte sie neugierig.

Er nickte, während er die letzten Sachen in den Wagen räumte. Dann setzte er sich auf die Kofferraumkante und klatschte in die Hände. »Fertig.« Er sah sie vielsagend an. »Möchtest du sie sehen?«

Lea nickte begeistert und setzte sich zu ihm. Sofort stieg ihr sein Geruch in die Nase, heute eine Mischung aus Heu und einem zitrischen Duschgel.

»Die kamen alle ungeplant«, erklärte er und zückte sein Handy, um ihr ein paar Fotos zu zeigen. Auf den ersten Bildern sah Lea drei bunt gefleckte Edelziegen, die auf einer Wiese standen und verträumt an den Halmen kauten.

»Das sind Smilla, Jule und Frieso, die kommen von Bauer Klaas aus Wybelsum, der hat seinen Hof ganz in der Nähe vom Radarturm. Eigentlich sollte ich Klaas nur bei seiner Einstreu beraten, weil vier seiner Kühe infizierte Klauen hatten. Leider kam ich einen Tag zu spät – Klaas war an einem Herzinfarkt gestorben, und seine Kinder waren schon dabei, die Ziegen zu verladen, damit sie zum Metzger gebracht werden. Ich weiß, dass ich als Tierarzt nicht jedes Tier retten kann, aber sieh dir mal ihre treuen Augen an …« Er zoomte eines der Fotos näher für Lea heran, die einen Knoten im Bauch bekam, als sie in die bernsteinfarbenen Augen der Ziege schaute, die in der Sonne schimmerten. »Das konnte ich doch nicht zulassen. Also habe ich sie alle adoptiert.«

Lea merkte, dass sich seine Haltung änderte und er deutlich defensiver wirkte, als erwartete er eine ablehnende Reaktion von ihr. Dabei fand sie seine Rettungsaktion äußerst charmant und lobenswert. »Ich hätte auch nicht wegschauen können«, gestand sie und dachte an Peanut. »Manchmal ist es schwierig als Tierarzt, wenn man als Einziger zwischen Leben und Tod des Tieres steht.«

»Genau. Es ist eine enorme Verantwortung, aber auch ein Privileg, wenn man die Möglichkeit hat zu handeln.« Erleichterung machte sich in seinem Gesicht breit, und seine Schultern entspannten sich. »Tja, dann kamen noch diese vier Hühner hinzu.« Er wischte auf dem Handy zum nächsten Bild, das vier zuckersüße schneeweiße Hennen zeigte, die in einer Reihe hintereinander auf ein Holzhaus zuliefen. Dabei stieß er zufällig gegen ihren Arm und die Berührung löste eine Welle in Lea aus, die bis hinunter in ihre Hüften lief. Winzige Funken entfachten sich in ihr, die sich gefährlich schön anfühlten. *Er ist sehr kräftig*, dachte sie und verdrängte das prickelnde Gefühl, das nur langsam abebbte. Unauffällig zog sie ihren Arm zurück, um einen weiteren Kontakt zu vermeiden.

»Die legen alle keine Eier mehr, und das war für Tete leider

Grund genug –« Er brach ab und sah sie ernst an. »Das ist alles vertraulich, versteht sich«, sagte er, und Lea nickte sofort. Es kitzelte immer noch leicht in ihrem Nacken, und sein energischer Blick half ihr nicht gerade dabei, sich wieder unter Kontrolle zu bringen.

»Natürlich, ein Austausch unter Kollegen. Ich behalte das selbstredend für mich.«

Aber während er weitersprach und ihr erzählte, wie er bei Tete die Hühner gegen sechs Dutzend Eier getauscht hatte, die er schnell im Supermarkt besorgt hatte, lief ihr das Wort »Kollege« wie ein Endlosband durch den Kopf.

Er scrollte weiter, um ihr die Schafe Heiko, Horst und Hauke vorzustellen. Schließlich zeigte er ihr noch einen kirschroten Duroc Eber mit Hängeohren, der auf dem Weg zum Schlachthaus vom Laster gefallen war und sich ein Bein gebrochen hatte. Bajo war ein Tierarzt mit Herz, so viel war klar, er war naturverbunden, konnte anpacken, aber sprach gleichzeitig so einfühlsam und liebevoll von seinen Tieren, dass Lea sich fragte, wie sie auf ihn reagiert hätte, wenn sie ihn unter anderen Umständen kennengelernt hätte. Auf einer Konferenz als Gastsprecher oder auf einer technischen Fortbildung. Außerhalb Ostfrieslands. In dem Moment drehte er seine Schulter, und sie hielt erwartungsvoll den Atem an, aber als er nach seiner Wasserflasche griff, navigierte er geschickt um sie herum.

Der Gedanke verfolgte sie den ganzen Tag, und sie erwischte sich immer wieder dabei, wie sie aus dem Fenster schaute, wenn draußen ein Auto vorfuhr. Leider war Bajos pinker Bus nie dabei, und als sie später Peanut holte und mit ihm nach Emden fuhr, um das Röntgengerät abzuholen, stellte sie die irische Musik aus ihrer Playlist so laut, dass der Bass den ganzen Innenraum erfüllte und sie von ihren Grübeleien ablenkte. Als der Chorus eines ihrer Lieblingslieder einsetzte, grölte sie laut mit: »*Through the echoes of time, to the stars above, In the silence of hope, she's reaching for love!*«

Nach Feierabend warf sie ein paar Körbe auf dem Hof vor der

Praxis, ganz zur Freude von Peanut, der den Ball fasziniert beobachtete. Dann radelte sie nach Hause, um zu duschen und sich umzuziehen. Peanut lief brav neben ihr her, aber als sie sich einem Mann näherten, der einen Beagle spazieren führte, zog er heftig an der Leine. »He!«, stieß sie aus, als ihr Lenker bedrohlich schwankte.

Der Mann schaute auf, und sie rief: »Entschuldigung!«, stieg vom Rad und bog in die nächste Straße ab, um den beiden aus dem Weg zu gehen. Das war ein Fehler, denn sie hatte ausgerechnet die Manningastraße gewählt. Jene schicksalhafte Straße, auf der damals der Unfall passiert war. Ihr Magen zog sich zusammen, als ein blaues Auto an ihr vorbeifuhr, und ihre Finger krampften sich um den Lenker. Sie stieg wieder auf und trat schnell in die Pedale, um von hier wegzukommen. Zum Glück spürte Peanut ihre Entschlossenheit und wehrte sich nicht.

Schon von Weitem entdeckte sie Merle, die zusammen mit einem jungen Mann vor dem Haus ihrer Eltern stand. Dort, wo die Hecke besonders hoch wuchs und Merle von keinem Fenster aus gesehen werden konnte. Diese Stelle kannte Lea nur zu gut, denn hier, geschützt vor den Blicken ihrer Eltern, hatte sie ihren ersten Kuss bekommen. Einen Kuss, der nach Kaugummi und Fanta geschmeckt hatte und plötzlich endete, weil ihre Zähne gegen Noels geschlagen waren.

Der Typ legte Merle eine Kette um, was nicht leicht war, weil Merle aufgeregt zappelte und dabei mit ihren Fingern über ihre Brust strich, um den Anhänger zu ertasten. Lea stoppte das Rad, um umzudrehen und die beiden nicht zu stören, aber Peanut hatte Merle erkannt und zog an der Leine. *Wuff*, machte er, und der junge Mann fuhr zusammen, als er Lea entdeckte, die jetzt vom Rad stieg. Auch Merle versteifte sich.

»Hallo?«, fragte sie unsicher. »Bist du das, Lea?«

»Ne, ich belle eher selten. Hi, ihr beiden.« Sie grinste, als sich die Erleichterung in Merles Miene breitmachte. Auch ihr Freund atmete erleichtert aus. Dass Merle ihre Beziehungen geheim hielt, war nicht neu – bisher hatte sie noch keinen Typ ihrer Mutter vorgestellt. »Ich bin übrigens Lea, Merles Schwester.«

Er schaute sie mit großen braunen Rehaugen an, die fast unter seinem blond gelockten Pony verschwanden. »Nils.« Sein Adamsapfel hüpfte nervös auf und ab. »Ich habe schon viel von dir gehört.«

»Oh.« Seine Worte trafen Lea, als ob er ihr ein Messer in die Eingeweide gerammt hätte. *Tarja*, dachte sie. *Der Unfall. Er weiß Bescheid.* Ihre Züge entglitten ihr, und sie spürte, wie sich ihr Blick verhärtete.

Nils schaute verwirrt. »Ich meine, Merle schwärmt oft von dir. Dass du eine gute Tierärztin bist –«

»Die Beste!«, unterbrach Merle ihn.

»Und dass du regelmäßig Schulen besuchst, um Nachwuchs für den Beruf zu gewinnen. Ich finde das sehr interessant, weil ich gerade eine Ausbildung zum Notfallsanitäter mache.«

Langsam holte Lea Luft. Die Alarmsirenen in ihrem Kopf verklangen. Nils war zu jung, um von den damaligen Ereignissen viel mitbekommen zu haben. Aber jeder kannte jeden auf der Krummhörn, und getratscht wurde hier genauso viel wie anderswo. *Ich muss lernen, weniger defensiv zu reagieren*, dachte sie.

Merle schob sich dicht an sie heran, um sie zu umarmen und ihr ins Ohr zu flüstern: »Bitte verrate Mama nicht, dass du uns gesehen hast. Du weißt ja, wie sie ist.«

Lea nickte. Dass Merle mittlerweile volljährig war und ihr eigenes Leben führte, spielte für ihre Mutter keine Rolle. Für sie war Merle schutzbedürftig wie eh und je, und sie passte höllisch auf, dass ihr niemand wehtat oder ihr etwas passierte.

»Von mir erfährt sie kein Wort.« Ihr Handy klingelte, und sie zog es hastig aus der Hosentasche hervor. Eine unbekannte Nummer. Sie runzelte die Stirn und stellte das Telefon auf lautlos. Bestimmt wieder ein Betrüger, wie der Herr neulich, der ihr verklickern wollte, er sei von der Bank und benötige ihre Zugangsdaten, weil jemand ihr Konto gehackt habe.

Kerstin und Christine warteten am Abend bereits auf sie, als sie das Funkelsteen betrat. Sie hatten ihren Lieblingstisch direkt neben dem Kamin reserviert. Das knisternde Feuer warf ein warmes Licht auf die beiden und spendete eine angenehme Wärme. Vor ihnen standen riesige Gläser, in denen jeweils ein Papierschirmchen klemmte. Ihre Freundinnen hätten nicht unterschiedlicher sein können: Christine schmal und in eine hellbeige Strickjacke gekleidet, die sie über einem selbst genähten Patchwork-Kleid trug, und Kerstin, selbstbewusst wie immer, in einem Guns'N'Roses-T-Shirt mit ausgefranster Jeansweste in XXL.

»Wir wussten nicht, was du magst«, entschuldigte sich Christine. Lea fiel gleich auf, dass Christines blasses Gesicht noch schmaler wirkte als sonst. Neben der üppigen Kerstin wirkte sie zerbrechlich wie eine Glasblume. Ob es ihr nicht gut ging?

»Kein Problem, ich bestelle mir gleich selbst einen Drink.«

Kerstin reichte ihr die Getränkekarte. »Möchtest du eine Empfehlung? Erst die gesamte linke Seite einmal runter und dann wieder rauf?« Sie grinste breit und stieß Christine dabei übermütig in die Rippen, die verlegen an ihrem Schirmchen zupfte.

Lea las sich die Karte durch und entschied sich dann für einen Orangensaft. »Ich will keine Spielverderberin sein, aber ich möchte morgen schon früh in die Praxis fahren.«

»Ach wo.« Kerstin legte einen Arm um ihre Schulter. Lea bemerkte, dass ihre Ohren heute merkwürdig pfeilförmig zuliefen, als hätte sie jemand angespitzt. »Du brauchst dich doch nicht zu rechtfertigen. Du kannst und sollst trinken, was du willst, wir haben auch so Spaß.«

»Ich trinke eigentlich auch so gut wie nie«, gab Christine zu und schob ihr Glas erleichtert von sich. »Ich hole mir lieber einen Orangensaft, ich muss schließlich später noch fahren.«

Kerstin drückte Lea herzlich und ließ sie wieder los, aber die war immer noch auf die Ohren ihrer Freundin fixiert, die viel länger waren, als sie sein sollten.

»Sag mal Kerstin, was ist denn mit deinen Ohren los?«, fragte sie schließlich. »Hast du dir da irgendetwas angeklebt?«

Kerstin lachte und tastete danach. »Jepp, habe ich tatsächlich. Das sind Aufsätze aus Latex, die probiere ich gerade für meine Live-Rollenspielrunde aus. Da will ich beim nächsten Mal einen Elfenzwerg spielen.«

»Einen was?«, fragten Lea und Christine gleichzeitig. Lea fasste sich als Erste. »Ich kenne Elfen und Zwerge, aber was sind denn Elfenzwerge?«

»Na, den Elf kauft mir keiner ab.« Demonstrativ griff sie sich an die Speckröllchen an ihrer Hüfte. »Auch wenn sich die Zeiten geändert haben. Aber ich dachte mir, ich spiele das Kind einer Elfe und eines Zwerges. Dann kann ich ein cooles Kleid tragen und trotzdem wie wild mit einer Axt um mich herumschlagen, wenn es die Umstände bedingen.«

»Oje«, murmelte Christine. »Das wäre nichts für mich.«

»Klingt witzig«, fand Lea und stellte sich Kerstin in ihrem Kostüm vor. Der Wirt, Onno Eilers, den Lea schon kannte, als er als Teenager sämtliche regionalen Marathonrekorde gebrochen hatte, kam an den Tisch und zückte seinen Stift. »Was darf's denn sein?«

Lea zögerte nicht lange. »Einmal die *Krabben un Braden Tuffels*, aber ohne die Krabben bitte.« Für das Gericht war das Funkelsteen auf der ganzen Krummhörn bekannt, und es schmeckte auch in der vegetarischen Version hervorragend.

Wenig später brachte Onno drei dampfende Teller. Lea sog den Duft der Bratkartoffeln tief ein, die nicht nur herrlich buttrig und knusprig waren, sondern auch genau den richtigen Goldbraunton besaßen. Kerstin hatte sich für Plattfisch und eine doppelte Portion Pommes entschieden, Christine kämpfte mit einer kleinen Portion Salat.

»Ey ihr beiden«, brachte Kerstin kauend hervor. »So wird man doch nicht satt.«

Christine klaute ihr eine Pommes vom Teller. »Besser?«, fragte sie und biss herzhaft in die Pommes.

»Tss.« Kerstin schüttelte den Kopf und wandte sich dann an Lea. »Du siehst irgendwie anders aus«, sagte sie und musterte sie forschend. »Todschick wie ein Pariser Laufstegmodel. Man erkennt dich kaum wieder.«

Sofort strich Lea über ihr hellbeiges Sakko, das sie über einer weißen Bluse trug. Gestern war Tante Anneke mit dem Outfit vorbeigekommen und hatte dafür ihre gesamten Sportsachen mitgenommen. »Das muss alles gebügelt werden«, hatte sie behauptet, aber Lea hatte den Verdacht, dass es ein verzweifelter Versuch ihrer Tante war, sie neu einzukleiden.

»Das ist eigentlich nicht mein Stil«, gab sie zu und kräuselte die Nase. Außerdem kratzten die Klamotten wie die Hölle. Es war das letzte Mal, dass sie sich den Modevorstellungen ihrer Tante beugte.

Christine nestelte derweil an ihrer Handtasche und zauberte ein gestricktes Kleidungsstück hervor. »Ich habe dir etwas mitgebracht.«

»Oh, das ist aber nett.« Sie hielt das bunte Ding vor sich, das an einen Pullover erinnerte, aber die Armlöcher an den falschen Stellen hatte. »Du, der sieht aber klein aus, ich weiß nicht, ob ich da reinpasse.«

Christine lächelte schief. »Der ist nicht für dich, sondern für deinen Hund. Den ich übrigens gern kennenlernen würde. Guck mal, da ist sogar ein Basketball drauf.« Sie deutete auf den orangeschwarzen Kreis auf der Brustpartie.

»Oh, das ist lieb, den nehme ich gern! Aber ich habe mir Peanut nicht zugelegt, sondern das Schicksal hat ihn mir zugespielt.«

»Ich bin ganz Ohr!« Kerstin lehnte sich nach vorn. Für Schicksalsschläge, unerklärliche Zufälle und spirituelle Begebenheiten war sie immer offen.

Lea erzählte die Geschichte in der langen Version und schloss mit: »Jedenfalls bleibt er jetzt bei mir.«

Kerstin schlürfte vor Aufregung gerade den letzten Schluck ihres Cocktails. »Mann, was du so alles erlebst. Das Leben auf der Krummhörn muss dir total langweilig vorkommen.«

»Nein, eigentlich nicht. Bisher genieße ich die Ruhe und den Frieden. Aber ich bin ja auch gerade erst angekommen.«

»Warte nur ab. In ein paar Wochen bist du froh, wenn du wieder in die nächste Großstadt ziehen kannst.« Sie sagte das fröhlich und etwas beschwipst, aber Lea spürte, wie ein Schatten über ihr Gesicht wanderte.

»Ich mache jetzt auch etwas mit Tieren. Beziehungsweise für Tiere«, warf Christine schnell ein, die einen besseren Radar für Stimmungsschwankungen als Kerstin hatte. Sie öffnete das Album auf ihrem Handy und zeigte ihnen Fotos von weiteren Hundejäckchen. »Die sind für ein spanisches Tierheim. Da wird's wohl ganz schön kalt im Winter.« Sie scrollte weiter, und zwischendurch tauchten immer wieder Fotos aus ihrer Wohnung auf.

»Warum machst du so viele Fotos von deiner Küche?«, wollte Lea wissen.

Kerstin und Christine schauten sich verschwörerisch an, bevor Christine den Kopf senkte und ausweichend antwortete: »Ich bin viel drinnen.«

Dafür warf Kerstin Lea einen warnenden Blick zu. Sie nickte unmerklich und tippte auf ein Foto, das eine chinesische Vase zeigte, in der blühende Sanddornzweige standen. »Das ist ziemlich gut fotografiert. Wie hast du das mit dem Licht hinbekommen?«

»Ach, das. Ich habe mir einen Diffusor gekauft, also so einen Ballon, der ein weiches Licht erzeugt.«

Mit jeder Minute, die Lea mit ihren Freundinnen verbrachte, entspannte sie sich mehr. Auch wenn sie sich so selten sahen, hatte sich kaum etwas zwischen ihnen verändert. Ja, sie trugen alle ihr Päckchen mit sich herum, waren nicht mehr so unbeschwert wie früher, aber sie konnten sich immer noch gut unterhalten, lachen, und als Kerstin ihnen nach ihrem dritten Cocktail mit belegter

Zunge ihr Sammelarmband mit den Glücksbringern präsentierte, lagen sie gemeinsam vor Lachen fast unter dem Tisch.

»Und das Kleeblatt mit den Kristallen bringt Glück bei den Männern«, behauptete sie mit roten Wangen. »Solltest du auch mal versuchen, Christine.«

Die winkte ab. »Bei einem Date hätte mir selbst eine gesamte vierblättrige Kleewiese nicht geholfen«, sagte sie schulterzuckend und spielte mit ihrer Serviette.

Sie ist so mager geworden, dachte Lea, die ihr deutlich sichtbares Schlüsselbein betrachtete. »Was ist passiert?«, fragte sie nachdenklich.

»Es war ein Blind Date.« Christine seufzte. »Das Foto seines Online-Profils war ungefähr zwanzig Jahre alt, er kam eine Stunde zu spät und hat mir beim Essen jedes Detail seiner Modelleisenbahn aufgelistet. Ich bin nicht zu Wort gekommen und war fast erleichtert, als er einen Anruf bekam, hinauseilte und mich mit der Rechnung sitzen ließ.«

Kerstin prustete ungehemmt, aber fächelte sich schnell Luft zu. »Sorry«, sagte sie und erntete einen strengen Blick von Christine.

Lea hingegen keuchte. »Wie bitte? Der ist einfach nur auf deine Kosten essen gegangen?«

Christine machte eine wegwerfende Handgeste. »Das war mein viertes Blind Date mit der App, und ich habe das nur gemacht, weil meine Eltern Torschlusspanik kriegen. Dabei hasse ich Dates.«

Kerstin runzelte zweifelnd die Stirn, aber Lea umarmte sie zuversichtlich. »Nicht auf jeden Topf muss ein Deckel«, sagte sie.

»Biste halt 'ne Bratpfanne«, lallte Kerstin, während sie den Kellner heranwinkte, um sich den nächsten Cocktail zu bestellen. Mit Schirmchen und Kirsche.

»Die nächste Runde geht aufs Haus«, versprach Onno und löste damit einen Begeisterungssturm bei Kerstin aus.

»Wie läuft es in der Praxis?«, lenkte Christine ein und Lea erzählte von Bajo, Jens und auch, dass sie nach einer neuen Rezeptionistin suchten.

»Versuch es doch mal bei Nasrin. Die hat jahrelang an der Rezeption bei Doktor Garnesch gearbeitet«, schlug Christine vor. »Der ist zwar Allgemeinmediziner, aber im Prinzip ist die Arbeit doch ähnlich, oder? Zurzeit arbeitet sie in einem Gartenhandel in Emden, aber ich habe von meinem Cousin gehört, dass sie da nicht besonders glücklich ist.«

Lea überlegte. Nasrin war in ihre Parallelklasse gegangen und hatte im selben Sportverein wie sie gespielt. Allerdings Handball, kein Basketball. Sie war in Ordnung gewesen und hatte sich an Tarjas Mobbing nicht beteiligt. Und sie war zwar auf der Krummhörn aufgewachsen, aber in Bangladesh geboren, und hatte sich von einigen Mitschülern deswegen dumme Sprüche anhören müssen. »Danke, ich denke mal drüber nach.«

Kerstin stimmte die ersten Zeilen von *What shall we do with a drunken Sailor* an und hakte sich bei Lea unter, um mit ihr zu schunkeln. Das war nüchtern nicht ganz einfach, aber Kerstin war so gut gelaunt, dass es ansteckend war.

»Ich muss mal auf Toilette«, murmelte Christine und stand auf.

Kaum war sie verschwunden, beugte sich Kerstin mit deutlich geröteten Wangen vor. »Merkste was? Das geht schon seit einem halben Jahr so. Keine Ahnung, was mit ihr los ist. Das kam ganz plötzlich.«

»Ja.« Christine hatte nicht nur stark abgenommen, ihr Gesicht war grau und eingefallen, und sie wirkte todtraurig, auch wenn sie jetzt gerade gute Laune hatte. »Sie ist doch nicht krank?«, fragte Lea. Ihr Handy vibrierte mehrfach, bis sie es schließlich abschaltete. Wieder eine unbekannte Nummer, aber es gab nichts, was nicht bis morgen warten konnte.

Der Abend wurde allerdings länger als gedacht, und was Christine und sie nicht an Alkohol bestellten, machte Kerstin für sie wett.

»Das sollt'n wir unbedingt wiederhol'n, meine süßen Brüll… Trüll… Prüllkers«, brabbelte sie, bevor Christine sie auf den Rücksitz ihres Autos verfrachtete.

»Bis dann, Süße!«, rief Christine und winkte ihr ein letztes Mal zu, bevor sie losfuhr.

Lea stieg wieder auf ihr Fahrrad und genoss die kühle Nachtluft auf ihren Wangen. Als sie das Haus ihrer Großeltern erreichte, das friedlich im Mondlicht lag, zögerte sie kurz. Es war die erste Nacht, die sie hier allein verbringen würde, umgeben vom vertrauten Geruch ihrer Großeltern, den alten Holzmöbeln und Oma Tildas Dutzenden Zimmerpflanzen. Im Haus ihrer Eltern nebenan war alles dunkel – kein Wunder, es war bereits nach Mitternacht.

Der Gesang einer Nachtigall erklang aus einem nahen Baum, süß und melodisch, sodass Lea sich Zeit ließ, ihr Fahrrad durch den Vorgarten zu schieben. Über ihr erstreckte sich ein funkelndes Band aus Sternen am tiefen Nachthimmel. Jeder Stern schien ihr zuzuzwinkern, als wollte das Universum sie nach ihrer langen Abwesenheit willkommen heißen.

Der zweite Arbeitstag war geschafft, und obwohl ihre Beine schwer waren und ihre Augenlider sich fast von allein schließen wollten, fühlte sie sich erstaunlich glücklich. Die Aufregung und die Herausforderungen des Tages hatten sie belebt, und sie spürte, wie sie langsam in den Rhythmus ihres neuen Lebens als Landtierärztin fand.

Sie hielt einen Moment inne und lehnte das Fahrrad gegen den Schuppen. Die Kühle der Nacht umhüllte sie wie ein beruhigender Mantel. Ihr Herz klopfte noch immer leicht vor Aufregung, aber nun hatte sie Zeit, sich zu entspannen und die Ereignisse des Tages zu reflektieren. Sie lief zum Haus ihrer Eltern, um Peanut abzuholen, und danach zurück ins Haus ihrer Großeltern, vorbei an Omas Gummibaum Günther, den sie ein Stück vom Fenster fortschob, weil ein leichter Zug durch die alten Dichtungen strömte. Wenig später schlüpfte sie in ihr Bett, zog sich die Decke über das Kinn und spürte, wie ihre Gedanken sie an einen anderen Ort trugen.

Ein lautes Wummern riss sie aus dem Schlaf. Verwirrt richtete sie sich auf, suchte nach dem Knopf für die Nachttischlampe und riss sie dabei fast herunter. Peanut bellte, und sein Fell sträubte sich. Das Klopfen an der Haustür wiederholte sich. Dieses Mal rief eine Stimme laut »Hallo?«

»Was zum …?« Schlaftrunken rieb sie sich über die Augen, gähnte und schlüpfte in ihre Pantoffeln.

»Lea, kannst du mich hören?« War das nicht die Stimme von Bajo?

»Was will der denn hier?«, murmelte sie, strich Peanut beruhigend über die Ohren und lief zur Tür.

Kapitel 10

Sie stand einem äußerst fidelen Bajo gegenüber, in dessen Augen sich das Licht ihrer Flurlampe reflektierte. Ihr Blau strahlte dunkler als tagsüber, aber mit derselben Intensität. Über seinem falsch zugeknöpften karierten Flanellhemd trug er einen offen stehenden Kittel, seine Haare standen in alle Richtungen ab, als hätte er in eine Steckdose gegriffen, und auch sein Bart wirkte ungekämmt. Aber trotzdem strahlte er eine ungestüme Energie aus, als wäre er gerade auf dem Weg zu einem Holzfällerwettbewerb und hätte sich vorher drei Energydrinks reingezogen.

Lea schluckte. »Was gibt es?«, fragte sie brüchig und verzog das Gesicht, als der kalte Wind an ihrem Pyjama riss. Peanut drängte sich fragend zwischen ihre Beine, und sein warmer Körper erinnerte sie schmerzlich an ihr gemütliches Bett.

»Moin. Na, gut geschlafen? Sorry, es gibt einen Notfall. Ein Pferd mit einer schweren Kolik in Groothusen. Wir müssen sofort dahin. Normalerweise begleitet mich dein Opa, aber der schippert ja gerade über die Weltmeere.« Sein Blick wanderte an ihrem pinken Krabbenpyjama hinab, der mindestens zwei Nummern zu groß war, und ein spitzbübischer Ausdruck stahl sich in sein Gesicht.

Lea strich sich über ihre müden Augen, es fiel ihr schwer, seine Worte aufzunehmen. Es half nicht, dass Peanut vor Freude zappelte und ihre Knie auseinanderdrückte, sodass sie o-beinig im Eingang stand. »Wir?«

Bajo hob fragend die Augenbrauen. »Ja, wir. Jens lebt in Aurich, bis der hier ist, ist das Pferd tot. Was ist – kommst du mit?«

Kurz bewölkte sich seine Stirn, aber Lea gähnte und sagte: »Natürlich.« Sie schüttelte sich, damit die tanzenden Sternchen vor ihren Augen verschwanden. Peanut lief zurück ins Schlafzimmer, und ein Poltern verriet, dass er aufs Bett sprang.

»Wunderbar. Dann zieh dich schnell um, es sei denn, du möchtest so gehen«, witzelte er und grinste, als Lea tatsächlich zu ihren Schuhen schielte, die im Regal neben ihr standen. Die Versuchung war groß. Jetzt schoss Peanut wieder an ihr vorbei, um Bajo stolz eins seiner blauen Bällchen vor die Füße zu legen. »Oh, ist das einer deiner Schätze?«

Während Bajo sich hinhockte, um das Bällchen zu bewundern, eilte Lea ins Schlafzimmer. Ihre Gedanken liefen bereits auf Hochtouren. Natürlich hatte sie im Laufe des Studiums die Grundlagen der Großtiermedizin erlernt, aber es fehlte ihr an praktischem Wissen. Hoffentlich würde sie beim Assistieren nicht wie ein Depp vor Bajo dastehen. Kaum war sie fertig, lief sie in den Flur zurück. Ihr Schnürsenkel riss, als sie hastig eine Schleife binden wollte. Sie fluchte und suchte ein anderes Paar Schuhe heraus.

Als sie fertig war, eilte sie mit Peanut zum Haus ihrer Eltern und ließ ihn durch den Seiteneingang in die Waschküche. Dort stand der unangetastete Wäschekorb mit ihren Sportklamotten, den Peanut gleich begeistert beschnüffelte – und wenn ihm ein Malheur passieren sollte, konnte sie die Fliesen leicht reinigen. »Servus, Erdnuss«, flüsterte sie und strich ihm zum Abschied über die flauschigen Ohren.

In Bajos klapprigem Kleinbus roch es nach Desinfektionsmitteln und altem Kaffee. Am Rückspiegel hing ein gefilztes Stoff-Alpaka neben einer Holzperlenkette mit Peace-Zeichen-Anhänger. Beides schwang hin und her. Das und die lauten Motorengeräusche rissen an Leas Nervenenden. Zu allem Überfluss stellte Bajo die Heizung an, was dazu führte, dass Lea muffige Luft aus den Düsen entgegenströmte, die sich mit den Gerüchen eines Vanille-Duftbaums vermischte.

Ihr Kopf brummte, und sie massierte sich die Stirn. Jetzt bereute sie den langen Abend im Funkelsteen. Aber als Bajo das Radio einschaltete, richtete sie sich auf. Es lief ein Seemannslied, das sie mochte. Sie klopfte sich rhythmisch auf die Schenkel und sang leise mit: *»Setzt die Segel, wir fahren aufs Meer, in die weite Ferne, dort wo die Freiheit ruft, es treibt uns ein Ruf, es treibt uns ein Ruf.«* Die Musik vibrierte durch ihren Körper und schenkte ihr Energie.

»He, du kannst echt gut singen«, kommentierte Bajo und schmetterte auch ein paar Zeilen mit. Er sang laut, krumm und leidenschaftlich, aber Lea imponierte es, dass es ihn anscheinend überhaupt nicht störte, wenn er ein paar Noten danebenlag. Im Schein der Armaturen waren seine Gesichtszüge scharf umrissen, wirkten markanter als im hellen Tageslicht und irgendwie auch ernster. Ein Lächeln stahl sich auf ihre Lippen, als sie seine Hände betrachtete, die ruhig das Lenkrad führten. Wie alles an und um Bajo waren sie groß, konnten sicherlich gut zupacken. Vorteilhaft für einen Großtierarzt, der öfter mal ein Pferdebein hochheben, das Klauenpflegegerät für eine Kuh oder auch ein Maulgatter bedienen musste.

Ein Kribbeln lief über ihre Wirbelsäule, als er mit den Fingern auf dem Lenkrad trommelte und sie sich vorstellte, dass diese Finger über ihren Bauch fuhren. *Nein,* unterbrach sie den Gedanken, *konzentrier dich, wir sind nur Kollegen.* Aber kurz darauf schielte sie wieder zu seinen wohlgeformten breiten Schultern, die perfekt dafür geeignet schienen, Halt zu bieten, wenn es nötig war. *Ein Wikinger mit Herz,* dachte sie und spürte, wie ihr eigener Herzschlag beschleunigte. Draußen funkelten die Sterne klar und hell, der Mond stand in einer Sichel am Himmel.

Bajo hielt an einer roten Ampel, drehte sich zu ihr und lächelte aufmunternd. »Hat was, nachts zu arbeiten, nicht? Ist so besinnlich.«

Das Stoff-Alpaka am Rückspiegel hörte auf zu schwingen, und Lea betrachtete das zerknautschte Filzgesicht des Tiers, das irgendwie vorwurfsvoll wirkte. *Bajo macht diese nächtliche Arbeit wirklich Spaß,* dachte sie, drehte ihren Hals, bis die Wirbel knackten, und unterdrückte das nächste Gähnen. Bisher war sie noch nie nachts spontan zu einem Patienten gerufen worden. »Es fühlt sich auf jeden Fall anders an. In München hatten wir zumindest theoretisch unsere festen Arbeitszeiten«, gab sie zu. *Auch wenn ich die ständig überzogen habe,* dachte sie, *wenn auch mit Schreibtischarbeit.*

Es zuckte auf Bajos Wangen, und sie bereute ihre Ehrlichkeit, als er das Gesicht verzog. »Es gibt nur uns auf dem Land. Wir arbeiten zu jeder Tages- und Nachtzeit, einen Feierabend wie in der Stadt kannst du vergessen.«

Lea nickte. Von Opa wusste sie, dass er nie stillstand, aber als Großtierarzt hatte Bajo noch mal andere Verpflichtungen als sie. Sie mochten vielleicht denselben Beruf haben, aber lebten doch in unterschiedlichen Welten.

»Selbstredend«, sagte sie, und auch wenn die Müdigkeit ihre Knochen schwerer werden ließ, meinte sie es so. »Es ist meine professionelle Pflicht, mich den örtlichen Begebenheiten anzupassen«, schob sie hinterher.

»Professionelle Pflicht?« Bajo hob einen Mundwinkel, und eine Falte erschien auf seiner Stirn. Aber als die Ampel auf Grün sprang, entspannten sich seine Züge, und er erklärte: »Bei dem Pferd handelt es sich um einen zweijährigen Vollblutwallach. Bisher gab es keine ernsten Vorerkrankungen des Pferdes. Die letzte Fütterung fand um achtzehn Uhr statt. Heu und eine Ration Kraftfutter auf Haferbasis. Die Besitzerin, Fenna Gerdes, hat den Futtersack mit den Inhaltstoffen für uns bereitgestellt. Beim Abendessen zeigte sich ihr Wallach appetitlos, danach fing er an zu schwitzen, leckte sich die Lippen. In der letzten Stunde hat er angefangen sich zu wälzen. Ich habe Fenna die Anweisung gegeben, ihn im Schritt zu führen, bis wir kommen.«

Lea nahm die Informationen in sich auf. Ein derart junges Pferd und dann noch ein Vollblut, das würde sicherlich eine Herausforderung werden, vor allem, wenn es Schmerzen hatte. Eine Sache fiel ihr auf: »Woher weiß die Besitzerin, dass der Zustand des Tieres sich verschlechtert hat? Ich meine, es ist mitten in der Nacht.«

Bajos Züge wurden weich. »Als es klar war, dass es ein Problem mit dem Wallach gibt, hat Fenna sich ihr Bett bei ihm im Stall eingerichtet.«

Die Worte legten sich warm um Leas Herz. Manche Tierbesitzer gaben sich so viel Mühe – und dann gab es solche wie Herrn Walter, die ihren Hund einschläfern lassen wollten, weil er unbequem wurde. Fennas Einsatz für ihr Pferd beflügelte sie, und endlich fiel der letzte Rest Müdigkeit von ihr ab. Und als sie vor dem Gulfhof hielten, schnappte sie sich eine der beiden Arzttaschen mit dem Notfallequipment und lief mit Bajo in den beleuchteten Stall. Dort erwartete sie bereits eine rothaarige und äußerst robust gebaute Frau, die den fuchsfarbenen Wallach die Stallgasse auf und ab führte. Die warme Stallluft war gesättigt mit dem Duft von Heu, Pferden und dem Leder der Sättel, die an einer Vorrichtung neben dem Tor hingen.

»Moin, Fenna? Ich bin Bajo, das ist Lea«, stellte er sie vor und begutachtete das Pferd, das ebenso stark schwitzte wie Fenna selbst. Dicke Schweißflecken hatten sich auf ihrem T-Shirt gebildet, denn der Wallach riss den Kopf hin und her und versuchte immer wieder, sich hinzulegen. Aber Fenna war kräftig und setzte sich durch.

»Woah, mein Kleiner«, beruhigte sie das Tier und strich ihm über den Hals. Lea hatte noch nie eine Frau mit einem so mächtigen Kreuz gesehen. Auch wenn Fenna deutlich kleiner war als Bajo und sie selbst, machte sie es durch Körpervolumen wett.

»Gut, dass Sie kommen konnten.« Ihre Stimme hingegen war sanft, fast schüchtern. »Randalf baut ab.«

»Jederzeit.« Bajo wartete, bis Fenna mitsamt Pferd vor ihm anhielt, und tastete dann Randalfs Bauch ab, während er Fenna Fragen stellte. Lea beobachtete die beiden, bemerkte das nervöse Zucken auf Fennas Wange, und reichte Bajo sein Stethoskop.

»Ich hoffe, dass er durchkommt«, hauchte Fenna, die den Führstrick nun ganz kurz hielt, damit das Pferd nicht zappelte. »Der Kleine ist meine ganze Welt.« Ihr von Wind und Sonne gezeichnetes Gesicht war angespannt, die Stimme brüchig.

»Bei Doktor Arends ist er in den besten Händen«, ermutigte Lea sie. Ob das stimmte, wusste sie nicht, aber Bajo ging technisch und gezielt an seine Arbeit, jeder Handgriff saß. Und das Pferd schien zu verstehen, dass er half, denn es stand nun still, scharrte nur gelegentlich mit dem Huf.

Lea öffnete die Arzttaschen, damit sie schnell Zugriff auf die Instrumente hatten. Hin und wieder wieherte eines der anderen Pferde in einer Box, und das Trippeln kleiner Mäusepfoten war im Gebälk zu hören. Es roch nach Heu und Stroh, und die urigen Holzbalken gaben knarrende Geräusche von sich. *Kein schlechter Arbeitsplatz*, dachte sie. Es machte einen Unterschied, in einer sterilen Praxis zu arbeiten oder direkt im Zuhause des Tieres.

Fenna schürzte die Lippen, bevor sie fragte: »Sagen Sie mal, kennen wir uns nicht?«

Lea zuckte zusammen. Jegliche Verbindung zur Vergangenheit auf der Krummhörn verunsicherte sie erst mal, warf die Frage auf, wie unbelastet sie das Gespräch führen konnte.

»Kann sein«, sagte sie. »Ich bin Doktor Ostendorfs Enkelin Lea, und ich bin hier aufgewachsen. Wir sind uns sicherlich schon mal über den Weg gelaufen. Die Krummhörn ist ja eine kleine Welt.«

In dem Moment drehte sich Bajo um und schaute sie eindringlich an. »Für manche Menschen ist Ostfriesland zu klein«, sagte er.

Lea versteifte sich, denn mit dieser Anspielung traf er einen empfindlichen Nerv bei ihr. Sie liebte Ostfriesland und Pewsum sowieso. Aber erstens war ihr Studium nun mal in München gewesen, zweitens konnte man in Pewsum kaum Karriere machen und drittens war der Druck für sie damals zu groß geworden, nachdem überall im Ort »WANTED«-Plakate im Westernstil mit ihrem Foto aufgetaucht waren. Mit einem Kopfgeld von 10 Euro.

»Kommst du ursprünglich aus der Gegend?«, fragte sie Bajo, der sich gerade einen langen Handschuh überstülpte.

»Ja und nein. Bin in Dornumersiel geboren, in der Nähe vom Leuchtturm. In Pewsum war ich nur, wenn mich mein Vater auf ein Billardturnier mitgenommen hat. Er war richtig gut, hat später semi-professionell gespielt. Jedenfalls bin ich fürs Studium nach Gießen gezogen, aber direkt nach dem Abschluss wollte ich wieder zurück in den Norden. Erst Hamburg, dann Bremen, jetzt die Krummhörn. Ich liebe das Meer und die Menschen im Norden. Mich bringt hier nichts weg. Könntest du mir bitte kurz helfen?«

»Klar.« Lea hielt den Schweif hoch, damit Bajo den Darm des Pferdes untersuchen konnte. Dass Bajo aus Dornumersiel kam, erklärte, warum er von ihrer prekären Vergangenheit noch nichts mitbekommen hatte. Heutzutage kam ihr die Krummhörn übersichtlich vor, aber während der Schulzeit lagen Welten zwischen Pewsum und Dornumersiel. Das war gut, so konnte er vorurteilsfrei mit ihr arbeiten.

Das Pferd schnaubte und Fenna spannte sich an.

»Was ist mit Ihnen, Frau Gerdes, sind Sie auch von hier?«, fragte Lea schnell, um sie abzulenken. Wenn Fenna nervös würde, würde das Pferd ihre Gefühle reflektieren.

Fenna nickte. »Meine Familie führt den Hof in fünfter Generation. Mein Bruder Ulf übernimmt ihn nächstes Jahr und will sich dann mehr auf Bioprodukte spezialisieren.« Ihr Blick glitt in die Ferne. »Mir liegt das Bauernleben nicht, ist mir zu chaotisch. Ich bin Mühlenbauerin. Hab so ziemlich an jeder Mühle zwischen Emden und Neuharlingersiel herumgeschraubt. Muss ja ständig was gewartet werden.«

Bajo war mit seiner Arbeit fertig, und Lea ließ den Schweif wieder los. Sie trat zu Fenna und reichte ihr die Hand. »Wir können uns übrigens gern duzen, wenn Sie möchten?«

Fenna packte so fest zu, dass Lea Angst um ihre Finger bekam und nur mit Mühe einen Aufschrei unterdrücken konnte.

»Gern. Fenna.« Selbst ihre Lippen waren groß und vollmundig. »Wir sind ja ungefähr im selben Alter. Auch wenn du zweimal in meine Overalls reinpasst.« Ihre Augen funkelten so spitzbübisch, dass sie den Schalk verrieten, der in ihnen wohnte.

Mit ihr kann man sicherlich Pferde stehlen, dachte Lea und grinste, als ihr die Doppelbedeutung des Gedankens klar wurde. »Ich bin Lea. Und dein Pferd sieht bereits um einiges besser aus.« Sie zog die schmerzende Hand zurück, die sich anfühlte, als wäre ein Traktor darübergefahren.

Fenna wischte sich über die feuchte Stirn. »Danke, dass ihr nachts rausgekommen seid. Das werde ich euch nie vergessen.«

Die beiden Frauen lächelten sich an, als Bajo zu ihnen trat. Seine Züge waren gelöster und die Anspannung, die während der Untersuchung auf ihm gelegen hatte, war verschwunden. »Alles gut«, sagte er. »Der Kleine hat Glück, eine Verstopfungskolik. Ich bereite die Medikamente vor, und dann besprechen wir, wie es weitergeht.«

Lea räumte das Equipment zusammen, während Bajo mit Fenna einen Behandlungsplan ausarbeitete. Seine tiefe Stimme war beruhigend, und seine Worte klangen wie sanfte Wellen, die Fennas Sorge langsam abtrugen und Lea einlullten. Er erklärte die durchgeführten Maßnahmen und die empfohlene Nachsorge mit einer solchen Geduld und Sachkunde, dass Fenna spürbar erleichtert nickte, und selbst Lea merkte, wie das Gewicht auf ihren Schultern sich auflöste. Sein Lächeln war warm und aufrichtig, und er strahlte eine Aura der Vertrauenswürdigkeit aus. Sie hätte ihm stundenlang zuhören können, den Heugeruch in der Nase und das Schnauben der Pferde im Hintergrund. Ein paar Strähnen klebten ihm auf der Stirn, als er ihr zunickte, und sie fühlte sich in diesem Moment magisch von seiner Präsenz angezogen. Als er die Unterhaltung abschloss und sich höflich von Fenna verabschiedete, spürte sie, wie ihr Herz einen Schlag schneller schlug. So einem Arzt wie ihm war sie wirklich noch nicht begegnet.

Er nahm ihr eine der Taschen ab, und sie gingen zum Auto zurück. Die sternenklare Nacht versetzte ihr Herz in Schwingungen, und der Stolz erfüllte sie, bei einem Pferd assistiert zu haben. Bajo zog den Kittel aus, bemerkte sein falsch zugeknöpftes Hemd und öffnete die Knöpfe bis zum Bauch, um es richtig zu schließen. Braun gebrannte Haut und seine gut gebaute Brust wurden sichtbar.

Es kostete Lea alle Kraft, nicht wie ein lüsterner Kaninchenbock hinzuschauen und im schlimmsten Fall dabei aus dem Mundwinkel zu sabbern. Schnell drehte sie sich weg, stellte die Tasche in den Kofferraum und sortierte ein paar Sachen um. Kurz darauf trat Bajo neben sie und ihre Bewegungen wurden hektischer. Sie spürte, wie Bajos Finger ihren Handrücken berührten. Erschrocken zuckte sie zusammen und schaute ihn an. Sein Blick, warm und gleichzeitig durchdringend, traf auf ihren. Sie fühlte, wie sich ihre Wangen röteten, während sie versuchte, die plötzliche Unruhe in ihrem Inneren zu verbergen und ein Pokerface zu wahren.

Bajo räusperte sich und holte einen Tupfer aus seiner Tasche hervor. »Du hast da einen Kratzer«, sagte er verhalten, und jetzt erst bemerkte Lea den roten Striemen auf ihrem Handrücken. »Ach?«, krächzte sie.

Während er die leichte Schramme behandelte, verstärkte sich das Kribbeln in ihrer Brust. Es war schwierig für sie, einen neuen Lebensabschnitt zu beginnen, der von Unsicherheiten geprägt war. Aber Bajos Nähe war tröstlich und elektrisierend zugleich. Sein Zeigefinger fuhr prüfend über das Pflaster, das er auf die wunde Stelle geklebt hatte, und die Berührung verwandelte ihre Knie in Butter. Es war, als würde die Zeit langsamer laufen, denn sie nahm überdeutlich wahr, wie sich seine Lippen bewegten, ohne dass er etwas sagte, sein Stirnrunzeln, die Wärme in seinem Blick. *Ohne den weihnachtlichen Vollbart wäre er sehr attraktiv,* dachte sie, *aber den kann man sich ja wegdenken.*

Die Stille zwischen ihnen wurde von einer spürbaren Spannung durchzogen, die schwer zu ignorieren war. Sie spürte, wie ihr Herzklopfen lauter wurde, als er sich zu ihr wandte und mit einem freundlichen Lächeln sagte: »Das hätten wir.«

»Danke«, antwortete sie und sah ihn nachdenklich an. Dann rauschte die vernichtende Erkenntnis durch sie hindurch, dass sie ihn nur wenige Wochen um sich haben würde, bevor sie weiterzog, wohin das Leben sie auch tragen würde.

Kapitel 11

»Das Ultraschallgerät funktioniert wieder. Es mussten nur ein paar Tasten ausgetauscht werden«, sagte Jens anderthalb Wochen später, während er Lea einen Stapel Dokumente reichte. »Und ich bräuchte ein paar Unterschriften fürs Labor. Muss nicht sofort sein, bis heute Mittag reicht.«

Lea fielen sofort die farbenfrohen Notizzettel auf, die Jens überall dort aufgeklebt hatte, wo sie unterschreiben sollte. »Du bist wirklich gut organisiert«, erwiderte sie erfreut und reichte ihm im Gegenzug einen Kaffeebecher-to-go. »Caffè Latte, entkoffeiniert, mit fettarmer Milch, einem Schuss Haselnusssirup und einer extra Portion Sahne«, zählte sie auf. »Ich hoffe, ich habe nichts vergessen?«

»Du bist ein Schatz, Lea. Das ist perfekt.« Er grinste ihr zu und nahm einen tiefen Schluck, der auf seiner Oberlippe einen weißen Bart hinterließ. »Epkens machen den besten Kaffee in ganz Norddeutschland«, fand er, und Lea nickte bestätigend. »Übrigens«, fuhr er fort, »es hat eben eine Frau auf den AB gesprochen, als ich Bajo draußen geholfen habe. Ich konnte leider weder Name noch Nummer verstehen, weil es so laute Windgeräusche im Hintergrund gab.«

Lea zuckte mit den Schultern. »Wenn es wichtig ist, meldet sich die Kundin sicher wieder.« Kurz dachte sie an Adele, aber verscheuchte den Gedanken wieder. Mit Adele gab es nichts mehr zu besprechen.

Warme Luft strömte durch das offene Fenster herein, und das Zwitschern der Vögel erfüllte die Rezeption. Sie holte tief Luft. »Man ist hier so nah an der Natur.« Seufzend trat sie ans Fenster und betrachtete die blau gestrichene Bank vor dem Stall, neben der rechts und links Keramiktöpfe mit überquellenden lilafarbenen Blüten standen. Unweit entfernt vor den Stallungen parkte Bajos pinker Kleinbus mit dem hübschen bunten Logo der Praxis. Ihr Herz ging etwas schneller, als sie Bajo selbst entdeckte, der am Gatter eines Verschlags arbeitete, an dem er gerade ein Scharnier austauschte. Er war ganz versunken in seine Arbeit, merkte nicht, wie sie ihn durchs Fenster beobachtete. Seine Schultern, die sich hoben und senkten, der muskulöse Arm, mit dem er nach einer Zange angelte.

Heute war Mittwoch, und seit sie vor anderthalb Wochen in der Praxis angefangen hatte, war viel passiert. Mittlerweile fand sie sich in den Praxisräumen gut zurecht, war mit den Geräten und dem Inhalt der Schränke vertraut, kannte die Namen vieler Kunden und die Arbeitsabläufe. Peanut durfte heute bei ihrer Familie bleiben, weil ihre Mutter sich bereit erklärt hatte, ihn ins Büro mitzunehmen.

Leider sah sie Bajo heute meist nur kurz und von Weitem. Vielleicht war das aber auch gut so, denn er brachte sie viel zu sehr durcheinander. Jedes Mal, wenn sich ihre Wege kreuzten, wurden ihre Knie weich und sie wusste nicht, wohin mit ihren Händen. Mal fragte er sie etwas, mal lächelte er sie nur an. War er für ein paar Stunden verschwunden, erwischte sie sich dabei, wie sie bei jedem Motorengeräusch aufhorchte und zum Fenster schielte.

Während des Studiums hatte sie sich geschworen, niemals einen anderen Tierarzt zu daten, weil man die Arbeit dann mit nach Hause nahm und es zu viel Konfliktpotential gab. Aber die unerwartete Zusammenarbeit bei Fennas Wallach war so harmonisch verlaufen. Und leider, leider war er genau ihr Typ. Die kraftvolle Art, wie er das Gatter anhob, der feste Fokus auf das Scharnier und die vorsichtige Bewegung nach vorn, um zu testen, ob alles vernünftig saß, das war sexy. Und diese unglaublich großen Hände, mit denen er jetzt über das glatte Metall strich … Lea schürzte die Lippen, als sie sich vorstellte, wie diese Hände an ihrer Taille hinunterwanderten. Dann schüttelte sie den Kopf. Das war Unfug, ein Flirt mit Bajo bedeutete, ihn als Lückenfüller auszunutzen, und das kam nicht infrage.

»Na, die Natur scheint dich ja ganz in ihren Bann gezogen zu haben.«

Lea schrak auf. Sie hatte gar nicht gemerkt, dass Jens jetzt neben ihr stand und neugierig auf den Hof schielte. Bajo hob den Saum seines T-Shirts an, um sich damit über das verschwitzte Gesicht zu wischen, und sein durchtrainierter Bauch war einen Moment lang zu sehen.

»Ähm.« Lea blinzelte verlegen. »Ja. Mir hat Ostfriesland sehr gefehlt.«

»Ist aber auch eine gute Aussicht.« Jens lachte und kniff die Augen verschmitzt zusammen. Bajo beugte sich gerade nach vorn, und sie blickten geradewegs auf seinen Hintern. Jens kicherte, aber biss sich auf die Unterlippe, um sich einen weiteren Kommentar zu verkneifen, und das rechnete Lea ihm hoch an. Überhaupt war Jens ein echter Segen – er kannte auf jede Frage eine Antwort und erledigte seine Aufgaben gründlich. Trotzdem war das Fehlen eines Rezeptionisten ein Problem, weil er nicht zusätzlich eine weitere volle Stelle besetzen konnte. Und wenn Lea eins nicht wollte, dann war es, Mitarbeiter zur Erschöpfung zu treiben, so wie Adele es mit ihr und den anderen Kollegen getan hatte.

»Hast du am Wochenende schon was vor?«, fragte sie ihn, ohne den Blick von Bajo zu lassen, der sich nun streckte. Dabei spannte sich sein Shirt über seinem breiten Kreuz.

»Ach, als Single ist jedes Wochenende gleich. Du bist auch Single, oder?«

Lea nickte abwesend.

»Dann weißt du ja, wie das ist. Daten, daten, daten. Immer

die gleichen Gespräche, was man mag und macht, welche Musik auf der Playlist steht. Aber ich habe einen äußerst schlechten Geschmack, musst du wissen. Ich ziehe immer die Typen an, die nur meinen Körper wollen.« Er lachte und zeigte mit beiden Daumen auf sich. »Kann ich ja verstehen, aber ich hätte wirklich langsam gern mal was Ernstes. Weißt du, so jemanden, den man an Jahrestagen mit Blumen überraschen kann, dem man die Hand hält, wenn er krank ist und so. Zum Herumalbern, zum Träumen, zum Vernaschen. Ganz klassisch. Guck nicht so, ich weiß, dass man mir das nicht unbedingt zutraut.« Seine weißen Zähne strahlten in dem solariumgebräunten Gesicht.

Lea verstand, was er meinte. Mit dem neongelben Top, den igelkurzen blonden Haaren und den dunkel gefärbten Augenbrauen wirkte er so, als würde er gleich zu einem Techno-Festival aufbrechen. Aber das waren nur Äußerlichkeiten – sie hatte schnell verstanden, dass Jens ein herzensguter Kerl war.

Bajo draußen packte seine Sachen zusammen und lief in Richtung Praxis, den Kopf leicht nach vorn gebeugt, als dächte er nach. Vorfreude zuckte durch Leas Finger – gleich würde er in die Praxis kommen.

»Du, ich glaube, wir wünschen uns beide das Gleiche. Mit dem Unterschied, dass ich bis vor Kurzem geglaubt habe, das große Los gezogen zu haben.« Leider hatte sich Konstantin nicht als Hauptgewinn, sondern als Niete herausgestellt.

»Oh, du Arme. Ich kann dir da einen ganz tollen Club in-« Weiter kam er nicht, denn in dem Moment hob Bajo den Kopf und entdeckte Lea und Jens am Fenster. Seine Augenbrauen wanderten nach oben, und er hob einen Mundwinkel. Lea fühlte sich ertappt und riss die Dokumente hoch, die sie noch immer hielt, um sich dahinter zu verstecken. Langsam trat sie rückwärts, bis sie gegen den Tisch stieß, und sank dann in die Hocke, um sich ungeschickt die Schuhe zu binden, während die Dokumente in ihrem Schoß herumrutschten. Jens hingegen winkte Bajo zu.

»Sorry, Jens, lass uns später quatschen, ich glaube, ich höre gerade mein Handy im Büro klingeln«, murmelte Lea und hoffte, dass er nicht bemerkte, wie sich ihre Wangen röteten. Und dass ihr Handy still vor ihm lag.

Der Morgen war gut mit Terminen gefüllt. Im Wartezimmer zwitscherten Vögel, kratzten Hundepfoten auf den Kacheln und gelegentlich miaute eine Katze in ihrem Transportkäfig. Trotzdem war es um einiges entspannter als jeder Arbeitstag in München, weil für jeden Patienten genug Zeit eingeplant war. In der Mittagspause saß sie zusammen mit Jens auf der blauen Bank vor dem Stall und teilte ihre Sandwiches mit ihm, weil er seine Lunchbox vergessen hatte.

»Schind dasch Schprossen und Tofu?«

Lea nickte. »Jep. Hat mir meine Mutter mitgegeben. Sie wechselt gern zwischen friesischer Hausmannskost und Superfood. Momentan macht sie sich Sorgen, dass ich nicht genug Protein bekomme.«

»Ischt lecker.«

Lea stand auf, streckte sich und schnappte sich den Basketball, den sie in einem Tontopf verwahrt hatte. Während Jens ihr Sandwich vertilgte, warf sie ein paar Körbe. Sie hoffte vergeblich, dass Bajo auftauchte, um ihn zu einer Partie herausfordern zu können.

Am frühen Nachmittag fuhr sie nach Jennelt, um einen Hausbesuch bei Hanno Freese zu machen, der ihr die Tür im Rollstuhl öffnete. Auf seinem Schoß ruhte ein rundlicher Chihuahua, dessen Fell ebenso ergraut war wie die wenigen verbliebenen Haare seines Herrchens. Lea untersuchte den Rüden und stellte eine harmlose Magenverstimmung fest. Immer wieder glitt ihr Blick zu der Wohnzimmerwand, an der Leinen und Halsbänder in verschiedenen Größen und Farben an Haken hingen. Unter jedem war ein Name und Todesdatum zu lesen.

»Das waren alle meine Haustiere«, erklärte der alte Mann, und sein zahnloses Lächeln kerbte tiefe Falten in seine Wangen. »Es hat mich nie gestört, älter zu werden, wissen Sie.« Er nahm seinen Chihuahua entgegen, der sich sofort auf seinen Oberschenkeln einrollte. Ein wehmütiger Glanz trat in seine rot geäderten Augen, als er fortfuhr: »Aber es ist ein Fluch, dass Hunde so eine kurze Lebenserwartung haben und ich im Laufe der Jahrzehnte so viele von ihnen begraben musste.« Sanft strich er über das Fell seines Chihuahuas und murmelte: »Aber du hast zum Glück noch einige Jahre vor dir, nicht wahr, Buddel?«

Als Lea sich von ihm verabschiedete und durch den Garten zum Auto lief, fielen ihr die vielen viereckigen Beete auf, die sich an besonders schönen Stellen befanden, etwa vor dem Hortensienbusch oder neben dem Ginster. Trauer stieg in ihr auf, darüber, dass alles so vergänglich war. Aber dann entdeckte sie ein mit Kieseln umrundetes Grab inmitten von roten und gelben Tulpen, auf dem eine tönerne Hundestatue stand. Die Trauer wich und machte einer rieselnden Wärme Platz, die sich langsam in ihr ausbreitete. All diese Hunde waren geliebt worden, wurden wahrscheinlich ebenso gehegt und gepflegt wie Hannos jetziger Chihuahua Buddel. Wenn ein Tier starb, holte er sich das nächste aus dem Tierheim. Nicht, weil seine Hunde ersetzbar waren, sondern weil er nie aufgehört hatte, seine Liebe neu zu vergeben.

Das war eine so schöne Erkenntnis, dass Lea tief ausatmete und spürte, wie eine neue Leichtigkeit sie umfing. »So sollte ich es auch machen«, sagte sie leise. Nach der zerbrochenen Beziehung mit Konstantin fühlte sie sich auch einsam, hatte diese dunklen Momente, in denen sie sich schwor, sich nie wieder verletzen zu lassen. Aber der richtige Mann versteckte sich irgendwo dort draußen. Jemand, der gut zu ihr passte, der in ihr neue Wünsche und Hoffnungen weckte. Jemand, der ebenso selbstbewusst und eigenwillig war wie Bajo. Aber die Suche musste warten, bis sie einen neuen Job, eine neue Heimat gefunden hatte.

Als sie auf dem Praxisparkplatz vorfuhr, kam ihr ausgerechnet Bajo in seinem pinken VW-Bus entgegen. Freundlich hob er die Hand zum Gruß. Das Blau seiner Augen leuchtete durch die Scheibe und ließ den Himmel blass erscheinen. Durch das geöffnete Fenster hörte sie die Indiemusik, die aus seiner Musikanlage dröhnte. Das Stoffalpaka am Rückspiegel drehte sich munter im Kreis.

Hatte Bajo gemerkt, wie sehr er sie heute Morgen in Verlegenheit gebracht hatte? Und wie oft sie an ihn denken musste? Dass ihre Gedanken wie ein Boomerang immer wieder zu ihm zurückkehrten?

Sie lächelte ihn an, aber er war schon an ihr vorbeigezogen, und ein bitterer Geschmack bildete sich in ihrem Mund. Warum hatte sie ihn nicht ein paar Monate später kennenlernen können, wenn sie ihr Leben wieder unter Kontrolle hatte?

Unruhig trommelte sie auf das Lenkrad und dachte nach. Dann lief sie in die Praxis und sprach mit Jens. Das Wartezimmer war leer – es gab nur einen Termin, der sich leicht verschieben ließ. Kurz darauf saß sie wieder im Auto und fuhr über die Landstraße bis zum Gartencenter kurz vor Emden.

Der rechteckige Klotz mit seiner grüngrauen Fassade wirkte von außen wenig einladend. Dafür war die Gartenabteilung umso besser ausgestattet. Üppige Tomatenpflanzen, Rosen, Lavendel, Setzlinge für Himbeer- und Brombeersträucher, selbst kleinere Obstbäume säumten die Reihen. Lea strich über zwei rot-weiß geringelte Beine in Schnabelschuhen aus Metall, die man in die Erde stecken konnte und die so aussahen, als wäre die böse Hexe des Ostens aus dem *Zauberer von Oz* höchstpersönlich im Garten gelandet. *Ein eigener Garten*, dachte Lea sehnsüchtig, *das würde mir auch Freude bereiten.* Paprika, Zucchini, Gurken selbst ziehen und am Wochenende Kuchen mit den eigenen Erdbeeren backen. Vielleicht sollte sie sich einen Job am Rand einer Großstadt suchen und nicht mehr mitten ins Zentrum ziehen?

Es dauerte nicht lange, bis sie Nasrin fand, die einen langen Schlauch hinter sich herzog, aus dem es vorn tropfte. Der Schlauch wand sich nicht nur wie eine Schlange, sondern besaß auch das Muster einer Teppichpython.

»Hi, was kann ich für Sie tun?«, fragte Nasrin freundlich, bevor sie erkannte, wer vor ihr stand. »Oh, Lea? Lea Ostendorf?«

»Hi Nasrin, lange nicht mehr gesehen. Wie geht es dir?«

Nasrin deutete auf den Schlangenschlauch. »Jo, kann nicht klagen. Mein Job nervt, aber ansonsten ist alles gut.« Sie richtete die Bewässerungsbrause auf die Tagetes. »Meine einzige Aufgabe hier scheint darin zu bestehen, die Pflanzen am Leben zu halten, bis die Kunden sie dann nach dem Kauf in Ruhe kaputt pflegen können.« Sie zwinkerte Lea zu. »Ist echt so.«

»Das glaube ich dir sofort.« Sie lehnte sich an einen Stapel Blumenerde und sah Nasrin zu, die die Brause abstellte und den Schlauch zur Seite legte. Ihre Latzhose und das blaue Halstuch waren über und über mit Wasser besprenkelt.

»Zum Glück bin ich hier nur ein paar Stunden jede Woche. Was bringt dich auf die Krummhörn? Ich dachte, du lebst in München?«

Lea erzählte von der Tierarztpraxis und ihren Großeltern, die dringend eine Pause brauchten. »Und bei dir? Du hast bei Doktor Ganesch gearbeitet, habe ich gehört?«

»Ja, ich bin eigentlich Arzthelferin. Aber Doktor Ganesch ist nach Hamburg gezogen, und seither stehe ich auf dem Schlauch.«

»Und das wortwörtlich.« Lea deutete auf Nasrins Schuh, der auf einem Schlauchstück stand.

Sie lachten beide. Nasrins kleiner Nasenstecker wippte dabei auf und ab und funkelte in der Sonne.

»Sag mal, bei uns ist gerade eine Stelle frei geworden. Ist halt eine Tierarztpraxis, kein Allgemeinmediziner, aber vielleicht wäre das etwas für dich?«

Nasrin riss die Augen auf, bevor ihre Kinnlade herunterklappte. Dann atmete sie langsam aus, strich sich eine ihrer langen braunen Strähnen zurück und sagte: »Ich bin ganz Ohr.« Ein dunkler Strich aus Erde blieb dort zurück, wo sie mit den Fingern ihre Wange gestreift hatte.

Ein blonder Mann in Latzhose schlenderte an ihnen vorbei, roch hier und da an einer Blume und hob schließlich ein paar Margeriten in seinen Einkaufskorb. »Kann ich Ihnen helfen?«, fragte Nasrin.

»Nur mit deiner Telefonnummer«, antwortete der Typ, zwinkerte ihr zu und schlenderte weiter.

Nasrin wartete, bis er außer Hörweite war. Dann verdrehte sie die Augen und ließ die Fingerknöchel knacken. Lea konnte es ihr nicht verdenken.

»Hast du am Freitag Zeit? Du könntest für einen Tag zum Probearbeiten kommen und dir die Praxis anschauen. Dann können wir schauen, ob die Stelle was für dich ist.«

»Heilige Scheiße …« Sie räusperte sich und sagte deutlich ruhiger: »Ich meine, na klar, Lea. Gern!«

Lea kritzelte ihre Nummer und die Adresse der Praxis auf ein Stück Pappe, das Nasrin ihr gegeben hatte. »Dann sehen wir uns übermorgen. Ich freu mich drauf.«

»Ich freu mich viel mehr.«

Als sie an den Gartenschaufeln vorbei zurück zur Kasse lief, drehte Lea sich noch einmal um und sah, wie Nasrin einen Freudentanz zwischen den Blumen aufführte. Es zuckte in ihren Zehen – am liebsten hätte sie sich ihr angeschlossen, denn wenn die Zusammenarbeit klappte, hatte sie ein wichtiges Problem gelöst. Überdies hatte Nasrin die Schulzeit nicht angesprochen, das war eine Erleichterung. Das erfolgreiche Gespräch stimmte sie so optimistisch, dass sie einen Umweg durch die Gänge machte, um drei Töpfe mit leuchtend roten Flamingoblumen zu kaufen – einen für die Rezeption, einen für sich selbst und einen für Christine, der sie gleich einen Besuch abstatten wollte.

Gut gelaunt machte sie einen Umweg zu dem Imbiss, in dem Hinderk arbeitete, um zwei Portionen Nudelsalat und knusprige Brötchen zu holen. Hinderk schaufelte die Boxen so voll, dass er den Deckel kaum zu bekam. »Damit ihr zwei Hübschen ordentlich was zum Futtern habt«, meinte er grinsend.

Damit hielt sie kurz darauf vor dem Ziegelhaus in Campen, in dessen zweiten Stock Christines Wohnung lag. Von hier aus war es nicht weit bis zum Meer, und ein angenehmer salziger Geruch lag in der Luft. Christine öffnete in Socken und einer selbst gestrickten Hose, die locker um ihre Beine flatterte. Ihre Haare hatte sie zu einem lockeren Pferdeschwanz gebunden, der ihr schmales Gesicht betonte.

»Hi, willkommen in der Casa Christine!«, rief sie und winkte Lea herein. »Oh, danke für die Blume, die ist toll.« Sie gab Lea einen Kuss auf die Wange, und die revanchierte sich. Neugierig schaute sie sich um, denn sie war noch nie in Christines Wohnung gewesen. Normalerweise trafen sie sich bei ihren seltenen Besuchen in einem Café oder bei Kerstin. Die Wohnung war mit dunklen Möbeln ausgestattet, auf denen zahlreiche bunte Dekorationsgegenstände platziert waren. Unter anderem sechs blau-weiß gestreifte Vasen, die in einer akkuraten Reihe standen. »Die stammen aus dem achtzehnten Jahrhundert«, erklärte Christine. »Ich sammele die.«

Lea stellte die Flamingoblume vorsichtig zwischen ihnen ab. »Die sind hübsch.« Ihr Blick glitt weiter, über Silberbecher, antike Figuren und Kuriositäten aus Holz. »Eine stattliche Sammlung«, stellte sie fest, ohne das Konzept zu verstehen. Früher hatte Christine Sticker und Briefpapier gesammelt, aber das hier war ein anderes Kaliber. In allen vier Ecken des Wohnzimmers standen Vitrinen mit weiteren Kuriositäten.

»Ja«, gab Christine zu. »Ich schaue mir gern schöne Dinge an, während ich arbeite. Man fühlt sich nicht so allein, wenn es viel zu sehen gibt. Aber ich gehe echt nicht gern raus, seit ich …« Sie verzog das Gesicht und deutete zum Esstisch, den sie bereits für den Mittagssnack eingedeckt hatte. »Das ist normalerweise mein Arbeitsplatz. Hier sitze ich den ganzen Tag. Ich liebe meinen Job als Freelancerin, aber es gibt kaum Abwechslung. Keine Kollegen, kein Schwätzchen am Wasserspender. Daher bestelle ich mir viele Dinge, die mir Freude bereiten. Das lenkt ab und schafft eine gute Arbeitsatmosphäre.«

Lea schaute sich zweifelnd um. Klar waren die Sammlungsstücke schön anzusehen, aber sie dominierten den Raum. Außerdem waren viele nicht gut zu erkennen, da wenig Licht durch die bodenlangen Gardinen fiel.

»In letzter Zeit sind meine Käufe ein wenig eskaliert«, gab Christine zu. Sie setzten sich, um den Salat und die Brötchen zu essen. Christine steuerte selbst gemachte Holunderlimonade bei.

»Wie läuft es mit Doktor Arends?«, fragte Christine schließlich und legte die Gabel auf den mittlerweile leeren Teller.

Erschrocken ließ Lea ihre Serviette fallen und lauschte dem schneller werdenden Klopfen ihres Herzens, bis sie verstand, wie Christine die Frage meinte. »Wir spielen uns langsam ein.« Es kribbelte in ihrem Nacken, als sein Bild vor ihrem inneren Auge auftauchte. Manchmal, wenn er sie ansah, lag ein leicht spöttischer Zug um seinen Mund, aber nicht auf eine böse Art, eher so, als wollte er sie necken.

»Lea, ist dir warm? Soll ich die Heizung herunterdrehen?«

»Du hast die Heizung im Sommer an?«, fragte sie überflüssigerweise.

»Natürlich nicht. Aber deine Wangen leuchten so rot, da könnte man das schon meinen.« Christines Grinsen weitete sich.

Schnell lenkte Lea ein: »Hättest du Lust, mit mir eine Runde spazieren zu gehen? Für eine Runde um den Block hätte ich noch Zeit.« Ihr war wirklich warm, aber das lag mit Sicherheit nur an ihrem dicken Sweatshirt. Sie stand auf, um das Geschirr zur Spülmaschine zu bringen und Christines süffisantem Ausdruck zu entfliehen. Nur weil ein Arbeitskollege attraktiv war, hieß das noch lange nicht, dass sie etwas mit ihm anfangen würde. Das war nicht ihre Art, und dazu waren die Wunden, die Konstantin in ihr Herz gerissen hatte, noch zu frisch.

»Mhm«, entgegnete Christine, die jetzt wieder ernst aussah. Ihre Brust hob und senkte sich ein paarmal, und ihre blasse Nase kräuselte sich. »Na gut«, sagte sie schließlich. »Eine kurze Runde.«

Lea drehte sich zu ihr um und hob eine Augenbraue. »Sag mal, ist bei dir alles in Ordnung?«

»Ja, warum fragst du?«, antwortete ihre Freundin schnell.

Aber als Lea auf die Toilette ging, sah sie ein Döschen mit Antidepressiva auf dem Regal neben dem Spiegel stehen. In der Schule war Christine mit ihrer verantwortungsvollen Art der Liebling aller Lehrer, aber trotzdem zufrieden und fröhlich gewesen. »Was ist mit dir los, Christine?«, fragte sie den Spiegel.

Während sie Richtung Meer liefen und die ersten Möwen über ihnen kreischten, schwieg Christine. Ihre langen Haare flatterten im Wind und legten sich immer wieder über ihre knochigen Wangen. Sie machte sich gar nicht erst die Mühe, sie wegzuwischen. Lea schmunzelte – auch daran erkannte man Nordkinder. Als sie die Deichkrone erreicht hatten, zog Lea sie zu einer Bank, von der aus man ein herrliches Panorama über die zerzauste Wasseroberfläche hatte, die sich weit in den Horizont streckte, bis sie endlich den Himmel erreichte.

»Wenn du reden möchtest, bin ich jederzeit für dich da, Christine.«

»Ja, das weiß ich doch.« Sie legte ihren Kopf an Leas Schultern, und sie blieben eine Weile so sitzen. Die Nähe ihrer Freundin fühlte sich für Lea vertraut und gleichzeitig fremd an. Obwohl sie zusammen aufgewachsen waren, hatten sie unterschiedliche Leben gelebt und den Alltag der anderen nicht mitbekommen. Und auf einmal wünschte sich Lea nichts mehr, als wieder Teil ihrer Heimat zu werden und ihren Freunden und ihrer Familie wieder nahe zu sein.

Kapitel 12

»Du hast das richtig erkannt – mir geht es nicht gut«, sagte Christine plötzlich. Sie schaute immer noch auf das Meer. Weit hinten am Horizont fuhren ein paar schwere Containerschiffe, deren bunte Ladung wie ein Patchworkmuster leuchtete. Sie holte tief Luft, bevor sie weitersprach: »Im letzten Winter war ich abends in Emden. Wieder so ein nerviges Date, das nicht gut lief.«

»Was ist passiert?«

»Er hat die ganze Zeit nur von seiner Ex geredet. Als er mich zum Auto bringen wollte, lehnte ich ab. Ich war so genervt und bin dann lieber allein durch die Straßen und über den dunklen Parkplatz gelaufen. Das hätte ich besser nicht gemacht.«

Leas Herz zog sich zusammen, und bevor Christine weitersprach, war ihr erster Impuls sie in den Arm zu nehmen. Aber sie spürte, dass Christine Raum brauchte, um sich zu öffnen. Deshalb saß sie einfach nur neben ihr und hörte zu.

»Der Typ stand auf einmal vor mir. Ganz klassisch mit Hoodie und Basecap. Und einem Messer. Er stank furchtbar nach Schweiß und Kippen. Es ging ganz schnell. Er wollte mein Geld, mein Handy und meine goldene Kette.« Sie tastete nach Leas Hand, die sie sofort sanft drückte. »Ich habe ihm alles gegeben, Lea, aber ich hatte solche Angst. Er meinte, wenn ich schreie, bringt er mich um. Aber ich hatte gar keine Kraft zum Schreien, habe mich so klein und schwach gefühlt, wie noch nie zuvor in meinem Leben. Seitdem verlasse ich das Haus nicht mehr gern, weil ich sofort wieder die Bilder im Kopf habe.«

Jedes Detail war ein Stich in Leas Magen. Sie hatte mit allem gerechnet, aber nicht damit, dass Christine ein so schlimmes Geheimnis hütete.

»Hast du jemandem davon erzählt?«, fragte sie leise.

»Nein, du bist die Erste. Ich habe mich so geschämt, Lea.« Ihre Stimme brach, und Lea tastete in ihrer Jackentasche nach einem Taschentuch. Aber da war keins.

»Du weißt, dass es nicht deine Schuld war, oder?«, fragte sie sanft und sah, wie die ersten Tränen Christines Wangen herunterrollten.

»Natürlich. Aber ich hätte niemals nachts allein …«

»Nein«, unterbrach Lea sie, »kein Aber. Das ist nicht deine Schuld. Nichts davon.« Wut durchfuhr sie, und Hass auf den Unbekannten, der ihrer Freundin die Lebensfreude genommen hatte. »Komm her.« Sie nahm Christine in den Arm und strich ihr über den Rücken. Ihre Tränen tropften auf Leas Schoß. Schuld war ein komplexes Thema. Es war einfach, anderen Ratschläge zu geben, aber eine andere Sache, wenn man selbst betroffen war. Christine hatte den Überfall ebenso wenig verschuldet wie sie den Tod von Herrn De Fries – dennoch nagten Zweifel an ihr, die sich nicht wegargumentieren ließen.

»Bitte verrate Kerstin nichts davon. Es würde sie zu sehr aufregen«, bat Christine.

»Mhm«, murmelte Lea, aber sie verstand, warum Christine das wichtig war. Kerstin mit ihrem ausgeprägten Beschützerinstinkt würde wahrscheinlich eine Axt aus dem Schuppen holen und nicht ruhen, bis sie den Typen ausfindig gemacht und zerstückelt hatte. Ohne Rücksicht auf Verluste.

»Und die Polizei?«

»Ist informiert. Aber meine Aussage war nicht wirklich hilfreich. Er war mittelgroß, und im Dunkeln habe ich bis auf das vorstehende Kinn mit der Narbe nicht viel erkennen können.«

»Ist das auch ein Grund, warum du keine Lust mehr auf das Daten hast?«

Christine schniefte. »Ja. Und Nein. Das Daten hat ja eigentlich nichts mit dem Überfall zu tun. Aber seither fühle ich mich einfach nicht mehr sicher. Es ist kompliziert, Lea.«

»Ich war zu lange weg«, murmelte sie und zog Christine noch ein Stück näher zu sich heran. Gedankenverloren strich sie ihrer Freundin über die Haare und schaute eine Weile in die Ferne. Christines Schluchzen versiegte und irgendwann löste sie sich von ihr, und sie beobachteten gemeinsam den Vogelschwarm, der auf dem Wasser landete. Eine Gruppe Leute spazierte den Weg entlang, und Lea merkte erst, dass jemand vor ihr stand, als ein breiter Schatten ihr die Sicht versperrte.

»Hey, na, das ist ja ein Zufall. So sieht man sich wieder!«, rief Fenna, heute in Cargohose und Stahlkappenschuhe gekleidet. »Leute, das ist die neue Tierärztin, von der ich euch erzählt habe, Frau Doktor Lea Ostendorf.«

Lea warf einen Seitenblick auf Christine, deren Gesicht gerötet, aber wieder trocken war, stand auf und lächelte in die Runde. »Hi Fenna! Was für ein Zufall. Das ist meine Freundin Christine. Wir sind hier gemeinsam zur Schule gegangen.«

Christine stellte sich zögerlich neben sie. »Hi«, sagte sie schüchtern, hob unsicher die Hand. Lea hoffte, dass sie mit der plötzlichen Begegnung nicht überfordert war.

»Also, dass man hier aufgewachsen ist und sich trotzdem nicht kennt …« Fenna straffte die Schultern und strahlte in die Runde. »Beim dritten Treffen gebe ich dir einen aus, Lea!«

Die beiden Männer neben ihr hätten nicht unterschiedlicher sein können. Einer war Ende zwanzig, hatte einen langen Bart, der äußerst gepflegt wirkte, und ebenso lange blonde Haare, die er nach hinten gegelt hatte. Sein Long-Sleeve-Top zeigte ein regenbogenbuntes Batikmuster, das zu seinen weiten Baumwoll-Yoga-Hosen passte. Der andere Mann war Anfang sechzig und trug einen braunen zerknitterten Cord-Anzug. Seine knollenförmige Nase dominierte sein glattrasiertes Gesicht.

»Hallo ihr beiden, ich bin der Iven«, stellte der jüngere der beiden sich vor. »Und das ist der Gerd, der ist freiberuflicher Teemischer und kennt sich damit fast ebenso gut aus wie mit Vögeln.«

Lea hob irritiert eine Augenbraue, aber Iven lieferte bereits eine Erklärung. »Wir treffen uns regelmäßig, um gemeinsam Vögel zu beobachten und zu bestimmen. Quasi Hobby-Ornithologen.« Er klopfte auf das Fernglas, das um seinen Hals hing. »Macht Riesenspaß, vor allem wenn Fenna ihren Selbstgebrannten spendiert.« Er klopfte auf eine Feldflasche, die in seinem Multifunktionsgürtel steckte. Der Wind trug einen leichten Alkoholgeruch von ihm herüber, und auch seine rötliche Nase verriet, dass die Flasche nicht mehr ganz voll war.

»Oh, das glaube ich euch.« Es gab unzählige Vogelarten in Ostfriesland, besonders im Watt. Einige waren Zugvögel, andere blieben das ganze Jahr. »Das finde ich auch interessant, leider kenne ich mich in dem Bereich kaum aus. Bisher wurden mir vor allem Wellensittiche und andere Haustiere bei meiner Arbeit vorgestellt.«

»Na, dann begleite uns doch einfach mal. Wir sind eine lustige Gruppe, nicht wahr, Gerd?«

Die wettergegerbte Miene des Mannes veränderte sich nicht, als er nickte. »Jo«, sagte er mit tiefer Stimme, und damit hatte sich das für ihn erledigt. Redseligkeit war nicht unbedingt das Markenzeichen vieler älterer Ostfriesen, auch wenn es da Ausnahmen wie Opa Enno gab. Aber der hatte viel Übung durch seine Kunden.

»Ihr seid beide herzlich willkommen«, bestätigte Fenna, die gerade ein Vogelbestimmungsbuch aus ihrer Umhängtasche holte.

»Danke für das Angebot. Da komme ich sicher gern drauf zurück. Was meinst du, Christine, wäre das auch etwas für dich?«

Als Christine mit den Schultern zuckte, bereute Lea ihre Frage. Aber sie sagte nur ausweichend: »Danke, das ist nett.«

Plötzlich zeigte Fenna in die Ferne und rief: »He, schaut mal! Jungs, wir müssen los.«

Lea kniff die Augen zusammen und sah einen Schwarm silberner Vögel, der auf dem Wasser gelandet war. Für sie waren es nur helle unförmige Silhouetten, aber die Vogeltruppe war begeistert.

»Man sieht sich!«, rief Fenna, bevor sie in Richtung der Vögel lief. Teemischer Gerd tippte sich an die Stirn und nuschelte etwas Unverständliches, bevor er hinterherschlurfte.

Iven zögerte kurz und sagte dann leise: »Wir haben uns schon mal vor vielen Jahren getroffen, glaube ich. Auf der Polizeistation. Mein Vater ist Uwe Eilers und arbeitet als Verkehrspolizist. Ich war damals auf der Station, als du befragt wurdest.«

Sofort bildete sich ein Knoten in Leas Hals, der es ihr unmöglich machte, zu antworten. Schwach nickte sie und spürte dankbar, wie Christine die Hand auf ihren Rücken legte. Iven nestelte an seiner bunten peruanischen Bauchtasche und zog eine Visitenkarte hervor. »Das ist meine Nummer, falls du Fragen zu guten Bestimmungsbüchern oder Ferngläsern brauchst. Ich …« Er holte kurz Luft. »Ich kann mir vorstellen, wie schwierig das damals für dich war. Es ist mutig, dass du trotzdem auf die Krummhörn zurückgekehrt bist. Das zeigt wahre spirituelle Stärke und den Glauben an die Kraft der Heilung.«

Lea runzelte die Stirn, als sie die drei Begriffe auf seiner Visitenkarte las: *Hobby-Ornithologe, Versicherungsmakler und spirituelles Medium mit Spezialisierung Seelengesundheit.* Sie steckte die Karte ein und nickte ihm zum Abschied zu. Gerade rechtzeitig, weil ihr Handy klingelte. Es war Jens. »Könntest du in die Praxis kommen? Eine Touristin hat gerade einen Karton mit Katzenjungen bei uns abgegeben, die sie in einem Gebüsch gefunden hat.« Im Hintergrund hörte Lea das glockenhelle Miauen zahlreicher Tiere.

Zwischendurch rief eine Frauenstimme: »Ist gut, ihr seid in Sicherheit, ist gut!«

»Wie alt sind die Kleinen?«, fragte sie und als Jens nach einigem Zögern antwortete: »Die Augen sind schon offen, aber sie sind sehr klein, vielleicht vier Wochen alt«, schaute sie Christine entschuldigend an und versicherte ihm: »Ich bin gleich da.«

Kaum hatte sie aufgelegt, eilte sie auch schon los.

»He, warte auf mich!«, rief Christine und legte einen Zahn zu. »Kann ich mitkommen?«, keuchte sie und hielt sich die Seite beim Laufen. »Ich liebe Katzen.«

Lea dachte kurz nach – es gab keinen Grund, warum das nicht ginge. »Klar«, sagte sie und freute sich, als ein Strahlen über das Gesicht ihrer Freundin lief, als wäre gerade eine Sonne in ihr aufgegangen.

Die Kätzchen stellten sich als fünf rot-weiß gestreifte Flauschbälle heraus, die stark dehydriert waren und wild durcheinanderzappelten. Vorsichtig nahm Lea eins nach dem anderen aus dem Karton, während Christine gespannt zuschaute. Die aufgewühlte Touristin schnäuzte sich in ihr mittlerweile drittes Taschentuch. »Ich war gerade auf dem Rückweg nach Papenburg, nachdem ich in Pewsum meine Oma besucht habe. Und naja, am Straßenrand lag eine tote rot getigerte Katze. Ich habe angehalten und die geschwollenen Milchdrüsen entdeckt.« Ihre Wangen waren feucht von den Tränen, die aus ihren aufgequollenen Augen rannen. »Tschuldigung, mich nimmt das alles so mit.«

Lea drehte ein Kätzchen sorgfältig hin und her, bis sie sicher war, dass es unverletzt war. »Und dann haben Sie in Eigenregie die Jungen gesucht und gefunden? Das haben Sie ganz toll gemacht. Schauen Sie, Frau Mettmann …« Sie hielt der Frau das Kätzchen entgegen, dessen winzige Schnurrbarthaare zuckten. »Sie haben fünf Leben gerettet. Die Kleinen brauchen zwar eine dringende Flüssigkeitszufuhr und eine Wärmetherapie, aber ansonsten sind sie kerngesund.«

Dankbar tupfte sich Frau Mettmann die Augenwinkel. »Und was geschieht dann mit den Kleinen? Die Mutter war ja eine Streunerin. Sie können ja schlecht allein in das Gebüsch zurück?«

In dem Moment steckte Jens den Kopf zur Tür herein. »Die Wärmelampe ist vorbereitet.«

»Danke.« Sobald sie die Tiere notversorgt und stabilisiert hatte, würde sie den Tierschutz rufen, es sei denn, es würde sich ein Freiwilliger finden, der …

»Soll ich mich um die Kleinen kümmern?«, unterbrach Christine ihre Gedanken. »Ich könnte sie unter deiner Anleitung großziehen und dann vermitteln.«

Erstaunt betrachtete Lea ihre Freundin, deren blasse Züge plötzlich belebt wirkten. »Das ist eine gute Idee«, sagte sie und reichte Christine behutsam das letzte Junge. »Dann kannst du mir auch gleich helfen, die Kleinen zur Wärmebox zu tragen.«

Während Frau Mettmann zufrieden nach Hause fuhr, nachdem Jens ihr noch einen starken Kaffee für die Rückfahrt gekocht hatte, versorgten Lea und Christine die Kätzchen. Später packte Lea die Kleinen in eine gepolsterte Kiste und suchte winzige Fläschchen, Sauger und eine Ersatzmilch heraus, die Christine ihnen alle paar Stunden geben sollte. »Wenn sie nicht trinken wollen oder schlapp wirken, gibst du mir sofort Bescheid, okay?«

Christine winkte ab und hob die Katzenkiste so behutsam an, als trüge sie ein Tablett mit gestapelten Vasen. »Klar, Lea, ich gebe mein Bestes und melde mich bei dir, sobald etwas nicht stimmt.«

Auch Jens verabschiedete sich kurz darauf, und Lea blieb allein im Büro zurück, beschäftigte sich mit den Patientenakten und beantwortete E-Mails. Dabei wurden ihre Arme immer schwerer, und die Müdigkeit legte sich über sie wie eine Bleidecke. Irgendwann wachte sie mit Nackenschmerzen auf, sah sich irritiert um und brauchte ein paar Sekunden, um zu verstehen, wo sie war. Aber als sie über Opa Ennos Eichenschreibtisch hinwegblickte und die buntbemalte Holzschatulle sah, in der ihre Locke versteckt lag, und daneben die weiße Meerschaumpfeife ihres Urgroßvaters Janek, atmete sie auf, und ein Gefühl der Sicherheit überkam sie. Seufzend sog sie den Lavendelduft ein. Dass Christine sich ihr gegenüber geöffnet hatte, war ein Anfang. Die Katzenbabys waren sicher untergebracht. Iven hatte sie mit dem Unfall in Verbindung gebracht und trotzdem nicht verurteilt, auch das war beruhigend. Es war ein langer Tag gewesen, aber die Erschöpfung fühlte sich richtig und gut an. Und als sie nachts mit Peanut zusammen das Haus ihrer Großeltern betrat und ihr der Geruch der zahlreichen Pflanzen entgegenschlug, war sie so glücklich wie schon lange nicht mehr. Liebevoll besprühte sie die Blätter von Ella Einblatt mit Wasser und erzählte der Pflanze von ihrem Tag. Einfach nur, weil sie wusste, dass Oma Tilda sich darüber freuen würde, wenn sie mit den Pflanzen sprach.

Sobald Jens am nächsten Morgen die Praxis betrat und sich den Fahrradhelm von seinen kurzen Stoppelhaaren zog, stellte Lea ihm schwungvoll eine Kaffeetasse auf den Tresen. Auf den Unterteller hatte sie drei Haferkekse gelegt, nach denen er begeistert griff.

»Oh, ich glaube, ich lasse dich nie wieder gehen«, scherzte er und biss in den ersten Keks. »Mhm.« Er verzog genüsslich den Mund.

Lea zog sich einen Stuhl heran und leistete ihm beim Kaffeetrinken Gesellschaft. Dabei erzählte sie ihm von ihrem Treffen mit Nasrin.

»Das ist eine gute Initiative«, bestätigte Jens und schielte in Richtung der offenen Kekspackung, die aus Leas Tasche lugte. Er hatte seine drei bereits aufgefuttert.

»Hier, nimm dir so viele du magst«, sagte sie und freute sich, mit welcher Begeisterung er sie verschlang. Sie erzählte, dass sie nach dem Besuch mit einer Freundin spazieren war, und erwähnte auch die Begegnung mit der Vogeltruppe. »Ich denke, ich schließe mich denen mal für eine vogelkundliche Exkursion an. Die scheinen alle nett zu sein.«

Jens' Augen leuchteten auf, als er bestätigend nickte. »Ich kenne

Iven. Wir waren früher gemeinsam boßeln. Der ist total in Ordnung. Mann, den habe ich ewig nicht gesehen. Da denkt man, die Krummhörn umfasst nur ein paar Kilometer, und trotzdem verliert man sich aus den Augen.«

Lea sah ihn nachdenklich an. Christine hatte klargemacht, dass sie mit einer regelmäßigen Gruppenaktivität überfordert wäre, aber vielleicht hatte Jens ja Interesse?

»Dann lass uns doch gemeinsam mit der Gruppe losziehen. Du kannst Iven wiedersehen, ich lerne etwas über Vögel.« Es wäre schön, Jens dabeizuhaben.

Er legte ihr vertraulich die Hand auf den Unterarm. »Du, das fände ich total toll. Mensch, da muss ich aber schauen, ob ich etwas Passendes für so eine Safari zum Anziehen habe. Meinst du, ich brauche einen Tropenhelm?«

Lea klappte der Mund auf, und sie sah Jens überrascht an, aber er zwinkerte ihr bereits zu. »Keine Sorge«, entgegnete er lachend. »Hättest du mir jetzt aber abgekauft, richtig?«

»Du!« Lea hob warnend den Zeigefinger. Seit Anneke sie mit unpassend schicken Klamotten versorgte, war ihr Humorlevel bei dem Thema eine Nummer heruntergesetzt.

»Na, hier ist ja richtig Stimmung.« Bajo trat an die Rezeption, von oben bis unten nass geschwitzt.

»Oh.« Lea musterte ihn überrascht: Sein Vollbart war verschwunden! Dafür kam sein kantiges Kinn zum Vorschein, das ihm etwas Männliches gab, ohne ihn dabei hart wirken zu lassen – denn ohne den Bart wurden zwei verspielte Grübchen neben seinen Mundwinkeln sichtbar. Auch seine hohen Wangenknochen kamen besser zur Geltung. Hatte er vorher wie ein Wikinger gewirkt, so sah er jetzt eher wie ein alternativer Intellektueller aus, und genau genommen war er das ja auch. Aber in seinen blitzgescheiten Augen lag auch diese Sinnlichkeit, die in Lea immer stärkere Feuer entfachte.

»Wo kommst du denn her?«, rief Jens und warf seinen leeren Kaffeebecher gezielt in den Mülleimer, wofür Lea anerkennend beide Daumen hochstreckte. »Warte, ich hole dir die Tasche mit deinen Ersatzklamotten.« Jens sprang auf und eilte fort, während sich Bajo mit dem Arm über die feuchte Stirn wischte. Kaum war Jens verschwunden, stützte er sich mit den Ellenbogen auf den Tresen und schielte zur Kekspackung. Einzelne Schweißperlen hingen ihm in den Augenbrauen.

»Möchtest du einen?«, fragte Lea, und er nickte gierig.

Eine Krume blieb an seinen Lippen hängen, und Leas Herz klopfte heftiger, als er mit der Zunge danach tastete. Auch das Ticken der Wanduhr schien lauter zu werden. Er beugte sich nach vorn, um ein paar Papiertücher aus einer Box zu zupfen. Sein Hemd klebte eng an seiner muskulösen Brust. Am Bauch waren die Ansätze seines Sixpacks zu sehen. Lea schluckte. Wie konnte jemand nur derart durchtrainiert sein, obwohl er so viel arbeitete?

»Das ist besser«, sagte er, als er sich den Bereich um die Augen getrocknet hatte.

Obwohl, korrigierte Lea sich derweil in Gedanken, *wahrscheinlich sieht er so aus, weil er so hart arbeitet.* Sich um Kühe, Pferde, Schweine und andere Haustiere zu kümmern, das war eine Knochenarbeit, bei der man oft lange Strecken zu Fuß zurücklegte und schwere Dinge hob.

»Plötzlicher Wetterwechsel?«, fragte sie heiser, während sie sich bückte, um die unterste Schublade des Schrankes zu öffnen, in der sie neben ihrer Sportuhr und einer Wasserflasche auch ein Mikrofaserhandtuch verwahrte. Ihre Finger wollten ihr nicht recht gehorchen, weil sie sich weich wie Pudding anfühlten. Was machte dieser Mann nur mit ihr?

Als sie sich aufrichtete, schaute er aus dem Fenster. Der Himmel hatte sich zugezogen, aber einzelne Sonnenstrahlen lugten hervor und beleuchteten Bajos Wangen wie kleine Scheinwerfer auf einer Bühne. Das musste aber nichts heißen – das Wetter auf der Krummhörn konnte sich örtlich sehr unterscheiden. Es hieß nicht ohne Grund: *Mit einem Fuß stehste im Regen.*

»Kann man so sagen.« Eine Pfütze bildete sich um Bajos Füße, als sie ihm das Handtuch reichte, auf dem zahlreiche winzige Border Collies abgedruckt waren. Seit Peanut in ihr Leben getreten war, sammelte sie alles, was mit der Hunderasse zu tun hatte.

»Süßes Muster«, kommentierte Bajo, und ihr Herz machte einen freudigen Sprung. Ihre Fingerspitzen berührten sich, und es prickelte auf Leas Handrücken. »Ich habe auch so eins. Auf meinem sind viele kleine Anker.« Er trocknete sein Gesicht ab und seufzte erleichtert. »Ich wasche das für dich. Danke, dafür.« Der Ausdruck seiner Augen veränderte sich, wurde weicher und heller, als er sie nun anschaute. Sein freundlicher Blick ging Lea durch Mark und Bein, und sie spielte verlegen mit einem Kugelschreiber, den sie aus dem Stiftehalter gezogen hatte.

Sie wusste nicht so recht, wie sie die Unterhaltung fortsetzen sollte. Durfte sie ihn auf einen Kaffee einladen oder war das unprofessionell? Und was wäre, wenn er Nein sagte? Immerhin mussten sie noch mehrere Wochen zusammenarbeiten, und da sollte nichts zwischen ihnen stehen.

»Hast du dich gut eingelebt?«, fragte er, und Lea merkte, dass sie den Kugelschreiber unentwegt auf- und zuklickte.

Sie zwang sich, den Stift beiseitezulegen. Dafür drückte sie die Erde der Flamingoblume fest, die auf dem Empfangstresen stand. »Es ist anders als in München, aber ich komme zurecht.«

»Du meinst, weil es hier um einiges entspannter zugeht?«

»Das auch. Ich meinte aber vor allem die Demografie der Kunden und die Art der Gesundheitsprobleme ihrer Tiere. Zum Beispiel habe ich in München viele Tiere mit Allergien behandelt, das hatte ich hier bisher noch gar nicht. Und mir ist aufgefallen, dass die meisten unserer Kunden eine engere Bindung zu ihren Tieren haben.« Die Erinnerung an Peanuts Vorbesitzer stieg in ihr hoch, und sie lauschte instinktiv in Richtung ihres Büros, aus dem Peanuts leises Schnarchen drang.

»Das kann gut sein. Gerade viele der älteren Leute haben wenige

Sozialkontakte, für die ist ihr Haustier das Wichtigste auf der Welt. Da ist es egal, ob es sich um eine Katze oder den Holstein-Bullen handelt, der einen seit einem Jahrzehnt begleitet.« Bajo runzelte die Stirn und lehnte sich leicht nach vorn – viel zu nah für Leas Geschmack, die seinen Geruch nach Schweiß, Regen, Heu und Tieren nun deutlich wahrnehmen konnte. Nicht, dass das unangenehm war, ganz im Gegenteil, es machte es ihr schwer, sich auf die Unterhaltung zu konzentrieren.

»Ja, das kann ich gut nachvollziehen«, sagte sie und versuchte, unauffällig ein Stück von ihm abzurücken.

»Deshalb nehme ich meine Verantwortung als Tierarzt sehr ernst, einfach weil ich in Pewsum nahezu konkurrenzlos arbeite. Es gibt nur mich, die Leute können nicht wählen. Ich sehe es als meine Aufgabe, allen Bedürfnissen gerecht zu werden und mit jedem klarzukommen, egal welche Geschichte er oder sie zu erzählen hat.«

Lea lachte leise. »Genau den Satz habe ich schon oft von meinem Großvater gehört.«

»Doktor Ostendorf Senior ist ein wundervoller Tierarzt und Mensch«, sagte Bajo sanft. Er schob sich eine feuchte Strähne hinter das Ohr, die sich aus seinem Zopf gelöst hatte. »Das scheint in der Familie zu liegen.«

Die Worte perlten in Lea hinunter wie Champagner und vibrierten in ihr nach. Bajo schürzte die Lippen, als sich eine zarte Röte auf seine Wangen legten. »Du …«

»So, da wären wir.« Jens erschien in der Tür zum Mitarbeiterraum, in seinen Armen eine schwarzweiße Sporttasche. »Also, wie die hinter den Schrank fallen konnte, weiß ich auch nicht. Hab mir einen Wolf gesucht. Ta-da.« Er stellte die Tasche vor Bajo ab, der ihm dankend zunickte und dann verlegen in Leas Richtung schaute.

Das Telefon klingelte, und Jens eilte hinter den Tresen, um den Anruf entgegenzunehmen. »Praxis am Riedenschloot«, meldete er sich und tippte gleich darauf wild auf der Tastatur herum.

»Soo«, sagte Bajo und deutete an, zu gehen. Aber er zögerte, sah hoffnungsvoll zu Lea, so als wollte er ihr die Gelegenheit geben, den Abschied hinauszuzögern.

Jetzt oder nie, dachte sie und fasste sich ein Herz. »Sag mal, hättest du vielleicht Lust, mit mir nach Feierabend einen Kaffee im Klabautercafé trinken zu gehen?« Das Café in Rysum war das einzige, das um die Uhrzeit noch offen hatte, und außerdem konnte man von dort aus einen herrlichen Spaziergang über die Felder zum Schöpfwerk Knock machen.

Bajos Pupillen weiteten sich. Dann schüttelte er den Kopf und drehte sich leicht weg. Seine Züge verhärteten sich, und seine Stimme klang eisig, als er antwortete: »Nein, mit Sicherheit nicht.«

Kapitel 13

Lea wäre am liebsten in den grauen Fugen des Kachelbodens verschwunden. Das Blut strömte ihr in die Wangen, als Bajo murmelte: »Ich muss los, Jessica wartet auf mich.« Dann eilte er hinaus und ließ sie an der Rezeption stehen.

»Mist«, murmelte sie und schielte zu Jens, der in sein Telefonat vertieft war und das Desaster anscheinend nicht mitbekommen hatte. Sie holte tief Luft, während er eine Notiz auf einen Zettel schrieb.

»Lea, das ist die Adresse von Hauke Heinrich. Könntest du da vor Feierabend schnell vorbeischauen? Sein Kaninchen hat Verdauungsprobleme, und Hauke ist nicht mehr mobil.« Er merkte nicht, dass sie gerade um ihre Fassung rang. Die kühle Abfuhr brannte auf ihrer Seele. Jessica hieß seine Freundin also.

»Klar.« Abwesend griff sie nach dem Zettel und atmete tief aus. Sie respektierte, dass Bajo sie nicht außerhalb ihrer Arbeit treffen wollte, aber das hätte er auch diplomatischer formulieren können. Die Weichheit, mit der er sie erst angeschaut hatte, war ihr unter die Haut gegangen, und sie hatte es dummerweise falsch gedeutet. Ihr Magen zog sich zusammen, als eine Welle der Bitterkeit sie überrollte. Sie dachte an Christine und ihre enttäuschenden Datingversuche. Man konnte die große Liebe nicht erzwingen, sie kam wie eine Waldohreule in der Nacht, mit lautlosen Schwingen, und erst, wenn sie die Klauen ausstreckte, wusste man, dass sie einen gefangen hatte.

»Du, Lea?«, Jens lehnte sich weit in seinem Stuhl zurück und beäugte sie nachdenklich. »Nur damit du es weißt, Jessica ist Bajos Katze. Er ist Single.«

»Danke dir.« Die Erleichterung überrumpelte sie, sodass sie unwillkürlich den Zettel in ihrer Hand zerknüllte. Sie legte den Kopf schief, um Jens zu betrachten. Also hatte er das Gespräch mit Bajo doch mitbekommen!

Als er nichts weiter sagte, holte sie Peanut aus dem Büro und machte sich mit ihm auf den Weg zu ihrem letzten Patienten. Ihre Familie konnte heute nicht auf ihn aufpassen, aber sie hatte ihn eh lieber bei sich. Bisher war ihr der Border Collie selten von der Seite gewichen, schlief entweder in ihrem Büro oder begleitete sie bei Hausbesuchen.

»Sie können den Hund gern mit reinbringen«, bot Hauke an, als sie Peanut vor seinem Haus im Schatten eines Busches anbinden wollte. Der alte Mann in seinem fleckigen Jogginganzug bückte sich ächzend, um Peanut zu streicheln, der sich sofort an dessen Knie schmiegte. Ein unangenehmer Geruch wehte über die Hecke und Hauke winkte sie schnell hinein. »Das kommt vom Legehennenbetrieb nebenan«, erklärte er. »Die lüften einmal am Tag. Stinkt zum Himmel, aber mir tun die Hühner leid.«

Peanut machte brav im Eingang Sitz – er hatte gelernt, dass Lea ihm erst die Pfoten mit einem Tuch abwischte, bevor er in ein Haus durfte.

»Du Guter«, lobte Hauke ihn. Seine Wangen waren tief eingefallen, und die hektischen roten Flecken verrieten, dass er gestresst war.

Wieder musste Lea an Bajos Worte denken, daran, dass Haustiere für viele Bewohner der Krummhörn eine wichtige Rolle spielten. Als sie sein ergrautes Kaninchen untersuchte, stand er mit hängenden Schultern neben ihr, und es fiel ihr unendlich schwer, ihm direkt in die Augen zu sehen, um ihm zu sagen, dass sie Knoten unter dem Fell spürte. Sie entnahm dem Tier eine Gewebeprobe und erklärte dabei: »Die Verdauungsprobleme kriegen wir in den Griff. Und bei den Knoten, da müssen wir abwarten, bis wir die Ergebnisse aus dem Labor haben. Vielleicht ist es Krebs, aber vielleicht ist es auch nur eine Fettansammlung unter der Haut oder eine gutartige Veränderung.«

Aber Hauke schaute sie wissend an und streichelte seinem Tier mit zitternden Fingern über das weiche Fell. »Wir müssen alle irgendwann gehen«, sagte er, und die Trauer in seiner Stimme verursachte eine Gänsehaut in ihrem Nacken.

Nach dem Termin schaute Lea noch bei Christine vorbei, die die Box mit den Katzenjungen in ihrem Wohnzimmer aufgestellt hatte – direkt daneben hatte sie einen winzigen Computertisch aufgebaut, von dem aus sie die Tiere beim Arbeiten beobachten konnte.

»Es geht allen gut«, sagte Christine stolz und deutete auf ein besonders kontrastreich gemustertes Kätzchen, das genau in der Mitte lag und heftig strampelte, als Lea es hochhob. »Aber der hier ist ein kleiner Macho.«

Lea betrachtete den Kleinen und untersuchte auch alle anderen. Die Jungen strampelten und wehrten sich zunächst, aber entspannten sich, wenn sie ihnen mit einem Finger über das Fell strich, so wie ihre Mutter es mit ihrer Zunge machen würde, um sie zu putzen. »Du machst einen super Job«, lobte sie Christine. Zufrieden schaute sie ihrer Freundin zu, als sie die Kleinen fütterte und hinterher fachmännisch reinigte, genau wie sie es ihr gezeigt hatte.

Bevor sie sich verabschiedete, nahm Christine sie noch mal zur Seite. »Danke«, sagte sie. »Dafür, dass ich mit dir reden kann. Kerstin und ich stehen uns zwar nahe, aber das ist halt anders. Es ist schwierig, wenn man alles mit sich allein ausmachen muss.«

»Gern. Ehrlich gesagt hat mir das auch viel bedeutet. Weißt du, in München habe ich mich sehr einsam gefühlt. Mit dir und Kerstin kann ich einfach ich sein. Das tut gut.«

»Ja.« Christine zögerte und verzog den Mund. »Da ist noch was. Ich wollte es dir erst nicht sagen, aber ich denke, du solltest das wissen. Ich habe Tarja heute Morgen auf dem Weg zum Bäcker gesehen. Sie hat mich erkannt und wollte mich ansprechen, aber ich habe einen Zahn zugelegt und bin um die nächste Ecke abgedüst.«

»Oh.« Die Nachricht wühlte sie mehr auf, als sie vor Christine zugeben wollte, und verfolgte sie auch für den Rest des Tages. Nachts brachte sie die Albträume zurück, in denen sie den Unfall mit Herrn De Fries wieder und wieder durchlebte. Klirrende Scherben, quietschende Bremsen. Herrn De Fries' schlaffer Körper, als sie blutend und steif vor Angst zu seinem Wagen eilte. Irgendwann holte sie Peanut zu sich ins Bett, und als er sich fest in ihren Arm einrollte, lichteten sich die düstersten Schatten in ihrem Herzen.

Als sie am nächsten Morgen müde zur Praxis radelte, erwartete Nasrin sie bereits vor dem Eingang. Die Bangladeshi hatte sich mit einem royalblauen Hosenanzug in Schale geworfen, der allerdings urgemütlich aussah und aus einem wenig fleckenempfindlichen Material war. Er passte gut zu dem orangefarbenen Tuch, das sie sich um den Hals geschlungen hatte. Ein kluger Schachzug fand Lea, denn auch wenn Nasrin vor allem an der Rezeption tätig sein würde, so gab es in der kleinen Praxis genug Gelegenheiten, praktisch mit anzupacken.

»Hi Lea, na, was ist das denn für ein Süßer?« Nasrin hockte sich hin und kicherte, als Peanut ihr das Gesicht abschlecken wollte. »Ich glaube nicht, dass dir mein Make-up schmeckt.«

Lea lächelte – das war ein guter Einstieg. Eine Rezeptionistin, die Tiere liebte und auf sie zugehen konnte, würde bei den Kunden sicherlich gut ankommen.

»Das ist mein Border Collie Peanut. Du, ich muss leider gleich direkt zu einem Haustermin. Ich bringe Peanut nur schnell ins

Büro und bin dann weg. Tut mir leid, ist ein Notfall. Aber unser TFA Jens kommt in zehn Minuten, der kann dich einweisen. Der kennt sich mit den Systemen eh besser aus als ich. Ist das in Ordnung?«

»Kein Problem, ich schaukel das schon.« Nasrin stand auf und klatschte zuversichtlich in die Hände. »Je größer die Herausforderung, desto besser. Solange ich keine Pflanzen beaufsichtigen muss, ist alles gut.«

»Also auf dem Tresen steht eine Flamingoblume aus dem Gartencenter, die gegossen werden muss …« Lea grinste breit und zwinkerte Nasrin zu, die abwinkte.

»Das verkrafte ich gerade noch so.«

Ihr Handy piepte – es war eine Nachricht von Fenna, die sie zu einer Vogelbestimmungstour am Sonntagmorgen einlud. *Gern, bin dabei!,* schrieb sie zurück, bevor sie Nasrin die Praxis im Schnelldurchlauf zeigte. Anschließend sperrte sie Peanut mit einem Kauknochen in ihr Büro und sammelte ihre Sachen ein, um den dringenden Hausbesuch zu erledigen, bei dem sie ihn nicht mitnehmen konnte. Peanut fiepte und kratzte an der Bürotür.

»Ich komme nachher wieder!«, rief sie durch die geschlossene Tür und hoffte, dass er keinen Unsinn anstellte, wenn sie etwas länger weg war. Ob er merken würde, dass sie nicht in der Praxis war? Bisher hatte sie ihn noch nie allein im Gebäude gelassen. Jetzt fiel ihr ein, dass sie seine drei blauen Bällchen zu Hause vergessen hatte! Hoffentlich würde ihn das nicht zu sehr aufregen. Wenn es um die Bälle ging, war er wie eine Mutterglucke, die ihre Küken beaufsichtigte.

Anderthalb Stunden später fuhr Lea wieder auf dem Hof der Praxis vor und sah zu ihrem Erstaunen Bajo auf der blau gestrichenen Bank vor dem Fliederbusch sitzen, während Peanut zu seinen Füßen mit einem Stöckchen spielte. Sie stellte den Motor aus und betrachtete das Bild. Bajo schien ganz in ein Magazin vertieft, seine Haltung war entspannt, einen Arm hatte er locker auf die Banklehne gelegt. Ein kräftiger Wind wehte, der ihm mehrere Strähnen aus seinem Haarknoten gezupft hatte. Die Beine hatte er lässig überkreuzt, und er trug schwere Schuhe, deren ursprüngliche Farbe man nur erahnen konnte. Lea seufzte. Man hätte ihn, Bank und Hund für ein Abenteuer- oder Reisemagazin fotografieren können, weil er diese raue, natürliche Ausstrahlung besaß. Ohne die violett blühenden Büsche mit ihren zahlreichen Rispen im Hintergrund hätte die Bank auch im Himalaya oder in einem peruanischen Bergdorf stehen können.

Sie kletterte aus dem Wagen und lief auf die beiden zu, erfüllt von der Harmonie des Anblicks. Der süße und leicht zitronige Duft des Flieders wehte ihr entgegen und versetzte sie in eine sommerliche Stimmung. Ihr Border Collie biss in das Stöckchen, nur um es gleich darauf loszulassen und anzuknurren.

»Peanut«, sagte sie leise, um den in das Spiel vertieften Hund nicht zu erschrecken. Sie holte seine drei blauen Bällchen hervor, für die sie extra einen Umweg zum Haus ihrer Großeltern gefahren war.

Der Border Collie schaute auf und wetzte los, um sie zu begrüßen, kam aber nicht weit, weil Bajos Fuß auf seiner Leine stand. Überrascht drehte Bajo sich um, doch als er Lea entdeckte, wich sein entspannter Ausdruck einer Zornesfalte zwischen den Augenbrauen. Sofort verknotete sich Leas Magen – was war denn mit dem los?

»Da bist du ja endlich«, presste er hervor, klappte die Zeitschrift zu und stand auf. Er klopfte sich auf die Schenkel und streckte sich. Dabei verlagerte er das Gewicht und gab so die Leine frei, die unter seinem Fuß klemmte. Peanut nutzte die Gelegenheit und wuselte fröhlich um Leas Beine herum, sodass sich die Leine um ihre Unterschenkel wickelte. Aber Lea war viel zu schockiert, um sich mit ihm zu beschäftigen. Vorsichtig befreite sie sich aus dem Leinensalat und legte Peanut seine Bälle vor die Schnauze. Er beschnupperte diese ausgiebig und wedelte mit dem Schwanz.

»Ist was passiert?« Fieberhaft ging sie verschiedene Szenarien durch, um herauszufinden, warum Bajo verärgert war.

»Das kann man wohl sagen. Erstens hat dein Hund die gesamte Praxis zusammengebellt. Das ist der Grund, warum ich hier draußen mit ihm sitze. Anders ließ er sich nicht beruhigen. Du solltest ihn vielleicht mal zu einem Trainer bringen, damit er seine Trennungsängste überwindet.«

»Oh.« In Leas Brust zuckte es schmerzhaft. Bisher hatte Peanut sich tadellos verhalten, aber gut, sie war immer in seiner Nähe gewesen. Instinktiv streichelte sie Peanuts Kopf. Sie hatte zu schnell zu viel von dem jungen Border Collie erwartet. »Das tut mir leid. Damit habe ich nicht gerechnet«, entschuldigte sie sich. »Ein Trainer ist keine schlechte Idee.«

»Und zweitens hast du eine Rezeptionistin in der Praxis eingestellt, ohne mit mir Rücksprache zu halten.«

Leas Wangen glühten. *Ich wollte doch nur helfen*, dachte sie und gleich darauf: *Meine Güte, er hat recht.* Auch wenn er nur die Räume in Opa Ennos Praxis mietete, sie verstand, wie er es meinte. Eine Rezeptionistin war ein wichtiger Ankerpunkt und der erste Kontakt für alle Kunden. Mit Jens hatte sie alles abgesprochen, aber nicht mit Bajo – sie war einfach davon ausgegangen, dass er sich über ihre Initiative freute.

»Nasrin ist heute nur zur Probe hier. Sie hat noch keinen Arbeitsvertrag unterschrieben. Ich habe sie eingeladen, weil sie viel Arbeitserfahrung als medizinische Rezeptionistin hat. Und ich kenne sie von früher, sie ist sehr verantwortungsbewusst. Ich dachte, es wäre in deinem Sinne, die leere Stelle zu besetzen.«

»Darum geht es nicht. Das ist eine wichtige Entscheidung, die im Team getroffen werden muss. Ich möchte gern ihre Bewerbungsunterlagen sehen und ihren Lebenslauf, möchte mit ihr reden, wissen, wie sie drauf ist. Nur weil eine Lücke in der Praxis entstanden ist, heißt das nicht, dass ich den oder die Erstbeste einstellen möchte. Und ich möchte vor allem nicht übergangen werden.«

Mit jedem Wort, das er sprach, sank Lea ein kleines Stückchen weiter in sich zusammen. *Aber*, dachte sie, *aber* … Es gab so viele Abers. In München hatte man von ihr erwartet, sämtliche Probleme zu lösen, hatte Verantwortung auf sie abgewälzt, sie allein gelassen. Sie war es gewohnt, wie selbstverständlich Arbeiten anderer zu übernehmen, es hatte nie Teamwork gegeben, sondern nur sie. Würde er das verstehen?

»Bajo«, sagte sie leise. »Ich habe einen Fehler gemacht. Natürlich hätte ich das mit dir absprechen sollen. Es tut mir leid. Ich bin sehr lösungsorientiert und war mir sicher, dass es die Praxissituation verbessert. In Zukunft werde ich mich besser mit dir abstimmen.«

Die Härte wich aus seinen Zügen, und die Zornesfalte verschwand. Stattdessen breitete sich Mitgefühl auf seiner Miene aus. Seine Schultern sanken ein Stück herab, und er wirkte auf einmal eher traurig als wütend. »Es tut mir auch leid«, sagte er. »Ich hatte eine schlaflose Nacht, und meine Nerven liegen blank. Ich …« Er zögerte kurz und schaute sie verlegen an. »Auch wegen gestern. Ich habe abrupt reagiert, aber nicht, weil ich nicht gern mit dir auf einen Kaffee losgezogen wäre. Es ging um das Klabautercafé. Mit dem verbindet mich eine schwierige Geschichte. Das hat in dem Moment äußerst unangenehme Erinnerungen ausgelöst.«

Überrascht sah sie ihn an und schwindelte: »Das ist schon okay, ich habe es nicht persönlich genommen.« Bajo wirkte so selbstbewusst und stark, dass es schwer vorstellbar war, dass auch er eine verletzliche Seite hatte.

»Außerdem haben die da ohnehin nichts Veganes.« Er seufzte und verzog die Lippen.

Das ließ Lea aufhorchen. »Hättest du dann vielleicht Lust, mit mir ins Funkelsteen zu gehen? Onno macht einen tollen Seitanburger. Einfach nur, um uns besser kennenzulernen und um in Zukunft Missverständnisse zu vermeiden.«

Ein belustigter Zug legte sich um Bajos Mund. »Seitanburger? Soso. Danke, aber wie wäre es, wenn wir morgen einfach gemeinsam mit dem Rad an den Strand fahren? Ich habe ewig nicht mehr ausgespannt, und mein Kumpel Reent ist Strandkorbvermieter, der gibt mir einen ordentlichen Rabatt.«

Bei der Vorstellung, sich mit Bajo einen Strandkorb zu teilen, wurde Lea abwechselnd warm und kalt. Gut, mehr warm als kalt. Ihn dicht neben sich zu spüren, seine breiten Schultern an ihren, die Körperwärme, die zu ihr herüberstrahlte, während sie ein Buch las oder Weintrauben naschte, das wäre nahezu verboten schön. Sie musste sich zurückhalten, um sich keine Luft zuzufächeln.

»Ngernedoch«, brachte sie heiser hervor und räusperte sich dann. »Das klingt gut, meine ich. Ich könnte morgen um, sagen wir, neun Uhr bei dir sein.«

Bajo lachte. »Super. Neun Uhr passt, weil ich vorher noch meine ganzen Tiere versorgen muss. Ich wohne am Tjarksweg, direkt neben dem alten Bauernhof mit der Käserei.« Er nannte ihr die Hausnummer, und sie legte den Kopf schief.

»Steht da nicht nur ein alter Schafstall?«

»Fast richtig. Nicht irgendein, sondern mein alter Schafstall.«

Kapitel 14

Nebel waberte durch die Straßen, umspielte die Laternen und Zäune und verschluckte hier und da ein Gartenornament. Die morgendliche Frische trieb Lea an, schneller zu laufen, aber Peanut hatte andere Pläne. Er hielt an jedem zweiten Pfosten, um zu schnüffeln. Sie gab ihm die Zeit und zog stattdessen den Reißverschluss ihrer Sommerjacke bis oben hin zu. Gut gelaunt summte sie ein Lied und schaute den Nebelfetzen zu, die sich langsam auflösten, bis erst die Zipfelmützen der Gartenzwerge und schließlich auch die Blumen und Kräuter in den Vorgärten glasklar erkennbar waren.

Noch eine Kurve, dann tauchte das Haus ihrer Eltern vor ihr auf. Durch das Küchenfenster erkannte sie ihre Mutter, die mit hochtoupierten Haaren und Stirnband vor der Kaffeemaschine stand. Sofort bildete sich ein Knoten in Leas Bauch. Ausgerechnet heute Morgen passte es ihr gar nicht, ihrer Mutter zu begegnen und mit Fragen durchlöchert zu werden. Außerdem hatte sie Merle versprochen, sie zu ihrem Freund zu fahren. Von dem ihre Mutter immer noch nichts wusste. Ebenso wenig, wie sie über Konstantins neuen Status als Ex-Freund Bescheid wusste. Sie atmete tief ein und wieder aus und klopfte an die Tür, die sich sofort öffnete. Merle steckte ihren rotblonden Schopf hinaus.

»Hi«, begrüßte Lea sie, aber ihre Schwester legte den Finger auf die Lippen. Sie trug bereits ihre Schuhe und eine übergroße Umhängetasche. Hinter ihr stand Janna, die sich nun vordrängelte, um Peanuts Leine entgegenzunehmen. »Bis später«, flüsterte sie und verschwand mit Peanut im Nebenzimmer.

Lea hob die Augenbrauen, als sie das Quieken eines Hundespielzeugs hörte, und griff schnell nach der Hand ihrer Schwester, um sie die Einfahrt hinunterzuführen.

»Merle? Ist da jemand an der Tür?«, tönte die Stimme ihrer Mutter aus der Küche.

»Oh nein«, raunte Lea, als ihre Mutter den kurzen Weg durch den Flur zurücklegte. Anscheinend hatte sie ihren Kaffee noch nicht getrunken, denn sie wirkte äußerst muffelig, auch wenn ihr pinker Aerobic-Body, denn sie über einer babyblauen Leggings trug, genau das Gegenteil ausstrahlte.

»Gibt es einen Grund, warum du nicht reinkommst?«, fuhr sie Lea an.

»Hi Mama, ich bin nur kurz hier, um Peanut abzugeben und Merle abzuholen«, sagte Lea kläglich, ohne ihre Schwester aus den Augen zu lassen, die bedröppelt neben ihr stand.

»Aha.« Die Augenbrauen ihrer Mutter rückten bedrohlich nahe zusammen. »Und da kann man nicht mal eben Hallo sagen?«

Merle zupfte an ihrer Umhängetasche herum und schien ganz mit sich beschäftigt.

»Tut mir leid. Ich wollte nicht stören.«

Die Antwort befriedigte ihre Mutter anscheinend nicht. Missbilligend verschränkte sie die Arme vor der Brust. »Und wo wollt ihr beiden hin?«

Lea öffnete den Mund, aber Merle kam ihr zuvor: »Lea setzt mich auf dem Weg zum Strand bei einer Freundin ab. In Norden.« Das war immerhin die halbe Wahrheit.

Ein kurzer Schreck huschte über das Gesicht ihrer Mutter, dann aber nickte sie. »Stimmt das, Lea?«

Die schluckte. Sie hasste es zu lügen, aber sie wollte Merle auch nicht verraten. »Ja, ich fahre gleich mit Doktor Arends ans Meer.«

»Und da wolltest du losziehen, ohne Bescheid zu geben, Merle?«

»Ich hätte mich später bei dir gemeldet, wenn ich weiß, wie lange ich unterwegs bin.«

»Hm. Okay.« Unglücklich schüttelte ihre Mutter den Kopf. »Na denn. Viel Spaß euch beiden.« Während sie die Tür schloss, murmelte sie: »Euer Opa arbeitet übrigens auch samstags. Wenn man Karriere machen will, dann …« Die letzten Worte verstand Lea nicht mehr, aber es reichte ihr auch so schon.

Dafür drückte Merle ihre Hand und raunte: »Danke.«

Lea führte sie hinüber zur Einfahrt, in der ihr Auto parkte, um Merle nach Freepsum zu chauffieren. Doch bevor sie einsteigen konnten, trafen sie auf Tante Anneke, die mit einer Brötchentüte im Arm auf dem Weg zu ihrer Mutter war. Ungeniert musterte sie Leas lockere Collegejacke, die knapp über dem Bauchnabel endete. Doch Lea reckte selbstbewusst das Kinn vor – ihr Körper, ihr Stil.

»Du solltest mal mit zum christlichen Turnen kommen«, sagte ihre Tante missbilligend. »Da lernt man, sich geschmeidiger zu bewegen. Würde dir guttun. Und hinterher können wir gemeinsam im Stuhlkreis für dich beten.«

Lea zuckte zusammen. Sie war zwar ungelenk, aber deutlich fitter als Anneke. Und auch wenn sie den Glauben ihrer Tante respektierte – beten musste niemand für sie. Langsam sog sie Luft zwischen den Zähnen ein. Aber ihre Tante interpretierte ihre verhaltene Reaktion falsch. »Es sei denn, du hast keine Lust, dir einen lokalen Verein anzuschauen, wenn du bald wieder weg bist«, fügte sie hinzu.

Das klang so … vorwurfsvoll. Ein unangenehmer Druck legte sich auf Leas Brustkorb. Damit hatte Anneke ihren wunden Punkt getroffen – im Hinterkopf plante Lea nämlich tatsächlich bereits, wie es nach ihrem Aufenthalt weitergehen würde. Das war nur vernünftig und unabhängig davon, wie gut es ihr hier gefiel. Denn eins war klar: Sie konnte sich nicht leisten, die nächsten Schritte dem Zufall zu überlassen. Mit ein bisschen Glück würde sie einen Job in

Hamburg finden, dann wäre sie nie allzu weit weg von zu Hause. Sie schüttelte den Gedanken ab und stieg schlecht gelaunt in den Wagen. Sie selbst entschied, wie es weiterging, und nicht Anneke oder ihre Mutter. Und warum überhaupt hatte Merle sie in die Sache mit ihrem heimlichen Freund reingezogen?

Als sie schließlich die Landstraße entlangfuhren, platzte es aus ihr heraus: »Ist es so schlimm, Mama die Wahrheit zu sagen, Merle?«

»Mhm«, brummte ihre Schwester. »Letzte Woche hat sie mir eine Stunde lang erklärt, warum ich mich nicht für eine Busfahrt nach Paris anmelden soll. Sie versteht nicht, dass ich alt genug bin, mein Leben selbstständig zu leben. Dabei müsste sie doch genau wissen, dass ich meine Fähigkeiten gut einschätzen kann. Ich bin schließlich blind, nicht fünf.«

Dem hatte Lea nichts entgegenzusetzen, sie selbst hatte auch keine Lust auf eine Diskussion mit ihrer Mutter zum Thema Single-Leben in den Endzwanzigern. Dafür verriet sie Merle nun alles. »Mit Konstantin ist Schluss«, brachte sie zwischen zusammengepressten Lippen hervor.

»Ach?« Merle hob die Augenbrauen.

»Ja. Aber weißt du was? Ich bin froh, ihn los zu sein.« Es war befreiend, das zu sagen. »Aber behalte es für dich, okay?«

Merle nickte. »Selbstredend.«

Nils wartete bereits auf Merle. Eine große Umhängetasche hing um seine Schultern, die Hände hatte er tief in den Hosentaschen vergraben. Freudig lief er auf sie zu, als Lea am Straßenrand hielt. »Wir sind da«, erklärte Lea ihrer Schwester. »Nils kommt gerade auf uns zu.«

»Was trägt er?«, fragte Merle, während sie sich abschnallte.

»Knielange Blue Jeans, weißes T-Shirt mit japanischen Schriftzeichen, rote Basecap, braune Umhängetasche«, antwortete Lea und drückte die Hand ihrer Schwester.

»Danke. Ich werde ihn nachher etwas veräppeln und so tun, als könnte ich die Farben seiner Kleidung erfühlen«, sagte Merle belustigt und kicherte. Bevor sie ausstieg, zog sie die weite Strickjacke aus, unter der sie ein hautenges Chiffonkleid trug.

»Gut siehst du aus, Grün steht dir.«

»Ich weiß.« Merle kicherte wieder und hauchte ihr eine Kusshand zu. »Und nicht nur das Kleid ist grün, wenn du verstehst, was ich meine.« Sie hob die Schulter, sodass ein grasgrüner BH-Träger hervorrutschte. Während Leas Mund überrascht aufklappte, fügte ihre Schwester grinsend hinzu: »Ich lass mich später von Janna abholen.«

Lea wendete und fuhr den Weg nach Pewsum wieder zurück. Gerade mal zwei Wochen war sie jetzt hier, hatte sich in die Praxis eingearbeitet, eine neue Rezeptionistin organisiert, ihre Familie und Freundinnen wiedergetroffen, Bajo kennengelernt und sich wieder an das Leben in Ostfriesland gewöhnt. Ihr Kopf brummte von all den neuen Eindrücken, und sie war froh, einen Tag mit Bajo ausspannen zu können. Zumindest solange es keinen Notfall gab – dann würde sie auch heute einspringen müssen. Und konnte sie mit Bajo an ihrer Seite wirklich ausspannen, wenn jedes seiner Worte, jeder Blick gleich kleinere Explosionen in ihr auslösten?

Nachdenklich fuhr sie den Tjarksweg entlang und hob die Finger zum Gruß, als sie Rita Winkelmann erkannte, die ihren Mops spazieren führte, den sie vor ein paar Tagen noch wegen einer Hornhautverletzung behandelt hatte. Kurz darauf hielt sie vor dem Schafstall, in dem Bajo wohnte, und staunte nicht schlecht. Die alte Ruine, die sie in Erinnerung hatte, war nicht wiederzuerkennen. An der Hausseite rankte zwar immer noch der Efeu bis zur Regenrinne hinauf, aber die hell verputzte Fassade an der Vorderseite war gereinigt und gestrichen worden. Das halbrunde Tor mit den Flügeltüren, das früher schief in den Angeln gehangen hatte, glänzte frisch lackiert und hatte neue Metallverschläge. Anscheinend erfüllte es nur noch einen dekorativen Zweck, denn der frühere Nebeneingang war ausgebaut und mit einer neuen Holztür versehen worden. Eine hübsche antike Lampe hing über der Hausnummer und dem Briefkasten, links und rechts standen Blumentöpfe, aus denen weiße, rosa- und lilafarbene Petunien überquollen.

Leas Handy vibrierte, es war eine Nachricht von Kerstin.

Hi Süße, Alarmstufe Rot. Habe eben Tarja an der Marienkirche gesehen.

Ein ungutes Gefühl breitete sich in Lea aus. Tarjas Vater lag auf dem Friedhof in Manslagt begraben, was hatte sie also an der Marienkirche in Pewsum zu suchen? Oder war sie religiös geworden?

Sie antwortete:

Danke dir.

Dann steckte sie das Handy weg und schnupperte. Es roch nach Farmtieren und Stroh, nach Kaminrauch und frisch geschnittenem Gras. Sie hörte eine Ziege hinter dem Haus meckern – das musste eine der drei Edelziegen sein, die Bajo gerettet hatte. Kurz darauf schnatterte eine Gans.

Hübsch, dachte Lea, als sie nach dem Türklopfer griff, der die Form eines Ankers hatte. Auch in den Blumentöpfen steckten winzige Anker auf Stäben.

»Komm rein!«, schallte Bajos tiefe Stimme gedämpft nach draußen. »Tür ist offen.«

Drinnen erwartete sie eine einfache Wohnstube mit selbst gezimmerten Möbeln, einem Tisch aus einer industriellen Holzpalette, die auf Ziegelsteinen lag, und einer von uralten Balken umgebenen Sitzecke, in deren Mitte sich ein Futtertrog befand. Und im Futtertrog lag eine riesige Norwegerkatze, die müde ein Auge öffnete, als Lea eintrat.

Lea lächelte – ihr Vater hätte an den improvisierten Möbeln seine wahre Freude gehabt. Und Christine, die gern Klavier spielte, hätte sich sicherlich begeistert auf das Piano gestürzt, das in der Ecke stand und dessen dunkelbraune Eichenverkleidung so stumpf und alt aussah, dass Lea sich fragte, ob man dem Instrument noch wohlklingende Töne entlocken könnte.

Hier drinnen roch es nach Holz und dem würzigen Potpourri, das in einer Schale auf dem Tisch stand. Außerdem wehte ihr ein frischer Pfefferminzgeruch von den zu Büscheln gebundenen Pflanzen entgegen, die zum Trocknen an einem zwischen dem Gebälk gespannten Seil hingen. Fasziniert fuhr Lea mit dem Finger über einen der zahlreichen Anker, die überall an den Balken befestigt waren. Einige glänzten sauber, andere waren so rostig, verwittert und mit Muscheln besetzt, dass sie sich fragte, wie oft sie wohl den Meeresgrund erkundet und welche Geheimnisse sie dabei entdeckt hatten.

Die Wohnstube war zur Küche hin offen, in der sich neben dem Herd ein Steinofen befand. An der Spüle stand Bajo, dessen Hände in pinken Spülhandschuhen steckten.

»Bin gleich fertig!«, rief er. Auf seine Schürze war – natürlich – ein Anker gedruckt. Der hatte die gleiche ungewöhnliche Form wie das Tattoo auf seinem Oberarm, nämlich mit vier statt der typischen drei Flunken.

»Keine Eile«, sagte sie leise und drehte sich begeistert im Kreis. Sie war sofort verliebt in den ehemaligen Schafstall, der so anders war als alle Wohnungen, die sie je betreten hatte.

Bajo wischte sich eilig mit dem Handrücken über das Gesicht. Eine winzige Schaumspur blieb auf seiner Wange zurück, und Lea musste sich davon abhalten, daraufzustarren – oder sie gar wegzuwischen. »Was ist das für eine Art Anker?«, fragte sie stattdessen, um sich davon abzulenken, wie er mit kräftigen Bewegungen die Teller schüttelte, bevor er sie in das Abtropfgestell schob.

Er hielt inne und schaute sie fragend an, bis sie auf das Tattoo deutete. »Das ist ein Faltanker, nennt man auch Klampe. Ein leichter und kompakter Ankertyp für kleinere Boote, der sich auch als Notanker eignet. Man nutzt sie in weichen oder schlammigen Böden.« Er lachte leise, und die hellen Sommersprossen auf seinen

Wangen wanderten dabei nach oben. »Ich mag Anker, weil sie für mich gleichzeitig Abenteuerlust und Heimatliebe symbolisieren. Und Faltanker haben zudem dieses ganz besonders pfiffige Design. Wie du siehst, mag ich generell simple Dinge.« Er deutete mit dem Kopf in Richtung seines Wohnzimmers.

»Ja«, sagte Lea nachdenklich, und die Leichtigkeit, die sie gerade noch gespürt hatte, wich von ihr. Seine Heimatverbundenheit faszinierte sie, und für einen Moment wünschte sie sich, sie könnte auch wieder unbeschwert eine der endlos wirkenden schnurgeraden Straßen ihrer Heimat entlangradeln, während sie den Rückenwind im Nacken spürte, der sie Richtung Meer trieb. Ob das eines Tages wieder möglich war? Solange sie jedes Mal in Fluchtbereitschaft geriet, wenn der Name Tarja aufkam, war das noch undenkbar. Immerhin schien sich bisher niemand, mit der Ausnahme von Iven, an den Unfall zu erinnern. Nur einmal hatte eine Praxiskundin mit einem Meerschweinchen sie ein paar Sekunden zu lange angeschaut, nachdem sie ihr Namensschild gelesen hatte. Gesagt hatte sie aber nichts, vielleicht auch deshalb, weil ihr Sohn tränenüberströmt gefragt hatte, ob Schweini denn jetzt sterben müsse. Musste er zum Glück nicht, dafür sorgten die Tabletten, die sie dem peruanischen Nagetier verschrieben hatte. Sie trat zur Katze, die sich im Trog schnurrend auf dem Rücken räkelte.

»Das ist Jessica. Du kannst sie ruhig streicheln. Sie ist sehr eigen, aber kratzt selten«, versprach Bajo zwinkernd.

Lea strich über das flauschige Fell, während die Katze sich weiter an der Trogwand schubberte und sie dabei mit ihren klugen Augen genau beobachtete. »Hallo Jessica«, sagte Lea freundlich und dachte: *Selbst seine Katze ist groß.*

»Lass dich von ihr nicht um den Finger wickeln – sie hat es faustdick hinter den Ohren«, meinte er lachend.

»Ich hoffe, du sprichst nicht mit der Katze«, konterte Lea und kitzelte Jessica am Hals. Die schlug spielerisch nach ihr, aber ohne die Krallen auszufahren. Trotzdem richtete Lea sich vorsichtshalber auf und stieß dabei mit dem Kopf gegen ein Büschel Pfefferminze, aus dem nun trockene Blätter rieselten. »Trocknest du die, um Tee daraus herzustellen?«, fragte sie und sog den frischen Geruch der Blätter in sich auf, der an Herbstabende vor dem Kamin erinnerte. Tee, ein Buch, eine Decke. Es gab kaum etwas Schöneres, außer natürlich man konnte sich beim Lesen an eine breite Brust kuscheln …

»Ja. Das ist allerdings das Einzige, was ich außer Blumen anpflanze. Ich hätte gern ein Gemüsebeet und einen Kräutergarten, weil ich ursprünglich und natürlich koche. Als Veganer muss man kreativ sein, um satt zu werden.« Er hängte den letzten gusseisernen Topf an einen Haken, direkt neben eine altertümliche Pfanne, die so schwer wirkte, dass Lea sich fragte, wie man darin einen Pfannkuchen hochwerfen sollte. Dann zog er umständlich die Handschuhe aus, die sich nicht so richtig von den Fingern lösen wollten und ein schmatzendes Geräusch von sich gaben.

»Ich mag deine Küche«, erklärte sie und betrachtete den Topf, der langsam hin und her schwang.

»Echt? Da bist du die Erste. Die meisten Besucher können es sich nicht vorstellen, in so einer einfachen Küche zu kochen. Aber ich brauche wirklich nicht viel. Am liebsten nutze ich saisonale Grundnahrungsmittel und probiere improvisierte Rezepte aus. Wenn du magst, koche ich auch mal für dich.« Obwohl er den letzten Satz ganz beiläufig sagte, funkelte es kurz in seinen Augen, und er sah sie einen Moment zu lange an.

Nichts lieber als das, dachte sie, während ihr ein wohliges Kribbeln über den Rücken lief. *Und danach setzen wir uns vor deinen Kamin und sehen den knisternden Flammen zu, bis es so warm wird, dass du dein Shirt ausziehst …*

Jessica sprang mit einem eleganten Riesensatz aus dem Trog und stolzierte zu ihrem Herrchen. Er streichelte der Katze über den Rücken. »Na, Jessy, mein Schatz, hast du schon wieder Hunger?«

Die Katze schnurrte, dann hieb sie die Krallen ihrer Vorderpfoten in die Holzdielen und streckte sich. Bajo lachte und holte eine

Plastikbox aus dem Kühlschrank, aus der er eine große Portion Futter in ihre Schale füllte.

»Jessy kommt auch aus dem Tierschutz«, erklärte er. »Sie gehörte einer Rentnerin, die sich eine Katze über eine Zeitungsanzeige geholt hat und nicht wusste, wie groß Norweger werden.« Wie um Bajos Worte zu bekräftigen, hob Jessy eine ihrer beeindruckenden Pfoten und schleckte sie ab. »Ja, Jessica, tu nicht so reinlich«, neckte Bajo die Katze und schaute Lea dann belustigt an. »Sie putzt sich so gern, und trotzdem hilft sie nie im Haushalt.« Demonstrativ gähnte Jessica, als könnte sie sich nichts Langweiligeres als Hausarbeit vorstellen.

»Komm, ich zeige dir noch schnell meine anderen Tiere.« Er führte Lea durch die Hintertür auf den Hof, direkt zu einem Offenstall, in dem zwei Schweine im Stroh kuschelten. »Das sind Otto und Hilde.«

Hilde streckte sich, stand auf und steckte ihre feuchte Nase durch die Holzstäbe. Bajo holte eine Möhre aus einem Metalleimer, der neben dem Verschlag stand. »Erst hatte ich nur Otto, aber dann habe ich erfahren, dass Hilde auf dem Weg zum Schlachthof war, weil sie als Zuchtsau ausgedient hat. Da konnte ich nicht wegsehen. Du kannst sie ruhig streicheln, sie ist ganz zahm.«

Lea strich der Duroc-Sau über den borstigen Kopf, der sich warm anfühlte. Hildes Hängeohren zuckten, als sie die Nase hob und sie mit intelligentem, freundlichem Blick anschaute. Kein Wunder, dass Bajo das Tier nicht seinem Schicksal hatte überlassen wollen. Lea spürte, wie er sie genau beobachtete, während sie Hilde nun über den borstigen Rücken fuhr und sie kraulte. Er öffnete ein Gatter, das nach hinten zu einem Auslauf führte, wo die Schweine in der Erde wühlen oder sich in einem oval angelegten Teich suhlen konnten. »Denen geht es echt gut hier«, stellte sie erfreut fest.

Bajo stellte ihr noch seine schnatternde Gänseschar, die vier weißen Hühner, seine Schafe und Ziegen vor. »So gern ich meine kleinen Kumpels auch habe, es ist viel Arbeit, und es werden immer mehr. Irgendwann werde ich mich nach ehrenamtlichen Helfern umschauen müssen.«

»Ich halte gern die Augen auf. Und wenn du magst, helfe ich auch mit, solange ich hier bin.«

Es zuckte kurz auf Bajos Wangen, und sie war sich nicht sicher, ob er sich darüber freute oder nicht. Und auch in ihrem Mund bildete sich ein fader Geschmack – ihre Zeit hier war viel zu begrenzt, fand sie. Dann ging ein Ruck durch Bajos Körper. »Danke«, sagte er. »Es ist toll, wie liebevoll du mit allen Tieren umgehst, du bist jederzeit willkommen.« Er strich über sein Kinn, holte Luft. »Jederzeit«, wiederholte er noch einmal.

Kurz darauf radelten sie nach Greetsiel, vorbei an den legendären Zwillingsmühlen, den bildhübschen Ziegelhäuschen und dem graubraunen Wasser der Binnenmuhde, bis sie den Störtebekerkanal erreichten. Über ihnen zogen flauschige Wolken vorbei, Spiegelbilder der Schafe, die neben ihnen auf dem Deich grasten. Sie fuhren nebeneinander, aber als Lea langsamer wurde, um einen Schmetterling zu betrachten, überholte Bajo sie. Nun schaute sie auf seinen geraden athletischen Rücken und seinen Hintern. Der war so knackig, dass ihr das Blut in die Wangen stieg und sie kräftig in die Pedale trat, um wieder aufzuholen.

»Ich denke, Nasrin passt ganz gut in die Praxis«, sagte Bajo plötzlich. »Sie ist freundlich, kompetent und hat die Nerven behalten, als Peanut seinen Bellanfall hatte. Ehrlich gesagt, war sie diejenige, die sich zuerst um ihn gekümmert hat. Von mir aus können wir sie einstellen.«

Lea lächelte, sie hatte Nasrin – und Bajo – also richtig eingeschätzt. »Ja, gern. Ich telefoniere später mit Opa, um das zu klären«, erwiderte sie, aber die Sonne schien so warm und der Wind fühlte sich so gut an, dass sie nicht länger über die Arbeit reden wollte. Deshalb fügte sie schnell hinzu: »Sollen wir uns gleich ein Eis holen oder willst du direkt an den Strand?«

Bajo verzog das Gesicht, als er überlegte, und Lea schielte hinüber, weil sie den unschlüssigen Ausdruck zum Anbeißen fand. »Eis klingt gut. He – was wird das?« Unkonzentriert hatte Lea den Lenker bewegt und rammte sein Rad. Er strauchelte, aber fing sich.

»Oh, tut mir leid«, stammelte sie, aber Bajo zwinkerte ihr nur verschmitzt zu.

In Norden holte sie ein Erdbeersorbet für Bajo und ein Schokoladeneis für sich, während er den Strandkorb klarmachte. Sein Kumpel hatte ihm tatsächlich einen in der ersten Reihe reserviert, von dem aus sie einen ungetrübten Blick aufs Wasser hatten.

»Wie schön.« Begeistert sah Lea sich um. »Ich war lange nicht mehr hier. Kannst du kurz mal mein Eis halten?«

Bajo nahm die Waffel, und sie zog sich ihr Kleid aus. Als sie im knappen Bikini vor ihm stand, fühlte sie sich plötzlich merkwürdig nackt. Er starrte an ihr vorbei, seine Finger waren so stark zusammengepresst, dass er fast ihre Waffel zerdrückte. Vermied er es, sie anzusehen? War er etwa nervös?

»Darf ich das wiederhaben?«, fragte sie, und er räusperte sich.

»Klar«, sagte er heiser. Die zarte Röte auf den Wangen stand ihm gut, fand Lea.

Statt in den Strandkorb hockte sie sich auf den feinen Sand und holte tief Luft, um den salzigen Duft der Nordsee in sich aufzunehmen. Das Gelächter einiger Jugendlicher, die in den glitzernden Wogen tollten, wehte zu ihnen herüber. Zufrieden grub sie die Zehen in den Sand und schleckte an ihrem Eis. Bajo setzte sich zu ihr und winkelte ein Knie an. Auch er trug jetzt eine Badehose – wie er sich so schnell umgezogen hatte, war Lea ein Rätsel.

Eine Weile saßen sie stumm nebeneinander. Das gleichmäßige Rauschen der Wellen machte sie schläfrig, aber als sie zu Bajo hinübersah, der ebenso relaxt in den Horizont blickte, packte sie der Schalk. Sie stieß ihn in die Rippen und rief: »Wer als Letzter in den Wellen ist, ist ein Dröggel!« und sprang auf. So schnell sie konnte, lief sie zum Wasser und hörte Bajos Schritte hinter sich knirschen. Sie beschleunigte, um sich nach vorn ins Meer zu werfen. Kurz tauchte sie unter, und als sie hochkam, stand sie Bajo direkt gegenüber, der keine Sekunde verschwendete, um ihr eine Ladung Wasser entgegenzuspritzen. Lea tat es ihm nach und merkte nicht, dass die nächste Welle auf sie zurollte. Sie ging unter und entschied sich für eine andere Strategie, tauchte um ihn herum und hinter ihm auf. Sein Zopf hatte sich gelöst, und seine langen Haare fielen ihm weit über den Rücken. In Leas Bauch flatterten ein paar Schmetterlinge auf, als sie die Muskeln seiner braun gebrannten Schulterblätter sah, die sich langsam bewegten, als er den Arm hob.

»Lea?« Suchend schaute er sich um. Erst als sie ihm auf die Schulter tippte, drehte er sich um. »Da bist du ja.« Lachend warf er sich auf sie, und sie quietschte, während sie sich aus seinem Griff befreite. Er war stark, viel stärker als sie, aber das machte sie mit Energie und Flexibilität wett. Sie plantschten und tobten, bis das Salz in ihren Augen brannte und er keuchend aufgab. Dann liefen sie zum Strandkorb zurück und legten sich tropfnass auf ihre Tücher, um sich von der Sonne trocknen zu lassen. Ein glückseliger Ausdruck lag auf Bajos Gesicht, der Lea ansteckte und in Hochstimmung versetzte.

Eine Weile lagen sie schweigend da, genossen die friedliche Atmosphäre und schauten zwei Kindern zu, die sich einen Ball zuwarfen. Aber etwas zwischen ihnen war anders. Sie waren als Kollegen nach Norden geradelt, jetzt fühlte sich seine Nähe vertraut an. Und wenn er gelegentlich zu ihr hinüberschielte, lag ein unverkennbares Knistern in der Luft. Dieses Mal war Lea sicher, dass sie es sich nicht einbildete, denn Bajo suchte ihren Blickkontakt und hielt ihn einen Hauch zu lange.

Irgendwann lehnte er sich zurück, verschränkte die Arme hinter dem Kopf. Seine Züge wirkten völlig entspannt, fast selig. Das Meer spiegelte sich in seinen Augen, ließ sie dunkler und geheimnisvoller erscheinen und so tief, als könnte man in ihnen versinken.

Ein aufblasbarer Wasserball flog ihnen entgegen, und Lea fing ihn geschickt auf, um ihn den Kindern zurückzuwerfen. »Soll ich uns etwas zu trinken holen?«, fragte sie Bajo, der mittlerweile wieder vollständig trocken war.

»Ich mach das schon. Du hast doch schon das Eis spendiert.« Er richtete sich langsam auf, und Sandkörner rieselten von ihm herab. »Was darf ich dir denn bringen?«

»Sanddornlimonade wäre nett.«

Er kramte in seiner Tasche, zog einen Schein heraus und lief in Richtung des Kiosks, der sich in der Nähe des Parkplatzes befand. Lea schaute ihm verträumt nach, dann stand sie auf, streckte sich und gähnte. In der Ferne sah sie eine Frau mit einem eleganten Strohhut entlangspazieren. Sie trug einen weißen Badeanzug und war so unglaublich gut gebaut, dass sie wie ein Model aus einer Werbesendung wirkte, in der Sommermode oder Karibikrum beworben wurde. Erst als sie näherkam, erkannte Lea das schlanke Gesicht mit der Stupsnase und die blonden Haare, die unter dem Hut hervorquollen.

Augenblicklich versteifte sie sich. Das war Tarja! Tarja, die dafür gesorgt hatte, dass die meisten im Jahrgang ihr aus dem Weg gingen, und sie letztendlich keine Lust mehr hatte, ihren eigenen Abiball zu besuchen. Es fühlte sich an, als würde ein Hammer auf ihre Brust schlagen und ihr die Luft aus den Lungen treiben. Noch hatte Tarja sie nicht gesehen, aber das würde sich ändern, sobald sie an ihrem Strandkorb vorbeikam.

Lea schob sich neben den Strandkorb und presste sich so fest an die Wand, dass das raue Geflecht in ihren Rücken schnitt. »Mist«, murmelte sie und spähte um die Ecke. Dann nahm sie sich ein Herz und sprintete los, Richtung Parkplatz. Tarja war weit genug weg und würde sicherlich nur eine joggende Frau von hinten sehen. Hoffentlich. Ihr Herz wummerte und schien jeden Moment zerspringen wollen.

Bajo lehnte an einem Laternenpfosten neben dem Kiosk und

wartete auf seine Bestellung. Atemlos drehte sie sich zum Strand um, aber von hier aus konnte sie Tarja nicht mehr erkennen. Gut.

Er starrte sie ungläubig an, als sie keuchend vor ihm anhielt. »Was ist los? Du siehst aus, als hättest du einen Geist gesehen.«

Das habe ich auch, dachte sie und schnaufte, weil sich ihre Lungen viel zu langsam mit Luft füllten. *Einen Geist der Vergangenheit, der leider auch meine Gegenwart bestimmt.* »Ich habe einfach so großen Durst« log sie, weil ihr so schnell nichts Besseres einfiel.

Für die offensichtliche Lüge wurde sie von Bajo mit einem Kopfschütteln bestraft, aber gleichzeitig wurden seine Züge weich, als sie sich schwindlig an der Kioskwand festhielt. »Komm mal her, du zitterst ja am ganzen Körper.« Er zog sie an sich, und auf einmal drehte sich alles in Lea. Sie spürte seine warme Haut an ihrem Ohr, seine Hand auf ihrem Rücken. Sie konnte seinen Herzschlag hören, der tief in seiner Brust pochte. Ihre Kniegelenke verwandelten sich in Gummi, und sie hatte Mühe, aufrecht stehen zu bleiben.

»Bajo«, murmelte sie, erleichtert, dass er sie hielt, bestürzt, dass sich seine Nähe so gut anfühlte, und gleichzeitig voller Panik, dass Tarjas Präsenz nichts Gutes verheißen würde. Sein Duft nach Meer, Salz und Sonnencreme stieg ihr in die Nase.

»Lea.« Er drückte sie ein Stück von sich weg und sah ihr tief in die Augen.

Das traf sie wie ein elektrischer Schlag. Ohne zu überlegen, stellte sie sich auf die Zehenspitzen und schlang ihm die Arme um den Nacken. Sein leicht geöffneter Mund war so nah, dass sie seinen Atem spürte. Dann beugte er sich leicht vor, und seine weichen Lippen näherten sich ihren.

Kapitel 15

»Was machen wir hier?« Lea drückte Bajo entschieden von sich weg, während es so laut in ihren Ohren rauschte, dass es selbst das Meeresrauschen übertönte. Ihre Fingerspitzen ruhten auf seiner breiten Brust, und sie spürte seinen erhöhten Herzschlag.

Irritiert und auch etwas erschrocken schaute er sie an. Sein Adamsapfel hüpfte auf und ab. »Es tut mir leid«, murmelte er, »ich weiß nicht, was über mich gekommen ist.«

Sie schluckte, überwältigt von der Situation. Für einen Moment hatte sie eine unendliche Sicherheit verspürt, das Gefühl gehabt, in seinen Armen versinken zu können. Aber Tarja war irgendwo am Strand, ganz in ihrer Nähe. Sie wollte ihr nicht begegnen, erst recht nicht, wenn sie gerade diesen unglaublichen Mann küsste, der jede Faser ihres Körpers in Aufruhr versetzte.

»Nein, bitte entschuldige dich nicht. Da waren wir beide dran beteiligt.« Langsam entspannte sie ihre Finger und zog sie zurück.

Bajo atmete schwer, aber er schien ebenso erleichtert wie sie, dass es nicht zu einem Kuss gekommen war.

»Einmal Sanddornlimonade, einmal Apfelschorle, bitte schön.« Der üppige Kioskverkäufer hieb die Gläser so fest auf den Ausschanktresen, dass sie überschwappten, und grinste sie verschmitzt an. »Falls ihr Turteltäubchen denn fertig seid.«

Schweigend nippten sie an ihren Getränken, während Lea immer wieder in Richtung Strand schaute. In der Eile hatte sie ihr Handy und ihr Portemonnaie im Strandkorb liegen gelassen, aber trotzdem ließ sie sich viel Zeit, um das Glas zu leeren. Sie wollte sicherstellen, dass Tarja wirklich weg war.

»Hat dich das eben so aus der Fassung gebracht?« Das Blau seiner Augen war von einem Hauch Grau überzogen, wie der Himmel nach einem Waldbrand. Seine mittlerweile getrockneten Haare wehten offen um seine Schultern und verliehen ihm ein mittelalterliches Aussehen, das nicht ganz in die friesische Küstenlandschaft passte. Oder vielleicht doch, nur nicht in dieses Jahrhundert.

»Ja. Nein. Es ist kompliziert«, erklärte Lea. »Ich komme gerade erst aus einer gescheiterten Beziehung und bin nicht ganz ich selbst.«

»Oh.« Bajo nahm ihr das leere Glas aus der Hand, das sie unentwegt hin und her drehte. »Sollen wir zurückfahren?«

Lea zögerte, dann nickte sie. Sie durfte sich nicht in ihn verlieben, nicht, wenn sie ihn bald wieder verlieren würde. Das würde ihr Herz nicht verkraften.

Sie holten ihre Sachen aus dem Strandkorb, und es konnte nicht schnell genug für sie gehen. Der Gedanke, dass Tarja jederzeit hinter ihr aufkreuzen könnte, nur um dann mit dem Zeigefinger auf sie zu zeigen und zu rufen: »Das ist sie, das ist Lea, wegen der mein Vater jetzt tot ist!«, trieb sie an. Die kleine Narbe an ihrem Hals, die sie sich damals beim Unfall zugezogen hatte, als sie selbst im Graben gelandet war, brannte, und es kostete sie Kraft, es zu ignorieren.

»Wat 'n Schiet!«, fluchte sie, als ihr Handy zum zweiten Mal in den Sand fiel, weil ihre Hände zitterten. Bajo bückte sich, um es für sie aufzuheben, und pustete vorsichtig die Sandkörner vom Bildschirm, bevor er es ihr gab. Nachdenklich runzelte er die Stirn, als ahnte er, dass hinter ihrer Fahrigkeit mehr als nur ein gescheiterter Kussversuch steckte.

Auch wenn die Strecke länger war, wählten sie den Küstenweg

nach Süden. Ein herrlicher Rückenwind ließ ihre Räder gleiten, und Lea entspannte sich mit jedem Meter. Über ihnen trieben nun zarte Schäfchenwolken, die ein nahezu symmetrisches Muster bildeten und sich dabei immer mehr verdichteten. Im Watt vor dem Deich stolzierten langbeinige Vögel umher, die sie daran erinnerten, dass sie morgen mit Fennas Vogeltruppe losziehen würde.

»Ich kann dich gut verstehen!«, rief Bajo neben ihr, nur eine Hand am Lenker, die andere locker auf den Oberschenkel gelegt, während er sich zu ihr drehte. »Ich meine, wir haben uns gerade erst kennengelernt, und ich bin normalerweise sehr vorsichtig, bevor ich mich auf jemanden einlasse. Das letzte Mal, als ich unvorsichtig war, habe ich einen hohen Preis bezahlt.«

Eine Böe kam auf und ließ ihre Räder noch schneller werden. Lea hob die Stimme: »Wie meinst du das?«

»Naja, das ist jetzt knapp sechs Jahre her. Ein One-Night-Stand, der zu einer Tochter geführt hat. Seitdem bin ich Vater – und die meiste Zeit davon war ich Single.«

Vor Überraschung trat Lea in die Bremse und sah Bajo ein paar Meter weiterradeln, bis er an einer einsamen Bank hielt. Das war gut, denn mit dem lauten Wind im Hintergrund war ein Gespräch beim Radeln schwierig. Sie setzte sich neben ihn auf die Bank, um die herum sich der Strandhafer beugte, sodass sie das Gefühl hatte, inmitten eines wogenden grünen Meeres zu sitzen. Von hier aus schauten sie direkt auf die aufgewühlte Oberfläche des Meeres, das gerade dabei war, sich das Watt zurückzuerobern.

Leas Puls pochte heftiger, als es die paar Kilometer auf dem Rad rechtfertigten. Und er wollte sich trotz der Pause nicht beruhigen. Dass Bajo Single war, hatte sie geahnt – sonst hätte er wohl kaum versucht sie zu küssen und er hätte seine Freundin sicherlich erwähnt –, aber dass er eine Tochter hatte, das brachte sie aus der Fassung. Nicht, dass es sie störte, aber es rückte ihn in ein anderes Licht. Er war Vater, mit all den Verpflichtungen, Hoffnungen und Komplikationen, die das mit sich brachte.

Eine Möwe segelte über sie hinweg und flog in Richtung Horizont, hinter dem sich Juist und Memmert versteckten und weiter westlich auch die Insel Borkum.

»Wie heißt deine Tochter?«, fragte Lea und zupfte einen Halm vom Grashafer ab, um ihn zwischen den Fingern hin und her zu drehen. Die Möwe wurde immer kleiner und verschwand schließlich am Horizont.

»Mia. Sie kommt nächstes Jahr in die Schule. Die Zeit vergeht so schnell! Leider sehe ich sie meist nur einmal im Monat am Wochenende, weil sie eine Stunde entfernt wohnt und außerdem samstagnachmittags Karateunterricht hat.« Er seufzte, und Lea legte ihm mitfühlend eine Hand auf den Unterarm.

»Das ist sicherlich schwierig für dich, dein Kind so selten zu sehen. Verstehst du dich denn mit der Mutter?«

Bajo verzog das Gesicht und suchte mit seinem Blick den Horizont ab, als hoffte er, in den Wellen der Nordsee eine Antwort zu finden. »Es geht. Wir kommen zurecht. Ihre Familie mag mich leider überhaupt nicht. Es war wirklich nur ein One-Night-Stand, auf den ich mich eingelassen hatte, weil es mir nicht gut ging, nachdem meine Mutter an einem Schlaganfall gestorben ist.«

»Das tut mir leid«, raunte Lea.

»Jedenfalls hatten meine Kumpels vom Boßeln mich in eine Disko geschleppt. Sie sprach mich an, und naja, eins führte zum anderen. Mittlerweile hat sie geheiratet, aber ich unterstütze Mia, wo ich kann, und das weiß sie zu schätzen.«

Es zwickte in Leas Eingeweiden, als sie sich Bajo mit dieser anderen Frau vorstellte. Langsam richteten sich die Haare auf ihren Armen auf – Bajo und die Fremde, miteinander verschlungen im Bett, während sie sich küssten und lachten. Nackte Haut, die aneinanderrieb, wie Konstantin und Adele … Ein Schleier fiel vor ihre Augen und machte die Welt um sie herum ein wenig dunkler.

»Mia ist ein tolles Mädchen, pfiffig und lebenslustig und so altklug, dass man manchmal meint, sie wäre schon mal auf dieser

Welt gewesen«, schwärmte Bajo weiter. Kleine Fältchen bildeten sich um seine Augenwinkel, und ein Strahlen wanderte über sein Gesicht. »Du hast mich ja noch mit dem Vollbart gesehen. Den habe ich mir wachsen lassen, weil Mia mich fragte, ob ich mit Bart wie der Weihnachtsmann aussehen würde. Sie hat sich so gefreut, mich damit zu sehen, und wir haben Dutzende Selfies gemacht.«

Sein verträumtes Lächeln half Lea, die Bilder in ihrem Kopf zu verdrängen. Stattdessen wuchs ein neuer Respekt vor Bajo in ihr. Es war ihm egal, für eine Weile wie der sportliche Bruder vom Weihnachtsmann herumzulaufen, wenn er seine Tochter damit glücklich machte. Egal, was die Leute dachten.

Er legte den Kopf in den Nacken, um sich das erhitzte Gesicht vom Wind kühlen zu lassen. Auf seinem Kinn entdeckte sie ein winziges Muttermal, das der Bart vorher versteckt hatte. Dann wurde er wieder ernst. »Aber so sehr ich Mia auch liebe, die Situation ist nicht ideal. Ich wollte immer eine Familie gründen und meine Kinder aufwachsen sehen. Nachdem Mia auf die Welt gekommen ist, bin ich sehr vorsichtig, wen ich date, und breche die meisten Beziehungen nach kurzer Zeit ab, wenn ich merke, dass sie auf nichts hinauslaufen. Und auch, wenn zwischen Mias Mutter und mir nie eine Beziehung infrage kam, fühle ich mich schuldig ihr gegenüber. Das hat sie sich sicherlich auch anders vorgestellt. Und ihre Familie lässt es mich regelmäßig wissen.«

»Es ist schwierig, jemandem zu vertrauen, wenn man einmal richtig enttäuscht worden ist.« Sie schürzte die Lippen nachdenklich. Warum erzählte Bajo ihr von seinen Beziehungsängsten? Um sie zu warnen, damit sie sich keine Hoffnungen machte, oder weil er selbst Angst davor hatte, dass er sich ein klitzekleines bisschen in sie verguckt hatte? Sie schaute ihn von der Seite an, die hohen Wangenknochen, der kluge Ausdruck seiner Augen – ja, sie musste gestehen, dass er sie nicht kalt ließ. Dass er in ihr Gefühle und Sehnsüchte weckte, die nicht zu einer kurzen Sommeraffäre passten.

»Bajo«, sagte sie leise, aber fest. »Es ist gut, dass wir darüber reden. Du bist ein attraktiver Mann und ich …« Sie biss sich auf die Unterlippe. Ja, was eigentlich? Sie sehnte sich nach echter Zärtlichkeit und Wärme, nach jemandem, mit dem sie Ebbe und Flut beobachten konnte, ohne dass er in das nächste Boot stieg und wegsegelte. Wünschte sich, dass sie nicht nur auf der Durchreise war. »Aber ich bin ebenso wenig wie du für einen Flirt zu haben. Und mein Job ist nur temporär, ich muss mir darüber Gedanken machen, wie es für mich weitergeht.« Die ersten Bewerbungen hatte sie bereits abgeschickt, eine für eine Gemeinschaftspraxis in Lübeck und eine für die Tierarztklinik in Stettin, in der sie auf eine Spezialisierung hinarbeiten konnte. Beide Arbeitsstellen lagen im Norden, aber waren mehrere Stunden von Pewsum entfernt. In Hamburg hatte sie bisher nichts Passendes gefunden, aber auch das lag ja nicht gerade um die Ecke.

Bajo schaute sie hoffnungsvoll an, und es kostete sie Kraft, weiterzureden. Jetzt kam der Teil, der am meisten schmerzte. Sie holte Luft und sagte: »Denn Hierbleiben kann ich nicht.« Das hatte die Begegnung mit Tarja ihr heute gezeigt. So wohl sie sich auch auf der Krummhörn fühlte, es war zu viel vorgefallen, und die Vergangenheit hatte viel Treibholz in die Gegenwart geschwemmt.

Bajos Schultern sanken ein Stück herunter, aber er nickte, bevor er ruckartig aufstand. »Ja, Lea«, sagte er. »Das verstehe ich.« Dann reichte er ihr förmlich die Hand. »Danke, dass du so viel Verständnis aufbringst. Auf eine gute, professionelle Zusammenarbeit.«

Ihr Herz schrumpfte, als er ihre Hand schüttelte, als wäre sie eine Kollegin und nicht mehr.

Wieder zu Hause angekommen setzte Lea sich in den grünen Rattansessel hinter dem Haus ihrer Großeltern und lauschte den Vögeln, die in den Büschen um den Gartenteich herum zwitscherten. Peanut legte ihr ein Stöckchen vor die Füße, das sie weit hinter die Johannisbeerbüsche warf. Der Border Collie schoss nach vorn, um es zu suchen, nur um kurz darauf wieder schwanzwedelnd vor ihr zu stehen. Lea lachte. »Du kriegst nie genug, was?« Sie strich über sein seidiges Fell und warf das Stöckchen erneut. Wie eine schwarz-weiße Rakete verschwand Peanut im hohen Gras. Lea beobachtete, wie er vergnügt zwischen den Halmen herumstrich. Dann holte sie ihr Handy hervor und rief ihren Großvater an.

»Moin, Lea«, meldete der sich fröhlich und ziemlich laut, um das Stimmengewirr und die Musik im Hintergrund zu übertönen. »Wie läuft es?«

»Gut, Opa. In der Praxis habe ich alles im Griff, und Bajo …«, sie holte tief Luft, »ist ein kompetenter Tierarzt, mit dem man gut zusammenarbeiten kann.«

»Das freut mich. Du, gibt es irgendetwas Dringendes? Ich muss deine Oma gleich zum Walzer auffordern, sonst zieht sie mir die Ohren lang, wenn ich mich wieder drücke.«

»Okay, ich mache es ganz kurz: Ich würde gern eine neue Rezeptionistin einstellen, Nasrin Akhtar. Ich kenne sie von früher, der Probetag lief gut, und Bajo ist damit einverstanden. Ist das okay?«

»Solange ich nicht da bin, kannst du tun und lassen, was du möchtest, ich gebe dir freie Hand. Ich vertraue deiner Entscheidung, du kannst sie gern einstellen. Gefällt es dir, deine eigene Chefin zu sein?« Er brüllte so laut gegen die Band an, dass Lea schmerzlich das Gesicht verzog.

»Doch. Schon. Es ist nur ungewohnt«, antwortete sie ausweichend.

»Soso. Aha. Klingt nicht so begeistert, wie ich mir das erhofft hatte. Ich –« Lea hörte, wie die Musik kurz verstummte und kurz darauf ein neues Lied einsetzte.

»Enno, die Band spielt mein Lieblingslied!«, hörte sie gleich darauf Oma rufen. Und tatsächlich erkannte sie die ersten Klänge von »An der schönen blauen Donau«.

»Ich muss jetzt wirklich los, Lüttje. Wir reden die Tage, ja?«

»Mach's gut, und viel Vergnügen beim Tanzen! Richte Oma liebe Grüße von mir aus.« Eine Pfote tappte auf ihren Oberschenkel, und Peanut fiepte auffordernd. Er hatte sich in der Zwischenzeit einen noch größeren Stock besorgt, der kaum in sein Maul passte. »Größer ist nicht besser, Peanut.« Lea lachte und stand auf, um mit ihm unter den Apfelbäumen nach dem perfekten Stock zu suchen – unterarmlang, gerade, futtermöhrendick.

Am späten Nachmittag schaute sie kurz bei Kerstin vorbei, die emsig damit beschäftigt war, ihren Garten von Unkraut zu befreien. »Mann, Lea«, rief sie und wedelte dabei mit ihrer Harke, »so kurz hier und bereits braun gebrannt! Und ich bin jeden Tag draußen und trotzdem so bleich wie ein untoter Seefahrer auf dem Gespensterschiff des *Fliegenden Holländers.*«

Lea grinste. »Das habe ich meinem Vater zu verdanken. Der braucht im Frühling nur zum Supermarkt zu spazieren, damit er aussieht, als hätte er den Winter in Spanien verbracht.«

Kerstin zog ihre Gartenhandschuhe und die grüngestreifte Schürze aus und warf sie auf den Unkrauteimer. »Komm, ich mache uns Tee.«

Sie liefen ins Haus und machten es sich in Kerstins Wohnstube gemütlich, die in so vielen Grüntönen gehalten war, dass es Lea vorkam, als säßen sie in einem tropischen Gewächshaus. Kerstins Mann Hinderk lag lesend auf dem jagdgrünen Sofa, die Vorhänge leuchteten in Jadegrün, die Stehlampe hatte einen smaragdfarbenen Schirm, und das Fleckenmuster des Teppichs, auf dem Kerstins Söhne Melle und Jorrit ein Schlachtfeld mit Zwergen, Trollen und Elfen aufgebaut hatten, war in dunkleren Tannengrüntönen gehalten. Einzelne Sonnenstrahlen tanzten auf all den Oberflächen, wenn sich die Wolken verschoben.

»Na, was hast du heute Schönes gemacht?«, fragte Kerstin neugierig, und sofort grummelte es in Leas Bauch.

Tarja gesehen, dachte sie, *und beinahe Bajo geküsst.* Das konnte sie aber schlecht vor Melle und Jorrit erzählen. Sie fokussierte sich auf die Wände, an denen zahlreiche Fotos von Kerstin und ihrer Familie bei Mittelalterfesten und beim Live-Rollenspiel hingen. »Ich war Fahrrad fahren und in Norddeich am Strand. Oben in Norden.«

»In Norden!« Kerstin prustete, und ihre Tasse schwappte über. »Weißt du noch, wie wir die Jansen-Zwillinge auf ihren Luftmatratzen überfallen haben, als sie nichtsahnend rausgepaddelt sind –?«

»Ja«, unterbrach Lea sie und wurde rot. Peer Jansen war in sie verliebt gewesen, aber nachdem die Sache mit Tarja passiert war, hatte er nie wieder mit ihr geredet. Dafür hatte sie ihren ersten Kuss mit seinem Kumpel Noel gehabt, der damals vergeblich versuchte zwischen Peer und ihr zu vermitteln. Kurzzeitig war sie sogar mit Noel zusammen gewesen. Er hatte Tarja noch nie leiden können, weil die keine Gelegenheit ausließ, sich über den französischen Akzent seiner Eltern lustig zu machen. Schnell wechselte sie das Thema: »Sag mal, was ist eigentlich aus Noel geworden?«

Kerstin zuckte mit den Schultern, aber Hinderk rief von der Couch herüber: »Der arbeitet als Mechatroniker bei der Smart-Trans Kröger GmbH in Emden, und abends und am Wochenende ist er als Hundetrainer unterwegs!«

»Ach?«, erwiderten Kerstin und Lea gleichzeitig.

Hinderk blätterte sichtlich zufrieden eine Seite seines Magazins um. »Und woher weißt du das wieder?«, fragte Kerstin ihn.

»Na, weil er mittags oft zu mir in den Imbiss kommt. Da erzählt er gern von den Hunden. Scheint einiges auf dem Kasten zu haben in dem Bereich.«

»Hast du zufällig seine Nummer? Ich suche einen Trainer für Peanut.«

»Er hat mir eine Visitenkarte gegeben, einen Moment.« Hinderk klappte das Magazin zu, stand auf und holte sein Portemonnaie. »Hier.« Er gab ihr das viereckige Kärtchen und pfiff seine Jungs zu sich. »Kommt, wir schauen im Schuppen nach, ob die Farbe auf dem Eisdrachen getrocknet ist. Wer zuerst draußen ist, darf den Silberton für die Krallen aussuchen.« Er zwinkerte Kerstin beim Rausgehen zu. »Dann könnt ihr euch auch in Ruhe über die ganz peinlichen Dinge unterhalten.« Das Kissen, das seine Frau lachend nach ihm warf, fing er geschickt auf.

Kaum waren die Jungs verschwunden, wandte sich Kerstin an Lea: »Christine geht es nicht gut. Aber ich weiß nicht, wie ich ihr helfen kann, ich komme nicht an sie ran.«

Das brachte Lea in eine Zwickmühle – sie hatte Christine versprochen, nichts zu verraten, aber sie wollte Kerstin um keinen Preis belügen. »Ich denke, es hilft ihr schon zu wissen, dass wir für sie da sind«, sagte sie ausweichend.

Kerstins Augen verengten sich zu Schlitzen. »Du weißt mehr, oder?«

»Ich weiß, dass sie Zeit braucht, um wieder zu sich selbst zu finden.«

Skeptisch beäugte Kerstin sie, aber gab sich damit zufrieden. »Sie hat sich total zurückgezogen. Ich glaube, ihr fehlt das Ikigai.«

»Das was?«

»Das ist ein japanisches Konzept und bezieht sich auf eine Art Lebenszweck. Ich denke, ihr fehlt eine Verantwortung, die ihr persönliche Erfüllung und Freude schenkt.«

»Da könnte was dran sein.« Lea dachte daran, wie glücklich Christine im Umgang mit den Katzenjungen ausgesehen hatte. Natürlich würde das nicht das Trauma heilen, das der Überfall verursacht hatte, aber es war ein Schritt in die richtige Richtung. Es lenkte sie ab und brachte ein Stück Heilung. Der Gedanke erinnerte sie an Tarja und daran, wie weit sie selbst davon entfernt war, die Sache abzuschließen. »Sag mal Kerstin, was war das eigentlich mit Tarja? Hat sie dich erkannt, als du ihr auf dem Weg zum Bäcker begegnet bist?«

Kerstin schüttelte den Kopf. »Keine Ahnung. Ich bin im Auto an ihr vorbeigefahren. Ich glaube aber nicht, dass sie es wagen würde, mich anzusprechen.« Kerstin hatte Tarja damals vor die Füße gespuckt, als diese sie vor der Schule abgefangen hatte, um sie gegen Lea aufzuhetzen, und dabei so laut geflucht, dass Tarja sie nieder wieder behelligt hatte.

Als Lea nicht antwortete, zog Kerstin sie zu sich heran und umarmte sie. »Und selbst wenn, dann wäre das nicht weiter schlimm. Das ist alles lange her.« Lea nickte, auch wenn sich die Erinnerung noch viel zu nah anfühlte.

Nach dem Besuch bei Kerstin schickte Lea Noel eine Nachricht. Der rief sofort zurück. »Wir haben uns eine Ewigkeit nicht gesehen! Klar helfe ich dir bei deinem Hund. Wenn du möchtest, gleich am Montagmorgen?« Seine Stimme klang genauso unbeschwert wie früher und versetzte Lea in gute Laune. Es erfüllte sie mit Zuversicht, ein weiteres Problem proaktiv angegangen zu sein.

Am nächsten Morgen stand sie früh auf, um mit Peanut eine Runde zu drehen, bevor sie sich mit Fenna und der Vogeltruppe traf, um an den Pütten der Warft Hauen nach seltenen Arten Ausschau zu halten. Gut gelaunt joggte sie aus der Ortschaft heraus und an den Feldern entlang, die nur durch einzelne Höfe unterbrochen wurden, kreuzte das Pewsumer Tief und lief in einem Bogen wieder zurück. Peanut trottete im Gleichschritt neben ihr, die Leine hing entspannt durch. Die Sonne bahnte sich langsam ihren Weg über den Horizont und tauchte die flache Landschaft in warmes Licht. Auch auf Peanuts Fell lag ein goldener Schimmer. Ein sanfter Morgennebel schwebte über den Feldern, der die Konturen der Bäume in der Ferne verschwimmen ließ. Es roch nach feuchter Erde und aufsteigendem Tau. Lea schaute verträumt in den Himmel, der in zarte Rosa- und Orangetöne getaucht war, während die Welt langsam aus dem Schlaf erwachte. Schritte mischten sich unter die Vogelstimmen, und Bajo holte sie ein. Überrascht starrte sie ihn an, aber er lachte nur, rief »Moin!« und tippte sich an die Stirn. »Wusste gar nicht, dass du auch joggst.« Sein rotes Stirnband leuchtete mit der Morgensonne um die Wette. Leas Herz machte einen Hüpfer, als er sie anlächelte. Schweiß rann seine Wangen hinunter und klebte in seinen Augenbrauen, aber das machte ihn nicht weniger attraktiv – ganz im Gegenteil, es gab ihm etwas Markantes, Athletisches, das ihr gut gefiel. Und seine langen, muskulösen Beine, die in grauen Sportschuhen steckten, waren echte Hingucker. Nicht, dass sie hinguckte. Und überhaupt, was machte sie gerade? Richtig – laufen. Jetzt durfte sie nur nicht vergessen, wie ihre Füße funktionierten…

»Yep. Ich liebe die frühen Morgenstunden.«

»Normalerweise bin ich um diese Uhrzeit der Einzige – vor allem an einem Sonntagmorgen. Finde ich richtig cool, dir hier zu begegnen.«

Seine Worte beflügelten Lea, und ihre Füße schienen leichter zu werden, trugen sie von allein. Neue Energie durchflutete sie. Er beschleunigte, um mit ihr Schritt zu halten. »Du spielst Basketball im Verein?« Sie deutete auf sein Teamtrikot, das ihn als Spieler der *Deichkorb Dunkers* auszeichnete. Der rote Farbton biss sich mit seinem Stirnband und der Sporthose, auf der sich ein grün belaubter Baum ausbreitete. Das Muster weckte unangenehme Erinnerungen an den Yoga-Kurs, in den ihre Mutter sie mitgeschleppt hatte und in dem sie sich wie ein Seemann vorgekommen war, der am Knoten eines Taus verzweifelte. Ihre Beine waren zu lang, ihre Arme zu knochig, und beim herabschauenden Hund kam nur eine stöhnende Giraffe heraus. Aber trotz Yoga-Hose sah Bajo verdammt verwegen aus, es war schon fast unheimlich, dass ihm einfach alles stand.

»Ja, ich habe da vor zwei Monaten angefangen. Macht echt Spaß, ist ein witziges Team«, keuchte er. »Vorher war ich bei den *Bremer Eagles*, jetzt verhelfe ich den *Deichkorb Dunkers* zu ein paar Siegen. Hat Vorteile, wenn man nicht hoch springen muss, um an den Korb zu reichen.« Er zwinkerte und brachte Lea damit zum Grinsen. Nicht nur, weil ihr sein Selbstbewusstsein gefiel, sondern auch, weil sie seine Leidenschaft für Basketball teilte.

»Vielleicht können wir mal ein paar Körbe werfen und du zeigst mir, wie das richtig geht?«, schlug sie möglichst unschuldig vor. Der

Gedanke an sein verdutztes Gesicht, wenn sie lässig an ihm vorbeidribbelte und einen Korb warf, gefiel ihr. Danach könnten sie auf der Bank vor der Praxis eine Limo trinken. Sie biss sich auf die Lippe – sie musste aufhören, von einer Zukunft mit ihm zu träumen.

»Klar, können wir gern machen. Vielleicht morgen nach der Arbeit?«

»Das wäre klasse«, sagte sie und achtete darauf, dass sich ihre Stimme nicht überschlug, weil der Gedanke daran zu schön war. »Falls du genug Zeit dafür hast. Wegen deiner ganzen Tiere und so.«

»Für dich immer.« Er lachte und fügte ernster hinzu: »Stimmt schon – Zeit ist eine wertvolle Ressource geworden.«

Tausend kleine Schmetterlinge stiegen in Lea auf und flatterten umher, kitzelten sie am Bauch und an den Seiten. Warum musste Bajo nur so charmant sein? »Ich könnte dir bei den Tieren helfen«, bot sie an. »Ställe ausmisten oder was auch immer anfällt.«

Damit traf sie anscheinend ins Schwarze, denn ein Strahlen wanderte über seine Miene.

Sie wurde langsamer, da sie die Ortschaft wieder erreicht hatten und sie die letzten Meter gehen wollte, damit ihr Kreislauf runterkam. Auch wenn ihr T-Shirt an ihrem Bauch klebte und der Schweiß ihr den Nacken hinunterlief, war es doch schade, dass der Lauf vorbei war. Der Nebel hatte sich verzogen und der Wind trug nun den Duft von blühenden Blumen und frischem Grün mit sich. Sie hätte ewig mit Bajo weiterlaufen können!

Er hielt an und keuchte: »Puh, du hast echt ein zügiges Tempo.« Dann beugte er sich nach vorn, um sich auf den Knien abzustützen und Luft zu holen.

Lea tat es ihm gleich, aber nur, um wieder mit ihm auf Augenhöhe zu sein. Und tatsächlich hob er den Kopf und sah sie mit einer Intensität an, bei der kurz ihr Atem aussetzte. Die Wolken spiegelten sich in seinen Augen, und in seinem Blick lag so viel Zuneigung, dass sie spürte, wie ihr Widerstand bröckelte. Ihr Wille schmolz wie das Eis auf einem Frühlingsfluss, und ebenso wie für diesen gab es für sie nur eine Richtung, in die sie sich bewegen konnte. Sie kannte Bajo erst seit so kurzer Zeit, und trotzdem glaubte sie, tief in seine Seele sehen zu können.

Auch wenn sie es sich nicht eingestehen wollte und es völlig irrational war – sie hatte sich so sehr in ihn verliebt, dass es keinen Weg mehr zurückgab. Und dieses Mal war sie es, die ihn an sich zog und in seinem Gesichtsausdruck nach einem Einverständnis suchte, um mit ihm inmitten der aufwachenden Frühsommerwelt in einem Kuss zu versinken.

Kapitel 16

Ihre Lippen ruhten aufeinander, erst federleicht wie Morgentau auf den Köpfen der Pfingstrosen, die in den Pewsumer Vorgärten überall erwachten, zart wie der Flügelschlag eines Schmetterlings. Doch als Bajo seinen Mund öffnete, verlor sie sich in ihrem Verlangen. Ihre Zungen spielten miteinander, liebkosten sich, mal schmeckte der Kuss süß, dann wieder salzig. Zaghaft saugte sie an seiner Unterlippe, betrachtete seine geschlossenen Augen, sog jedes Detail in sich auf, um nichts zu verpassen. Aufregung floss durch ihre Venen, schuf eine Magie, die ihren ganzen Körper sensibilisierte. Gleichzeitig fühlte sie alles und nichts, ihr Kopf war leer und voll. Sie ließ ihre Finger zu seinem Kinn wandern, tastete nach seinen Wangen, fast ängstlich, dass er sich einfach in Luft auflösen würde.

Eine Stunde später lag sie mit einem Fernglas bewaffnet neben Fenna auf dem Boden vor einer der Hütten im Vogelschutzgebiet. Jens, Iven und Gerd hatten das Innere der Hütte für sich beansprucht und spähten durch die Schlitze heraus.

Der Kuss mit Bajo lag noch auf ihren Lippen, schmeckte salzig wie das Meer und gleichzeitig süß wie das Verlangen nach ihm, das sie komplett aus der Fassung brachte. Es war schwierig gewesen, sich von ihm zu lösen, fühlte sich neu und aufregend an. Zum Abschied hatte er sie so liebevoll angeschaut, dass ihre ganze Haut sich in ein Flammenfeld verwandelte, das immer noch brannte. Aber Fenna nahm sie gerade ganz in Beschlag, und das lenkte sie ab und nahm der Hitze ihre Kraft.

»Siehst du den kleinen Vogel, der zwischen den Halmen umherflattert? Bitte beschreibe mir sein Gefieder, damit ich herausfinden kann, was das für eine Art ist«, flüsterte Fenna und deutete vage in Richtung Wasser.

»Okay«, murmelte Lea, schwenkte das Fernglas und sah nur grüne Halme, bis sie plötzlich eine Bewegung wahrnahm. Schnell adjustierte sie das Fernglas. »Ha!«, stieß sie aus und fing sich dafür von Fenna einen Stoß in die Rippen ein.

»Pscht«, rügte sie. »Und?«

Lea beobachtete den winzigen Vogel, der auf einem Halm zur Ruhe gekommen war. »Er hat einen helleren Bauch, so eine Art Sanddünenmausbeigebraun, dann kommt eine Art rote Halskrause, und darüber ist er blau«, flüsterte sie.

»Sanddünenmausbeigebraun?«, wiederholte Fenna.

Das Vögelchen trillerte, und Lea erhaschte einen Blick in seinen Rachen. »Ha! Seine Mundhöhle ist leuchtend gelb!«, rief sie.

Fenna zischte: »Wenn du noch einmal ›Ha!‹ rufst, dann nehme ich dir das Fernglas weg und werfe es ins Wasser.«

»Kannst du ruhig machen, ist ja dein Fernglas«, konterte Lea gelassen.

Aber Fenna blätterte bereits konzentriert in ihrem Artenbestimmungsbuch. »Blaukehlchen«, sagte sie und tappte siegessicher auf eine Abbildung. Dann schaute sie Lea provokativ an. »Ha!« Sie grinste und hob die Hand zum High five. Lea schlug ein, und das Blaukehlchen schreckte auf und verschwand in den Tiefen der Vegetation.

Fenna runzelte die Stirn. »Jetzt haben wir den Kleinen vertrieben.« Sie richtete sich auf und strich über ihre braune Cordhose, die vom schlammigen Untergrund völlig verdreckt war. Lea tat es ihr nach – leider trug sie eine helle kurze Hose und sah aus, als hätte sie sich in einer Pfütze gewälzt.

Aus der Hütte drangen Geräusche. »Ist das ein Bruchwasserläufer?«, hörte sie Jens fragen, und gleich darauf antwortete Iven: »Fast: Deren Gefieder ist allerdings heller, und sie haben nicht so schöne gelborangefarbene Beine. Was du siehst, das ist ein Dunkelwasserläufer. Aber trotzdem gut geraten.«

»Was du alles weißt, das ist unglaublich! Ich sollte wirklich öfter mit dir losziehen, ist ja eine Schande, wie wenig ich meine heimische Fauna kenne. Dabei liebe ich es, mich morgens früh von Mücken zerstechen zu lassen und mir Splitter im Ellenbogen einzufangen.«

Sie hörte die beiden Männer kichern und grinste. »Die beiden verstehen sich gut«, befand Fenna und zwinkerte ihr zu.

Das Kichern verwandelte sich in Gelächter, dann quiekte Iven: »He, nicht da, ich bin kitzelig.«

Jetzt mischte sich Gerd ein und brummte: »Iven, du Sabbelschnut, holl de Muul!« Das führte dazu, dass Iven losprustete und Gerd ärgerlich brummte. Sämtliche Vögel flatterten auf, und Lea sah ihnen nach, wie sie in alle Richtungen davonflogen.

Alle Geräusche um sie herum verschwanden in weite Ferne, als sie an Bajos Lippen dachte, die unglaublich gut geschmeckt hatten. Süß und weich und zart. Immer noch fühlte sie das Prickeln in ihren Armen und Beine, als er sie fester an sich gezogen hatte, als wollte er mit ihr im Morgenlicht verschmelzen. Dieses irre Kitzeln, als er ihr über den Hals strich und sie dort küsste, das Verlangen, das sie in seinen Berührungen gespürt hatte, als sie so eng voreinander standen, dass sie nicht mehr wusste, wo ihr Körper aufhörte und seiner begann. Und die Stelle zwischen ihren Schulterblättern kribbelte noch von seinen Fingern, die dort kurz verweilt hatten.

»Wie sieht es mit dir aus, bist du Single?«, fragte Fenna so direkt, dass Lea zusammenzuckte.

Verlegen hob sie das Fernglas vor die Augen, um ihre erhitzten

Wangen und den unsicheren Blick zu verstecken. »Ja?«, krächzte sie und behauptete dann: »Ich … äh, habe gerade andere Prioritäten als Männer.«

Aber Fenna hob nur spöttisch den Mundwinkel. »Aha«, sagte sie und drehte das Fernglas wieder richtig herum, das Lea falsch herum vor die Augen hielt. Aber Lea ließ es gleich wieder sinken. Es gab eh keine Vögel mehr weit und breit, und die Erinnerung an den Kuss raubte ihr die Sinne.

»Ich frage nur, weil du so abwesend und verträumt wirkst, wie ich es nur von Verliebten kenne. Meine Güte, es muss irgendetwas in der Luft sein!« Fenna nickte in Richtung der Hütte, und wie auf ein Stichwort kicherte Jens und Iven sagte: »Ach du meine Güte, du bist ja ganz verspannt im Nacken. Ich glaube, du brauchst mal eine richtig gute Massage.«

Gerd stöhnte genervt auf. »Ich wollte einfach nur Vögel beobachten«, beschwerte er sich.

Die beiden Frauen sahen sich vielsagend an. »Da haben sich wohl zwei gefunden«, raunte Fenna.

Lea nutzte die Gelegenheit, um von sich abzulenken. »Wie ist das bei dir, bist du liiert?«

Fenna verzog den Mund, und nun wanderte ein trauriger Schatten über ihre Züge. »Nein, leider nicht. Ich glaube, viele Männer lassen sich davon abschrecken, dass ich einen Handwerksberuf ausübe. Und so blöd das klingt, es kommt oft auch nicht so gut an, dass ich ziemlich stark bin. Ich suche noch nach einem Mann, der seine Männlichkeit nicht über seine Körperkraft definiert.« Demonstrativ spannte sie die Arme an, sodass ihr Bizeps sich nach oben wölbte.

Lea nickte beeindruckt – Fenna war wirklich eine kräftige Frau, deren beeindruckendes Kreuz von Natur aus schon breit und durch ihre Arbeit gestählt war. »Ich kann dich gut verstehen«, gab sie zu, während es sauer in ihrem Magen schwappte, weil sie an Konstantin denken musste, der ständig ihre Körpergröße kritisiert und immer die Augen verdreht hatte, wenn sie hochhackige Schuhe trug. Was allerdings nicht sehr oft vorgekommen war. »Ich bin ja sehr groß, das findet auch nicht jeder Mann gut. Mein Ex war einen halben Kopf kleiner als ich, und er musste sich leider von seinen Kumpels viele blöde Sprüche anhören.« *Und ich mir von ihm und Adele,* dachte sie.

»Dein Kollege, der Bajo, ist der nicht größer als du?«, fragte Fenna unschuldig, aber Lea sah ein schelmisches Funkeln in ihren Augenwinkeln.

»Ich glaube schon«, gab sie zu und schluckte. Ja, sie hatte sich beim Küssen auf die Zehenspitzen stellen müssen, wie im Film, ein neues, grandioses Gefühl! *Aber,* dachte sie, *aber – es gab zu viele Aber.*

»Da sitzt eine Spinne in deinem Haar!«, rief Jens aufgeregt, und Iven kreischte.

»Och nö, könntest du die bitte entfernen? Aber tue ihr nichts!«

»Dann musst du aber stillhalten.« Jens lachte. Es rumpelte in der Hütte, als die beiden versuchten, sich von dem Gliederfüßer zu befreien.

»Holl du dien Piepen in de Sack!«, schimpfte Gerd vergeblich, als Holz splitterte und Metall krachte.

»Ich hab sie!«

»Du bist mein Held.«

»Lass sie ja nicht fallen!«

»Ihr spinnt doch beide, ihr Torfnasen.«

Fenna bog sich vor Lachen. Sobald Jens und Iven sich in der Hütte beruhigt hatten, setzte das Gezwitscher im Uferbereich des Gewässers wieder ein, und Fenna und Lea bestimmten ein paar Arten. Fenna verglich einen Wasservogel mit einer Abbildung in dem Buch, bis sie es seufzend zuklappte. »Bestimmt gibt es da draußen irgendwo«, sie wies vage in die Richtung, in der das Meer lag, »einen Krieger, der auf Wikingerfrauen steht.«

Lea nickte mitfühlend. »Da bin ich mir ganz sicher.« Fenna

hatte das Herz am rechten Fleck, und früher oder später würde das jemand erkennen, der zu ihr passte.

Bald stand die Sonne hoch am Himmel und strahlte warm auf sie herab. Das Treiben am Wasser wurde weniger, viele Vögel zogen sich zurück. Eine einzelne Limikole putzte ihr Gefieder, als Fennas Magen knurrte.

»Zeit für einen Snack«, entschied sie und strich sich über den Bauch. »Wir gehen nach unseren Treffen meist zu Gerd, der macht den besten Tee und hat immer einen Krintstuut parat. Kommst du mit?«

Lea nickte. Sie packten ihre Sachen und machten sich auf den Weg zu Gerds Backsteinhaus, das sich westlich von Pewsum in Groothusen befand. Während Lea sich Gesicht und Hände wusch, machten es sich die anderen bereits im Wohnzimmer gemütlich, das mit seinen dunklen Holzvertäfelungen und dem Kamin mit maritimen Kacheln eine rustikale Gemütlichkeit ausstrahlte. Die ausgeblichenen Wandbilder, die allesamt das Wattenmeer zeigten, waren im gedämpften Licht kaum erkennbar. Lea nieste, als Gerd eine Platte auflegte und dabei Staub vom Schallplattenspieler aufstob.

Auf dem Tisch in der Mitte der Sitzgarnitur baute Gerd kunstvoll gestaltete Teedosen aus Kupfer und Zinn auf, »Jede mit einer eigenen Geschichte«, wie er erklärte. Der Tee roch nicht nur wunderbar, er schmeckte komplex und angenehm. »Schmeckt ihr wie die malzige Tiefe von einer zarten Süße begleitet wird, die ihm die Schwere nimmt?«, fragte Gerd und schaute in die Runde.

Lea, für die der Tee einfach nur nach einem leckeren Tee schmeckte, schaute Fenna an, die wiederum hob eine Augenbraue und sah fragend zu Iven. Aber es war Jens, der sich zur Wort meldete: »Ja, trotz seiner Reichhaltigkeit schmeckt er verspielt, und die charakteristische ostfriesische Würze sorgt für einen warmen Abgang.«

Gerd nickte zufrieden. »Immerhin ein Kenner.«

»Ich weiß, was gut ist«, behauptete Jens und schaute Iven dabei tief in die Augen. »Und weil das Leben kurz ist, sollte man sich auf das Gute fokussieren.«

Iven lächelte.

»Herrlich«, schwärmte Lea und umklammerte die warme Tasse mit beiden Händen. »Ganz anders als der Tee, den man im Supermarkt kaufen kann.«

»Pah.« Gerds breite Nase zuckte verächtlich. »Das ist kein richtiger Tee. Echter Ostfriesentee ist eine Kunst für sich! Der braucht eine ganz bestimmte Mischung aus Teesorten.« Er öffnete eine Porzellandose, um mit einer Silberzange ein paar Stücke Kluntjes hervorzuholen.

Jens beugte sich vor. »Der Assamtee verleiht dem Ostfriesentee seine charakteristische Malzigkeit und Fülle, während der Ceylontee für eine leicht würzige Note sorgt und der Darjeeling eine subtile Blumigkeit beisteuert. Welche Sorte nimmst du, Gerd?«

Gerd sah aus, als hätte ihm jemand eröffnet, dass in seinem Garten zwei der stark gefährdeten Wiesenweihen nisteten. »Junge, du darfst wiederkommen!«, rief er so laut, dass seine tiefe Bassstimme durch den Raum dröhnte. »Ich nehme gern den Ceylontee aus Nuwara Eliya, der ist für sein feines Aroma bekannt.«

Fasziniert hörte Lea dem älteren Mann zu, dem sie so viel Redseligkeit gar nicht zugetraut hätte. Dabei lehnte sie sich zurück und betrachtete Iven und Jens, die dicht beieinander saßen und sich immer wieder verstohlene Blicke zuwarfen. Gerd hockte selbstzufrieden in seinem Ohrensessel, mit geröteten Wangen, während er weiter über seinen Tee philosophierte, den Fenna tassenweise in sich hineinkippte. Mittlerweile futterte sie ihr viertes Stück Krinstuut, das sie dick mit Butter bestrichen hatte.

Lea fühlte sich wohl in der Runde, wohl bei dem Gedanken, dass das hier ihre Heimat war, dass es Menschen gab, mit denen sie entspannt Zeit verbringen konnte. In München hatte sie keine richtige Clique gehabt, nur Adele und ihre Arbeitskollegen, die auch nach Feierabend in ihrer professionellen Rolle festgesteckt hatten. Sie nippte etwas schläfrig am Tee und merkte, dass sich das Thema verlagert hatte.

»Ich liebe Schafe, die sind einfach nur knuffig«, hörte sie Iven wie aus weiter Ferne sagen, und Jens antwortete sofort: »Mein Chef Bajo Arends hat mehrere Hoftiere gerettet, auch ein paar Schafe. Er sucht immer freiwillige Helfer, die sich um die Tiere kümmern.«

Jetzt wurde Lea hellhörig, und ihr Herz flatterte. Meine Güte, sie war total verliebt in diesen Mann, der nach Sonne und Meer schmeckte, nach Abenteuer roch und wie der Freigeist aussah, der in ihm steckte – und in dessen Nähe sie dahinschmolz wie Erdbeereis an einem heißen Augusttag.

Iven legte vertrauensvoll seine Hand auf Jens' Arm. »Ach? Hilfst du da auch? Dann komme ich gern mal vorbei.«

Jens wurde so rot, dass das Leuchten seiner Wangen selbst im schummrigen Licht des abgedunkelten Raums unverkennbar war und jedem Leuchtturm der Gegend Konkurrenz machte. Fenna verschluckte sich an ihrem Tee, und Lea konzentrierte sich auf den letzten Bissen Krinstuut. Soweit sie wusste, half Jens bisher nicht bei Bajo aus, aber so wie es aussah, würde sich das ab heute ändern.

Gerd räusperte sich geräuschvoll. »Ich war mal verheiratet«, sagte er laut und ruckelte in seinem Sessel herum, dass es knarzte. »Schlechte Idee war das.« Erschrocken ließ Iven Jens' Arm los und sah Gerd an. »Ganze dreißig Jahre habe ich verschwendet. Wir hatten keine Kinder, ich war viel als Wattwanderführer unterwegs, und abends war ich meist mit meinen Kumpels kegeln. Irgendwann ist Hille mit dem Metzger durchgebrannt.« Er schnaufte, so als ob es ihn große Anstrengung kostete, weiterzureden. Dabei fixierte er Jens und Iven. »Seitdem weiß ich: Liebe führt zu nichts, außer dass man verletzt wird und sich hinterher tausendmal einsamer fühlt als zuvor.«

Iven senkte verschämt den Kopf, und Jens schaute ihn mit hängenden Schultern an. »Was für dich gilt, muss nicht für alle gelten«, schimpfte Fenna, die offenbar bemerkt hatte, wie Jens und Iven ein Stück voneinander abrutschten.

Gerd brummte etwas Unverständliches und schwieg dann. Für ein paar Minuten hing eine schwere Stille im Raum. Auch Lea kämpfte mit der Bedeutung seiner Rede, und die Worte »Liebe führt zu nichts« nagten an ihr.

Abends schickte sie Bajo eine Nachricht, sagte ihm, dass sie sich auf ihn freue, aber er antwortete ihr nicht. Als sie in derselben Nacht einschlief, träumte sie davon, wie er sie küsste, nur um sich gleich wieder von ihr wegzudrehen und zu Adele zu laufen, die im hautengen Leo-Look-Negligé im Türrahmen lehnte.

Kapitel 17

Am Montagmorgen joggte Lea mit einem mulmigen Gefühl entlang der Wiesen und Felder. Wie würde Bajo nach dem Kuss auf sie reagieren? Der Kuss hatte sich richtig und gut angefühlt, aber sah Bajo das genauso? Die Gräser und Blumen trugen noch den Glanz des nächtlichen Taus, und jeder Grashalm funkelte, als wäre er mit winzigen Diamanten übersät.

Noel wartete am Feldrand auf sie und begrüßte sie und den schwanzwedelnden Peanut überschwänglich. Seine schwarzen Haare waren etwas kürzer als früher, und er war in die Höhe geschossen, aber seine grünen Augen funkelten ebenso lebenslustig wie sie es in Erinnerung hatte. Und er sah verdammt gut aus, fast unrealistisch gut.

»Wohnst du jetzt wieder in Pewsum?«, fragte er, und für einen Augenblick wünschte Lea sich, sie könnte es bejahen. Was vor Kurzem noch undenkbar schien, fühlte sich nun gar nicht mehr so unrealistisch an. Aber sie schüttelte stattdessen den Kopf. »Ich bin nur vorübergehend hier, um mich um die Praxis meines Großvaters zu kümmern.«

»Schade! Es sind so viele aus der Jahrgangsstufe weggezogen. Habe auch schon überlegt, in die Stadt zu ziehen, weil ich hier einfach niemanden kennenlerne und keine Lust habe, mein gesamtes Leben als Single zu verbringen.« Sein sanfter Blick blieb einen

Moment zu lange an ihrem haften, aber seine Miene verriet keine Regung. »Wie kann ich dir denn bei Peanut helfen?«

»Ich habe ihn erst vor Kurzem übernommen, weil seine Vorbesitzer ihn nicht mehr wollten. Er hört ganz gut, außer wenn er abgelenkt ist. Aber er pinkelt ins Haus und hat Trennungsängste. Er bellt unaufhörlich, wenn er sich einsam fühlt.«

»Aha.« Noel übernahm die Leine und führte Peanut ein Stück des Weges auf und ab. »Er ist aufmerksam und geht gut an der Leine«, lobte er, als er zurückkam. »Den Rest kriegen wir schon mit ein bisschen Training hin. Ich kann gern einen Plan erstellen.« Peanut schaute schwanzwedelnd zu ihm hoch, als er ihm über den Kopf streichelte.

»Toll, das wäre echt nett.«

Noel fragte Peanuts Grundkommandos ab und nickte schließlich zufrieden. »Am besten treffen wir uns immer morgens früh. Tagsüber arbeite ich als Mechatroniker.« Seine Züge verdunkelten sich, und Lea legte fragend den Kopf schief.

»Nicht so gut, der Job?«, spekulierte sie.

Noel nickte. »Mein Chef ist ein rückwärtsgewandter, intoleranter, konservativer Arsch, der ein Problem mit jedem hat, der nicht genau in sein traditionelles Weltbild passt«, schimpfte er. »Am liebsten würde ich kündigen, aber das geht erst, wenn ich eine Alternative finde.« Ein kleiner Schatten huschte über den Weg und riss sie aus dem Gespräch – es war eine Maus, die kurz anhielt, um sie mit ihren Knopfaugen zu betrachten. »Ich melde mich bei dir«, versprach Noel und schüttelte Peanut zum Abschied die Pfote.

Lea sah ihm hinterher, bis er mit schwungvollen Schritten in Richtung der Häuser verschwand. Sie joggte mit Peanut weiter, entlang der goldenen Weizenfelder, die sich mit satten grünen Wiesen abwechselten. Wie Hinderk vorausgesagt hatte, schien Noel in Ordnung zu sein, und Peanut mochte ihn. Dass er dabei noch so unglaublich gut aussah, fühlte sich merkwürdig an, weil sie sich ein klitzekleines bisschen schuldig gegenüber Bajo fühlte – auch wenn es dafür natürlich überhaupt keinen Grund gab. Aber wahrscheinlich ging es vielen Frauen in Noels Gegenwart so.

Bajo hatte immer noch nicht auf ihre Nachricht reagiert, und so langsam machte sie sich Sorgen – denn eigentlich hatten sie sich ja auf ein kollegiales Verhältnis geeinigt. Das prinzipiell auch am vernünftigsten war. Ob ihr heute ein unangenehmes Gespräch mit ihm bevorstand?

Sie legte einen Zahn zu, um ihren Grübeleien davonzulaufen. Peanut verfiel in einen freudigen Galopp, als sie sein Wohlfühltempo erreichte. »He, du Rakete«, rief sie, »ich habe nur zwei Beine zum Beschleunigen!«

Da sie heute einige Auswärtstermine hatte, brachte sie Peanut zu ihrer Familie. Als Janna die Leine entgegennahm, brummte sie nur unwirsch. Lea folgte ihr besorgt ins Haus. »Alles klar mit dir?«, fragte sie, aber Janna schüttelte den Kopf.

»Nö«, sagte sie.

Ihre Mutter tauchte im Flur auf und verschränkte die Arme vor der Brusttasche ihrer Leinenlatzhose. »Ich weiß wirklich nicht, was dein Problem ist.«

Janna stapfte an ihr vorbei. »Das kann ich dir sagen. Ich hasse mein Studium, alles daran. Ich geh da keinen Tag mehr hin. Nur damit du es weißt.«

Ihre Mutter sah verwirrt drein. »Ja und? Was habe ich damit zu tun?«

Wütend verschränkte Janna die Arme vor der Brust. »Ist es dir egal, oder was?«

Die Badezimmertür öffnete sich, und Merle trat heraus, ein Handtuch um den Körper geschlungen, die Haare noch feucht von der Dusche. Sie tastete sich vor, bis sie Peanut fand, um ihn zu umarmen. Ganz selbstverständlich trat ihre Mutter zum Badezimmer, holte ein zweites Handtuch und rubbelte ihr die Haare trocken. Lea merkte, wie sich ihre kleine Schwester anspannte.

»Du bist schon lange unglücklich mit dem Studium. Das macht

doch keinen Sinn sich da durchzuquälen, wenn du sowieso nicht als Lehrerin arbeiten willst«, sagte ihre Mutter, während sie Merles Haare in ein Vogelnest verwandelte.

»Na und? Stört es dich nicht?«, zischte Janna. »Ich habe noch nichts Neues in Aussicht.«

Lea sah von ihrer Mutter zu Janna zu Merle. Die Luft schmeckte nahezu metallisch, so geladen war die Atmosphäre. Jetzt hörte ihre Mutter abrupt mit dem Rubbeln auf und zog dabei aus Versehen an Merles Haaren, die aufquiekte: »Autsch, das tut weh.«

Ungerührt faltete ihre Mutter das Handtuch zusammen. »Du spinnst doch.«

»Und du legst unterschiedliche Maßstäbe an«, schimpfte Janna. »Bei Lea bist du superstreng, und sie kann dir nichts recht machen, egal wie sehr sie sich anstrengt, Merle behandelst du wie ein rohes Ei, und bei mir ist dir alles egal.«

»Ja, soll ich dir den Studienwechsel etwa verbieten?«, rief ihre Mutter. »Du machst doch eh, was du willst.«

»Natürlich nicht, darum geht es gar nicht.«

»Genau, und ich kann meine Haare selbst trocknen. Ich bin blind, nicht querschnittsgelähmt«, fauchte Merle, die jetzt durch ihre verknoteten Strähnen fuhr. »Und ich fälle auch meine eigenen Entscheidungen.« Sie stemmte die Hände in die Hüften. »Ich bin nämlich zufällig erwachsen.«

»Ach, Merle«, fuhr ihre Mutter nun etwas sanfter fort. »Bei dir ist das doch etwas anderes.«

»Und warum? Im Gegensatz zu Janna habe ich einen Job. Und im Gegensatz zu Lea einen Freund.«

»Du hast einen Freund?«, fragte Janna verdutzt.

»Lea ist Single?«, fragte ihre Mutter.

Lea trat rückwärts in Richtung Tür und hob abwehrend die Hände. »Mir ist das hier zu stressig. Wir reden, wenn sich die Gemüter beruhigt haben.« Galle schwappte in ihrem Magen. So hatte sie das ihrer Mutter nicht beibringen wollen.

»Hau jetzt bloß nicht ab!«

»Tut mir leid, ich muss zur Arbeit.« Ein feuchtheißes Gefühl breitete sich in ihrem Nacken aus. Sie hatte gewusst, dass es mit ihrer Familie nicht einfach werden würde, aber das?

»Ja, geh du nur. Zu deiner tollen Arbeit, in deinem tollen Leben, in dem immer alles glatt läuft!«, rief Janna ihr hinterher, und Lea beeilte sich, die Haustür hinter sich ins Schloss zu ziehen.

Zu allem Überfluss rannte sie in der Einfahrt Tante Anneke in die Arme, die sie missbilligend anschaute. »Welche Maus ist dir denn über die Leber gelaufen?«

Aber Lea hatte heute keine Geduld mit ihr. »Laus heißt das, nicht Maus«, korrigierte sie ihre Tante und schwang sich aufs Fahrrad. Ihr Blut kochte und pulsierte unangenehm an ihren Schläfen. Es hatte auch seine Vorteile gehabt, ihre Familie nur einmal im Jahr zu sehen.

Auf dem Weg zur Praxis hielt sie an der Bäckerei Epkens, die vegane Donuts im Angebot hatte, um Nasrin, Jens und Bajo zu überraschen. Die Kundin vor ihr unterhielt sich ausführlich mit der Verkäuferin, und sie schaute sich derweil im Laden um. »Das Klabautercafé ist jetzt seit ein paar Monaten unter neuer Geschäftsführung«, sagte die Frau vor ihr. »Ich war noch nicht da, aber eine alte Bekannte hat es mir verraten. Tarja De Fries, die kennen Sie sicherlich auch noch von früher, als sie hier gejobbt hat. Ihre Mutter und Großmutter leiten das Café.«

Die Bäckereiverkäuferin schielte an ihr vorbei zu Lea, bevor sie ausweichend antwortete: »Ja, kenne ich. Na, da muss ich wohl mal im Klabautercafé vorbeischauen.«

Leas schlechte Laune steigerte sich noch ein Stück. Die Verkäuferin kannte sie schon seit Kindheitstagen. Damals hatte sie in der Wäscherei gearbeitet. Anscheinend hatte sie die Sache mit Tarjas Vater nicht vergessen. Und noch etwas fiel Lea ein: Auch Bajo hatte ein Problem mit dem Klabautercafé erwähnt, und sie hoffte inständig, dass es nichts mit Tarjas Familie zu tun hatte.

Bevor sie die Praxis betrat, setzte sie sich ein paar Minuten auf die blaue Bank und versuchte runterzukommen. Sie tippte auf ihrem Handy herum und entschied, Opa anzurufen.

»Moin Lüttje, wie läuft's in der Heimat?« Er klang so fröhlich, dass Lea zögerte.

»Naja«, sagte sie. »Es gibt hier einige familiäre Spannungen. Janna möchte ihr Studium schmeißen, Merle fühlt sich bevormundet und Mama –« Sie brach ab, als ihr klar wurde, dass sie nicht recht verstand, was das Problem ihrer Mutter war.

»Die perfekte Familie gibt es nicht«, beruhigte Opa sie. Er schmatzte und fügte hinzu: »Ich habe zwei Kilo zugenommen, das Essen ist verboten gut.«

»Ach Opa, gönn dir jeden Bissen! Weißt du, ich habe mir das einfach anders vorgestellt. Solange –«

»Mist, mein Akku, ich –« Stille. Dann tutete es.

»Mist«, murmelte auch Lea und steckte das Handy wieder ein. Sie rieb sich die Schläfen, stand auf und ging in die Praxis. Kaum stellte sie den Pappkarton auf den Tresen, stürzte sich Jens auf den ersten Donut und klaute sich einen zweiten für später.

»Ich habe null Selbstkontrolle«, raunte er entschuldigend und leckte sich den Zucker von den Fingern.

»Wo ist Nasrin?«

»In Bajos Büro, die erledigen gerade den Papierkram für ihre Anstellung«, verriet Jens zwischen zwei Bissen, bevor der die Augen genüsslich verdrehte.

Also fing Lea auch mit ihrem Tagewerk an, bis sie Bajo und Nasrin den Flur entlanglaufen hörte. Sie strich über ihren Laborkittel, zählte in Gedanken bis drei und eilte dann hinaus zur Rezeption, wo Bajo sich bereits begeistert über die Donut-Schachtel beugte. »Hm, unglasiert mit Puderzucker«, schwärmte er. »Meine Lieblingssorte.«

Lea sah, dass in der Box nur noch drei Donuts waren, dafür mied Jens schuldbewusst ihren Blick. Bajo drehte sich zu ihr, und ein wohliger Schauer rieselte ihr den Rücken hinunter – in seinen Augen stand so viel Liebe, dass sie nach Luft schnappte und ihre Brust zu platzen schien. Er lächelte sie an, einen Puderzuckerbart auf der Oberlippe, und hielt ihr seinen Donut entgegen. »Möchtest du probieren?«, fragte er sanft. Erleichterung durchflutete sie – ihre Sorge, dass er zurück ins Kollegiale wechseln wollte, war umsonst gewesen. Und er sah so unglaublich gut aus mit seinem lockeren beigen Hemd, den lässigen Jeans und der leicht zerzausten Frisur, dass Lea lieber ihn statt des Donuts vernascht hätte …

»Das ist so lieb, dass du an uns denkst«, bedankte sich Nasrin, die glückselig strahlte. Der Arbeitsvertrag lag vor ihr, und sie klopfte mit der Faust darauf. »Ihr könnte euch gar nicht vorstellen, wie sehr ich mich freue, endlich wieder in einer Praxis zu arbeiten. Wo ist eigentlich dein Hund, Lea?«

»Meine Familie passt heute auf ihn auf«, antwortete sie und verzog das Gesicht. Ihre Mutter würde sie mit Fragen über Konstantin löchern, wenn sie Peanut abends abholte.

Bajo schluckte den letzten Bissen seines Donuts hinunter und seufzte. »Das war lecker! Du, Lea, ich muss gegen elf Uhr zu einem Bauernhof in Uttum. Könntest du mich zufällig begleiten? Ich brauche jemanden, der mir bei den Schafen hilft.«

Ihr Herz machte einen Sprung, aber sie riss sich vor Jens und Nasrin zusammen. Das war schwierig, denn es gab nichts, das sie sich mehr wünschte, als Zeit mit Bajo zu verbringen. Egal, wobei. »Geht das zeitlich, Jens?«, fragte sie hoffnungsvoll, und der schaute im Kalender nach.

»Ja, kein Problem. Der letzte feste Termin ist um zehn Uhr, das passt prima.«

In den nächsten Stunden schwebte Lea wie auf Wolken. Der Streit mit ihrer Familie war vergessen, denn die Vorfreude, mit Bajo losziehen zu können, überdeckte den Frust. Sie fühlte sich leicht wie eine über dem Wasser gleitende Libelle, unbeschwert wie ein Schmetterling. Bei ihrem ersten Termin musste sie die entzündete

Wunde eines Yorkshire Terriers reinigen – eigentlich eine der unangenehmsten Routinearbeiten, aber heute fiel ihr selbst das leicht, und sie summte, während sie den Inhalt der Drüsen entleerte.

Jens, der den hübschen Terrier mit der pinken Schleife im Haar festhielt, während seine Besitzerin im Wartezimmer eine Zeitschrift las, schaute sie schief an. »Na, du hast ja gute Laune heute. War ein gutes Wochenende, nicht wahr?«

»Kann man wohl sagen.« Sie zog die Handschuhe aus und warf sie in den Mülleimer.

»Also, ich war mit Iven gestern noch auf ein Bier unterwegs, und wir hatten so viel Spaß.« Das Strahlen auf seinem Gesicht sprach Bände. »Ich denke, er ist etwas ganz Besonderes.«

»Das freut mich für dich.« Sie verriet nicht, wie stressig es mit ihrer Familie gelaufen war, und schob ihm ein Papiertuch hin, weil ihm Zuckerguss am Kinn klebte.

Um halb elf zog sie sich um – Bajo hatte ihr freundlicherweise einen grünen Overall aus einem dicken Mischgewebe besorgt, den sie im Schafstall tragen konnte. Sie kam sich darin vor wie die Einsatzkraft eines Sonderkommandos während einer Spezialoperation – fehlte nur noch ein Helm und sie konnte in einem Katastrophenfilm in ein kontaminiertes Gebäude laufen. Bajo trug den gleichen Overall, der ihm ebenso wie ihr an den Beinen zu kurz war – es hatte durchaus Nachteile, hochgewachsen zu sein.

Trotzdem fand sie ihn zum Anbeißen, und als sie gemeinsam im Lagerraum standen und Bajos Taschen mit Dosierspritzen, Oral-Applikatoren und den Wurmkurpräparaten für die Schafe einsortierten, hielt sie es nicht länger aus und piekte ihm in die Seite. »Was ist?«, fragte sie. »Wann kriege ich denn meinen nächsten Kuss?« Ihr Herz klopfte stark, denn natürlich konnte die Frage nach hinten losgehen.

Bajo drückte die Tür zu, die in den Flur führte, und zog sie an sich. »Wie wäre es mit jetzt?«, fragte er, sog die Luft zwischen seinen Zähnen ein, als sie ihre Brüste fester gegen seinen Oberkörper presste.

Statt zu antworten, stellte sie sich auf die Zehenspitzen und küsste ihn. Die Flaschen auf dem Regal hinter ihm klirrten, als er sich dagegen lehnte und Lea mit seinen Armen umschloss. Er fühlte sich genauso gut an wie am Freitagabend, weich, warm und nach mehr. Schwer atmend löste er die Lippen von ihren, strich über ihre Wange, bis zu ihrem Ohr. Er knabberte an ihrem Ohrläppchen und flüsterte: »Du machst mich total verrückt.«

Lea wurde abwechselnd heiß und kalt, es fiel ihr schwer, die Beherrschung zu bewahren und das aufsteigende Kribbeln zwischen ihren Beinen zu ignorieren. Sie legte die Arme um seinen Hals, seufzte leise und küsste ihn wieder.

Draußen auf dem Flur klapperte ein Tablettwagen. Bajo und sie sahen sich an. »Ich glaube, wir sollten jetzt besser los«, raunte Lea. Das war einfacher gesagt als getan, denn die Erregung pumpte durch ihre Adern, und ihr Verlangen schrie danach, Bajo die Klamotten vom Leib zu reißen und sich mit ihm über den Boden zu wälzen. Aber sie musste sich gedulden.

Auf der Fahrt nach Uttum hörten sie ein paar Songs von Leas Playlist, auf der sich ruhigere Lieder befanden, deren Texte genau die richtige Mischung aus Sehnsucht und Romantik widerspiegelten, die sie gerade fühlte. Sie sangen im Duett, Lea gefühlvoll, Bajo kraftvoll. Dabei konnte sie sich nicht an ihm sattsehen. Beim Singen hüpfte sein Adamsapfel auf und ab, und wenn er Luft holte, wirkte sein Kiefer kantiger. Die Musik erfüllte den Wagen und vibrierte in Leas Inneren weiter, schuf ein unsichtbares Band zwischen ihnen, das mit jeder Sekunde mehr Substanz gewann. Und als sie auf dem Bauernhof vorfuhren und Bajo die Musik abstellte, raunte er: »So könnte ich jede Autofahrt verbringen.«

Bäuerin Liska hatte die Schafe bereits in einen Pferch getrieben. Von hier aus trieb Lea sie in den Behandlungsstand, damit Bajo sie entwurmen konnte. Die Schafe waren die Prozedur gewohnt und verhielten sich ruhig. Sie blökten nur dann, wenn Lea das Gatter öffnete, damit das nächste Schaf den schmalen Gang betreten konnte. Nach einer guten Stunde waren die Tiere entwurmt und untersucht.

»Kommt auf einen Tee rein«, lud Liska sie ein und servierte ihnen gleich ein paar Stücke Butterkuchen dazu. Lea aß Bajos Stück mit, weil der Teig Butter und Eier enthielt. Liska schien es ihm nicht übel zu nehmen und erzählte von ihrem leckenden Dach und der kaputten Heizung. »Aber jetzt im Sommer ist beides nicht so wichtig«, schloss sie. »Ich mag mich auch gar nicht beschweren, denn immerhin geht es mir mit meinen zweiundachtzig Jahren noch ziemlich gut.«

Die uralte Tasse, aus der Lea trank, war aus hauchdünnem Porzellan und sicherlich einmal wertvoll gewesen. Der Rest von Liskas Einrichtung wirkte ebenso alt und abgenutzt. Der Teppich war so durchgescheuert, dass man das Grundgewebe erkennen konnte, das Polster des Sessels so durchgesessen, dass Lea die Holzstruktur darunter spürte.

Bevor sie gingen, schrieb Bajo der Bäuerin eine Rechnung. Das war nicht üblich, denn Rechnungen gingen normalerweise über die Rezeption. Lea sah die Zahl, die er notierte – der Betrag war so niedrig, dass er damit nicht mal die Spritkosten und das Wurmpräparat abdecken konnte. Im Auto sprach sie ihn darauf an, und er schaute sie nachdenklich an, bevor er fragte: »Hast du nicht gesehen, wie arm sie ist? Wie könnte ich mich abends bei einem Kombucha entspannen und Bananenchips futtern, wenn ich weiß, dass Liska sich dafür die nächste Woche von Dosenravioli ernähren muss?« Er holte Luft, als wollte er noch etwas hinzufügen, aber schwieg.

Lea kannte diese Art von Gespräch – bis vor Kurzem war sie diejenige gewesen, die sich von Adele immer hatte anhören müssen, dass ein Tierarzt eine Dienstleistung ausübte, für die er jahrelang studiert hatte – und die er sich teuer bezahlen lassen sollte.

»Ja«, sagte sie und lächelte ihn an. »Ich verstehe. Man muss eine gesunde Balance finden.«

Dankbar nickte Bajo ihr zu und lehnte sich zu ihr hinüber, um ihr einen spontanen Kuss auf die Wange zu geben, bevor er den Motor startete.

Leas Handy klingelte – es war Kerstin. »Du, Süße, es gibt einen tierischen Notfall.« Ihre Stimme kam aus dem Lautsprecher, weil Leas Telefon mit Bluetooth verbunden war.

»Oh, hi Kerstin, geht es Pickles nicht gut? Und bevor du antwortest: Ich sitze mit meinem Kollegen im Auto, der kann mithören.«

»Das ist okay. Nein, mit Pickles ist alles in Ordnung, außer dass sein Rad quietscht und er mich nachts damit in den Wahnsinn treibt. Ich bin gerade Hauke begegnet, einem Freund meines Vaters und Kunden von dir.«

Lea kniff die Augen zusammen. »Hauke?«, wiederholte sie verwirrt. So hieß doch eins von Bajos Schafen.

»Jep. Hat ein uraltes Kaninchen.«

»Ach, Hauke Heinrich. Natürlich. Hat sich der Zustand seines Kaninchens verschlechtert?«, fragte Lea und dachte an die besorgniserregenden Laborergebnisse – das Kaninchen hatte nicht mehr lange zu leben.

»Nein, das nicht. Es geht um Hühner. Viele Hühner.«

»Hühner?«

»Na, er lebt doch neben einem Legehennenbetrieb, und der entsorgt einmal im Jahr die Hühner, die nicht mehr genug Eier legen. Die Hennen sind da gerade mal achtzehn Monate alt.«

»Das ist traurig. Aber warum erzählst du mir das?«

»Weil hundertfünfzig Hühner grundlos sterben müssen. Das können wir doch nicht zulassen. Und Hauke ist vollkommen außer sich. Kann man da nicht rechtlich gegen vorgehen?«

Lea schluckte. Sie war noch nie ein Fan der tierverarbeitenden Industrie gewesen. Und Herr Heinrich tat ihr furchtbar leid. »Nein, das ist leider rechtlich erlaubt.«

»Rechtlich, pah! Ich fahre da jetzt hin und rette die.«

»Du willst hundertfünfzig Hühner im Alleingang retten?«

»Hi Kerstin, Bajo hier«, mischte er sich ein. »Wie ist die Adresse? Wir treffen dich gleich vor dem Betrieb. Bitte warte auf uns, bevor du da reinstürmst. Ich habe eine Idee.«

Kapitel 18

Das Gespräch mit Tammo Wessel, dem Geschäftsführer der Sonnenhof Nord AG, verlief anders, als Lea erwartet hätte.

»Sie können die Hühner theoretisch gern übernehmen«, sagte er sofort, nachdem er sie in sein Büro gebeten hatte, in dem sich die Aktenberge so hoch stapelten, dass es kaum genug Platz für sie drei gab. »Wissen Sie, diesen Teil unseres Betriebs finde ich persönlich auch nicht schön. Aber wenn die Hühner wirtschaftlich unrentabel sind, müssen wir sie abgeben. Sonst gehen wir pleite. Allerdings haben wir schon ein paarmal versucht, die Tiere zu vermitteln. Es gibt nur keine Organisation in der Region, die eine derartige Anzahl von Hühnern übernehmen kann.« Er wischte sich über die feuchte Glatze, und auch Lea schwitzte in dem engen Raum, in den das Sonnenlicht durch eine mannshohe Scheibe einfiel. Bajo stand schräg vor ihr, so dicht, dass sie die Ader an seinem Hals pochen sah.

»Sie geben uns die Hühner einfach?«, fragte Kerstin und brachte Lea damit zum Schmunzeln, weil sie schon fast enttäuscht wirkte. Wahrscheinlich hatte ihre Freundin sich auf einen handfesten Kampf eingestellt.

»Natürlich. Allerdings müssen Sie vorher sicherstellen, dass Sie sie fachgerecht unterbringen können und einen Plan haben, um die Tiere zu vermitteln oder langfristig zu versorgen. Ich kann die Tiere maximal eine weitere Woche halten, danach müssen sie gehen.« Er faltete die Hände über seinem breiten Bauch. Hinter dem winzigen Schreibtisch hatte er ebenso wenig Platz wie sie.

»Okay …«, sagte Kerstin und schaute hilfesuchend zu Lea. »Und jetzt?«

Sie holte tief Atem, doch die Luft war stickig und abgestanden. »Auf dem Praxisgelände gibt es eine Wiese und mehrere Ställe. Aber bei Weitem nicht genug Platz für hundertfünfzig Tiere.« Außerdem bräuchten sie Futter, Futterstellen, Tränken, Ehrenamtliche, die die Flächen sauber hielten.

»Wie wäre es denn, wenn die Hühner erst mal zu mir kommen?«, schlug Bajo vor. »Ich habe eine große Scheune, die ich leicht reinigen kann und die an die große Obstbaumwiese angrenzt. Die müsste ich nur umzäunen, aber das kriege ich hin.«

Tammo Wesselmann kramte in seiner Schublade. »Das sollte gehen. Dazu gibt es aber ein paar Dokumente, die wir bearbeiten müssten.«

»Haben wir uns wirklich gerade verpflichtet, in einer Woche hundertfünfzig Hühner zu übernehmen?«, fragte Lea, als sie später mit Kerstin und Bajo vor dessen Scheune standen und sich die Anlage genauer anschauten.

»Nein«, sagte Bajo und deutete auf den Karton unter seinem Arm. »Hundertachtundvierzig Tiere. Die zwei haben wir ja bereits mitnehmen dürfen.« Tammo Wesselmann hatte sie durch den Betrieb geführt, und dabei hatte Lea eine abgemagerte Henne entdeckt, die zu schwach zum Aufstehen und auf einem Auge blind war. Lea taufte sie Hope. Kurz darauf hatte Bajo eine Henne mit gebrochenem Bein gesichtet, die jetzt Lucky hieß.

»Wir brauchen einen guten Plan«, murmelte Lea. Ihr war immer noch ganz mulmig zumute. Die Hühner in den Hallen waren schreckhaft gewesen, viele von ihnen hatten kahle Stellen im Gefieder und abgebrochene Federn. Allen war der Schnabel gestutzt worden. »Damit die sich nicht gegenseitig verletzen«, hatte Wesselmann erklärt und glücklicherweise nicht bemerkt, wie Kerstin die Knöchel knacken ließ.

»Wir schaffen das schon. Ich bestelle heute Abend Futter, Einstreu, Tränken und was man sonst noch alles so braucht. Und mache Pläne für Nistkästen und Sitzstangen«, sagte Bajo und sah dabei so motiviert in die Runde, dass Lea die Sache plötzlich auch aus einem anderen Winkel betrachten konnte. Das hier war ein Abenteuer. Eines, bei dem sie auf der richtigen Seite des Tierschutzes stand. Sie konnten etwas bewirken.

Zuversicht rieselte ihren Rücken hinunter und erfüllte sie mit Energie. »Ich frage Jens, Iven, Fenna, Gerd und Janna, ob sie Lust haben, uns zu unterstützen«, bot sie an. »Und kümmere mich drum, dass Nasrin Desinfektionsmittel und Reinigungsmaterialien im Großhandel besorgt.« Das Blut rauschte durch ihre Venen – sie hatte sich schon lange nicht mehr so lebendig gefühlt. Das Huhn namens Lucky gluckste leise und bestärkte sie in ihrem neuen Enthusiasmus.

»Ich frage meinen Kumpel Reent und schaue mal, ob ich am Donnerstag Unterstützung beim Landwirtschaftstreff finde«, erklärte Bajo.

Kerstin schaute sie etwas hilflos an. »Tja«, sagte sie. »Ich habe den ganzen Trubel angestiftet und hab keine Ahnung, wie ich helfen kann. Setzt mich einfach als Mädchen für alles ein. Und sämtliche anfallenden Kosten übernehme ich gern, ich habe einiges für eine Australienreise gespart, aber die kann auch noch ein paar Jahre warten.«

Nach dem aufregenden Tag hatte Lea wenig Lust, das Streitgespräch mit ihrer Familie fortzuführen. Sie zögerte die Heimfahrt hinaus und warf ein paar Körbe mit Bajo vor der Praxis. Sie ließ es ruhig angehen, studierte seine Bewegungen und sah, mit welcher Technik er den Ball zum Netz warf. Irgendwann nahm sie ihm den Ball ab und sagte: »Hol ihn dir wieder.«

Bajo schoss vor, aber er hatte keine Chance. Sie dribbelte locker an ihm vorbei und warf einen Korb. Dann zwinkerte sie ihm zu, während er den Zeigefinger hob. »Frau Doktor Ostendorf, Sie haben mich doch nicht gerade in meiner Lieblingssportart abgezockt?« Lea lachte, als er sich wieder auf sie stürzte.

Als sie später schweißüberströmt am Haus ihrer Eltern anklopfte, um Peanut abzuholen, öffnete ihr Vater die Tür. »Ich habe sturmfrei und repariere ein paar Sachen im Haus«, erklärte er und wedelte dabei mit dem Hammer, den er in der Hand hielt. Auf seinem Jogginganzug waren Öl-Streifen verschmiert. »Antje ist noch auf der Arbeit, Janna bei einer Freundin, und Merle geht mit Peanut spazieren.«

»Allein?«, fragte Lea verdutzt.

»Nein, ein junger Mann hat sie abgeholt.« Er schaute sie verschwörerisch an. »Nils heißt er. Ich glaube fast, dass er in sie verguckt ist.«

Hinter ihm tauchte Tante Anneke auf, so urplötzlich als hätte sie sich einfach im Flur manifestiert. Leas Vater zuckte zusammen, als Anneke rezitierte: »Im Korinther steht geschrieben: ›Wenn sie sich aber nicht enthalten können, sollen sie heiraten; denn es ist besser, zu heiraten, als sich in Begierde zu verzehren.‹«

Müde wie sie war, fiel es Lea nicht schwer, sich ein Grinsen zu verkneifen. »Hi Anneke«, sagte sie und zu ihrem Vater: »Könntest du Merle nachher bitten, Peanut rüberzubringen?«

Doch als Merle eine Stunde später rüberkam, erkannte Lea an ihrem geduckten Gang sofort, dass etwas nicht stimmte.

»Komm kurz rein«, bat sie, während sie Peanut begrüßte, der seine feuchte Nase ein halbes Dutzend Mal in ihre Kniekehle stupste.

Sie nahmen mit zwei dampfenden Tassen Feigentee auf Opas Couch Platz, die nach Lavendel und Mottenkugeln roch und nur knapp den erdigen Geruch der vielen Pflanzen um sie herum übertönte, die den Raum in einen Dschungel verwandelt hatten.

Merle ließ die Schultern hängen, wirkte so schlapp wie ein halb geleerter Sack Kartoffeln, den jemand in den Polstern vergessen hatte. Sie nippte am Tee, stellte die Tasse dann weg und seufzte. »Ich bin schwanger«, platzte es aus ihr heraus.

Lea ließ ihre Hand sinken. Heißer Tee rann in ihren Schoß. »Autsch, verflixt.« Sie tupfte die Feuchtigkeit mit einer Serviette auf. Zum Glück hatte sie sich nicht verbrannt.

»Mama weiß nicht mal von Nils … und ich bin schwanger. Ich habe gestern bei ihm einen Test gemacht, weil meine Regel seit Wochen überfällig ist. Du bist die Erste aus der Familie, die davon erfährt.«

»Oh Mann. Wie geht es dir damit?« Lea tupfte sich den Schoß trocken und rutschte dann näher an ihre Schwester heran. Das Licht der Stehlampe fiel durch die Blätter von Fridolin Ficus und warf Muster auf Merles unruhige Züge.

»Ich weiß nicht. Das war nicht geplant. Ich mag Nils, aber ich habe furchtbare Angst, Lea. Ich bin froh, dass ich meine Ausbildungsstelle als Systemoptimiererin gefunden habe. Aber ich bin und bleibe blind – wie soll ich ein Kind großziehen, ohne dass es dadurch Nachteile hat oder in Gefahr gerät? Und wie soll ich genug Geld verdienen, um uns zu versorgen?«

Lea zog sie an sich und spürte ihre weiche Wange an ihrer. »Möchtest du das Kind behalten?«

Merle versteifte sich kurz, als hätte sie darüber schon nachgedacht. »Ja«, sagte sie schließlich, atmete durch und wiederholte: »Ja.« Ihre knochigen Schultern gerieten in Bewegung, als sie näher an Lea rückte. Merle war um einiges kleiner als sie, aber sie war vernünftig, stand mitten im Leben und hatte ihren eigenen Kopf.

»Es ist für niemanden einfach, ein Kind zu bekommen. Geh einfach Schritt für Schritt. Du bist nie allein, Süße. Ich halte zu dir, und ich bin mir sicher, das tut der Rest der Familie auch.« Sie holte tief Luft. »Du solltest mit Mama reden. Und das sage ich, obwohl es mir selbst verdammt schwerfällt, mich ihr gegenüber zu öffnen.«

»Okay«, brummte Merle. »Aber nicht heute.«

»Nein«, sagte Lea und strich ihr eine Strähne aus der Stirn. »Nicht heute.«

Am nächsten Morgen traf sich Lea wieder mit Noel, der mit Peanut ein paar Übungen machte. »Wenn er ausgewachsen ist, wäre er richtig gut im Agility«, prognostizierte er und bat Peanut sich langsam um die eigene Achse im Kreis zu drehen. Es hatte keine fünf Minuten gedauert, ihm das beizubringen. »Ich finde es übrigens echt schön, dass du wieder in Pewsum bist«, sagte er und hielt inne, um Lea anzulächeln. Seine helle Haut wirkte wie Porzellan in der tief stehenden Sonne und ließ ihn noch attraktiver aussehen.

»Danke. Ich fühle mich auch überraschend wohl hier«, entgegnete sie, während sie errötete. Noel brachte sie bis zum Eingang der Praxis, wo sie auf Bajo trafen, der gerade angefahren kam. Die beiden Männer begrüßten einander höflich, aber Lea merkte, wie sie sich skeptisch gegenseitig beäugten.

»Jens kommt heute später, weil er einen Termin beim Augenarzt hat«, sagte Bajo und schloss die Tür auf.

In der ersten Sprechstunde kämpfte Lea mit einer aufgebrachten schwarzen Katze, die partout nicht aus ihrem Tragekorb herauswollte. Ihre Besitzerin hatte sie wortlos abgegeben und war gegangen, da der Katze ein Zahn gezogen werden sollte und sie dafür den ganzen Tag in der Praxis blieb. Erleichtert atmete Lea auf, als Bajo in den Behandlungsraum kam. »Ui«, sagte er und zog die Tür schnell zu. »Da ist jemand aber gar nicht mit seinem Aufenthalt bei uns einverstanden.«

Das Tier fauchte und schlug mit ausgefahrenen Krallen nach ihr. Sie trug zwar mittlerweile Sicherheitshandschuhe, aber dieses Mal erwischte die Katze sie am Arm. »Autsch!« Lea schüttelte den Kopf. »Ich habe noch nie so eine wütende Katze erlebt.« Wie auf ein Stichwort machte die einen Buckel und gab ein tiefes Knurren von sich, bei dem sich Leas Nackenhaare sträubten. »Hast du eine Idee, wie wir der die Betäubungsspritze geben können?«

Bajo überlegte. »Mit möglichst wenig Druck«, entschied er.

Sie warteten, bis die Katze von allein aus dem Korb kam, und gaben ihr ein paar Minuten, bis sie das Zimmer erkundet hatte und auf die Arbeitsfläche sprang, wo sie sich hinsetzte. Bajo beobachtete sie genau und sagte irgendwann leise: »Jetzt.«

Lea ging ruhig auf das Tier zu und setzte die Narkosepritze an, ohne die Katze dabei zu fixieren. Es klappte problemlos. Kurz darauf setzte die Wirkung ein und Bajo assistierte Lea bei der Zahnprozedur. »Du kannst gut mit Katzen«, lobte Lea ihn, auch wenn es sie nicht wunderte. Immerhin lebte er mit Jessica zusammen, und Norweger galten allgemein als äußerst intelligent und energetisch.

»Nur mit Wildkatzen«, sagte Bajo und zwinkerte. Eine Strähne war ihm in die Stirn gefallen, und er versuchte sie wegzupusten. Das fand Lea so niedlich, dass sie für einen Moment die Katze vor sich vergaß.

»Hat mit den Bestellungen für die Hühner alles geklappt?«, fragte sie und riss sich zusammen, um sich nicht vorzubeugen und ihm einen Kuss auf die Nase zu geben.

»Jep, das wird alles am Freitag geliefert. Wenn wir am Samstag alle zusammentrommeln, sollten wir am Montag für die Hühner bereit sein. Das ist schon eine verrückte Sache.«

»Ja«, bestätigte Lea. »Verrückt, aber es fühlt sich gut an.« Genau dafür hatte sie Tiermedizin studiert – um Tieren zu helfen, um da zu sein, wenn sie gebraucht wurde.

»Sag mal, dein Hundetrainer und du, kennt ihr euch von früher?«, fragte Bajo ohne Aufzusehen, aber Lea merkte, dass mehr dahintersteckte.

»Ja«, erwiderte sie schlicht und biss sich auf die Lippe. Dass sie Noel eine kurze Zeit gedatet hatte, musste Bajo nicht unbedingt wissen.

»Dachte ich es mir schon. Ihr wirkt so … vertraut«, sagte er und reichte ihr ein Skalpell.

»Soll ich dich nach Feierabend begleiten und dir mit den Tieren helfen?«, lenkte Lea ab und setzte das Skalpell an, um den Zahn freizulegen. Noel war ein alter Freund, nicht mehr.

»Gern. Wir können die Scheune mit dem Hochdruckreiniger säubern. Leider habe ich aber nur bis zwanzig Uhr Zeit. Danach habe ich eine Verabredung mit meinem Kumpel Reent, die sich nicht verschieben lässt.«

»Ach, was macht ihr denn Schönes?«

»Wir … ähh … gehen in eine Bar?« Bajo wurde rot.

Lea schaute ihn zweifelnd an. Er trank keinen Alkohol, so viel hatte sie schon mitbekommen. Jens hatte ihr verraten, dass Bajos Vater nach dem Tod seiner Frau Alkoholiker wurde und letztes Jahr an Leberzirrhose gestorben war.

»Na gut«, gab er zu. »Wir machen einen Tanzkurs. Reent hat mich gefragt, ob ich mit ihm hingehe, weil er keine weibliche Begleitung hat.« Bajo reichte ihr eine Zange mit einem Tupfer, damit sie die Mundhöhle sauber halten konnte.

»Ach so«, sagte Lea und begutachtete den faulen Zahn. »Und du machst dann die Frauenschritte?«

Bajo zögerte. »Ja.« Er räusperte sich und schob hinterher: »Reent ist mehrgewichtig und möchte gern abnehmen, weil er Gesundheitsprobleme hat. Ich wollte ihm den Wunsch nicht abschlagen, auch wenn das vielleicht total uncool ist, und –« Er brach ab, nahm die Zange wieder entgegen und reichte ihr dafür einen Spiegel und dann den Zahnextraktor.

Lea schaute auf und sah ihm tief in die Augen. »Ganz im Gegenteil, ich finde es süß, dass du deinem Freund beistehst und dir nicht zu fein bist, die Frauenschritte zu lernen.«

Bajo lächelte verlegen. »Dafür begleitet er mich zum Basketball. Das ist eigentlich donnerstags, aber diese Woche lasse ich es ausfallen, sonst wird das mit den Hühnern zeitlich zu knapp. Aber vielleicht können wir zwei öfter nach Feierabend vor der Praxis spielen?«

Lea nickte glücklich. »Gern.«

Nachdem sie die Katze von ihrem faulen Zahn befreit hatten, fuhr Bajo zu einem Termin mit einem Alpaka-Züchter, und sie selbst kümmerte sich um die Kunden, die in die Praxis kamen. Nach außen hin war sie freundlich und aufmerksam wie immer, aber in ihrem Innern rumorte es. Circa ein Monat blieb ihr Zeit, bis Opa wiederkam – bis dahin musste sie wissen, ob sich das mit Bajo in eine ernste Richtung entwickeln konnte. Merle konnte ihren Beistand gebrauchen und Christine sicherlich auch. Vielleicht konnte sie in der Krummhörn wieder langfristig Fuß fassen?

Zwischen zwei Terminen schaute sie bei Christine vorbei, bei der auch Kerstin gerade zu Besuch war. Zu dritt hockten sie sich ins Wohnzimmer und schauten den Katzen zu, die deutlich größer geworden waren. »Sie wachsen so schnell«, sagte Christine seufzend und reichte ihr eine Tabelle, in der sie das Gewicht der Kleinen notiert hatte.

»Wie kannst du die nur auseinanderhalten?«, fragte Kerstin. »Die sehen doch alle gleich aus.«

»Gar nicht«, widersprach Christine und drückte einen der Flauschbälle an sich. »Das hier ist Muffin, der ist am dominantesten. Im Gegensatz zu Keks, das ist die Kleine dort in der Ecke, die ist die Kleinste und sehr schüchtern. Puschel hat eine weiße Schwanzspitze, Trüffel die längsten Ohren, und Zimt hat den lautesten Motor. Wenn die schnurrt, denkt man, es knattert ein Moped durchs Zimmer.«

»Darf ich Zimt mal halten?«, fragte Kerstin und schaute überglücklich, als Christine sie ihr vorsichtig reichte. Tatsächlich schnurrte das rothaarige Kätzchen sofort los, als sie mit dem Finger über seinen Rücken strich. »Ach wie süß. Die gebe ich nicht mehr her«, sagte Kerstin begeistert. Winzige Krallen drückten sich auf ihren Daumen. »Die kannst du gern für mich reservieren, ich war eh auf der Suche nach einer Zweitkatze, weil meine Shadowstrike etwas einsam ist, seit Thunderbolt gestorben ist.«

Christine strahlte glücklich. »Shadowstrike und Zimt, das Dreamteam!« Sie lachte. »Ich denke, ich behalte Puschel und Trüffel. Bleiben noch zwei zur Vermittlung, das sollte nicht so schwierig sein.«

Die gemütliche Katzenecke die Christine eingerichtet hatte, war gut gepolstert und voller Spielzeug. Daneben standen verschiedene Reinigungsmittel, damit sie alles sauber halten konnte. Lea bemerkte, dass Christine trotz der zusätzlichen Arbeit deutlich entspannter aussah. Kerstin setzte Zimt wieder zurück, und die wackelte direkt zu ihren Geschwistern hinüber.

»Wir sehen uns heute Abend, Mädels«, verabschiedete Lea sich mit einem Blick auf die Uhr.

Nach Feierabend warf sie mit Bajo ein paar Körbe und genoss es, an ihm vorbeizudribbeln und ihn mit offener Kinnlade stehen zu lassen, wenn sie den Ball lässig einlegte. »Auf einer Skala von eins bis zehn – wie sehr hast du dich darauf gefreut, mich abzuziehen?«, fragte er lachend und zwinkerte ihr zu. Er schoss vor, nahm ihr den Ball ab, warf einen Korb und passte. »Ein bisschen was kann ich aber auch.«

»Klar. Das musst du aber erst mal beweisen.« Sie spielten, bis Lea der Schweiß die Stirn hinunterlief und Bajo ihr Wasser aus seiner Flasche anbot. Dann küsste er sie leidenschaftlich.

Lea begleitete ihn nach Hause, half ihm Hilde und Otto zu versorgen, die grunzend auf ihr Futter warteten, und mistete den Gänsestall aus. »Ich würde es mir jetzt so gern mit dir da gemütlich machen. Aber ich kann Reent beim Tanzkurs nicht hängen lassen.« Bajo deutete zum Lager mit den Strohballen, das herrlich frisch und trocken roch, auch wenn der Staub leicht in Leas Nase kitzelte. Er trat an sie heran und küsste ihren Nacken, während er seine Hand auf ihren unteren Rücken legte.

»Ja.« Sie seufzte. »Ein andermal.«

Sie fühlte sich merkwürdig leicht und schwebend, als sie zu Christine fuhr, ganz so, als hätte jemand heimlich Luftballons an ihren Schultern befestigt.

Christines Wohnungstür stand offen, und sie trat ein. Sie fand ihre beiden Freundinnen im Wohnzimmer, flach auf dem Boden liegend. Um sie herum tobten rotweiße Flauschbälle, die von ihrem neuen Spielplatz begeistert schienen. Lea legte sich dazu und schloss die Augen. Wer hätte gedacht, dass sie sich ausgerechnet in ihrer Heimat in einen Mann verliebte, der nicht nur ihren kompletten Oxytocin-Haushalt durcheinanderbrachte, sondern mit dem jeder einzelne Moment so wertvoll war wie der legendäre Teufelsschatz in den Tiefen unter der Mansinger Burg.

»Du, Christine, wir haben einen neuen Elfen in unserer Rollenspiel-Gruppe«, erzählte Kerstin und stemmte sich hoch in eine sitzende Position. »Jeremy heißt er. Kommt aus Emden und ist vor drei Wochen hergezogen. Er macht Homeoffice, genau wie du, und ist ein echt netter Kerl.« Sie hob Zimt in ihren Schoß. »Single. Ich habe ihm von dir erzählt, wenn du magst, gebe ich dir seine Telefonnummer.«

Jetzt bewölkte sich Christines Stirn, und ihre Wangen wirkten verkniffen. »Aha«, sagte sie, und als Kerstin sie erwartungsvoll anschaute, fügte sie hinzu: »Ich glaube, ich bin mit dem Daten erst mal durch.«

»Bist du sicher? Jeremy ist ein bodenständiger Typ, der gern liest, spazieren geht und mit dem man gut reden kann.«

»Nein, danke.«

Lea warf Kerstin einen warnenden Blick zu, aber die verstand den Hinweis nicht, sondern redete weiter: »Letztens beim Rollenspiel hat Jeremy unseren Halbling Jann aus Versehen abgemurkst, weil er vergessen hat, dass er ein Langschwert trägt und nicht seinen üblichen Dolch.« Sie grinste breit. »Bist du sicher, dass …«

Jetzt sprang Christine auf und stemmte die Hände in die Hüften. Muffin flitzte zu Lea, die sie sofort einsammelte und an sich drückte. Wütend funkelte Christine Kerstin an. So aufgebracht hatte Lea ihre Freundin seit Jahren nicht mehr gesehen. »Ja, ich bin mir sicher. Ich habe keine Lust mehr auf diese ganzen frustrierenden Verabredungen. Das bringt alles nichts. Ich mache das eh nur, damit ich mir keine dummen Sprüche anhören muss, ich …« Ihre Stimme zitterte und Tränen bildeten sich in ihren Augenwinkeln. »Ich …«

Kerstin kratzte sich verunsichert am Kinn, aber Lea stand auf und umarmte Christine. »Ist okay, Süße. Man kann Liebe nicht erzwingen.« Christine schluchzte und Lea spürte, wie ihr Shirt feucht wurde.

»Ich habe es echt versucht.« Sie schniefte und ihre Schultern bebten, als sie weiterschluchzte. Kerstin stand auf und legte ihre breiten Arme auch um sie. Eng umschlungen standen sie da, bis Christine weitersprach: »Niemand versteht mich. Ich kann das nicht mehr.«

»Was ist passiert? Hat dich einer der Typen belästigt? Gib mir seine Nummer und ich verarbeite den zu Hackfleisch!«, rief Kerstin und Lea hielt die Luft an – aber Christine schüttelte den Kopf.

»Das ist es nicht. Manche der Kerle waren sogar echt nett. Aber mit mir stimmt etwas nicht. Ich bin …« Sie atmete tief durch. »Asexuell. So jetzt ist es raus. Kein Mann hat darauf Lust.«

»Puh.« Kerstin sah sie überrascht an.

In Leas Magen bildete sich ein Knoten – erst der Überfall und dann diese Herausforderung, da war es kein Wunder, dass es ihrer Freundin so schlecht ging. Sie zog die beiden in Richtung Couch. »So, jetzt erzähle mal von vorn. Du musst dich nicht schämen, Christine. Du bist nicht weniger Frau oder hast weniger Wert, nur weil du keinen Bock auf Sex hast.«

Christine strich sich über die roten Augen. »Okay«, sagte sie und holte tief Luft. »Aber ich mache uns vorher Tee. Das könnte ein längeres Gespräch werden.«

Sie quatschten bis tief in die Nacht hinein, leerten mehrere Kannen Tee, trösteten Christine und machten ihr Mut. »Die Sache ist die, dass ich Romantik mag, aber halt keinen Sex. Es erregt mich einfach nicht.«

»Gar nicht?«, fragte Kerstin.

»Nein, gar nicht.«

»Aber du hast doch mit einigen Typen …?«, fragte Kerstin etwas vorsichtiger.

»Ja, klar hatte ich Sex. Aber es macht mir einfach keinen Spaß.« Sie zuckte mit den Schultern. »Meist plane ich dabei meinen nächsten Tag oder spiele halt Lust vor. Ist ja nicht so schwierig, einen Orgasmus vorzutäuschen.«

Lea sammelte die Kätzchen ein, um sie in ihr Gehege zu setzen. »Ich kann das ein klitzekleines bisschen nachvollziehen«, gestand sie. »Den Sex mit Konstantin habe ich auch oft nicht genossen. Er steht auf Sexspielzeug, Kostüme und …« Sie warf einen Blick zu Kerstin. »Denk jetzt bloß nicht ans Rollenspiel! Ich meine Krankenschwesterkostüme und so was.« Kerstin blinzelte unschuldig. »Aber ich stehe eher auf spontanen Sex an außergewöhnlichen Orten. Ich glaube, wir haben uns abwechselnd einen Gefallen getan, um den anderen zu befriedigen.«

Kerstin schnappte sich den letzten Keks aus der Packung. »Und wie sieht das mit Selbstbefriedigung aus, Christine? Hast du echt so richtig gar keine Lust? Nie?«

»Nein, nie.« Christine verzog gequält das Gesicht, und instinktiv legte Lea ihren Arm um sie.

»Krass.« Kerstin schüttelte die leere Kekspackung und pickte die Krumen heraus. »Wenn Hinderk seinen Bruder in Stuttgart besucht, hole ich mir immer Uwe ins Bett.«

Erstaunt rissen Lea und Christine die Augen auf. »Uwe?«, brachte Christine hervor.

»Das ist mein Vibrator, Mädels, keine Sorge.« Kerstin kicherte und fing sich dafür von Christine einen Schlag mit dem Kissen ein.

Irgendwann waren sie so erschöpft, dass sie Musik anstellten und sich abwechselnd von irischen Volksliedern und Shantys beduseln ließen, die sie an ferne Horizonte entführten. Lea sang leise mit, während sie wartete, dass Christines Augen zufielen. Dann legte sie eine Wolldecke über ihren Körper, stopfte ihr ein Kissen in den Nacken und gab Kerstin ein Zeichen, zu gehen.

Bei ihren Autos angekommen, gähnte Kerstin herzhaft und streckte sich. »Ich kenne Christine so lange, und trotzdem wusste ich das nicht. Wenn du so ein Problem hast, dann komm bitte sofort zu mir. Wir können über alles reden.«

»Klar.« Die Autoschlüssel in Leas Hand schwangen bei der Lüge hin und her, weil sie sich schämte. Sie hatte ihren Freundinnen weder verraten, dass sie mit Bajo angebändelt hatte, noch, dass sie mit dem Gedanken spielte, langfristig in Ostfriesland zu bleiben. Aber sie würde das tun – wenn der richtige Zeitpunkt dafür kam.

»Meinst du, wir kriegen das mit den Hühnern hin?«, fragte Kerstin und lehnte sich mit dem Rücken an ihre Fahrertür.

»Ja«, sagte Lea selbstbewusst. »Daran habe ich keinen Zweifel.« Solange sie ihre Freundinnen hatte und Bajo und sie zusammenhielten, war alles möglich. Solange Tarja nicht aufkreuzte und alles ruinierte.

Kapitel 19

Am Mittwochmorgen hatte Noel keine Zeit für Peanuts morgendlichen Trainingsspaziergang, dafür begleitete Merle die beiden. »Nächste Woche habe ich einen Termin beim Frauenarzt. Danach werde ich mit Mama reden«, versprach sie, kaum dass sie ins Feld einbogen. Ihre Wangen leuchteten rot, da Lea ein schnelles Tempo vorgab. Rechts von ihnen stob ein schneeweißer Vogel zwischen den Halmen auf, den Peanut geflissentlich ignorierte – Lea fand, dass er dabei ein klein wenig stolz wirkte, weil er den Kopf bewusst weit wegdrehte.

»Wie wäre es denn, wenn du erst mit Papa und Janna redest?«, schlug sie vor, aber Merle schüttelte energisch den Kopf.

»Nee. Dann wäre Mama beleidigt. Sie fühlt sich, glaube ich, ohnehin außen vor. Es ist sicher nicht einfach, zu akzeptieren, dass die Kinder erwachsen werden.«

»Das steht dir in achtzehn Jahren auch bevor.«

»Ja, das stimmt. Und ich werde kein Stück besser sein.« Sie tastete über ihren noch flachen Bauch. »Ich habe das Kleine nämlich jetzt schon so lieb, dass ich es nie wieder hergeben möchte.«

Lea wurde warm ums Herz – sie freute sich auf ihre Nichte. Bajo musste es ähnlich gehen, seine Tochter bedeutete ihm sicherlich auch die Welt.

Abends half sie Bajo beim Anbringen der Sitzstangen für die neuen Hühner. Sie befestigten sie so niedrig wie möglich, da viele der Tiere kaum Muskelkraft besitzen würden. Hope und Lucky hockten bereits in ihrem eigenen kleinen Gehege und pickten glücklich an einem Viertel-Salatkopf herum.

Leas Handy piepte, und sie legte den Akkubohrer kurz beiseite. »Oh«. Noel hatte ihr ein uraltes Foto geschickt, das sie beide als Teenager zeigte, Arm in Arm am Greetsieler Hafen. Die kleinen Härchen in ihrem Nacken stellten sich auf, als sie sich erinnerte, wie er sie an diesem Frühsommertag in die schmale Gasse zwischen Kuttercafé und Souvenirshop gezogen und sie geküsst hatte. Die Schmetterlinge in ihrem Bauch, das Gefühl von Herzklopfen, Verliebtsein und das aufgeregte Kribbeln, als sich ihre Lippen trafen.

»Hast du gerade im Lotto gewonnen?«, riss Bajo sie aus den Gedanken. Er wischte sich über die Stirn, Schweiß rann seine Wangen hinunter und klebte in den Wimpern.

Lea verzog nachdenklich den Mund. Noel und Bajo waren so unterschiedlich wie Tag und Nacht: Noel war sanft, attraktiv, freundlich – aber für nichts in der Welt hätte sie ihn gegen Bajo getauscht, der in seinen fleckigen Gummistiefeln und den eingerissenen Blue Jeans so heiß aussah, dass sie ihm am liebsten die Säge weggenommen hätte, um ihn hier und jetzt auf dem Scheunenboden zu vernaschen.

»Nur eine Erinnerung«, nuschelte sie und steckte das Handy weg.

Bajo lächelte, das Gesicht voller Sägespäne, die sich mit bewegten. »Ich würde dir auch gern etwas zeigen.« Er holte sein Handy hervor und zeigte ihr das Foto eines fünfjährigen Mädchens mit mittelblonden Haaren und Sommersprossen auf der Nase, das auf einer Schaukel schwang. Er musste nicht sagen, dass es Mia war, denn Lea erkannte es sofort an den strahlenden blauen Augen. »Sie verbringt das Wochenende bei mir.«

Jetzt beugte Lea sich doch vor, um seine rauen Lippen zu küssen, die vom Staub spröde waren. Dennoch schmeckte er süß und nach mehr. »Ich freue mich darauf, sie kennenzulernen«, versprach sie.

Peanut stürmte schwanzwedelnd auf Noel zu, als sie ihn am nächsten Morgen wie verabredet an der Kreuzung Tjarksweg und Oldemaar trafen. Er kraulte Peanut ausführlich hinter den Ohren und richtete sich dann auf. »Ich habe etwas für dich«, sagte er, kramte in seiner Umhängetasche und zog einen länglichen Löffel heraus. »Erinnerst du dich, dass wir uns im Eiscafé Veneziano mal ein Spaghettieis geteilt haben? Als wir … naja, als wir zusammen waren.«

Er kratzte sich unsicher über das glatt rasierte Kinn, während er mit der anderen Hand den Löffel wie einen Zauberstab schwang. »Jedenfalls war ich damals so verliebt in dich, dass ich ihn als Erinnerung habe mitgehen lassen.«

Erschrocken starrte Lea auf den Löffel. Ja, daran erinnerte sie sich gut, aber das lag weit in der Vergangenheit.

Seine Lider flackerten unsicher. »Seither passe ich gut auf ihn auf, nur falls du dir jemals wieder ein Eis mit mir teilen möchtest.«

Leas Brust zog sich schmerzlich zusammen. »Noel«, sagte sie leise. »Ich mag dich, aber nicht so.«

Der Löffel in Noels Hand zitterte, als sich ein trauriger Schatten über sein Gesicht legte. Langsam steckte er ihn wieder ein und nickte. »Es tut mir leid. Ich wollte dich nicht bedrängen.« Seine Brust hob und senkte sich, als er tief einatmete, um sich zu sammeln. »Freunde?«, fragte er, ballte die Faust und hielt sie ihr auffordernd hin.

»Ja. Freunde.« Sie stieß mit der Faust gegen seine und suchte seinen Blick, in dem eine tiefe Sehnsucht lag. Er tat ihr leid – aber der Kompass in ihrem Herz hatte sich bereits in Richtung Bajo gedreht, und kein Magnetfeld der Erde könnte das ändern. Aber Noel zögerte nicht lange, lächelte unglücklich und wandte sich Peanut zu, um mit ihm seine Übungen durchzugehen. Lea schaute wehmütig zu. Die Suche nach der Liebe war nicht leicht. Weder für Fenna, Christine oder sie noch für Noel. Und sie war immer mit viel Sehnsucht und Leid verbunden.

Am Ende ihrer Runde standen sie wieder an ihrem ursprünglichen Treffpunkt, nur dass die Vögel nun lauter zwitscherten und emsige Insekten um sie herumschwirrten. Noel reichte ihr die Leine, räusperte sich und sagte: »Du, Lea, da ist noch etwas. Tarja hat mich gestern angerufen.«

Binnen einer Sekunde gefroren Leas Eingeweide zu unförmigen Eiswürfeln. »Aha«, sagte sie trocken. Peanut merkte sofort, wie sie sich versteifte, und presste sich mit dem Rücken gegen ihre Unterschenkel.

»Ich habe ewig nicht mehr mit ihr gesprochen. Ich weiß auch gar nicht so recht, warum sie auf einmal über alte Zeiten quatschen wollte, obwohl wir uns nie wirklich gut verstanden hatten. Aber sie hat mehrfach versucht, Fragen über dich zu stellen. Sie weiß, dass du wieder in Pewsum bist.«

Lea schloss die Augen und sah die letzten Tage im Schnelldurchgang an sich vorbeirasen. Es war so viel passiert, und es gab so vieles, auf das sie sich konzentrieren musste. Für Tarja hatte sie momentan weder Zeit noch Kraft.

»Keine Sorge, ich habe natürlich dichtgehalten.«

»Danke«, sagte sie schwach und hob die Hand zum Abschied. »Ich muss los. Wir sehen uns nächste Woche wieder.«

Mit Beinen wie Gummi marschierte sie zum Haus ihrer Eltern. Auch wenn sie definitiv zu müde für weitere Streitigkeiten war, war es wichtig, Zeit mit ihrer Familie zu verbringen. Um Harmonie in die Bude zu bekommen, um wieder zusammenzuwachsen.

Ihre Mutter setzte eine Kanne grünen Tee auf und schien bester Laune zu sein. Ihr Trainingsanzug knisterte, als sie sich bückte, um die Frühstücksteller aus dem Schrank zu holen. »Du isst doch mit uns, oder?«

Lea nickte.

»Es gibt Sprossensalat mit Seitanschnitten. Dein Vater möchte abnehmen.«

Unglücklich klopfte sich ihr Vater auf den Bauch. »Stimmt leider.«

Fröhlich summend deckte ihre Mutter den Tisch und verbot ihnen beiden mitzuhelfen. »Dein Papa haut immer Macken in mein Geschirr, und du arbeitest genug«, sagte sie. »Gönn dir eine Pause.« Sie strich Lea im Vorbeigehen über den Kopf, und diese simple Geste erfüllte sie mit Wärme und Geborgenheit.

»Mama?«, rief Merle aus ihrem Zimmer, und ihre Mutter verschwand, um ihr beim Frisieren und Schminken zu helfen.

Sobald sie draußen war, stand Lea auf und deckte den Tisch weiter ein. Auch ihr Vater faltete seine Zeitung zusammen und lief zum Gefrierschrank, um eine Packung Brokkoli herauszuholen. »Magst du?«, fragte er und hielt ihr den Beutel entgegen.

»Ähm, wie bitte?« Lea musterte ihn mit hochgezogenen Augenbrauen. »Danke, aber ich stehe nicht so auf gefrorenes Gemüse zum Frühstück.«

Doch ihr Vater grinste, griff in den Beutel und zog eine Packung Schokokekse hervor. »Den Trick habe ich von meinem Lieblingskanal für Life Hacks. Schmecken gut zum Sprossensalat und haben auch nur ganz wenig Kalorien.«

»Du machst viel im Haus, richtig?« Sie deutete auf einen Küchenschrank, an dem die abgenutzten Messinggriffe gegen hübsche Muschelknöpfe ausgetauscht worden waren.

»Jep! Was man liebt, das pflegt man.«

Das gilt auch für Freundschaften, Liebe und sich selbst, dachte Lea, *an allen drei Fronten muss ich arbeiten.* »Wie läuft es eigentlich bei dir auf der Arbeit?«, fragte sie, weil sie einen Verdacht hatte.

Und richtig, ihr Vater verzog das Gesicht. »Ach, jede Woche fallen weitere Aufgaben für mich weg. So schön die Digitalisierung für den Fortschritt der Gesellschaft ist, sie hat auch ihre Nachteile. Die neuen computergesteuerten Systeme in der Firma können mittlerweile so viel.« Er verzog das Gesicht, als hätte er in eine Zitrone gebissen. »Es ist richtig langweilig geworden.«

»Deshalb tobst du dich jetzt mehr im Haus aus.«

»Genau. Komm mal mit.« Er führte sie in sein Arbeitszimmer und zeigte ihr stolz seine neue Kommode, die er aus alten Schließfächern gebaut hatte. »Die habe ich günstig im Internet gefunden. Stammen aus einem Fitnessstudio.«

Lea nickte anerkennend. Das abgeschliffene Metall hatte einen schönen rustikalen Look. »Sogar mit Edelrost. Die ist total cool«, sagte sie und brachte ihren Vater damit zum Strahlen.

Er drückte seine Brust heraus und wuchs um ein paar Zentimeter. »Wenn ihr bei eurer Hühneraktion praktische Hilfe benötigt, bin ich natürlich auch für euch da«, versprach er.

Die Haustür öffnete sich, und Tante Anneke kam herein. »Moin Lea«, sagte sie und drückte ihr das Dinkelbrot in die Hand, das sie mitgebracht hatte. »Immer noch auf der Krummhörn?« Anneke versuchte das witzig klingen zu lassen, aber es gelang ihr nicht ganz.

In dem Moment kamen Leas Mutter, Merle und Janna die Treppe herunter, und sie setzten sich gemeinsam an den Tisch. Anneke sprach ein Tischgebet, während alle anderen geduldig warteten.

Es kam kein richtiges Gespräch in Gang, aber Lea genoss die Zeit mit ihrer Familie trotzdem. Merle sah blass aus, aber verhielt sich unauffällig, Janna hörte Musik aus ihren übergroßen Kopfhörern, und ihre Mutter freute sich, dass allen der Sprossensalat schmeckte und die selbst gemachte Sanddornmarmelade, die sie auf Tante Annekes Dinkelbrot reichte. »Eure Großeltern haben auf dem Kreuzfahrtschiff mit Tai Chi angefangen«, erzählte sie gut gelaunt. »Ich glaube, der Urlaub tut ihnen richtig gut.«

Das glaubte Lea ihr gern, und Opa bestätigte es später auch, als sie ihn in der Mittagspause anrief. »An das Reisen könnte ich mich gewöhnen«, verkündete er lächelnd und zeigte ihr über Videoanruf das Restaurant, in dem er saß. Schimmernde Kronleuchter verbreiteten ein sanftes Licht über den eingedeckten Tischen. Die Discokugel warf tanzende Reflexe auf Opa und ließ seine Augenfältchen noch fröhlicher erscheinen. In diesem Moment vermisste Lea ihn so sehr, dass es wehtat.

»Deine Patienten und ihre Besitzer freuen sich aber darauf, dass du wiederkommst«, sagte sie und merkte, dass Opas Mundwinkel ein wenig nach unten wanderten.

»Ja«, sagte er, »natürlich. Und ich freue mich auf sie. Das ist das Schöne an einer Landpraxis: Man lernt die Leute gut kennen. Könntest du dir eigentlich vorstellen, irgendwann mal deine eigene Praxis zu führen?«

Lea dachte an Bajo und daran, wie schön es war, im Teamwork zu arbeiten. Hach, Bajo …

»Lea?«

»Hm.« Das Problem lag nicht bei ihren Fähigkeiten, sondern darin, dass es viel Geld kostete, eine Praxis anzumieten und auszurüsten. Und dass man an einen Ort gebunden war, mit all den Menschen, die dort lebten. Einschließlich solchen wie Tarja.

»Oh, die Essensglocke klingelt!«, rief Opa, ehe sie sich zu einer richtigen Antwort durchringen konnte. »Die Schlacht am kalten Buffet beginnt. Bis dann, Lüttje.« Er legte auf, und Lea wog das Handy unschlüssig in der Hand.

Ja, wenn die Bedingungen stimmten und das Finanzielle geklärt war, dann konnte sie sich durchaus vorstellen, mit Bajo eine Praxis zu führen. Wenn er das auch wollte.

In den nächsten Stunden behandelte sie Hamster, Meerschweinchen, ein Kaninchen und ein Frettchen, das sich am Schwanz verletzt hatte. Alles Routine und gut dafür geeignet, die nächsten Tage im Kopf durchzuspielen. Am Montag musste alles für die Hühner bereit sein – der Countdown lief! Abends versorgte sie Bajos Tiere für ihn, weil er beim Landwirtschaftstreff war, nahm sich etwas Extra-Zeit, um Klauenpflege bei Smilla, Jule und Frieso zu betreiben und fuhr anschließend zu Kerstin. Die war gerade dabei, ein kriegerisches Kostüm umzuarbeiten, das sie am Wochenende fürs Rollenspiel brauchte.

»Ich habe ein paar Pfund zugenommen«, gestand sie und drückte auf ihrer Hüftrolle herum. »Jetzt muss ich das Korsett an den Seiten auslassen.«

»Es ist erstaunlich, was du alles kannst«, fand Lea. Sie konnte zwar Tierwunden zunähen, aber ihre Kleidung hatte sie noch nie selbst geändert.

»Ich bin wie ein gutes Buch«, erwiderte Kerstin und kicherte. »Etwas zu dick, aber auch total vielseitig.«

Lea lachte und reichte ihr eine Schere. Kerstin fuhr fort: »Es tut mir leid, dass ich euch gerade nicht bei den Vorbereitungen helfen kann, aber ich schiebe gern ein paar Extraschichten ein, sobald die Hühner da sind. Hat Bajo einen Hoflader? Ich könnte mich regelmäßig um den Austausch der Einstreu kümmern.« Sie redete leise, weil ihre Kinder schon schliefen und Hinderk am Küchentisch die Geschäftsausgaben seiner Imbissbude prüfte.

Gemeinsam befestigten sie die Metallstücke am Schuppenpanzer, um dessen Schultern ein gemusterter Umhang aus robustem Stoff lag. Irgendwann kam das Thema auf Christine. »Mir tut es immer noch leid, dass ich versucht habe, ihr Jeremy aufzuschwatzen«, sagte Kerstin kläglich und lutschte gleich darauf am Daumen, weil sie sich mit der groben Nadel gestochen hatte.

»Tss.« Lea holte ein Pflaster aus dem Erste-Hilfe-Kasten in Kerstins Bad und brachte bei der Gelegenheit gleich den Pappkarton aus ihrer Tasche mit. »Willst du auch einen Donut?«, fragte sie und öffnete den Deckel.

»Nein, danke.« Kerstin steckte den nächsten Stift in ihre Klebepistole. »Die sind mir zu klebrig.«

»Nein, schau mal, da ist nur ganz wenig Zucker dran«, sagte Lea und hielt ihr die geöffnete Packung entgegen.

»So meinte ich das nicht. Die bleiben bei mir immer an der

Hüfte kleben«, entgegnete Kerstin und griff sich lachend an den Ring an ihrer Hüfte.

»Mensch, Kerstin, du bist genau so gut, wie du bist!«, rief Hinderk vom Küchentisch, und seine Frau warf ihm dafür eine Kusshand zu.

»Und dafür liebe ich dich«, sagte sie, bevor sie sich wieder an Lea wandte: »Auf jeden Fall ist es unglaublich toll, dass du wieder hier bist, und Christine sieht das auch so. Zu dritt sind wir wieder komplett.« Sie holte einen Donut aus der Packung, roch dran. »Einer kann nicht schaden«, entschied sie und angelte sich gleich noch einen zweiten. »Aber allein sind die einsam. Man muss immer zwei essen.«

Als Lea früh am Freitagmorgen die Praxis betrat, war Nasrin damit beschäftigt, eine Kiste mit Spielzeug im Wartezimmer zu sortieren, und wedelte mit einem pinken Spielzeugelefanten. »Die Sachen sind von meiner Nichte«, erklärte sie. »Ich dachte, dann ist es für die Kinder weniger langweilig oder stressig, wenn sie hier mit ihren Eltern und Haustieren warten.«

»Das ist eine schöne Idee«, stimmte Lea ihr zu. »Gefällt dir die Arbeit in der Praxis denn so weit?«

»Ist der beste Job der Welt«, erwiderte Nasrin strahlend. »Ich durfte diese Woche sieben Hundewelpen streicheln, gibt es etwas Schöneres auf der Welt?«

Lea lächelte. Genau deshalb war auch sie Tierärztin geworden – weil man umgeben war von wundervollen Tierpersönlichkeiten, die einen jeden Tag aufs Neue faszinierten. Und weil man ihnen helfen konnte.

Ihr Handy piepte und sie schaute nach, um sicherzustellen, dass es keinen Notfall gab. Aber es war nur eine Nachricht von Kerstin, die schrieb: *Stell dir vor, der neue Elf, Jeremy, der kennt deinen Kollegen Bajo aus den Zeiten, in denen er in Hamburg gelebt hat! Was für eine kleine Welt.*

Sie dachte sich nichts weiter dabei und steckte das Handy wieder weg, um ihr später zu antworten. Irgendwann würde sie Kerstin erzählen müssen, dass sich da gerade mehr zwischen Bajo und ihr entwickelte. Auch wenn sie nicht so recht wusste, was eigentlich.

In den nächsten Stunden kümmerte sie sich um zwei kranke Hunde, Dirk Epkens Perserkatze, die einen Splitter in der Pfote hatte, und außerdem um zwei Schlangen und drei Vogelspinnen, die ein Vater mit seinem Teenager für einen allgemeinen Gesundheitscheck vorbeibrachten. Lea zog zielsicher Instrumente aus den Schränken, füllte Formulare aus und bediente die Programme – die Praxis war ihr mittlerweile so vertraut, dass sie nicht groß nachdenken musste. Zwischen den Terminen schaute Bajo zweimal vorbei, und sie küssten sich heimlich in ihrem Büro. Lea genoss die stürmische und gleichzeitig zarte Leidenschaft, die er versprühte, als sie sich in seine Arme fallen ließ. Aber sie spürte auch diesen Knoten im Bauch – irgendwann mussten sie ein ernstes Gespräch darüber führen, wo das Ganze hinführen sollte.

Bajo nahm ihr Gesicht zwischen seine Hände und bedeckte ihren Mund und ihre Wangen mit Küssen, fuhr mit der Zunge über ihr Ohrläppchen und flüsterte: »Ich kann einfach nicht genug von dir bekommen, Lea.«

Alles in ihr wurde weich, und sie gab sich seiner Umarmung hin. Aber ihre Hand wanderte auf seine Brust, dorthin, wo sein Herz schlug. »Mir geht es ebenso, Bajo. Mit dir fühlt sich jede Sekunde magisch an.«

Kapitel 20

Die erste Person, die von Bajo erfuhr, war Merle, einfach weil Merle selbst ihren Freund und ihre Schwangerschaft verheimlichte und Lea ihr gegenüber die geringsten Hemmungen hatte, sich zu öffnen. Gemeinsam lagen sie auf Merles Bett und lauschten der irischen Musik, die sie beide so liebten. Peanut hatte sich vor dem Bett wie eine Banane um seine Bällchen eingerollt, deren blaue Farbe mittlerweile durchs viele Waschen verblasst war.

»Auf einer Skala von eins bis zehn – wie stark hat es dich erwischt?«, fragte Merle. »Ich meine, ist das eher ein Sommerflirt oder eine ernstere Sache?«

Lea dachte nach. »Ich weiß nicht. Aber der Gedanke, Bajo zu verlieren, der ist ebenso furchtbar, als würde morgen die Nordsee versteinern.« Sie zog das Haargummi vom Handgelenk, um ihre feuchten Haare zu einem Zopf zu binden. Ihre Haut war wellig und weich, weil sie lange geduscht hatte, nachdem sie nach Feierabend mit Bajo säckeweise Hühnerfutter in mäusesichere Metalltonnen gekippt hatte und dabei ordentlich eingestaubt worden war.

Janna platzte ins Zimmer. Erschrocken drehte Lea sich um, Merle drehte die Musik leiser. Peanut hob den Kopf, aber machte keine Anstalten, aufzustehen.

»Na, was quatscht ihr hier so heimlich?«, fragte Janna mit einem sauren Zug um den Mund.

»Nur dies und das«, setzte Merle an, aber Janna schüttelte nur ungläubig den Kopf.

»Bin ich jetzt auch für euch beide nicht mehr gut genug?«, schimpfte sie, bevor sie aus dem Zimmer stürmte. Lea sah ihrer Schwester hinterher – die Studiensorgen, Mutters unerfüllte Erwartungen und ihr Bedürfnis, mit Lea im Wettbewerb zu stehen, das wühlte Janna auf und ließ sie vergessen, wer sie war. Sie musste unbedingt mit ihr sprechen.

»Ich geh mal nach ihr schauen«, raunte sie Merle zu, stand auf und folgte Janna ins Wohnzimmer, wo ihre Schwester vor dem Kamin auf und ab lief, die Hände tief in den Taschen ihrer Jeans versenkt.

»Möchtest du reden?«, fragte Lea, aber Janna schüttelte den Kopf.

»Du kannst mich eh nicht verstehen. Für dich ist alles immer einfach. Du hast einen Traumberuf, Arbeitserfahrung und Opa Enno vertraut dir sogar seine geliebte Praxis an. Und unsere Eltern sind stolz auf dich, was meinst du, warum Mama so streng bei dir ist? Weil sie weiß, dass du mehr drauf hast als ich. Sie legt so niedrige Maßstäbe bei mir an, weil sie aufgegeben hat. Du hast gar keine Ahnung, wie klein ich mich neben dir fühle.« Wieder stürmte sie aus dem Zimmer und wieder schaute Lea ihr hinterher.

»Ich geh dann mal besser«, murmelte sie und unterdrückte die Tränen, die in ihr aufstiegen. Sie liebte Janna so, wie sie war – aber das war nicht das Problem. Janna musste sich erst mal selbst lieben lernen.

In dieser Nacht konnte Lea lange nicht einschlafen. Es war nicht ihre Schuld, dass Janna unter mangelndem Selbstwertgefühl litt, aber natürlich konnte sie verstehen, wie schwierig es für sie sein musste, wenn der großen Schwester allem Anschein nach alles zufiel. Nur, dass das mit Sicherheit nicht so war. Sie hatte Angst, dass die Vergangenheit sie irgendwann einholte, sobald sie Tarja über den Weg lief, Angst davor, dass in der Praxis etwas schieflief, das alles kaputt machte, und auch Angst, dass Bajo sich ihr wieder entzog. Ja, Bajo war anders als Konstantin, aber auch ihrem Ex-Freund hatte sie vertraut, und es war nicht einfach, vollständig zu verarbeiten, wie sehr der sie hintergangen hatte.

Noch bevor der Wecker klingelte, stand sie auf und ging eine Runde mit Peanut joggen. Im Licht der Straßenlaternen wirkten die Häuser grau und verlassen, und ihre Schritte hallten auf dem Beton. Hinter der Ecke hoffte sie, Bajo zu treffen, aber um diese Uhrzeit war es selbst für ihn zu früh.

Gegen sieben Uhr hielt sie es nicht mehr aus und fuhr zu seinem Haus. Eigentlich eine halbe Stunde zu früh, aber sie hatte eine Überraschung für ihn. Und tatsächlich war Bajo schon dabei, in Jogginghose und Grobrippshirt die Hühner zu füttern. In dem Outfit wirkte er noch sportlicher als sonst, und Lea fand das zum Anbeißen. Und das tat sie auch – ein zarter Biss in den Hals gefolgt von einem wilden Gerangel mit ihm, bei der seine Hand unter ihr Shirt glitt und ihre Brust umschloss. Tausend Explosionen gingen in Leas Kopf los, und sie gab ihm übermütig einen Klaps auf den Hintern, der ihn aufhorchen ließ. »Hm«, raunte er. »Mehr davon, versohl mich.« Lea sah ihn erschrocken an, und er lachte. »War nur Spaß«, sagte er und zwinkerte.

Aber in ihr tauchten wieder die Bilder von Konstantin auf, nackt, geknebelt auf ihrem Bett, und ihre Lust versiegte. »Bin gleich wieder da.« Sie ließ von ihm ab und holte den Blumentopf aus dem Kofferraum, in dem sie Petersilie, Basilikum und Dill gepflanzt und mit selbst gebastelten Schildchen versehen hatte. Sie fröstelte und kramte nach ihrer Jacke. Jetzt, da ihr Kreislauf sich wieder beruhigt hatte, war es ganz schön kühl.

»Was hast du denn da?« Auf Bajos Schulter ruhte einer der schweren Säcke mit Hühnerfutter, als wäre er mit Watte gefüllt. Seine Muskeln waren angespannt, und die Sehnen traten hervor.

»Hui!«, rief sie und piekte ihm in den Bizeps. »Ich glaube, du solltest den Sack noch mal kurz abstellen.«

Augenblicklich glitt der Sack auf den Boden, und Bajo zog sie an sich. Er küsste sie so lang und leidenschaftlich, dass die Welt um sie herum verblasste und Lea das Gefühl für Zeit und Raum verlor. Sie seufzte wohlig und strich mit dem Finger über das Grübchen auf seiner Wange. »Ein Kuss am Morgen vertreibt Kummer und Sorgen.«

»Ist das für mich?« Bajo schielte auf den Blumentopf und ging in die Knie. »Ja«, sagte sie. »Kräuter für deine Küche. Weil du doch so gern ursprünglich und einfach kochst.«

Bajo strahlte. »Du findest das wirklich nicht doof?«

»Warum sollte ich? Ist doch gesund und natürlich. Und diese Kräuter sind ganz einfach zu ziehen.«

Er las sich die kleinen Schilder durch und versprach dann: »Ich werde mir Mühe geben, dass die nicht eingehen. Übrigens habe ich auch etwas für dich. Komm mit.« Er führte sie in seine Stube und bat sie, Peanut solange draußen anzubinden. Es war das erste Mal, dass er mit zu Bajo kommen durfte, und er schnupperte neugierig und schaute sich alles genau an. »Jessica hat es nicht so mit Hunden«, erklärte Bajo.

»Oh, hat sie Angst vor ihnen?«, fragte Lea, zog sich die Schuhe aus und stellte sie auf das schlichte Regal neben dem Eingang.

Bajo lachte. »Nein, ganz im Gegenteil. Sie verhaut sie bei jeder Gelegenheit.« Er streichelte seiner Katze, die oben auf dem Couchrand lag, über den Bauch und lief dann in sein Schlafzimmer. Kurz darauf kam er zurück, die rechte Hand fest zur Faust geschlossen. »Mach die Augen zu«, bat er.

Lea schloss die Lider. Sie hörte, wie er hinter sie trat und spürte, wie er an ihrem Hals herumnestelte. »Was ist es?«, fragte sie gespannt.

»Warte«, bat Bajo sie und drehte sie an den Schultern herum. »Jetzt.«

Sie öffnete die Augen und sah im Spiegel eine silberne Kette, mit einem Anhänger in Form eines Ankers. Ein einzelner Bernstein war darin eingearbeitet worden.

»Ich mag Anker. Und ich mag dich. Ich dachte, es gibt nichts Schöneres auf der Welt, als halt … eben … irgendwie beides miteinander zu kombinieren«, stotterte er, und Lea bemerkte, wie er unsicher die Hände knetete.

Sie fuhr mit den Fingern über das kühle Metall. »Sie ist wunderschön, Bajo. Danke.« Die Geste war so süß, dass sie nicht anders konnte, als ihm einen Kuss auf die Nase zu geben. »Ich habe noch nie eine Kette geschenkt bekommen«, vertraute sie ihm an. Jessica miaute und strich ihr schnurrend um die Beine. »Oh, Süße, möchtest du auch etwas Aufmerksamkeit?« Sie fuhr der Katze über den Rücken, während Bajo sein Handy zückte, um ein Foto von ihr, Katze und Kette zu machen. Aus Jessicas Kehle kam ein Gurgeln, ihr Körper zog sich zusammen, dann würgte sie einen Haarball hervor, direkt vor Leas Füße.

»Na, danke.« Sie lachte, während Bajo loseilte und ein Papiertuch holte, um den Ball zu entfernen. Gleich darauf klopfte es wild an der Tür, und sie lief hin, um zu öffnen. Jens und Iven trugen beide den gleichen Jeansoverall und dazu gelbe Gummistiefel derselben Marke. Als Lea verwundert an beiden auf und abschaute, erklärte Jens: »Wir waren gemeinsam shoppen. Wir hatten nichts Passendes, um auf einem Bauernhof auszuhelfen, und ich dachte, dass es eine gute Gelegenheit sei, shoppen zu gehen. Man kann ja nie genug praktische Outfits haben, vor allem nicht hier im hohen Norden. Nicht wahr, Iven?«

Der nickte bekräftigend. »Genau. Und wir bedienen gern sämtliche Klischees über Schwule, wenn es heißt, dass wir einfach nur wir selbst sein können.« Er stieß Jens in die Rippen und fuhr fort: »Fenna kommt auch gleich. Sie wollte nur noch vorher in ihre Werkstatt, um sich mit dem wichtigsten Werkzeug einzudecken.«

Bajo sah ein wenig beleidigt drein. »Ich habe auch Werkzeug hier.«

Aber Iven winkte ab. »Nicht solches, glaub mir. Fenna ist ein Profi auf dem Gebiet.«

»Na, denn kommt mal mit.« Bajo verteilte Schaufeln und Mistgabeln, und sie machten sich daran, den Schweinestall auszuleeren, der mit dickem Stroh ausgelegt war.

Nach wenigen Minuten war Iven bereits so nass geschwitzt, dass ihm das Wasser die Stirn hinunterlief. »Oje«, stöhnte er, »ich bin einfach nicht mehr so fit wie früher.«

»Das sieht man dir aber nicht an«, antwortete Jens sofort und erntete dafür einen verzückten Blick von Iven.

Sobald die Schubkarre voll war, fuhr Lea sie zu dem Misthaufen, der weiter hinten auf dem Grundstück hinter den Pflaumenbäumen versteckt war. Ihr machte die harte Arbeit nicht viel aus, im Gegenteil, sie genoss es, praktisch mit anpacken zu können. »Du bist ganz schön kräftig«, lobte Bajo sie, der die zweite Schubkarre schob.

»Für eine Frau, meinst du?« Sie hob die Augenbrauen.

Bajo lachte. »Nein, allgemein. Immerhin hast du jahrelang in der Stadt gewohnt.«

»Gibt so etwas wie Sportvereine«, sagte Lea und streckte ihm die Zunge heraus. Am liebsten hätte sie die Schubkarre stehen gelassen und ihn hinter den Pflaumenbaum gezogen, um mit ihm rumzumachen, aber erstens konnte Fenna jederzeit auf dem Hof vorfahren und zweitens gab es ganz schön viele Fliegen am Misthaufen, es war nicht gerade der romantischste Ort.

»Lea, huhu!« Das war Nasrin, die winkend auf dem Hof stand, neben ihr parkte Christine gerade ein.

Bajo bat sie, die hölzernen Nistkästen zu streichen, in denen die Hühner ihre Eier legen konnten. »Angestrichen halten die länger und man kann sie besser reinigen.«

Fenna stieß zur Gruppe hinzu, als Lea und Bajo gerade die Futtertröge der Schweine auswischten. »Gerd kann leider nicht. Er hat's heute mal wieder schwer mit dem Rücken«, sagte sie. »Aber er wünscht uns viel Erfolg.«

Bajo nahm sich ein paar Minuten Zeit, um sie herumzuführen

und ihr alles zu zeigen. Hin und wieder klopfte Fenna fachmännisch gegen Holzlatten und murmelte dabei vor sich hin. Als er ihr ein schiefes Gatter zeigte, holte sie ein Maßband hervor. »Kein Problem«, sagte sie. »Das Scharnier bekomme ich im Baumarkt. Kann ich leicht austauschen. Aber wenn du nichts dagegen hast, kümmere ich mich zuerst darum.« Sie deutete auf die Rückwand des Ziegenstalls, in der ein paar Planken lose waren. »Das ist schnell repariert.«

»Gern.«

In dem Moment kam Reent um die Ecke geeilt, sein rundes Gesicht verschwitzt und voller roter Flecken. »Moment«, keuchte er und holte ein paarmal tief Luft, während er sich vornüber auf die Knie stützte. Ebenso wie Fenna trug er Stahlkappenschuhe, mit dem Unterschied, dass seine gelb leuchteten und Fennas braun und verkratzt waren. Seine rotblonden Haare und der Bart waren kurzgestutzt, und beides betonte seine freundlichen dunkelgrünen Augen, mit denen er sie entschuldigend ansah, als er sich wieder aufrichtete. »Jetzt geht es wieder«, schnaufte er.

Er gab erst Fenna, dann Lea die Hand. »Schön, euch kennenzulernen. Wie kann ich helfen?«

Er ächzte, als Fenna ihm grinsend eine morsche Planke reichte, die sie lässig aus der maroden Wand gerissen hatte.

»Ich sehe schon, mit dir geht's richtig zur Sache«, sagte er beeindruckt und machte sich bereit, die nächste Planke entgegenzunehmen. Ein Lächeln stahl sich auf Fennas Lippen. »Du gibst die Befehle, ich folge dir«, schlug Reent vor und zwinkerte ihr zu, als sich ihre Blicke trafen.

Lea, die die Szene beobachtete, lehnte sich an den Zaun, stützte das Kinn auf die Hände, sah, wie Fenna rot wurde und Reents runder Bauch nervös auf und ab wippte, als sie das Zwinkern erwiderte.

Iven und Jens nahmen sich als Nächstes den Hühnerstall vor, und Lea lief zum Zaunpfosten, an dem sie Peanut angebunden hatte. Aber Peanut war nicht da, und am Pfosten baumelte nur seine Leine mit dem Halsband.

»Oh nein«, murmelte sie und sah sich suchend um. Der Boden war an dieser Stelle trocken, aber weiter hinten sah sie feuchte Pfotenabdrücke, die im Zickzack über den Hof führten. Sie folgte ihnen und sah voller Schreck, dass sie durch die offen stehende Eingangstür direkt in Bajos Haus führten. »Stimmt, du kannst ja Klinken herunterdrücken«, murmelte sie und rief ängstlich: »Peanut?« Sie hoffte inständig, dass Jessica ihn noch nicht entdeckt hatte, aber im Haus herrschte Stille.

Sie entdeckte die beiden im Wohnzimmer. Jessica, die sich friedlich auf dem Teppich eingerollt hatte, und neben ihr Peanut, der auf dem Rücken lag, alle Viere von sich gestreckt, die Zunge entspannt aus dem Maul hängend. »Ihr versteht euch?«, fragte sie ungläubig. Ein warmes Gefühl, so angenehm wie der Duft frisch gebackener Zimtschnecken, durchrieselte sie, und sie zog so leise wie möglich ihr Handy hervor, um die harmonische Szene zu fotografieren. Sonst würde Bajo ihr das nie glauben!

Dann kniete sie nieder und strich über Peanuts Bauch. Der Border Collie grunzte entspannt. Jessica hob einmal warnend die Pfote, aber ließ sie gleich wieder sinken, und rollte sich noch ein Stück enger ein. »Na, ich will eure traute Harmonie nicht weiter stören«, flüsterte Lea.

Kaum war sie wieder draußen, half sie Jens und Iven, die Ziegen auf die Weide zu bringen, füllte den Wassereimer der Gänse auf, reinigte den Rand des künstlichen Teiches, in dem sie gern badeten. Zwischendurch quatschte sie mit Fenna, die begeistert von der Blauracke erzählte, die sie am vorherigen Tag beobachtet hatte. »Das ist eine seltene Art, und ich konnte mein Glück kaum fassen«, schwärmte sie, bevor sie den Akkubohrer ansetzte, um ein paar Schrauben am Gänseverschlag festzuziehen.

Reent half ihr, indem er die Bretter fest gegen die Holzwand drückte. »Ist das so gut?«, fragte er, und Fenna nickte.

»Das ist perfekt.« Zufrieden betrachtete sie die Wand. »Fast schon schade, dass es in der Gegend keine Tornados gibt«, sagte sie und seufzte. »Die Wand überlebt alles.«

»Vielleicht haben wir ja Glück und die Zombieapokalypse tritt früher ein als erwartet«, kommentierte Reent grinsend. Lea merkte, dass ein hoffnungsvoller Glanz in seine Augen trat und er Fenna anschaute wie ein Stück frisch gebackenen Butterkuchen. Ob sie das merkte?

»Kaum zu glauben, dass Bajo die Arbeit mit den Tieren normalerweise allein stemmt«, sagte sie, während Fenna prüfend auf das Holz klopfte. »Und jetzt kommen noch die ganzen Hühner hinzu.«

»Ja, Bajo ist eine Arbeitsmaschine«, bestätigte Reent. »Aber was der sich vornimmt, das funktioniert. Er macht keine halben Sachen.«

Das war auch Leas Eindruck – klar, auf den ersten Blick wirkte Bajo wie ein chaotischer Hippie, aber er war gut organisiert und arbeitete zielorientiert.

Fenna streckte den Zeigefinger aus und deutete auf Leas Dekolleté. »Hübsche Kette hast du da.«

Verlegen griff sie sich an das Schmuckstück. Sollte sie Fenna verraten, dass sie von Bajo kam? Unsicher biss sie sich auf die Lippe. Wahrscheinlich wäre es besser, erst mit Bajo über die Art ihrer Beziehung zu reden – und danach mit ihren besten Freundinnen, die sicherlich ausflippen würden bei den Neuigkeiten.

»Danke«, sagte sie und horchte auf, als sie ein Klackern aus dem Schuppen hörte, gefolgt von Bajos Fluchen. »Ich geh mal schauen, ob er Hilfe braucht.«

Bajo hatte sich eine Latte auf den Fuß fallen lassen und hüpfte auf einem Bein. »Ist-nicht-schlimm«, behauptete er.

»Ich würde dich ja gern ablenken«, sagte Lea und sah ihm tief in die Augen, »aber ich glaube, dann hätten wir ganz schnell Zuschauer.« Sie zog ihr Handy hervor. »Schau mal«, sagte sie und genoss Bajos ungläubigen Blick, als er Peanut und Jessica in friedlicher Harmonie nebeneinander sah.

»Kannst du mich mal zwicken? Ich glaube, ich träume gerade.«

Das tat Lea nur zu gern. »Ich mach mal weiter, bis später«, sagte sie und gab ihm einen Kuss auf die Wange.

Als sie an der Scheune vorbeikam, hörte sie, wie Christine gerade sagte: »Ich bin romantisch veranlagt, und das schafft falsche Erwartungen bei den Männern. Denn Romantik hat für mich nichts mit Sex zu tun, sondern mit Gefühlen und Bindung.«

Etwas schabte über den Boden, dann antwortete Nasrin: »Naja, ich bin zwar nicht asexuell, aber ich trenne die beiden Dinge auch gern. Aber für mich ist das so, dass ich die Romantik vorher mag, und im Bett kann es dann heiß hergehen. Ich brauche kein Vorspiel oder so.«

Unwillkürlich strich Lea sich über den Nacken, der sich plötzlich warm anfühlte. Seit sie Bajo kannte, dachte sie viel zu viel über Sex nach. Eigentlich wollte sie sich eine Harke im Schuppen holen, aber sie wollte die beiden ebenso wenig stören wie eben Peanut und Jessica. Also ging sie an der Scheune vorbei und machte sich daran, den Gartenschuppen aufzuräumen. Dabei lächelte sie vor sich hin, weil sie es schön fand, dass Christine jemanden gefunden hatte, dem sie sich öffnen konnte.

Aber kurze Zeit später musste sie doch in die Scheune gehen, um Nasrin und Christine einen weiteren Farbtopf zu bringen. Die beiden saßen nebeneinander auf einem Balken, der quer über dem Boden lag. Nasrin hatte sich ihren Pullover ausgezogen und trug nur noch ein Spaghettishirt. Auf ihren Armen waren schlimme Narben zu sehen. Wie versteinert blieb Lea stehen. Der Farbeimer glitt ihr aus der Hand, polterte krachend zu Boden. Zum Glück saß der Deckel fest.

»Es tut mir leid«, sagte sie und stellte den Eimer wieder auf. Deshalb trug Nasrin immer langärmelige Shirts und Schals in allen Farben …

Nasrin stand auf und sah sie ernst an. »Ist schon okay. Setz dich doch kurz zu uns.« Sie packte ihren Pinsel in den Behälter mit Terpentin und wischte sich die Hände mit einem Tuch ab, bevor sie sich wieder zu Christine auf den Balken hockte. Die pinselte gedankenverloren immer wieder über dieselbe Stelle.

Lea folgte der Aufforderung. Als sie mit Nasrin zur Schule gegangen war, hatte sie diese Narben nicht gehabt. »Hattest du einen Unfall?«, fragte sie vorsichtig und hoffte, dass das nicht zu unsensibel war.

»Meine Eltern haben mich nach dem Abi für einen Familienurlaub mit in die Heimat genommen. Ihre Absicht war es, mich zu verheiraten. Ich habe mich geweigert, und kurz vor dem Abflug wurde ich von zwei vermummten Typen mit Säure attackiert.« Trauer stand in ihren Augen, aber auch ein unerschütterlicher Wille, den nichts und niemand brechen konnte. »Die Narben werden mich immer an die schweren Verätzungen erinnern, die sie mir zugefügt haben.«

Die Haut an ihrem Oberarm bildete ein Netz aus weißen Striemen, tief und unregelmäßig. Zwischen ihnen gab es verfärbte Hautstellen und Verhärtungen, die sich spannten, wenn sie den Arm bewegte. So wie jetzt. Nasrin lachte leise. »Danach haben meine Eltern meine Entscheidung akzeptiert. Ich will nicht heiraten. Nie.«

»Dein Narrativ sollte nur dir gehören«, bestätigte Christine sie mit sanfter Stimme.

»Danke für deine Offenheit. Es tut mir leid, dass dir das angetan wurde.« Lea rutschte näher zu ihr hin, als Nasrin den Arm ausstreckte.

»Die ersten Jahre habe ich sehr darunter gelitten, mittlerweile weiß ich, dass die Narben zu mir gehören. Und ich schaue mir gern die Muster an, die sie bilden. Hier zum Beispiel, der Bereich sieht aus wie die Silhouette einer Großstadt.«

Lea betrachtete die knotigen Stellen und spürte, wie die Wut in ihr wuchs, dass jemand Nasrin so etwas Unmenschliches angetan hatte. Gleichzeitig sah sie ihre Rezeptionistin aus einer neuen Perspektive. Nasrin hatte Furchtbares erlebt und sich nie unterkriegen lassen. Dafür verdiente sie den größten Respekt. »Es erinnert mich eher an ein Elektrokardiogramm«, sagte sie und deutete auf eine zackige Narbe. »Siehst du, hier ist die P-Welle, die die Erregung der Vorhöfe zeigt, danach der QRS-Komplex, und hier in dieser großen Welle erholen sich die Herzkammern.«

Nasrin lachte auf. »Und deshalb bist und bleibst du meine Lieblingstierärztin! Ich werde dich sehr vermissen, wenn dein Opa die Praxis wieder übernimmt.«

Ihre Worte lösten ein Gefühl der Schwere in Lea aus. Ja, sie würde Nasrin, den Arbeitsalltag, die Kunden und Bajo auch vermissen. Es sei denn … Christines Seufzen riss sie aus den Gedanken. »Du bist unglaublich stark, Nasrin«, sagte ihre Freundin leise und tupfte sich mit einem Taschentuch über die rotfleckigen Wangen. »Niemand sollte sich vorschreiben lassen müssen, wen er zu lieben hat oder mit wem er zusammen sein muss.« Christines Augen wurden feucht, und sie wischte verschämt darüber.

Auch Lea fiel es schwer, ihre Emotionen zurückzuhalten. Aber Nasrin schüttelte den Kopf und sagte: »Alles gut, Mädels. Ist lange her, und es gibt nur einen Weg im Leben – und der führt nach vorn.«

Später, als Nasrin auf der Schafwiese Brot einsammelte, das Fußgänger über den Zaun geworfen hatten, zog Christine Lea beiseite. »Nasrins Geschichte hat mich sehr beeindruckt. Es tut gut zu wissen, dass ich nicht allein bin«, gab sie zu. »Dass es andere Frauen gibt, die mit ihrem Schicksal zu kämpfen haben. Das rückt vieles ins rechte Licht und gibt mir Mut.«

Lea zog ein Tuch aus der Tasche, um ihr einen Farbklecks von der Nase zu wischen. »Du wirst deinen Weg gehen, Christine. Da bin ich mir ganz sicher. Und vergiss nie, dass Kerstin und ich immer für dich da sind, falls wir dich mal ein Stück Huckepack nehmen sollen.«

Christine umarmte sie, und Lea zuckte zusammen, weil die frische Farbe auf Christines Overall noch feucht war. »Danke, dass du nach Pewsum zurückgekommen bist, Lea. Du bringst genau den richtigen Schwung in die Bude, und du bist die beste Freundin, die man sich nur wünschen kann.«

Die Sonne schien warm auf die kleine Truppe, die emsig vor sich hinarbeitete. Der Morgen verflog so schnell, dass Lea überrascht aufschaute, als Bajo sie zum Mittagessen zu seiner gemütlichen Gartengarnitur zusammentrommelte. Hier tischte er ihnen ein großes Tablett mit Schnittchen, Johannisbeermuffins und einer Kanne Apfelschorle auf. Glücklich lehnte Lea sich in einen der Korbstühle zurück und sah von einem zum anderen. Jens und Iven, die pausenlos redeten, Reent, der die Hände über dem Bauch zusammengefaltet hatte und sich im Stuhl zurücklehnte, Fenna, in deren Gürtel alle Arten von Werkzeugen steckten, die teilweise mehr an mittelalterliche Folterinstrumente erinnerten, Christine und Nasrin, die gemeinsam die Schmetterlinge in den Büschen betrachteten – und Bajo, der mit rosigen Wangen die Muffins verteilte. Peanut schlief unter ihrem Stuhl.

»Ich bin euch so dankbar, dass ihr euch Zeit für mich genommen habt«, sagte Bajo. »Allein hätte ich das nie geschafft.« Wie um seine Worte zu bekräftigen, gackerte Hope, die zusammen mit Lucky auf einem kleinen abgesperrten Wiesenstück neben ihm herumlief.

»Wir sollten das zu einem wöchentlichen Event machen«, schlug Iven vor. »Das hat echt Spaß gemacht. Und deine beiden Hühnchen sind goldig. Vor allem Lucky mit ihrer kleinen Beinschiene.«

»Ich bin dabei«, sagte Reent kauend. »Also mir hilft das, meinen Winterspeck abzutrainieren.«

»Winterspeck ist aber gut zum Kuscheln«, erwiderte Fenna, ohne aufzuschauen, und brachte damit Reents Ohren zum Glühen.

Iven schielte zu Jens hinüber, der begeistert nickte. »Das hätte den Vorteil, dass Bajo weitere Tiere aufnehmen kann, wenn Not am Mann ist«, fügte er hinzu.

Bajo legte den Kopf schief. »Das stimmt«, sagte er. »Platz genug gibt es auf dem Hof, aber arbeitstechnisch bin ich an meiner Kapazitätsgrenze. Aber seid ihr euch da wirklich sicher? Es ist ja nicht jeden Tag so sonnig wie heute.«

Jens und Iven sahen sich an. »Dann müssen wir halt noch ein paar Regenoutfits einkaufen«, sagte Jens und stieß Iven in die Rippen, der daraufhin seine Apfelschorle verschüttete.

»Mit dir immer«, kicherte er. »Und danach probieren wir sie bei mir zu Hause unter dem Gartenschlauch aus, um zu testen, ob sie wirklich wasserdicht dicht sind.« Er hob und senkte mehrfach verschwörerisch die Augenbrauen.

Nach dem Essen machten sich alle bis auf Lea auf den Heimweg. Sie blieb, um Bajo mit dem Geschirr zu helfen. Da er keine Spülmaschine besaß, musste alles mit der Hand gespült und getrocknet werden. Auch wenn sie nach der Anstrengung müde war, rumorte es in ihr. Sie hatte das offene Gespräch mit Bajo viel zu lange hinausgeschoben. Nachdenklich wischte sie mit dem Lappen über die Teller und setzte an: »Sag mal, mit uns beiden …« Sie merkte, wie Bajo, der eben noch tiefenentspannt das Geschirrtuch geschwungen hatte, sich versteifte.

»Ja?«, fragte er hohl und rubbelte heftig an einer Gabel.

»Ähm.« Lea stockte und schaute besorgt zu ihm hinüber, sah die verhärteten Züge in seinem Gesicht und entschied, das Gespräch doch auf ein anderes Mal zu verlegen. Es war ein langer Vormittag gewesen. Dafür griff sie nach einem Schaumflöckchen und setzte es ihm auf die Nase. Als er danach schielte, gab sie ihm einen Kuss auf die Wange und raunte: »Was hältst du davon, wenn wir gleich ein paar Minuten gemeinsam abschalten?« Seine Haut schmeckte nach Schweiß und Staub, aber trotzdem spürte Lea, wie es in ihr kribbelte. Mit Bajo zu kuscheln, ihre Hand unter sein Shirt gleiten zu lassen ... oder mit ihm zu duschen – das wäre jetzt ganz nach ihrem Geschmack.

Und anscheinend fand Bajo das auch, denn ein Strahlen wanderte über sein Gesicht – aber dann schlug er die Augen nieder. »Das geht nicht«, sagte er. »Ich habe meine Tochter heute Nachmittag.«

»Oh.« Lea wartete darauf, dass er fragte, ob sie die Kleine kennenlernen wolle, aber er legte stumm die Gabel beiseite und griff sich ein Glas zum Abtrocknen. Sie merkte, wie er innerlich mit sich kämpfte. Endlich räusperte er sich. »Ich dachte mir, vielleicht hast du ja Lust ...«

»Ja?« Ihr Herz machte einen Hüpfer. Gern wollte sie Mia kennenlernen, Bajo in seiner Rolle als Vater erleben und einen schönen Tag mit den beiden verbringen. Kleine Schmetterlinge tanzten in ihrem Bauch, als sie den Schwamm ins Becken warf und ihn erwartungsvoll ansah.

Bajo stieß die Luft aus, und seine Schultern sackten etwas zusammen. »... mich am Montag zum Schweineimpfen zu begleiten?«, beendete er den Satz.

Die Schmetterlinge machten eine Bruchlandung. Lea verzog den Mund gequält zu einem Lächeln und sagte, so ruhig sie konnte: »Klar, kein Problem.«

Kapitel 21

»Vielleicht sollten wir einen Tag der offenen Tür bei Bajo veranstalten?«, schlug Christine am Sonntagmittag vor, das Kätzchen namens Trüffel eng an sich gepresst. »Zu Aufklärungszwecken, um ehrenamtliche Helfer zu gewinnen und vielleicht ein paar der Hühner zu vermitteln? Und um Sponsoren für die Farmtiere zu finden? Außerdem könnte ich da die beiden letzten Kätzchen vorstellen, damit die ein gutes Zuhause finden.«

Wie auf ein Stichwort miaute Trüffel mit ihrer hohen Stimme. »Dich natürlich nicht«, versprach Christine, »du bleibst bei mir.« Sie küsste die Kleine auf die Nase.

»Sie steht gut im Futter«, sagte Lea. Tatsächlich war Trüffel mit Abstand das üppigste der Katzenkinder.

»Jaa«, erwiderte Christine gedehnt. »Sie schlürft ihre Milch für ihr Leben gern. Und wenn ich nicht aufpasse, trinkt sie ihren Geschwistern alles weg.«

Sie schob Trüffel zurück in den Katzenverschlag und stand auf. »Sollen wir eine Runde spazieren gehen?«

»Gern.« Beim Aufstehen ließ Lea einen Blick durch den Raum gleiten. Die Oberflächen und Vitrinen wirkten deutlich leerer als beim letzten Besuch. Anscheinend hatte Christine ausgemistet.

»Ich möchte jetzt wieder öfter vor die Tür«, erklärte diese, während sie sich die Schuhe anzog. »Das Gespräch mit Nasrin hat mir die Augen geöffnet. Wir haben alle unser Päckchen zu tragen, aber es ist wichtig, niemals aufzugeben.«

»Das freut mich für dich – ich begleite dich, so oft ich kann«, versprach Lea. Müde zog sie ihre Windjacke über. Sie hatte Muskelkater in den Armen und Beinen – von der Arbeit gestern und am Morgen, an dem sie mit Bajo die Einstreu in der Scheune verteilt und den Zaun fertiggestellt hatte. Für die Hühner war jetzt alles bereit.

Abends telefonierte sie mit Kerstin, die immer noch mit ihrer Rollenspielgruppe im Kampf um den schwarzen Berg steckte. »Wir zocken seit Freitag durch«, sagte sie und gähnte. »Ist 'ne heikle Angelegenheit. Den Schwarzmagier haben wir mittlerweile umzingelt, aber ich muss ihn noch abmurksen, damit es eine runde Sache wird. Zum Glück rockt Hinderk den Haushalt und die Kids freuen sich, wenn er kocht.«

»Okay …«, erwiderte Lea skeptisch, die unter Spaß etwas anderes verstand. Sie erzählte Kerstin von Christines Idee mit dem Tag der offenen Tür. »Christine hat angeboten, jedes Huhn einzeln zu fotografieren und ein Karteisystem für sie zu erstellen, damit es persönlicher wird.«

»Finde ich total super. Aber du, ich habe eben schon mit Christine telefoniert«, merkte Kerstin an. »Sie wirkt wie verwandelt. Ich glaube, die Katzen, die Arbeit auf Bajos Hof und jetzt die Aktion mit den Hühnern, das tut ihr richtig gut.«

Und das Gespräch mit Nasrin, fügte Lea in Gedanken hinzu.

Kerstin gähnte noch einmal herzhaft. »Sie tut mir echt leid. Ich meine, ich kann mir das nicht mal vorstellen, wie das ist, keinen Bock auf Sex zu haben.«

Nein, das konnte Lea auch nicht. Sie musste nur an Bajo denken, um ein Kribbeln zwischen den Oberschenkeln zu spüren. Und ihm schien es ähnlich zu gehen, denn als sie ihn zum Abschied geküsst hatte, waren seine Hände ganz automatisch zu ihrem Po gewandert, hatten zugepackt und ihn sanft massiert. Ob sie versuchen sollte, ihn zu verführen? Oder war es noch zu früh?

»Übrigens hat Jeremy mir verraten, dass er Bajo aus den Zeiten kennt, in denen er als Concierge in Hamburg gearbeitet hat. In seinem Hotel hat ein Tierarztkongress stattgefunden und dort kam er mit Bajo ins Gespräch. Allerdings meinte Jeremy, dass Bajo ihm damals recht unglücklich vorkam.«

»Ja, das kann ich mir vorstellen.« Lea rechnete nach – das war die Zeit, in der Bajo erfahren haben musste, dass er Vater wurde. Wie der Tag heute mit seiner Tochter gelaufen war? Sie überlegte, ihn anzurufen und entschied sich dagegen, um nicht aufdringlich zu wirken.

Aber nachts träumte sie davon, mit Bajo und seiner Tochter in einem Eiscafé zu sitzen und sich einen Riesenbecher Maracuja-Eis zu teilen.

Es war bereits fünf Uhr fünfundvierzig, als Lea aufwachte, weil Peanut seine Nase gegen ihre Wange presste. »Was'n?«, fragte sie, sah zwei riesige dunkle Nasenlöcher und war sofort wach. Ihre Nachttischlampe brannte immer noch, weil sie gestern beim Lesen eingeschlafen war – leider hatte sie vergessen, ihren Wecker zu stellen. Also sprang sie auf, klaubte ihre Klamotten zusammen und machte sich schnell fertig. Sie verließ gerade das Haus, um die Straße hinunterzujoggen, als sie Merle sah, die nebenan auf der Treppe vor dem Eingang hockte. »Lea?«, rief sie, winkte mit ihrem Blindenstock und stand auf. »Ich wollte dich begleiten, wenn du nichts dagegen hast.«

»Ganz im Gegenteil!«, rief Lea und eilte zu ihr, damit sie sich unterhaken konnte. Nach der Löffelgeschichte mit Noel war es ihr recht, nicht mit ihm allein zu sein.

»Wie geht es dir heute?«, fragte sie, als sie in Richtung Kreuzung Tjarksweg und Oldemaar losmarschierten. Es nieselte, und die grauen Wolken verdichteten sich weiter.

Lea dirigierte Merle um mehrere Pfützen herum, bis die sich beschwerte: »Mir ist total übel.«

»Du bist auch ziemlich blass um die Nasenspitze. Sollen wir umkehren?«

»Bloß nicht. Das bisschen Übelkeit gehört wohl zu einer Schwangerschaft dazu.«

Peanut hielt an seiner Lieblingslaterne und hob sein Bein. »Und Nils?«, fragte Lea.

»Dem ist nicht übel.«

Lea hob eine Augenbraue, als sie das Grinsen ihrer Schwester sah. »Immerhin hast du deinen Humor nicht verloren.«

»Nee. Nils und ich sind uns einig, dass wir das alles packen. Er ist echt in Ordnung, Lea. Für mich ist es das Schwierigste, Mum die Sache zu beichten. Ich weiß einfach nicht, wie ich das machen soll.«

»Mhm.« Dazu wusste Lea auch keinen Rat. Noels schwarzer Schopf tauchte vor ihnen auf, und sie murmelte: »Wir sind nicht mehr unter uns«, damit Merle nicht weiterredete.

Peanut zog freudig an der Leine, als er Noel sah, aber hörte sofort auf, als der mahnend den Zeigefinger hob. »Gute Erdnuss«, lobte er ihn, und Peanut wedelte mit dem Schwanz. Sie gingen ihre übliche Runde und heute arbeitete Noel mit Peanut daran, geduldig sitzen zu bleiben, bis er ihn rief. »Du kannst immer nur ein Schwierigkeitslevel erhöhen – entweder du bewegst dich weiter weg, lässt ihn länger warten oder sorgst für mehr Ablenkung. Aber nie alles zusammen.«

Lea probierte das gleich aus. Peanut wartete brav, bis sie ihn rief. »Ganze zehn Sekunden«, freute sie sich. Im nächsten Moment piepte ihr Handy. »Oh, das ist eine Nachricht von Oma Tilda.« *Moin Lüttje*, schrieb sie, *wir sind jetzt in Griechenland und das Meer ist so blau und klar, dass einem die Nordsee dagegen wie altes Waschwasser vorkommt. Nichts gegen meine Nordsee, ich will nicht tauschen! Aber das Wetter hier ist traumhaft, das tut meinen müden Knochen gut. Daran könnte ich mich gewöhnen!*

»Sie hat sogar ein paar Fotos geschickt«, stellte Lea begeistert fest.

»Beschreibe sie mir!«, bat Merle.

»Also das erste Foto ist teilweise von einem verschwommenen Daumen verdeckt, aber man kann im Hintergrund den Stamm einer Palme erkennen.« Auf den anderen Fotos lag Oma in einer Hängematte, einen Cocktail mit Schirmchen in der Hand, Opa buddelte einen Wassergraben im Sand, und eins zeigte ein Selfie der beiden, auf denen sie sonnengebräunt in die Handykamera lachten.

»Das hört sich fast so an, als würden eure Großeltern gar nicht mehr zurückkommen wollen«, sagte Noel und schaute sie dabei ein bisschen zu hoffnungsvoll an. »Wer weiß, vielleicht bleibst du ja doch länger auf der Krummhörn als geplant.«

»Mir wäre es recht«, warf Merle ein und strich sich über den Bauch.

Noel sog die Luft tief ein, bevor er antwortete: »Mir auch.« Dabei reichte er ihr Peanuts Leine und als sich ihre Hände berührten, verharrte er einen Augenblick zu lange. Ein sehnsüchtiger Ausdruck wanderte über sein Gesicht.

Lea öffnete den Mund, um etwas zu sagen, das der Situation die Hitze nahm, wurde aber von einer weiteren Nachricht abgelenkt.

Freue mich wahnsinnig auf dich, mien kloog Muuske.

Drei Punkte erschienen auf dem Bildschirm, als Bajo eine zweite Nachricht hinterher tippte:

Lucky und Hope geht es prima. Später mehr.

Eine kühle Brise strich ihr über die Wangen, und für eine Sekunde stellte sich Peanuts Fell auf, als der Wind es zerzauste. Sie steckte das Handy weg und spürte, wie ihre Mundwinkel zuckten und automatisch nach oben wanderten.

Bajo packte gerade verschiedene Boxen mit Equipment in seinen pinken VW-Bus, als sie vor der Praxis vorfuhr. Kaum entdeckte er sie, ließ er alles stehen und eilte auf sie zu. Lea schaffte es kaum aus dem Auto, da nahm er sie schon in den Arm und küsste sie. Seine

Lippen schmeckten salzig und nach einem Kräutertee, den er anscheinend zum Frühstück getrunken hatte. Sie schloss die Augen, um den Moment zu genießen, seinen herben Geruch in sich aufzunehmen.

»Hm«, raunte er. »Darauf habe ich mich den ganzen Morgen gefreut.« Er presste seine Hüfte an ihre, und sie spürte seine Erregung, bekam selbst Lust und keuchte, als er sich plötzlich ruckartig nach vorn bewegte und seine harte Mitte sanft gegen sie stieß. »Mhm, du bist so sexy.«

»Bajo«, hauchte sie und öffnete die Augen. Aber er entzog sich bereits, die Wangen rot glühend und den Mund verschämt verzogen. Der Grund dafür hatte mittellange schwarze Haare, trug einen quietschgelben Hosenanzug und hatte einen orangefarbenen Seidenschal um den Hals geschlungen. Nasrin stand ein paar Meter von ihnen entfernt und spielte mit ihrem Autoschlüssel. Das Auto selbst war nirgendwo zu sehen, wahrscheinlich weil sie vorn an der Straße geparkt hatte.

»Ich möchte ja nicht stören«, sagte sie, »aber ihr steht beide in einer Pfütze.«

Gleichzeitig sahen Lea und Bajo auf den nassen Boden und traten dann einen Schritt zur Seite. »Äh«, brummte Bajo und kratzte sich am Kinn.

»Meint du, sie hat was gesehen?«, fragte er wenig später, als sie die Freepsumer Landstraße entlangfuhren.

Lea, die am Audiosystem herumdrehte, um einen vernünftigen Radiosender zu finden, der weder Schlager noch klassische Musik spielte, sah auf. »Du meinst, dass Nasrin eventuell nicht mitbekommen haben könnte, dass wir wild miteinander rumgeknutscht haben, obwohl sie quasi direkt neben uns stand?«

»Wenn du das so formulierst …«, murmelte Bajo. »Was machen wir denn jetzt?«

Lea schwieg. Tja, das war wohl die Frage.

Bajo konzentrierte sich auf die Fahrbahn, und sie schaute aus dem Seitenfenster, überlegte, ob die Zeit reif wäre, über das Thema Beziehung zu sprechen. Als »Boulevard of Broken Dreams« von Green Day einsetzte, summte sie mit, auch wenn sie das Lied merkwürdig unpassend fand. Aber Bajo interessierte sich weder für die Musik noch für ein Gespräch. Nach einer Weile fühlte sich das Auto enger und kleiner an, und Lea war froh, als sie endlich bei Bauer Folkert ankamen.

»Auf zum Schweineimpfen«, sagte sie und versuchte, dabei eine möglichst zuversichtliche Miene aufzusetzen. Das war allerdings schwierig, denn der starke Güllegeruch, der über dem Hof lag, erschwerte ihr das Atmen.

»Dagegen sind unsere Hühnchen echt harmlos«, stellte Bajo fest. »Übrigens hat Hope heute Morgen ein Ei gelegt. Ich habe sie direkt damit gefüttert, sie kann das Kalzium und die Extra-Energie gut gebrauchen.« Er holte seine breite Tasche aus dem Wagen und drückte Lea einen Kasten in die Hand.

»Was hat deine Tochter eigentlich zu den Hühnern gesagt?«, fragte sie.

Bajo zog eine Schnute, die sie unheimlich niedlich fand. Am liebsten hätte sie ihn gleich wieder geküsst, wenn nicht gerade Bauer Folkert auf sie zumarschiert wäre – und wenn dieser erdrückende Geruch nicht sämtliche romantische Stimmung im Keim erstickt hätte.

Folkert war ein drahtiger Mann, der in seinen übergroßen Gummistiefeln zu versinken schien. Seine dürren Arme steckten in gelben Gummihandschuhen, zwischen den Fingern hielt er eine brennende Zigarette. »Moin!«, rief er und zeigte ein zahnloses Grinsen. »Alles bereit? Dann komm 'se mal mit.«

Er führte sie in den ersten von drei Ställen und zeigte ihnen die Verschläge mit den frischgeborenen Ferkeln, die sich rosig um die Muttersau scharrten. »Die beiden Reihen hier sind alle heute dran«, erklärte Folkert. »Wenn 'se mich brauchen, finden 'se mich im Futterlager. Einfach da hinten raus und die erste Tür rechts.« Er zog ein letztes Mal an der Zigarette und drückte sie an einem Metallgatter aus, bevor er davonstapfte.

»Impfen wir oral oder intramuskulär?«, fragte Lea laut, um das Grunzen der Schweine um sie herum zu übertönen, und öffnete die Kühlbox, in der sich der Impfstoff befand.

»Weder noch – ich habe ein intradermales Gerät, das wir nehmen können. Das ist schmerzlos und stressfrei für die Tiere. Ich zeig's dir gleich.« Er holte das Gerät hervor, das an eine grüne Pistole erinnerte.

Interessiert wog Lea es in der Hand, während Bajo ihr die verschiedenen Funktionen erklärte. Dabei berührten seine Finger immer wieder ihre. Kurz dachte Lea an Noel und daran, wie er ihr heute Morgen Peanuts Leine überreicht hatte. Da hatte sie nichts gespürt. Aber jetzt, bei Bajo, kitzelte und kribbelte es unter ihrer Haut und sie freute sich drauf, ihn heute Abend für sich zu haben. Vielleicht konnten sie gemeinsam duschen gehen? Erst würde sie seinen Rücken einseifen und dabei seinen sportlichen Körper abtasten, seinen Nacken küssen und schließlich jede nur erdenkliche Stelle seiner Haut erkunden.

»Sollen wir loslegen?«, hörte sie Bajos Stimme wie von Weitem.

Sie schüttelte sich und krächzte: »Klar.« Verdammt – dieser Mann war einfach zu sexy, und sie stand eindeutig auf Entzug.

Lea übernahm das Impfgerät, während Bajo die Ferkel hochhob, festhielt und anschließend markierte. »Es ist schon erstaunlich, wie unterschiedlich unser Arbeitsalltag ist«, stellte sie nach einer Weile fest. »Als Kleintierärztin hat man es selten mit solchen Massen an Tieren zu tun. Selbst der größte Wurf Welpen ist nichts im Vergleich zu der Anzahl dieser Ferkel.«

Trotzdem arbeiteten sie die Ferkel schnell ab, was vor allem daran lag, dass Bajo die Tiere mit geübter Hand einfing, ihr umgehend hinhielt und sie das Gerät geschickt bediente. Immer wieder lächelten sie sich an, und jedes Mal fühlte Lea sich Bajo ein Stückchen näher. Auf eine Art, wie sie es Konstantin gegenüber nie empfunden hatte. Da war echtes Verständnis, Respekt für die Arbeit des anderen, tiefe, ehrliche Zuneigung, die in Harmonie resultierte. »Das macht richtig Spaß«, sagte sie. »Wir sind ein gutes Team.«

»Finde ich auch.« Das Ferkel in seinem Arm quiekte und zappelte, aber Lea setzte das Gerät bereits an, damit Bajo es schnell wieder absetzen konnte. »Nicht nur auf der Arbeit.« Er strahlte sie an, und ein warmes Gefühl wanderte ihren Rücken hinunter. »Es ist lange her, dass ich mich so wohl in der Nähe einer Frau gefühlt habe«, gestand er, und das Blau seiner Augen wurde noch intensiver, als es ohnehin schon war. »Ich –« Er brach ab, als Leas Handy piepte.

»'tschuldige«, sagte sie, aber Bajo winkte ab.

»Kein Problem, kann ja ein Notfall sein.« Es war aber kein Notfall, sondern eine Nachricht von Kerstin. *Ruf mich sofort an!!!*, schrieb sie. Lea biss sich auf die Unterlippe. Wie dringend konnte es sein? Sie waren fast fertig, und auf dem Hof hatte sie nur einen Balken Empfang. »Das ist Kerstin. Ich rufe sie nachher aus dem Auto zurück.«

Sie kümmerten sich um die letzten Ferkel und sammelten die leeren Glasampullen in einen speziellen Behälter, um sie später fachgerecht zu entsorgen. Kurz darauf traten sie auf den Hof. »Du siehst wild aus«, sagte Bajo lachend, und jetzt erst bemerkte Lea, dass auch er von oben bis unten mit schmutzigen Klauenabdrücken besudelt war. Ihre eigenen Knie waren starr vor Dreck, weil sie sich mehrfach auf den Boden gehockt hatte. Trotzdem war sie erfüllt mit einem Frieden, wie sie ihn lange nicht mehr gespürt hatte.

Es regnete immer noch, und sie schaute sich nach einem Unterstand um, unter dem sie sich aus ihrem Overall schälen konnte. Weiter vorn parkte ein Traktor unter einem Vordach, das sollte genügen. Sie lief dorthin, aber wartete auf Bajo, der noch seine Werkzeuge und Materialien im Wagen verstaute.

Ein weißer Sportwagen mit getönten Scheiben fuhr auf dem Hof vor und bremste so hart, dass das Wasser auf den Pflastersteinen aufspritzte und in Leas Gesicht landete. Sie schmeckte Matsch auf ihrer Zunge, fühlte die Spritzer auf der Wange. Noch bevor sie sich über die Rücksichtslosigkeit ärgern konnte, öffnete sich die hintere Tür, und zwei winzige rote Stiefel wurden sichtbar. Ein dunkelblondes Mädchen kletterte vom Rücksitz und tappte mitten in eine Pfütze.

»Pass auf deinen neuen Mantel auf!«, hörte Lea ihre Mutter warnen, aber das Mädchen stürmte bereits auf Bajo zu. Die Stimme kam ihr merkwürdig bekannt vor, aber sie konnte sie nicht einordnen.

»Papa!«, rief die Kleine und drückte ihre Nase gegen Bajos Knie.

»Mia, meine Süße.« Bajo hob seine Tochter hoch und drehte sie einmal im Kreis, dass ihre geflochtenen Zöpfe flogen. Mia quiekte vor Freude.

Lea riss die Augen auf, als sie verstand. Verlegen strich sie sich den verschmutzten Overall glatt, der zudem vom Regen durchnässt war. Sie wäre Mia lieber sauber und ordentlich entgegengetreten. Jetzt öffnete sich die Fahrertür des Sportwagens, und ein silberner Regenschirm spannte sich auf, nahm die Sicht auf die Fahrerin, die ungeniert vor sich hinfluchte.

Lea strich sich über die Wangen, in einem letzten Versuch, wenigsten den Schmutz im Gesicht loszuwerden, aber spürte die Schlieren unter ihren Fingern. Mist. Sie atmete tief ein und trat einen Schritt zurück, um den dreien Raum zur Begrüßung zu geben.

»Was macht ihr denn noch hier?«, fragte Bajo die Frau.

»Wir fahren erst heute nach Oldenburg zurück, und Mia wollte sich noch von dir verabschieden. Ich habe in der Praxis angerufen und eure Rezeptionistin hat mir verraten, wo ihr steckt.« Die glänzenden Stiefel der Frau reichten bis an ihre Knie. Mit ihren goldenen Applikationen sahen sie teuer aus, nach einer exklusiven Spezialanfertigung.

»Das freut mich.«

»Jaja. Du weißt ja, wie Mia ist. Auch wenn es mir lieber gewesen wäre, dich an einem … hygienischeren Ort anzufinden. Mias Mantel ist neu. Ihr impft hier also Schweine? Es riecht furchtbar.«

»Sind gerade fertig. Ich bin mit einer Kollegin unterwegs.« Das Wort versetzte Lea einen Stich, aber prinzipiell hatte er recht – sie waren Kollegen. Und natürlich musste er der Mutter seines Kindes auch nicht gleich auf die Nase binden, dass zwischen ihnen was lief.

Der Regen versiegte, und die Frau klappte ihren Regenschirm zusammen. In dem Moment trat Lea vor, um sich wenigstens formal vorzustellen.

Blonde Haare, Stupsnase, ein makellos geschminktes Gesicht, lange künstliche Wimpern.

Lea erstarrte. Binnen einer Sekunde verwandelte sie sich in eine Eisstatue, die nur einen Hammerschlag davon entfernt war, klirrend in sich zusammenzubrechen. Denn die Frau, Mias Mutter, die ihr in einem gestärkten weißen Mantel gegenüberstand, war niemand anderes als Tarja.

Kapitel 22

»Lea«, raunte Tarja.

Ihr Name wog schwer in der Luft, fühlte sich ebenso lähmend an wie der Schlick im Wattenmeer, der die Schuhe beim Wandern in Betonklötze zu verwandeln schien. Tarja stand einfach nur da, das Gesicht ein perfektes Pokerface. Einzelne Tropfen perlten vom Regenschirm in den Matsch. Die Atmosphäre schien sich zu verdichten und elektrisch aufzuladen, bis sich sämtliche Härchen in Leas Nacken aufgerichtet hatten.

»Kennt ihr beiden euch etwa?« Bajos Stimme klang viel zu fröhlich, er verstand den Ernst der Situation nicht. Natürlich nicht. Hätte er gewusst, was sie und Tarja verband, hätte er sich wahrscheinlich geweigert, mit ihr zusammenzuarbeiten. Wäre nie die Kooperation mit Opa eingegangen. Sie konnte ihn nicht ansehen, wollte nicht den Moment miterleben, in dem er verstand. Aber als er seine Tochter absetzte und auf Tarja, statt auf sie zutrat, wirbelten all die Gefühle auf, die sie ihm gegenüber fühlte und prallten gegen eine Wand. Ihre Schultern bebten, und sie konnte sich nicht dagegen wehren.

»Was ist hier los, Tarja?«, fragte er nun, deutlich besorgter.

Lea trat einen Schritt zurück, spürte, wie der Matsch an ihren groben Stiefeln saugte. Ihre Kehle war eng, und sie holte tief Luft, mit dem Ergebnis, dass sie sich auf einmal selbst roch. Stall, Tier,

Dung. Ihre Haare mussten wie ein explodierter Waschbär aussehen, der auf ihrem Kopf hockte. Tarja in ihrem makellosen Dress, mit Beinen, länger als eine Sommernacht, hob die Augenbrauen.

»Papa, Papa, zeigst du mir die Ferkel?« Mia hüpfte zwischen ihnen herum, einen Teddy im Arm, den sie fest an sich gedrückt hielt. Bajo und Tarja liefen zeitgleich auf ihre Tochter zu. Tarja erreichte sie als Erste und ging in die Hocke, um sie zu umarmen und dabei von Lea wegzudrehen. Bajo stand daneben und tätschelte Mias Kopf.

»Lea?« Bajos Stimme erreichte sie wie aus weiter Ferne, denn Tarja schaute sie über Mias Schulter hinweg an, schüttelte kaum merklich den Kopf.

Der Druck in Lea wurde übermächtig, und sie drehte sich auf der Stelle um und rannte los.

Sie lief und lief, spürte kaum die groben Stiefel, die bei jedem Schritt schlappten. Alles in ihr war leer. Der Regen setzte wieder ein und durchnässte sie bis auf die Haut, löste den Schmutz auf ihren Wangen und tränkte ihr Haar. Bajo und Tarja. Tarja und Bajo. Mia, ihr gemeinsames Kind. Das konnte, das durfte nicht wahr sein. Stiche bohrten sich in ihr Herz, wie ein Messer, das wieder und wieder zustieß.

Sie wählte einen Weg durch die Felder, direkt über eine matschige Wiese und dann an einem Bach entlang, der sie von den Häusern fortführte. Ein frischer Wind kam auf, der ihr die Kälte in die Knochen trieb. Obwohl sie so schnell rannte, dass ihr Herz bis zum Hals pochte, kühlte sie aus. Und mit der Wärme verzog sich auch der Schock und die damit verbundene Gleichgültigkeit. Die nächtliche Straße, der Regen, Herr De Fries. Die zerbeulte Motorhaube. Das Blut. Die Erinnerungen tanzten in ihren Gedanken und rammten sie wie Hammerschläge. Sie beschleunigte, als der Schmerz ihr wie eine Faust in die Magengrube rammte. Salz lag auf ihren Lippen, als er sich mit den Tränen vermischte, die ihr die

Wangen hinunterflossen. Egal, wie es weitergehen würde, mit Bajo gab es keine Zukunft. Und mit Bajo in Opas Praxis gab es für sie auch nur einen Weg nach vorn, und der führte weit, weit weg. Am liebsten auf die andere Seite der Erdkugel, Neuseeland vielleicht.

Nach einer Weile wurde ihr Atem lauter und ihre Schritte langsamer. Sie wanderte durch die regnerische Landschaft, in der alles ebenso grau aussah, wie sie sich fühlte. Triste Felder, windgebeutelte Büsche mit Stacheln. Wo war sie hier eigentlich? Ihre Lippen bebten und fühlten sich taub an, und ihre Hände spürte sie schon eine Weile nicht mehr richtig.

In der Ferne sah sie ein einsames Haus, das an drei Seiten von hohen Hecken umgeben war. Rauch stieg aus dem Schornstein auf, ringelte sich in den Himmel. Instinktiv lief sie darauf zu, bis sie vor dem Metalltor inmitten der Hecke zum Halten kam. Sie schaute an sich herunter, sah den verschmutzten Overall, spürte den Schweiß und Dreck auf ihrer Haut und die Strähnen, die ihr dick und klebrig ins Gesicht fielen. Ihre Augen fühlten sich geschwollen an, und ihr Mund war trocken und rau. Sie öffnete das Tor und trat auf das Haus zu.

In der Hecke huschten zwei Eichhörnchen umher, als die Tür klickte und eine ältere Dame hinaustrat. »Frau Doktor Ostendorf? Was machen Sie denn hier?« Sie strich über ihre grauen Haare, als der Wind ihren Dutt zerzauste. Ein Schäferhund lief schwanzwedelnd an ihr vorbei und auf Lea zu, um interessiert an ihren Arbeitsklamotten zu schnüffeln.

»Entschuldigen Sie die Störung, Frau Hinrich.« Lea schniefte. »Könnte ich vielleicht ein Glas Wasser bekommen?« Sie tätschelte Pavlovas Kopf und schluckte die Tränen hinunter, die schon wieder in ihr aufstiegen.

»Aber selbstredend können Sie das. Kommen Sie doch bitte rein. Sie sehen schlimm aus.«

»Vielen Dank.«

Verlegen sah Lea an sich hinunter. »Einen Moment bitte.« Dann öffnete sie den Reißverschluss, schlüpfte aus Overall und Stiefeln und atmete tief durch.

Eine Viertelstunde später saß sie in Frau Hinrichs gemütlicher Stube, hielt eine riesige Teetasse in der Hand und fühlte sich deutlich besser, nachdem sie sich in dem winzigen blauweiß gekachelten Bad Hände und Gesicht gewaschen und im Wohnzimmer auf dem Sofa niedergelassen hatte.

»Ziehen Sie das an.« Frau Hinrich reichte ihr einen überdimensionierten Plüschbademantel. Dankbar schmiegte sich Lea in den weichen Stoff.

»Was ist denn los, mein Kind?«, fragte Frau Hinrich und kippte den Inhalt einer metallenen Keksdose auf einen Teller. Die Menge hätte wahrscheinlich für den gesamten örtlichen Kindergarten gereicht.

Lea schlug die Augen nieder und roch an dem Tee, dessen Dampf ihre Wimpern benetzte. Wo sollte sie anfangen, und wieviel konnte sie Frau Hinrich verraten?

»Meine Vergangenheit hat mich heute eingeholt«, setzte sie an und spürte, wie sich ihr Körper dabei verkrampfte. Sie sank tiefer in den riesigen Bademantel hinein, als die Trauer sie überrollte.

Frau Hinrich nickte und schob den Keksteller noch ein Stück weiter zu ihr hin. Bei jeder Bewegung klingelten die zahlreichen Armbänder, die seit ihrer letzten Begegnung noch mehr geworden waren. »Sie meinen bestimmt den Unfall mit Herrn De Fries, richtig?«

Erschrocken richtete Lea sich auf. »Sie wissen davon?« Die Tasse in ihrer Hand zitterte.

»Natürlich. Das tut doch jeder, oder nicht? Meine Güte, das ist Pewsum, es gibt hier keine Geheimnisse. Zumindest nicht in meiner Generation. Wie mir scheint, ist diese unglückliche Sache für sie noch brandaktuell. Obwohl –«, sie zählte an ihren Fingern ab, »ich kriege es nicht mal genau hin, aber es müsste ja jetzt fast zehn Jahre her sein. Ist es denn wirklich so schlimm?«

Der Kloß in Leas Hals schien so dick, dass sie kaum genug Luft zum Atmen bekam. »Ja«, sagte sie schlicht.

»Wovor haben Sie denn genau Angst?« Frau Hinrich legte ihre faltige Hand auf Leas, warm und vertraulich.

»Es ist alles so kompliziert. Ich bin seiner Tochter, Tarja De Fries, begegnet. Die hat mir das Leben damals zur Hölle gemacht.«

»Ja, ich erinnere mich noch genau an die Plakate, die an jedem Laternenpfosten hingen. Das war nicht nett von dem Mädchen. Sie können ja nichts dafür, dass Herr De Fries sich nicht an die vorgeschriebene Geschwindigkeit gehalten hat. Ganz im Gegenteil – er hätte Sie leicht überfahren können, und dann wären Sie jetzt tot.«

Lea hob die Augenbrauen – so hatte sie das noch nie gesehen. Aber es stimmte, sie hätte leicht zum Opfer seiner Raserei werden können. Sie griff nach der Serviette und schniefte hinein. Leider änderte es nichts daran, dass mit Tarjas Auftauchen nicht nur ihre Vergangenheit auflebte, sondern dass es ihre Zukunft zerstörte. Zumindest, was Bajo betraf. Pavlova trat an sie heran und legte ihren Kopf auf Leas Beine. Ihre großen dunklen Augen wirkten treu und verständnisvoll, schauten ebenso tief in ihre Seele, wie Peanut das immer tat. Ein Grund mehr, Hunde aus tiefstem Herzen zu lieben.

»Wissen Sie was?«, fuhr Frau Hinrich fort. »Sie sind eine tolle Tierärztin mit einem großen Herzen. Nur wenige hätten sich so viel Zeit für meine Pavlova genommen. Ich würde das geheime Grünkohlrezept meiner Urgroßmutter darauf wetten, dass Sie alle Herausforderungen auf der Krummhörn früher oder später meistern werden. Sie müssen nur an sich glauben.«

»Nicht jede Geschichte hat ein Happy End«, murmelte Lea. Egal wie sie es drehte und wendete, ihre Beziehung zu Bajo würde sich verändern.

Dicke Regentropfen klatschten an die Fensterscheibe und verwandelten die Welt draußen in eine graue Suppe. Lea seufzte tief.

»Bei dem Regen lassen Sie sich besser abholen«, riet Frau Hinrich ihr. »Ich fahre seit Jahren leider nur Bus und Taxi oder laufe zu Fuß.«

»Ja.« Sie entschied, Janna anzurufen, um sich abholen zu lassen, aber als deren Mailbox ranging, versuchte sie es bei Kerstin. Die hatte ohnehin schon mehrfach versucht sie zu erreichen. Wieder hatte sie keinen Erfolg, ebenso wenig bei Christine und selbst bei Jens. Schließlich war Noel ihre letzte Möglichkeit. Er hob sofort ab und versprach, in zehn Minuten bei ihr zu sein. Ihr war nicht wohl bei dem Gedanken, dass er sie so verletzlich sah, aber zu Leas großer Erleichterung stellte er keine Fragen, schielte sie nur immer wieder besorgt an und verzog unglücklich den Mund, als ihre Schultern wieder bebten.

Er parkte vor dem Haus ihrer Großeltern und begleitete sie zum Eingang. Ehe er ging, umarmte er sie spontan. »Wenn du mich brauchst, ich bin jederzeit nur einen Anruf entfernt«, versprach er. Ein frischer Geruch von Zitrone und Jasmin ging von ihm aus, und sein fürsorglicher Blick trieb Lea wieder Tränen in die Augen. Er drückte ihr die Plastiktüte mit ihrem Overall und den Stiefeln in die Hand und wartete, bis sie ins Haus gegangen war.

Nach einer ausgiebigen Dusche klopfte Merle bei ihr an, um ihr Peanut vorbeizubringen. »Mama ist einkaufen, und ich habe Peanut übernommen, weil ich heute eh den ganzen Tag im Homeoffice arbeite. Noel hat mir eine Sprachnachricht geschickt, und ich dachte, ich schau mal nach dir.«

»Oh«, brachte Lea heraus und schluckte. »Was hat er denn gesagt?« Sie hoffte, dass Merle nicht merken würde, wie verheult und fertig sie war.

»Nicht viel. Nur dass ich dir Peanut vorbeibringen soll. Hat mich ehrlich gesagt gewundert, dass er sich bei mir meldet, wir haben ansonsten doch kaum Kontakt.«

»Wo hat er denn deine Nummer her?« Lea bemühte sich, ihre Stimme fest klingen zu lassen.

»Ach, die habe ich ihm letztes Jahr gegeben, weil er mit Nils' Bruder Olaf befreundet ist und wir zu viert im Kino waren.« Merle tastete nach ihrem Arm. »Lass uns ins Wohnzimmer gehen.«

Kaum saßen sie auf der Couch, sprang Peanut auf Leas Schoß und haarte binnen Sekunden ihre Hose und das Polster voll. »Ih, du hast feuchte Pfoten!«, rief Lea, weniger um sich selbst, als um Oma Tildas senfgelbe Couchgarnitur besorgt. Sie wickelte Peanut in die Wolldecke, die über der Rückenlehne hing, und nahm ihn in den Arm.

»Was ist los, Lea?«, fragte Merle. »Noel hat mich nicht ohne Grund zu dir geschickt.« Sorge stand in ihrem Gesicht. »Mir kannst du nichts vormachen. Ich sehe dich, auch wenn ich dich nicht sehe.«

Peanut gab ein lang gezogenes Jaulen von sich, das ein bisschen an das Heulen eines resignierten Wolfes erinnerte. »Siehst du, selbst Peanut spürt, dass du todunglücklich bist. Nun sag schon.«

Jetzt gab Lea sich einen Ruck. »Ich bin Tarja begegnet«, gab sie zu. »Und sie ist …« Die Worte wollten kaum über ihre Lippen kommen. »Sie hat ein Kind mit Bajo«, brachte sie hervor, während die Schwere auf ihrer Brust sie mit aller Gewalt ins Sofa drückte.

Merle klappte die Kinnlade herunter. »Die beiden sind zusammen?« Es klang so scharf, dass Peanut aufmerksam aufschaute.

»Nein, das nicht. Es war wohl nur ein One-Night-Stand.«

»Ich verstehe. Trotzdem Bockmist, verdüllter Möwenschiet. Und jetzt hast du kein Interesse mehr an Bajo, richtig?« Zwischen Merles Augenbrauen hatte sich eine steile Falte gebildet.

»Naja.« Es ging weniger um Interesse als mehr darum, dass ihr Herz in tausend kleine scharfe Scherben zersplittert war, die alle einzeln in ihre Eingeweide schnitten. »Ich glaube eher, dass er unter diesen Umständen nicht mit mir zusammen sein möchte. Und ich kann es ihm nicht verdenken.« Meine Güte, sie hatte sogar darüber nachgedacht, wieder nach Pewsum zu ziehen … »Ich bin verwirrt. Und müde«, schnaufte sie und kuschelte sich an ihre Schwester. Die Nähe tat gut – und ihr Kopf passte immer noch genau auf Merles Schulter.

Ihre Schwester strich ihr übers Haar, bis ihr plötzlich etwas einfiel und sie sich aufrichtete. »Sagt mal, kommen heute nicht eure Hühnchen an?«

»Mist.« Das hatte Lea in dem Tumult ganz vergessen. »Ich muss sofort Kerstin anrufen.« Sie fummelte ihr Handy hervor und suchte die Nummer im Schnellwahlspeicher.

»Ich weiß schon Bescheid«, erklärte Kerstin kauend, nachdem Lea ihr von der Begegnung mit Tarja erzählt hatte. »Und du ahnst nicht, wie leid mir das tut! Das hast du nicht verdient. Tschuldige, hier gibt es gerade Knüppeltorte – ein Gedicht.« Sie schmatzte, Lea hörte ihren Mann Hinderk im Hintergrund schimpfen, dann fuhr Kerstin sanfter fort: »Deshalb habe ich doch so oft versucht, dich zu erreichen, Süße. Um dich zu warnen. Jeremy hat mir erzählt, dass Bajo ein Kind mit einer Tarja hat, und da haben bei mir alle Alarmglocken geklingelt.«

»Oh.« Ob sie ahnte, dass Lea sich so sehr in Bajo verliebt hatte, dass es sie jedes Mal zerriss, auch nur seinen Namen zu hören? Der Schmerz zupfte an ihren Eingeweiden, fraß ihre Magenwand auf. Wie sehr sie sich danach sehnte, die Zeit zurückzudrehen ... Zurück zu dem Tag, an dem sie Bajo kennengelernt hatte. Oder besser, an den Unfalltag mit Herrn De Fries. Um das Schicksal zu ändern.

»Ja, das stimmt. Das war echt eine unglückliche Situation, weil sie so unerwartet vor mir stand. Das hat mich total getriggert. Leider. Bei mir sind sämtliche Drähte durchgebrannt. Stell dir vor – ich bin einfach weggelaufen. Und habe Bajo bei einem Kunden stehen lassen.« Was er wohl von ihr gedacht hatte?

»Wie? Meine pflichtbewusste, überkorrekte Lea?« Es klang undeutlich, weil sie den Mund wieder vollhatte. »Mhm«, nuschelte sie. »Sorry. Wenn ich das Stück nicht aufesse, klaut Hinderk es mir. Du weißt ja, wie verfressen er ist.«

»He!«, rief Hinderk. »Das mit den Gummibärchen war ein Unfall. Ich hatte eine Heißhungerattacke.«

Kurz wurde es laut, als die beiden miteinander diskutierten. Lea wartete geduldig, bis sie fertig waren, und gab dann zu: »Ja, leider. Habe einfach überreagiert. Ehrlich gesagt glaube ich, dass ich heute eine Auszeit brauche. Es tut einfach zu weh.« Im jetzigen Zustand war sie niemandem eine Hilfe.

»Kein Problem, Süße. Wir wuppen das schon. Ich werde Christine alles erklären, und wir helfen Bajo doch ohnehin mit den Hühnern.« Sie hüstelte. »Immerhin war es meine Idee, die Hühner vor der Schlachtung zu retten. Und was Bajo betrifft, dem kam es doch egal sein, mit wem du welchen Streit hast. Immerhin ist er nur ein Kollege von dir, niemand, bei dem man sich jetzt ernsthaft Gedanken machen müsste?« Das Letzte klang wie eine Frage.

Kurz war Lea versucht, ihrer Freundin alles zu erzählen, aber sie war wie gelähmt. Der Schmerz darüber, Bajo zu verlieren, war wie ein schwerer Umhang aus Blei, der über ihrem gesamten Körper lag und sie so quälte, dass jeder Atemzug wehtat. Als Lea nicht antwortete, fragte Kerstin: »Was ist denn mit deiner Arbeit? Gehst du morgen wieder in die Praxis?«

Darüber hatte Lea auch schon nachgedacht. Am liebsten hätte sie Bajo ganz gemieden, aber das konnte sie Opa nicht antun. »Doch«, sagte sie. »Morgen ist ein neuer Tag. Aber heute, heute geht es noch nicht.«

Obwohl Lea sich an den Rechner setzte, um Emails zu schreiben und zwischendurch mehrere Telefonate mit Nasrin führte, um einige Termine zu koordinieren, ging der Nachmittag quälend langsam herum. Sie hatte sich einige Pflanzen neben den Schreibtisch gestellt, weil der vertraute Anblick ihr Halt gab. Fridolin Ficus stand direkt hinter ihrem Stuhl, und sie hörte die Blätter rascheln, wenn der Wind durchs halb offene Fenster pfiff. Ihre Knochen fühlten sich kalt an, und ihre Glieder taten weh und waren merkwürdig schwach.

Trotzdem wanderten ihre Gedanken immer wieder zu ihren Freunden und zu Bajo, die damit beschäftigt waren, die Hühner entgegenzunehmen, sie zu untersuchen und zu versorgen. Ihr schlechtes Gewissen wurde übermächtig – sicherlich hätte sie als zweite Tierärztin das Tierwohl verbessern können. Zum Glück schickte Kerstin ihr jede halbe Stunde eine Nachricht, um sie zu beruhigen.

Von Bajo hörte sie nichts, und das drückte auf ihre Seele, ließ das letzte bisschen Hoffnung versickern. Wie enttäuscht er von ihr sein musste …

Auch Tante Annekes passiv vorwurfsvolle Nachricht – *Ich warte auf deinen Besuch im Gottesdienst – immer noch!* – senkte ihre Laune ein weiteres Stück.

Gegen siebzehn Uhr klopfte Noel bei ihr an, um ihr anzubieten, Peanut spazieren zu führen. »Natürlich kostenfrei«, fügte er hinzu und musterte sie prüfend von oben bis unten. »Du bist ziemlich blass«, stellte er fest.

»Danke, das ist lieb, aber es geht mir wieder besser. Vielleicht gehen wir zusammen?«

Sie liefen eine große Runde, die sie fast bis nach Woltzeten führte. Der graue Himmel wog schwer über ihren Köpfen, und gelegentlich nieselte es. Trotzdem besserte sich ihre Laune, denn Noel lenkte sie gut mit seinen Berichten von einem Agility-Turnier ab, auf dem er mit seiner Hündin Gretje angetreten war. »Gretje ist superschlau und sehr schnell, aber sie lässt sich leicht ablenken. Es reicht, wenn irgendwo am Rand jemand steht, der ein Spielzeug hält. Flutsch – ist sie weg!« Er lachte, als er eine dementsprechende Geste machte. »Was soll's, ich mag eigenwillige Hunde. Die sind wenigstens eine Herausforderung.« Seine Wangen leuchteten rot und passten zu seinem Lächeln, das immer einen Tick zu unschuldig wirkte.

Er ist wirklich unglaublich attraktiv, dachte Lea, *und das Schönste ist, dass er es nicht weiß.*

Wieder vibrierte ihr Handy als eine Nachricht eintraf, aber dieses Mal war sie nicht von Kerstin, sondern von Bajo: *Lea, wir müssen reden. Bitte rufe mich zurück.*

Schnell steckte sie das Handy wieder ein, aber dieses Mal schaltete sie es vorher aus. Sie wollte seine schöne, dunkle Stimme nicht hören, wollte nicht hören, wie er ihr sagte, dass Tarja ihn aufgeklärt habe und dass sie sich in den nächsten Wochen doch bitte auf minimalen kollegialen Austausch beschränken sollten. Nicht heute. Nicht, bevor sie eine Nacht über den Vorfall geschlafen hatte. Hoffentlich kündigte er Opa nicht die Zusammenarbeit … Lea lief ein Schauer über den Rücken. Damit hätte sie noch mehr Schaden angerichtet …

»Wenn du traurig bist, Lea, dann nehmen deine Augen die Farbe eines aufgewühlten Meeres an«, sagte Noel leise. »Grün und tief und voller Gefühl. Das berührt mich mehr, als an einem windigen Herbsttag auf das echte Meer zu schauen und mich weit, weit weg zu wünschen.«

Sofort schob sie die düsteren Gedanken von sich und konzentrierte sich auf den Hundetrainer, der im Gleichschritt neben ihr marschierte. »Wünschst du dir das denn, weit weg zu sein?«

Noels Blick wanderte in die Ferne, dorthin, wo ein paar schwarzweiße Kühe auf einer Weide grasten. »Ich weiß nicht. Manchmal schon. Dann, wenn ich mich besonders einsam fühle. Ostfriesland ist wunderschön, aber allein geht man hier leicht unter, wie ein Schiff mit morschen Planken, durch die das Wasser sickert.« Die Trostlosigkeit, mit der er das sagte, weckte Wehmut in ihr.

»Wenn das nur so einfach wäre. Egal, wo man hinzieht, man nimmt sich immer mit. Und seine Einsamkeit auch«, antwortete sie und seufzte, als ein einzelner Lichtstrahl durch eine Wolke brach und ein Stück Weide beleuchtete. Genau dort graste ein Bulle – es wirkte fast so, als würde er im Lichtkegel eines UFOs stehen, das ihn gleich hochbeamte.

Oh, Ostfriesland, ich werde dich vermissen, dachte sie. Es war zum Verzweifeln – sie hatte Bajo verloren, noch bevor sie ihn gewonnen hatte. Und egal, wohin sie als Nächstes ziehen würde, der Herzschmerz und die Sehnsucht nach ihm würden sie begleiten.

Kapitel 23

Lea hatte zwar selbst keinen Appetit, aber sie kochte Peanut ein leckeres Abendessen aus Rindfleisch, Reis und einer Handvoll Gemüse. Dabei trug sie ihren schlabberigen grauen Jogginganzug und hörte *Let her go* von Passenger. *Only know you've been high when you're feeling low …*

Die Musik versetzte sie in wehmütige Stimmung, und sie schmetterte die Liedzeilen mit, auch wenn ihr Hals kratzte und sie alle paar Sekunden hustete. Ihre Arme schmerzten, und es fiel ihr schwer, den Holzlöffel zu halten. In ihrem Kopf tanzte ein Nebel, der immer dichter zu werden schien. Schwach rührte sie in dem blubbernden Topf, bis ein Klopfen sie aufschauen ließ.

»Lea?«, hörte sie dumpf Bajos Stimme hinter der Haustür.

Sofort tippte sie auf ihrem Handy herum und schaltete die Musik aus. Ihr Herz raste, und plötzlich überkam sie eine große Erschöpfung. »Mistmistmist«, fluchte sie, als ihre Knie wegknickten und sie in der Küche auf den Kacheln niedersank. Das Blut in ihren Ohren rauschte laut, und sie tastete nach der Küchenrolle, um ihre laufende Nase abzutupfen. »Ich komme«, brachte sie hervor, aber es war so leise, dass sie ihre eigene Stimme kaum hörte.

Sie versuchte sich aufzurichten, aber ihr fehlte die Kraft. Deshalb lehnte sie den Kopf gegen den Küchenschrank und konzentrierte sich auf ihre Atemzüge. Das Blubbern des Wassers und Bajos

Klopfen verschwanden in weite Ferne. Silberne Sternchen tanzten vor ihren Augen, dann umfing sie die Dunkelheit.

Lea trieb in der Schwärze, in der alles gleich und gleichgültig war. Es gab kein Oben und Unten, nur endlose Weite. Ein verbrannter Geruch stieg ihr in die verschnupfte Nase, holte sie in die Küche zurück. »Oh nein!« Sofort kehrte die Energie wieder, und sie zog sich stöhnend am Herd hoch, um Peanuts Essen umzurühren und den Herd herunterzustellen. Der Border Collie stand hinter ihr und leckte ihr über das Bein. Es war das erste Mal, dass sie ohnmächtig geworden war. »Ich glaube, ich werde krank«, erklärte sie ihm schniefend. »Aber dein Futter konnte ich retten.«

Es klopfte wieder, und dieses Mal atmete Lea tief auf, sammelte sich und schleppte sich zur Tür. Schritt für Schritt. Egal wie schlecht es ihr ging, es war unfair, Bajo vor der Haustür stehen zu lassen. Sie schniefte ein letztes Mal, wappnete sich innerlich und zog die Tür auf – und starrte in Kerstins und Christines besorgte Gesichter.

»Es tut mir so leid, Lea«, hauchte Christine, während Kerstin einen großen Picknickkorb abstellte, aus dem Schokoladenriegel, Baguette und Erdbeeren lugten.

»Dass dein Kollege ausgerechnet mit Tarja angebändelt hat, das ist unheimlicher als die Legende der spukenden weißen Frau auf Burg Berum«, fand Kerstin.

»Es ist nicht nur unheimlich, sondern auch unfair. Du hast wirklich genug durchgemacht«, ergänzte Christine.

»Ach, ihr beiden seid so lieb. Aber kommt besser nicht rein, ich habe mir eine Erkältung zugezogen«, versuchte Lea ihre Freundinnen am Eintreten zu hindern, aber Kerstin schob sie in den Flur zurück und trat an ihr vorbei. »Du siehst furchtbar aus.«

»Wir haben dir etwas zu essen mitgebracht. Fischbrötchen – für dich mit knusprig gebratenem Tofu – Zaziki und Baguette, alles von Hinderk gesponsert. Und Nachtisch.«

Die beiden fingen an, den Tisch herzurichten. »Du solltest dich gleich ins Bett legen und dir morgen freinehmen«, riet Christine ihr mit mitleidigem Blick.

Wie auf ein Stichwort hustete Lea und tastete nach einem Küchentuch, um sich die Nase zu putzen. »Das geht nicht«, sagte sie. »Die Praxis war noch nie geschlossen. Wie soll ich das Opa erklären?«

»Ich wette hundert Holstein-Kühe, dass dein Opa wollen würde, dass du dich auskurierst! Du willst doch weder deine Kunden anstecken noch Fehldiagnosen stellen, weil du kaum gerade stehen kannst.«

»Ich kann wohl gerade stehen.«

»Du lehnst an der Wohnzimmerwand.« Kerstin zwickte sie in den Ellenbogen, bevor sie Leas Arm bei sich unterhakte und sie zum Tisch führte. »Und jetzt erzähle mir die Wahrheit. Was läuft da zwischen dir und dem Hippie-Doktor?«

Lea klappte die Kinnlade herunter. »Äh …« Sie versuchte sich an andere Worte zu erinnern, die alle weit weg erschienen.

»Wir kennen dich einfach zu gut, Lea«, sagte Kerstin schmunzelnd und rieb sich die Hände. »Und Bajo war total neben der Spur und hat immer wieder auf sein Handy geschaut.«

»Oh.« Sie beobachtete, wie Kerstin das Baguette mit Omas serbischem Metzgermesser in ungleiche Stücke hackte.

»Den Hühnern geht es übrigens größtenteils ganz gut«, redete sie weiter. »Fünf der Tiere mussten allerdings in gesonderte Verschläge, eine Henne hat eine Atemwegserkrankung, drei haben leichte Verletzungen, eine schwächelt ohne ersichtlichen Grund. Wir haben gemeinsam alle Tiere versorgt, und es lief reibungslos, aber Bajo hatte eine Miene, als hätte ihm heute der Auricher Wassergeist persönlich den Kaffee aufgesetzt. Dazu dein mysteriöses Verhalten und die Sache war klar.«

Christine schob Lea die Teekanne und den Honig hin. »Hier«, sagte sie und tätschelte Lea zärtlich den Arm, genauso wie Oma Tilda das auch immer tat.

»Ja«, gestand Lea. »Ich … ich habe mich in ihn verliebt. Und er sich in mich. Das war nicht so geplant.«

»Oh, Süße. Liebe ist nie geplant«, entgegnete Kerstin mit vollem Mund und trug das Tablett mit dem aufgeschnittenen Baguette, den Erdbeeren und einem Becher erhitzter Schokolade zu ihnen herüber.

»Er ist einfach so ganz anders als Konstantin, und ich konnte mir zum ersten Mal wieder vorstellen, in Ostfriesland zu leben. Hier zu arbeiten. Eine Familie zu gründen.«

»Dein Glück und dein Schicksal sollten nicht an einen Mann gebunden sein«, rügte Christine sie liebevoll und wühlte dabei in dem Korb, der neben ihr stand. »Ich hatte auch noch irgendwo Kekse …«

Kerstin schaute sie schuldbewusst an und versteckte vergeblich die offene Packung hinter ihrem Rücken. »Sorry, ich habe ein Keksproblem. Sobald ich Kekse in meiner Nähe spüre, ziehe ich die an, wie ein Magnet.« Sie hob und senkte die Augenbrauen, und Christine entfuhr ein »Tss«, bevor sie sich wieder an Lea wandte. »Um dein Glück zu finden, musst du erst mal mit dir selbst im Reinen sein. Und dazu gehört, den ganzen alten Ballast endlich abzuwerfen. Denn eins ist klar: Die Vergangenheit wirst du niemals ändern können. Und das sag ich, die genau mit dem Problem auch jeden Tag kämpft.«

»Ich weiß. Und ich glaube, ich verstehe dich jetzt noch ein bisschen besser.« Lea holte tief Luft. »Durch Bajo waren all die schrecklichen Ereignisse von damals nicht mehr so wichtig. Bis Tarja auftauchte.« Sie stützte den Kopf auf die Hände. Hinter ihren Schläfen pochte es unangenehm, und sie sehnte sich nach Schlaf. Versuchsweise knusperte sie an einem Stück Baguette, aber es schmeckte nach nichts und brachte sie zum Husten.

»Und jetzt hat dich alles mit doppelter Kraft eingeholt«, sagte Kerstin, und Christine fügte hinzu: »Wie ein Lastschiff, das ungebremst in den Hafen rast.« Sie tunkte eine Erdbeere in die flüssige

Schokolade und biss herzhaft hinein. Bei dem Anblick rumorte es in Leas Magen, und Übelkeit stieg in ihr auf.

»Mir ist schlecht«, flüsterte sie, aber Kerstin verstand das falsch.

»Kein Wunder, das kam echt überraschend, dass sie plötzlich vor deiner Nase auftaucht. Und es ist irgendwie auch krass, dass jemand der auf dich steht, mal auf Tarja stand. Ihr beide seid so unterschiedlich wie Krabbenkutter und Radkorvette. Obwohl, so herum ist es besser, als wenn er erst auf dich und dann später auf Tarja abgefahren wäre.« Kerstin kicherte, aber Christine blieb ernst.

»Das tut bestimmt furchtbar weh, Lea«, sagte sie leise, einen Schokofleck auf der Oberlippe, der Lea immer verschwommener vorkam. Der Raum drehte sich, und jetzt zog sich ihr Magen ganz zusammen. Mit letzter Kraft stürmte sie ins Bad und übergab sich einmal quer über die Fliesen.

Trotz der liebevollen Fürsorge ihrer Freundinnen wachte Lea am nächsten Morgen mit Fieber und Schüttelfrost auf. Peanut lag dicht neben ihr, aber als sie ihn streichelte, fühlte sich sein Fell nass und verschwitzt an – oder war das ihre Hand, die so klebte?

Peanut grunzte und leckte ihr über die Wange. »Peanut«, flüsterte sie heiser, »geh besser in dein Körbchen. Ich will dich nicht anstecken.« Sicher war sicher – wer weiß, welchen Virus sie sich eingefangen hatte. Die Matratze vibrierte, als Peanut hinuntersprang und sich direkt vor dem Bett zusammenrollte. Sein stechender Blick machte klar, dass er dortbleiben und auf sie aufpassen würde. Lea drehte sich auf den Rücken und starrte an die Decke. Alles tat weh. Vage erinnerte sie sich daran, wie Kerstin sie ins Bett gebracht hatte, während Christine das Bad putzte. Ihren Wecker hatten sie ausgeschaltet. Schuldbewusst schaute sie auf die Uhr – es war bereits nach acht. *Arbeit*, dachte sie, aber ihr Gehirn war schwammig und wollte keinen klaren Gedanken fassen.

Ihre Stirn war glühend heiß, dafür froren ihre Füße. Es dauerte ein paar Minuten, bis sie genug Kraft fand, um nach dem Handy zu tasten und Nasrin eine Nachricht zu schreiben, damit sie alle Termine absagte. *Bitte gib Bajo Bescheid, dass ich ihm mit den Hühnern erst in den nächsten Tagen helfen kann*, fügte sie hinzu. Kaum hatte sie die Nachricht abgeschickt, schlief sie wieder ein. Fieberträume jagten sie quer durch die Krummhörn, ließen Herrn De Fries wiederauferstehen und mit dem Auto auf sie zurasen und quälten sie mit Tarjas damaligen Racheaktionen. Kaputte Fahrradreifen, Sprüche an den Wänden der Schultoilette, ein mit roter Farbe gefüllter Turnbeutel. Zwischendurch tauchte Bajo auf, der enttäuscht vor ihr stand, um dann nach hinten in wirbelnde Schatten zu treten.

Erst am Abend wachte sie in ihren zerwühlten Laken auf, weil Merle sie sanft an der Schulter rüttelte. Noel, der neben ihr stand, hielt Lea unsicher eine Papiertüte aus der Apotheke entgegen, die so prall gefüllt war, dass das Papier Risse bekommen hatte. »Ich wusste nicht, was du genau hast, also habe ich einfach das ganze Erkältungssortiment gekauft«, erklärte er entschuldigend. Er holte ein Fläschchen heraus, auf dem Echinacea abgebildet waren. »Das hier ist gegen Fieber.« Er stellte es neben sie. »Wir waren heute Morgen schon mal hier. Christine hat uns Bescheid gegeben, dass du krank bist.«

»Jepp, wir haben dich schlafen lassen, damit du dich erholst. Wie geht es dir denn?«

»Geht so«, murmelte Lea und schnupperte. »Was ist das? Es riecht nach altem Heu.«

Sofort wurde Noel rot, aber Merle kicherte und deutete auf eine Thermoskanne. »Noel hat dir diesen grauenhaft riechenden Trank mitgebracht.«

»He, das ist Kräutertee«, verteidigte er sich. »Den habe ich selbst aus Brennnesseln gekocht.«

»Sicher, dass da nicht irgendwie ein paar Blätter Titanenwurz reingeraten sind?«, stichelte Merle, und Noel zog eine beleidigte Miene.

»Pah«, stieß er aus.

»Danke«, mischte sich Lea schnell ein und fasste sich an den brummenden Kopf. Irgendwie waren da zwei Merles und zwei Noels, und mitten im Raum waberte ein Nebel, der normalerweise nicht da war. Er vermischte sich mit dem schummerigen Licht, das durch die halb geschlossenen Jalousien fiel.

Merle zupfte an ihrem Kissen, das Lea platt gelegen hatte. »Auch wenn das gerade kein guter Zeitpunkt ist: Mama und Janna haben sich gestritten. So schlimm, dass Janna heute Morgen einen Koffer gepackt hat und spontan ausgezogen ist. Keine Ahnung, wo sie jetzt steckt.«

Lea hustete, und ihr Hals kratzte dabei unangenehm. »Tschuldigung«, fügte sie in Richtung Noel zu, dessen grüne Augen dunkel im Licht ihrer Nachttischlampe schimmerten. »Könntest du die Jalousien ganz hochziehen?«, bat sie ihn und tastete dann über ihre Schlüsselbeine. Jeder einzelne Knochen schmerzte. Licht fiel in ihr Zimmer und ließ Strahlen auf Noels dunklem Haar tanzen. Die winzigen Blätter ihres Bubikopfes zeigten eine leichte Gelbfärbung – oder spielten ihre Augen verrückt? So recht wollten sie nicht fokussieren. »Stickstoffmangel«, murmelte sie und erntete dafür einen skeptischen Blick von Noel.

»Wir waren eben mit Peanut spazieren. Der ist jetzt drüben bei Mama, ich dachte, das ist erst mal besser, bis du dich erholt hast.« Merle streckte die Hand aus und tastete nach ihrer Stirn. »Du hast Fieber.«

»Jep.« Lea glitt wieder nach unten und zog die Decke bis an ihr Kinn. Es war ihr unangenehm, dass Noel sie so sah. Dass er den Eimer roch, der neben ihrem Bett stand und in den sie sich nachts übergeben hatte. »Ich trinke gleich was von Noels Tee.«

Noel strahlte und schaute Merle triumphierend an. »Siehste!«, sagte er.

»Sollen wir Bajo etwas von dir ausrichten?«, fragte Merle ungerührt. Lea entging nicht, wie Noels Stirn sich kräuselte.

»Nein«, sagte sie resigniert. »Danke.«

»Soll ich bei dir bleiben?«, bot Noel an. »Ich habe mich jahrelang um meine Großmutter gekümmert und weiß, was zu tun ist.«

Merle schmunzelte bei dem Vergleich, aber Lea schüttelte vehement den Kopf. Dafür sah Noel einfach zu gut aus. Und war zu nett. Und zu sehr an ihr interessiert.

Merle lachte. »Wenn heute Nacht was ist, klingel mich an. Und wenn dir langweilig ist, auch. Man sagt mir nach, dass ich die besten Fußmassagen gebe.«

»Und die helfen gegen Erkältung?«, fragte Noel verwirrt.

»Die helfen gegen alles«, bestätigte Merle im Brustton der Überzeugung, bevor sie aus Versehen, gegen den halb vollen Eimer neben Leas Bett trat, der klirrend umkippte.

Nachts wachte Lea mehrfach auf, weil ihr übel war, dafür schlief sie fast den gesamten nächsten Tag durch. Ihre Mutter brachte ihr eine duftende Gemüsesuppe vorbei und schüttelte ihr Bett auf. Fiebrig schaute Lea ihr zu, wie sie mit hohlen Augen untermalt von dunklen Ringen um sie herum werkelte. Es ging ihr offensichtlich nicht gut. Gern hätte sie nach Janna gefragt, aber ihre Kehle war trocken und zugeschwollen.

Auch Merle, Noel, Christine und Kerstin schauten abwechselnd bei ihr vorbei, und selbst Peanut durfte kurz Hallo sagen. Nur Bajo machte keinen weiteren Versuch, sich bei ihr zu melden. Mehrfach schickte Christine zur Aufmunterung Fotos von den Katzenjungen, die auf ihrem flauschigen Pullover herumkrochen, während sie auf einem Sessel saß und versuchte, ein Buch zu lesen.

Erst am Donnerstag zur Mittagszeit wurden die Konturen im Raum wieder scharf, und Lea fand genügend Kraft, um das Bett zu verlassen und sich in der Küche einen Tee aufzusetzen. Kaum hatte sie den Wasserkocher befüllt, klingelte ihr Handy. Es war Opa. Ihr Schädel drückte unangenehm, und ihre Nase lief schneller, als sie sie putzen konnte, aber trotzdem nahm sie den Anruf an.

»Lea, wir müssen reden.« Seine Stimme klang kratzig und

dumpf. »Es geht um die Praxis.« Anscheinend hatte ihm niemand mitgeteilt, dass sie krank war – worüber sie dankbar war, denn er sollte sich nicht Sorgen um sie machen müssen. Oder im schlimmsten Fall seinen Urlaub abbrechen.

»Ja?«, krächzte sie und schaufelte sich drei Zuckerstückchen in die Tasse.

»Ich habe heute mit Bajo telefoniert, und wie soll ich es sagen, mir kam es so vor, als liefe eure Zusammenarbeit nicht gut?«

Die Kluntjezange glitt Lea vor Schreck aus den Fingern, und das letzte Zuckerstück landete auf dem Boden. Was hatte Bajo verraten?

»Aha«, sagte sie ausweichend in der Hoffnung, dass es reichte, damit Opa weitersprach.

»Und ich habe von Jens erfahren, dass du nicht in der Praxis bist. Was ist los, Lea?«

Sie hob mit spitzen Fingern den Zucker auf, an dem Staub und Haare klebten. Sobald sie sich besser fühlte, musste sie dringend putzen.

»Naja«, setzte sie an, räusperte sich, weil ihr Hals wehtat, und seufzte. »Es gab da eine kleine Uneinigkeit zwischen Bajo und mir. Und ich musste mir ein paar Tage freinehmen, weil es mir nicht gutging.« Das war die Untertreibung des Jahrhunderts. Im ovalen Spiegel, der direkt neben dem Kühlschrank hing, sah sie ihre aufgedunsenen Wangen und das Vogelnest auf ihrem Kopf, das mal ihre Haare gewesen waren. Ihre Nase sah aus wie die Knolle eines Weihnachtswichtels.

»Ehrlich gesagt habe ich gehofft, dass die Zeit in meiner Praxis dir neue Perspektiven aufzeigt. Und dass du dir doch noch mal überlegst, den Laden eines Tages zu übernehmen.«

»Opa –«

»Nein, lass mich ausreden. So sehr ich deine Oma liebe, das war bei mir auch ein bisschen der Hintergedanke, als ich der Kreuzfahrt zugestimmt habe.«

»He«, mischte sich Oma ein. »Jetzt tu nicht so, als gefiele es dir nicht! Und sei netter zu Lea, du klingst wie ein brummiger Seemann, dem man die Rumfässer gestohlen hat.«

»Opa, bitte«, brachte Lea hervor. Für so ein Gespräch war sie noch zu müde. »Ich möchte nicht streiten.« Es rauschte in der Leitung.

»Das müssen wir auch gar nicht. Aber ich werde in drei Jahren achtzig und mir bleibt nicht mehr so viel Zeit, wie ich das gern hätte. Deine Oma hat recht – das Reisen ist schön, und ich möchte noch etwas von der Welt sehen. Norwegen, Island –«

»Marokko, Tunesien«, warf Oma im Hintergrund ein.

»Jedenfalls … ganze Programm. Ich werde … Praxis verkaufen. Das … nicht schwierig … genug Interessenten …«

»Opa, die Verbindung bricht ab.« Kaum hatte sie den Satz beendet, rauschte es ein letztes Mal, dann war das Gespräch weg. Minutenlang stand sie in der kleinen, gelb gestrichenen Küche ihrer Großeltern, zwischen Küchenzeile und dem alten Holztisch, auf dem noch Kratzer aus ihrer Kindheit verewigt waren, und starrte vor sich hin. Das war das Ende ihres Traums, einen Neuanfang auf der Krummhörn zu wagen.

Kapitel 24

Es dauerte noch bis zum Montag, bis Lea wieder fit genug war, um zur Praxis zu fahren. In der Zeit schlief sie viel, rollte sich auf dem Sofa ein und hörte Musik, kümmerte sich um Omas Pflanzen und den Haushalt, so gut sie konnte. Kerstin, Christine und auch Merle mit Peanut und ihre Eltern schauten gelegentlich vorbei, aber sie hielt die Besuche kurz.

Selbst Fenna meldete sich bei ihr – sie half Bajo jeden Morgen bei den Hühnern und hatte das ganze Drama mit Tarja nicht mitbekommen. »Hoffentlich erholst du dich bald und kannst wieder dazustoßen. Ich brauche jemanden als Puffer, damit das Geturtel zwischen Jens und Iven erträglicher ist. Kannst du dir vorstellen, dass Iven gestern im Schweinestall ausgerutscht ist und er dann mit Jens gemeinsam für eine halbe Stunde in Bajos Bad verschwunden ist, um seine Hose zu reinigen?«

Leider erfuhr sie von Christine auch, dass zwei der Hühner gestorben waren. »Bajo hat ihnen kleine Gräber unter einem Rhododendronbusch gegraben und dort Kreuze aufgestellt. Er war sehr aufgewühlt, aber er steht ohnehin total neben sich.«

Lea stellte sich Bajo vor, wie er in der weichen Erde ein Loch schaufelte, die Miene grau vor Trauer, die Augenbrauen düster zusammengezogen. Wie gern hätte sie neben ihm gestanden und mit ihm gelitten …

Das unsichtbare Gewicht auf ihren Schultern wurde immer schwerer. Trotzdem war sie erleichtert, als sie am Montagmorgen fieberfrei aufwachte und ihr Kopf wieder klar war. Vor der Arbeit traf sie sich mit Noel in Hamswehrum, um mit ihm und Peanut eine Runde spazieren zu gehen. Wie hatte sie die Spaziergänge vermisst! Auch Peanut war außer sich vor Freude, schleckte Noel über das Gesicht, während der ihn drückte und über das seidige Fell strich. »Er muss ganz viele Küsse nachholen«, meinte Noel lachend, bevor er sich aufrichtete und ihr die leicht zerdrückte Tüte mit den Schwiensteertjes reichte. »Bedien dich«, sagte er. »Du kannst die Energie gebrauchen, du siehst aus wie einmal quer über den Nordseeboden gezogen.«

»Na danke, sehr nett. Kein schöner Vergleich.« Aber sie stopfte das süße Fettgebäck in sich hinein, als wäre sie gerade aus einem hundertjährigen Schlaf erwacht. Die Vögel zwitscherten, einzelne Sonnenstrahlen brachen durch die graue Wolkendecke, und Peanut hüpfte ausgelassen in die flachen Pfützen, die der Regen am Vortag auf dem Weg hinterlassen hatte. Dunst stieg aus ihnen auf und zeichnete die raue Landschaft weich.

»Mit ein bisschen Liebe und gutem Futter werden deine blassen Wangen bald wieder Farbe bekommen. Besser?«

»Nee. Klang eher nach Glückskeks.« Sie kicherte und zwickte ihn durch sein sportliches Sweatshirt in den Ellenbogen, bevor sie den nächsten Bissen nahm.

Schließlich erreichten sie die Deichkrone und schauten auf das Meer. Lea atmete tief durch und genoss die frische Luft, die ihre Lungen füllte. Die Flut hatte ihren Höchststand erreicht, und das Meer wirkte voll und prall. Einzelne Wasservögel trieben auf den Wellen, und hier und da leuchteten die Sonnenstrahlen sie an wie ein Scheinwerfer auf einer Bühne. Die restliche See wirkte tiefer und dunkler als sonst und noch kühler.

»Hach«, seufzte Lea und breitete die Arme weit aus, damit der Wind sie von hinten anstoßen und ihr das Gefühl geben konnte, gleich abzuheben. »Das werde ich so vermissen.«

Noel tauchte unter ihrem Arm durch und stellte sich schräg vor sie. Seine schwarzen Haare wirbelten hin und her, als wollten sie sich von ihm lösen und in den Himmel aufsteigen. »Ist das eine entschiedene Sache? Dass du wieder gehst?« Er tastete nach ihrer Hand, und sie ließ ihn gewähren, weil es sich freundschaftlich anfühlte.

»Mein Opa will die Praxis verkaufen. Und ich möchte nicht mehr mit Bajo zusammenarbeiten.« Es zuckte auf Noels Wange, als sein Name fiel, und seine Nase wanderte ein Stück nach oben. »Versteh mich nicht falsch. Es ist nicht seine Schuld, er ist ein kompetenter Tierarzt und äußerst diplomatisch, aber …« Hilflos schaute sie ihn an. »Ich glaube, es wäre ihm nicht recht«, schloss sie. Sicherlich würde er nicht mal mehr mit ihr reden wollen.

Noel strich über ihren Handrücken und umfasste dann ihr Handgelenk. »Mach deine Entscheidungen nicht von den Entscheidungen anderer abhängig«, sagte er. Das klang, als hätte er den Spruch von Christine geklaut.

Es war noch früh und das Hamswehrumer Leeshaus lag einsam und dunkel hinter ihnen. Nur in der Dachstube brannte eine einzelne Glühbirne. Lea löste sich von Noel und kickte einen Stein weg. »Du hast recht«, sagte sie. Und das hatte er wirklich. Sie musste aufhören, bei anderen nach einer Antwort auf ihre Fragen zu suchen.

Wieder zog Noel sie an sich und schaute sie so sehnsüchtig an, dass der Widerstand in ihr nachgab. Seine Finger passten genau in die Kuhle über ihrem Hüftknochen und seine Körperwärme strahlte zu ihr herüber. Auf einmal war da mehr als Freundschaft, eine Anziehungskraft, genährt durch ihre Verzweiflung und seine Freundlichkeit. Seine Pupillen waren weit und wirkten hungrig, und als sich sein Mund ihrem näherte, schloss er die Augen. Sie wollte ihn nicht küssen, aber die Wärme, die er ausstrahlte, tat gut, und sie gab nach. Seine Lippen waren weich und schmeckten nach Gebäck und Butter. Er saugte sanft an ihrer Unterlippe, und sie seufzte, bevor sie sich zusammenriss, um ihn sanft zurückzustoßen. Noel war nicht der, den sie wollte. Aber bevor sie ihre Handflächen gegen seine Brust drücken konnte, hörte sie Schritte neben sich. Der hochgewachsene Jogger, der an ihnen vorbeilief, trug eine grüne Hose mit einem Baummuster und dazu ein rotes Basketball-Shirt der Deichkorb Dunkers.

Ohne sein Gesicht zu sehen, wusste Lea trotzdem sofort, dass es Bajo war, der sie mitten im Kuss überholt hatte. Seine Schultern bewegten sich steif und hastig vor und zurück, und er holte so weit mit den Beinen aus, als wäre er auf der Flucht.

»Mist«, fluchte Lea und wischte sich über die erhitzte Stirn. In weniger als einer Stunde würde sie ihm in der Praxis gegenübertreten müssen und dann? Entschieden schob sie Noel weiter von sich fort, als notwendig. Der biss sich enttäuscht auf die Lippe.

»Lea«, flüsterte er gegen den aufkommenden Wind und versuchte sie an der Wange zu berühren.

Dieses Mal war sie schneller, entschiedener. »Nein«, sagte sie. »Ich möchte das nicht. Ich sehe dich wirklich nicht so, Noel.« Sie kniff die Augen zusammen und sah Bajo hinterher, der immer noch so schnell rannte, dass sein Puls mittlerweile die Geschwindigkeit eines Hochleistungszugs erreicht haben musste.

»Ist das nicht dein Kollege?«, fragte Noel sanft, und nun sah Lea ihm direkt in die Augen.

»Ich hatte gehofft, dass er mehr als ein Kollege ist. Aber ich habe alles ruiniert.«

Fast hoffte sie, dass Bajo ihr ausweichen würde, aber als sie wenig später auf dem Hof der Praxis vorfuhr, stand sein pinker VW-Bus auf dem angestammten Parkplatz, direkt neben Jens' schickem City Bike. Ein süßblumiger Jasmingeruch strömte ihr entgegen, als sie den Empfangsraum betrat, in dem eine volkstümliche bangladeschische Flötenmusik spielte, die ihre angespannten Nerven bereits nach einer Sekunde weiter anzog.

»Hey, du.« Nasrin schaute von ihrem Computer auf und lief sofort um den Tresen herum, um ihr ein Küsschen links und rechts auf die Wange zu geben. »Chefin«, fügte sie hinzu und grinste. »Schön, dass du wieder im Lande bist. Ich habe sämtliche Termine von letzter Woche auf heute legen müssen, aber wenn es dir zu viel wird, kann ich gern einiges umbuchen.« Die Narben auf ihrem Hals lagen frei, und der orangefarbene Schal, den sie sonst immer trug, hing heute am Garderobenhaken.

Lea versuchte, nicht hinzuschauen, aber Stolz durchflutete sie. Auch wenn bei ihr selbst alles schieflief, so fanden die Menschen um sie herum langsam zu sich selbst.

Jens trat aus der Abstellkammer und eilte sofort auf sie zu. »Lea! Lass dich ansehen.« Er lief um sie herum, begutachtete sie, schien mit dem Ergebnis unzufrieden und hob und senkte die Augenbrauen verschwörerisch. »Also, deinen Teint, den kriegen wir wieder hin. Aber dieses Shirt, das ist ein Verbrechen gegen die Menschheit.«

»Das ist mein Lieblingsshirt. Ich habe es schon seit meinem Studium.« Und Tante Anneke hatte so oft darauf hingewiesen, dass es in die Tonne gehörte, dass das Shirt schon fast Teil der Familientradition war.

»Das sieht man.« Ungeniert steckte er einen Finger durch eins der ausgefransten Löcher an ihrem Ärmel. Dann zog er an einem Faden. »Wenn ich hier ziehe, löst es sich ganz auf.«

»He, lass das.«

Aber Jens grinste sie nur frech an und zwinkerte ihr zu. »Siehst du, deine Wangen haben gleich wieder Farbe bekommen. Du kannst mir später danken. Vorzugsweise mit Donuts.«

»Die nehme ich auch«, fiel Nasrin ein.

»Aber die musst du dir erst verdienen, indem du den Rest meines Outfit kritisierst«, konterte Lea und warf sich in Pose. Nasrin ließ den Blick an ihr herunterwandern und legte nachdenklich den Finger ans Kinn.

»Untersteh dich«, sagte Lea hastig. Dass ihre weite Baumwollhose nicht unbedingt tauglich für den Pariser Laufsteg war, das wusste sie auch so.

Es knarrte, als die Tür zu Bajos Büro aufging. Lea hielt den Atem an, und auch Nasrin und Jens schauten sich vielsagend an. »Er ist sehr, sehr schlecht gelaunt«, raunte Nasrin.

»Sehr«, bekräftigte Jens.

Bajo kam auf sie zu, sein Gesicht ein Minenfeld, das bei jedem Schritt explodieren konnte. Seine Augen waren so eindringlich blau, dass Lea fast glaubte, eine Gasflamme in ihnen sehen zu können. Die Plastikkladde hielt er so fest, dass sie drohte, unter seinen Fingern zu Staub zu zerfallen. Kaum hatte er die Rezeption erreicht, nickte er kalt in Leas Richtung, und das tat mehr weh als jede offene Kritik. »Moin Lea«, sagte er kurz angebunden und dann zu Jens: »Kannst du den Kasten mit den Ohrmarken und dem Microchip-Scanner überprüfen? Da muss einiges nachgefüllt werden. Und Verbandsmaterialien auch, bitte. Muss gleich nach Hooksiel.«

»Hooksiel?«, fragte Jens ungläubig. Nasrin senkte die Nase auf ihren Computerbildschirm und tippte plötzlich sehr konzentriert und so schnell, dass die Tastatur bebte.

Also ging Bajo ihr doch aus dem Weg – Hooksiel lag nördlich von Wilhelmshaven, weit außerhalb ihres normalen Einzugsgebiets. Lea strich mit dem Daumen über ihren Zeigefinger, der sich klebrig anfühlte. »Hallo«, sagte sie, viel zu verspätet und so kratzig, als hätte sie gerade ein Dutzend Seemannspfeifen geraucht.

Bajo ignorierte sie, und der Frustball, der seit letztem Montag in ihr tobte und sich während ihrer Krankheit nur mühevoll im Hintergrund gehalten hatte, sprang nun wieder gefährlich schmerzhaft in ihrer Brust auf und ab. Bajos langen Haare waren fettig und sein Kinn unrasiert. Der Stress war ihm ebenso anzusehen wie ihr. Und ihrer Mutter. Mit der sie dringend reden musste. Ebenso wie mit Janna. Und Merle. Und –

»Tja, wenn dann alles geklärt ist, mache ich mich auf den Weg«, sagte Bajo, und sie machte den Fehler, ihn direkt anzusehen. Glühender Zorn schlug ihr entgegen. Oder war es Frust? Enttäuschung darüber, dass sie der Mutter seines Kindes das Leben zerstört hatte?

Jens räusperte sich, und sie spürte ein Piksen zwischen ihren Schulterblättern, das sie dazu brachte, sich gerade aufzurichten. »Bajo«, sagte sie. Immer noch kratzig und dieses Mal auch quietschig wie eine Gummiente. »Können wir kurz draußen reden?«

»Das geht nicht. Ich muss in anderthalb Stunden in Hooksiel sein. Ein andermal.« *Oder keinmal*, schwang in seiner Stimme mit.

Lea nahm einen tiefen, bebenden Atemzug, darauf hoffend, dass er noch einen Satz hinzufügen würde, irgendeine Andeutung darauf, ob er überhaupt ein klärendes Gespräch wünschte. Diese distanzierte Haltung traf sie wie ein Hammerschlag in die Magengrube. Bajo lief aus der Praxis, gefolgt von Jens, der sich entschuldigend umdrehte, bevor er die Tür schloss.

Das Klackern auf der Tastatur verstummte. »Uiuiui«, machte Nasrin und wedelte mit der Hand, als hätte sie sich verbrannt. »Das ging schon die ganze letzte Woche so. Bin froh, dass du zurück bist.«

Lea kämpfte gegen die Tränen an, die sich in ihren Augenwinkeln ansammelten. »Ich glaube nicht, dass das seine Laune steigern wird.«

Sie fühlte sich leer, einsam und verdammt verletzlich, als sie die ersten Kunden begrüßte. Doch eins hatte sie in München gelernt, und das war routiniert zu arbeiten, während sie private Gefühle unterdrückte. Heute gab sie sich besonders viel Mühe, trotz des verstärkten Zeitdrucks gute Arbeit zu leisten. Besonders freute sie sich über den Besuch von Frau Hinrich, die mit Pavlova vorbeikam, da ihre Hündin angeblich ein Hautproblem hatte. Sorgfältig untersuchte Lea die Stelle hinter den Ohren, aber da war weder ein Ekzem noch eine Rötung. »Ich kann nichts Außergewöhnliches sehen, Frau Hinrich.«

Die zierliche Dame lehnte sich an den Medikamentenschrank,

als wären das keine wirklichen Neuigkeiten für sie. »Da muss ich mich wohl verguckt haben. Wissen Sie, meine Augen sind nicht mehr die besten. Wie geht es Ihnen denn heute?«

Daher wehte also der Wind. Lea bemühte sich um ein Lächeln, aber spürte selbst, dass es immer wieder verrutschte. Also zuckte sie mit den Schultern und gab zu: »Körperlich ist alles in Ordnung, mental kämpfe ich noch.« Vielleicht hatte Bajo nicht wirklich wütend geguckt, sondern nur aufgewühlt und verletzt? Gedankenverloren reichte sie Pavlova ein Leckerli. »Ich habe jemanden so sehr verletzt, dass es kein Zurück mehr für unsere Freundschaft gibt.«

Jetzt stieß sich Frau Hinrich vom Schrank ab, dass die Scheiben klapperten und ihre Armbänder rasselten. »Sie haben da eine entscheidende Sache übersehen, liebe Frau Doktor Ostendorf.« Sie schob sich zwischen Lea und die Schäferhündin und füllte den Spalt trotz ihrer schmalen Gestalt voll mit ihrer Persönlichkeit aus. »Wenn es keinen Weg mehr zurück gibt, dann gibt es immer noch den Weg nach vorn.«

Frau Hinrichs Besuch beflügelte Lea, und überhaupt tat es gut, einfach zu arbeiten und für andere da sein zu können. Das war allemal besser als die letzte Woche, in der sie platt wie eine Flunder die Delle in der Matratze vertieft hatte. Sie musste ihren Großeltern unbedingt raten, sich mal eine neue zu kaufen. Wie alt die jetzige wohl war? Und wie viele Mikroben – nein, darüber wollte sie nicht nachdenken.

Nach zwei weiteren Patiententerminen und einer Not-OP reinigte Lea ihre Instrumente. Es klopfte an der Tür. Nasrin huschte hinein, drehte die Hände verlegen ineinander, öffnete und schloss den Mund mehrfach. »Alles in Ordnung?«, fragte Lea sie und wappnete sich innerlich. »Ist Bajo wieder da?«

Nasrin schüttelte den Kopf. »Nein«, sagte sie und schaute über ihre Schulter hinweg, als erwartete sie, verfolgt zu werden. »Es tut mir so leid.« Sie nestelte an dem Halstuch herum, das sie sich hastig umgeworfen hatte und das ihr an der linken Seite fast bis zu den Knien reichte. »Tarja möchte dich sprechen.«

Langsam, ganz langsam legte Lea das Skalpell zur Seite, von dem sie gerade die Klinge entfernte, um sie auszutauschen. »Richte ihr aus«, sagte sie bestimmt und wischte sich die Hände an einem Lappen ab, »dass ich gerade unabkömmlich bin. Und dass ich kein Interesse an einem Gespräch habe.« Nicht, bevor sie nicht mit Bajo gesprochen hatte.

Nasrin zupfte sich den Schal zurecht und atmete durch, bevor sie einen kleinen knautschigen Basketball aus der Tasche zog und Lea zuwarf. »Hier, den wollte ich dir ohnehin geben.«

Lea fing ihn geschickt auf. Es war ein Stressball.

Sie knetete das Bällchen und wartete zwei Minuten, während Nasrin wieder zum Empfang ging. Dann eilte sie ins Nebenzimmer, um seitlich neben dem Fenster zu beobachten, wie Tarja in ihren Wagen stieg. Ein hautenges weißes Kleid, hochhackige Pumps und ein beschwingter, leicht gehetzter Schritt. Eine vollbusige, blonde Frau, wie sie Konstantin gefallen hätte und Bajo gefallen hatte.

Kapitel 25

»Jedenfalls hat Iven behauptet, er würde die besten Cocktails zwischen List und Oberstdorf mixen. Also habe ich die Zutaten für einen Erdbeer-Limette-Cocktail eingekauft, und er hat alles ganz professionell vorbereitet«, erzählte Jens, während er mit dem Lappen über eine Schale wischte.

Es klapperte, als Lea ein Blech reinigte, ohne den Blick von dem Schaumfleck zu nehmen, der auf seiner Nase klebte. Der Schaum wackelte auf und ab, wenn Jens redete, und kleine Flocken lösten sich von ihm. »Leider hat er die pürierten Erdbeeren erhitzen wollen, damit sich der Geschmack besser entfaltet. In der Mikrowelle. In einem Shaker aus Edelstahl.« Er kicherte, und Lea raunte: »Oh-oh.«

In dem Moment trat Bajo ein, die Haare windschief abstehend, als hätte er sich gerade erst eine Mütze vom Kopf gezogen. Das grelle Licht in dem Raum vertrieb die Schatten aus seinem Gesicht, sodass es geisterhaft erleuchtet wirkte. Lea versteifte sich augenblicklich.

»Gut, dass du hier bist –«, sagte er so rau, dass es ihren Magen verknotete wie eine Butterbrezel. Sie war bereit, mit ihm zu sprechen, ihm ihre Perspektive zu erklären und an sein Verständnis zu appellieren. Aber Bajo meinte nicht sie, sondern fügte hinzu: »Jens. Morgen früh brauche ich dich zwischen acht und elf Uhr. Nasrin hat es bereits eingetragen. Passt das?«

Jens nickte, der Schaumfleck rutschte ihm die Nase hinunter und landete auf seiner Oberlippe, wo er ihn wegwischte. Dafür spritzte Wasser auf, weil Lea hektisch im Vorspülbecken rührte, um ein weiteres Teil herauszufischen. Ihre Gedanken rasten – wie sollte sie das Gespräch mit ihm suchen? Was ging in ihm vor? Es war zum Verzweifeln. Sie geriet mit den Fingern an den Stopfen, und ein saugendes Geräusch ertönte, als er aus dem Abfluss herausploppte. Der Strudel, der im Becken entstand, passte zu dem Strudel in ihrem Herzen, der jedes Gefühl aus ihr heraussaugen und in den Tiefen ihrer Seele versenken wollte.

»Oh, du bist noch hier?« Lea streckte sich, gähnte und trat hinter die Rezeption. Sie legte Nasrin eine Hand auf die Rückenlehne und schaute ihr über die Schulter. Nasrin hatte zwar seit einer halben Stunde Feierabend, aber tippte immer noch auf dem Computer herum. Sie aktualisierte gerade Datenbankeinträge – eine wichtige Arbeit, die gern übersehen wurde.

»Ich dachte mir, ich bleibe lieber hier und warte, bis du auch gehst. Du weißt schon, falls Tarja noch mal vorbeikommt.«

Lea stieg die Hitze in die Ohren, weil sie das so unglaublich aufmerksam fand. Schräg vor Nasrin, sichtgeschützt vor neugierigen Kundenblicken unter dem Überhang des Tresens, standen mehrere vergoldete Fotorahmen.

Auf einem der Fotos entdeckte sie Nasrin zwischen zwei älteren Menschen, die ein ähnlich rundes Gesicht und die gleichen markanten geraden Augenbrauen hatten. »Sind das deine Eltern?«

Nasrin schloss alle Fenster auf ihrem Bildschirm und sah zum Foto hinüber. »Ja. Das war auf unserer vorletzten Reise nach Rajshahi. Da haben wir meine Großeltern besucht.« Liebevoll strich sie über das Glas und schob den Rahmen dann ein wenig weiter nach hinten. »Weißt du, auch wenn sie mich gegen meinen Willen verheiraten wollten, haben sie das getan, weil sie das Beste für mich wollten. Ich bin ihnen nicht böse, nicht wirklich. Meine Mutter liest mir seither jeden Wunsch von den Lippen ab, und Baba verwöhnt mich.«

Es fiel Lea schwer, nicht auf die Stelle zu sehen, unter der der Schal ihre schweren Verbrennungen versteckte. »Das ist für einen Außenstehenden nicht leicht nachzuvollziehen«, antwortete sie diplomatisch. »Ich glaube, viele Familien wären daran zerbrochen.«

»Das mag sein. Verstehst du dich gut mit deiner Familie?«

Lea verzog den Mund. »Ja, generell schon. Es gibt Streitigkeiten wie überall auch. Aber meine Eltern haben mir alle nur vorstellbaren Freiheiten gegeben. Und mich jederzeit unterstützt.« Ihre Familie hatte Fehler, aber wenn es darauf ankam, hielten sie zusammen. Wenn es auch im Moment nicht unbedingt danach aussah.

Nasrin drehte sich mit dem Stuhl um und stand schwungvoll auf. »Es ist ihre Kultur, sie kannten es nicht anders. Aber ich rechne ihnen hoch an, dass sie nun akzeptieren, dass ich nicht heiraten möchte. Unser Band ist stärker als jede Tradition. Das ist leider nicht überall so.« Sie fuhr den Rechner herunter und schnappte sich ihre Tasche. »Komm, ich bin fertig.«

Zum Glück wartete Tarja weder vor der Praxis noch vor dem Haus ihrer Großeltern. Dafür hatte ihr Vater gesorgt, der im Vorgarten wie ein zu groß geratener Gartenzwerg stand, mit roter Wollmütze, Klappschaufel und grimmigem Ausdruck. Um ihn herum lagen Dutzende Bambusröhren verstreut. Als er Lea entdeckte, hieb er die Schaufel fest in den Boden. »Dreimal ist sie hier vorbeigefahren!«, schimpfte er und trat aufgebracht gegen eine der Röhren.

»Oh.« Nachdenklich kaute sie auf ihrer Unterlippe. Woher wusste ihr Vater denn nun schon wieder Bescheid? Aber er lieferte die Erklärung gleich: »Merle hat mich gewarnt, und da habe ich mich gleich freiwillig gemeldet, um den Späher zu spielen. Ihre aufgemotzte Angeberkarre kann Tarja sich sonst wohin …«

»Ach, Papa.« Lea kletterte über den Bambus zu ihrem Vater. Sie musste sich nicht auf die Zehenspitzen stellen, um ihm einen Kuss auf die Wange zu drücken, weil sie ziemlich genau gleich groß waren. Aber er war um einiges breiter und fülliger und wirkte so entschlossen, dass sie ihn kaum wiedererkannte. »Ich habe dich lange nicht mehr so wütend gesehen«, murmelte sie. »Wird das ein neuer Bambuszaun?«

»Ja, ich möchte das Blumenbeet dekorativ abgrenzen. Eins sage ich dir, wenn diese fleckenfreie Kuh es wagt, dich hier aufzusuchen, dann muss sie erst mal an mir vorbei.«

»Fleckenfreie Kuh«, wiederholte Lea und legte beide Arme um ihn, um ihn fest zu drücken. »Das ist eine interessante Wortwahl.«

»Ist doch wahr. Wie geht es dir denn?« Jetzt änderte sich sein brummiger Ausdruck, als sich ein weicher Unterton in seine Stimme mischte.

»Alles in Ordnung, Papa. Danke fürs Aufpassen.« Irgendwann sollte sie mit Tarja reden, aber sie wollte nicht überrumpelt werden.

»Dann ist gut. Janna hat mir übrigens eine Nachricht geschrieben, ich glaube, sie ist immer noch sauer auf Mama. Sie …« Er nuschelte den Rest, sodass Lea ihn losließ und den Kopf schieflegte.

»Sie, was?«

»Deine Mutter meint es nur gut, Lea. Bei dir, Janna und Merle. Sie kann das manchmal nur nicht so rüberbringen.« Er strich sich über den Bart und sog die Luft ein. »Verrate ihr bloß nicht, dass ich dir das gesagt habe, sonst darf ich für den Rest meines Lebens in der Garage schlafen.«

»Keine Sorge, Papa.«

Die angelehnte Haustür öffnete sich, und Peanut schoss heraus. Schwanzwedelnd stürmte er auf sie zu und brachte dabei sämtliche Bambusröhren zum Rollen. »Moin!«, rief Lea und presste ihren Border Collie fest an sich, der nach Mutters selbst hergestelltem Lavendelshampoo roch.

»Ich geh mal schauen, wie weit Mama mit dem Essen ist.«

Sie fand ihre Mutter im Wohnzimmer, wo sie vor dem alten Eichenschrank kniete und die dickwandigen Teller mit dem Goldrand hervorzog. Die hatte Lea seit Jahren nicht mehr gesehen, weil sie Mama heilig waren. Ursprünglich hatten sie ihrer Oma Pieke gehört, Mutters Schwiegermutter, an der diese sehr gehangen hatte und die noch vor Leas Geburt gestorben war. Der hellblaue Body spannte über den pinken Leggings ihrer Mutter – das verschwitzte schmale Stirnband verriet, dass sie eben eine Aerobic-Stunde eingelegt hatte. Wahrscheinlich vor dem Fernseher mit einer ihrer uralten DVDs, die die Familie begleiteten, solange Lea zurückdenken konnte.

»Gibt es einen Grund zum Feiern?«, fragte sie und bereute es gleich, weil ihrer Mutter vor Schreck ein Teller entglitt. Kurz vor dem Aufprall auf dem Parkett fing sie ihn wieder auf. Sie pustete über ihn und Staub wirbelte auf.

»Gut, dass du wieder gesund bist, Lea«, sagte sie leise, so scheu, dass Lea nicht anders konnte, als neben ihr niederzuknien und sie zu umarmen.

»Ja, Mama«, sagte sie. »Alles wieder in Ordnung.«

Erleichtert stieß ihre Mutter die Luft aus. »Schön, dass du hier bist.«

Damit war erst mal alles gesagt. Gemeinsam trugen sie die Teller in die Küche und spülten sie ab. Es duftete köstlich nach gebackenem Gemüse, Kartoffeln und Käse. Viel Käse.

»Janna ist immer noch weg«, sagte ihre Mutter schließlich, während sie einen Teller nach dem anderen abtrocknete, damit Lea ihn zum Tisch bringen konnte, auf dem bereits Stoffservietten lagen. Stoffservietten! Ihre Mutter gab sich wirklich Mühe. Auf ihre Art.

»Mach dir deswegen keinen Vorwurf, Mama. Wenn, dann bin ich es, die sich darüber Gedanken machen müsste.«

»Du?« Ungläubige Falten wuchsen auf der Stirn ihrer Mutter.

»Ich glaube, Janna kommt sich neben mir wie ein schwarzes Schaf vor. Weil sie keine klassische Karriere hingelegt hat wie ich.«

»Aber sie denkt, dass ich sie deswegen weniger lieb habe. Und das stimmt nicht. Ich möchte einfach, dass ihr alle drei euren eigenen Weg geht. Dass ihr glücklich seid.«

»Gilt das auch für Merle?«

Die Falten auf ihrer Stirn wurden tiefer, und jetzt kamen auch welche zwischen den Augenbrauen hinzu. »Jaa«, antwortete sie gedehnt. »Aber Merle ist anders als ihr. Schutzbedürftiger, auch wenn sie das nicht wahrhaben will.«

»Ich denke, sie ist ziemlich gut organisiert und in der Lage, ihren Weg zu gehen. Auch mit dem Baby.« Kaum hatte sie das letzte Wort ausgesprochen, bereute sie es und schlug die Hand vor den Mund.

Die Augen ihrer Mutter wurden gefühlt ebenso groß wie die Teller. »Was hast du gesagt?« Sie trocknete sich die Hände an einem Spültuch ab, aber Lea sah, dass sie zitterten.

Mist, Mist, Mist, dachte Lea. »Dass Merle ziemlich gut organisiert ist?« Das kam so schrill heraus, dass nicht viel fehlte, um ein Glas zu sprengen.

»Nein, das andere.«

Lea schwieg und holte stattdessen das Besteck aus der Schublade. Sie ärgerte sich, dass es ausgerechnet ihr herausgerutscht war. Merle würde ihr das nie verzeihen.

»Mit Nils?«, fragte ihre Mutter. Sie probierte die Suppe, gab etwas Salz hinzu.

»Woher weißt du von Nils?«, fragte Lea überrascht. Merle hatte doch alles darangesetzt, die Sache geheim zu halten.

Der Ofentimer klingelte, das Baguette war fertig. Sie zog sich die Ofenhandschuhe an und holte den Rost heraus. Der leckere Brotgeruch durchzog die kleine Küche, aber Leas Magen rumorte unruhig.

»Ich weiß so einiges. Ihr denkt immer, dass ihr alles vor mir verstecken könnt – oder müsst.« Es zuckte auf der Wange ihrer Mutter, und ihr Mund verhärtete sich.

Jetzt tat sie Lea furchtbar leid. Sie faltete die Servietten und legte sie auf die Teller. Dabei ließ sie sich besonders viel Zeit, denn danach war alles bereit zum Abendessen und Mutter würde Merle aus ihrem Zimmer rufen. Sie kniff sich in die Nasenwurzel, um die anbahnenden Kopfschmerzen zu verdrängen.

»Gehst du bitte deinen Vater reinholen? Der steht sich schon den ganzen Nachmittag die Beine krumm für dich. Ich hole Merle.«

»Soll ich nicht lieber Merle …« Sie sprach die Frage nicht zu Ende, weil ihre Mutter so abrupt aufschaute, dass es einer Kriegserklärung gleichgekommen wäre. »Bin gleich wieder da.«

Ihre Mutter wartete, bis alle am Tisch saßen, Lea mit gesenktem Kopf, Merle vor sich hin summend, ihre Mutter mit eindeutig zu langsamen Bewegungen, als sparte sie sich die Energie auf, und ihr Vater, der Messer und Gabel so fest hielt, dass seine Knöchel weiß hervortraten. Er hatte einen feinen Sensor für die Stimmungen im Haushalt. Ihre Mutter hatte sich einen weiten Kartoffelsack über ihr Sportoutfit gezogen, zumindest war das die Bezeichnung, die Tante Anneke gern für ihr Hauskleid verwendete.

Lea verteilte den Auflauf und nahm sich selbst nur eine kleine Portion – falls ein Streit ausbrach, wollte sie nicht lange an den Tisch gebunden sein. Es roch so gut, und während ihrer Krankheit hatte sie mehrere Kilo abgenommen, aber ihr Appetit hielt sich trotzdem in Grenzen.

»So, da wir jetzt alle versammelt sind«, begann ihre Mutter, und kurz wanderten ihre Schultern herunter, denn allen war klar, dass Janna fehlte, »möchte ich die Gelegenheit nutzen und dir mal ganz laut und deutlich sagen, Lea, dass ich stolz auf dich bin.«

Leas Gabel sank klappernd auf den Teller. »Du bist was?«, fragte sie gleichzeitig mit Merle. Auch ihr Vater verharrte mit einem Stück Kartoffel auf dem halben Weg zum Mund.

»Jetzt schaut mich nicht so an, als wäre ich Störtebekers abgeschnittener Kopf. Ja, ich bin stolz auf dich. Nur damit du es weißt.« Vehement spießte sie ein Stück Möhre auf. Eine Minute lang war ihr Kauen das einzige Geräusch im Raum. »Janna hat recht. Manchmal habe ich zu hohe Ansprüche an dich, weil ich will, dass du dein gesamtes Potenzial nutzt. Du bist so schlau.«

»Danke?«, erwiderte Lea unsicher und tastete nach der Wasserflasche, die neben Merle stand. Sie hatte plötzlich unglaublichen Durst.

»Ich war schon immer stolz auf dich. In jedem Alter. Im Kindergarten, beim Abi, Studium und jetzt. Und auf dich übrigens auch, Merle. Egal, was du tust, mit wem – und welchen Schatz du in dir trägst.«

Merle hustete und verschluckte sich.

»Deine Mutter hat was? Und wie – Merle ist schwanger?« Kerstin goss sich selbst das Weinglas bis zum Rand voll und wartete, bis Lea sich eine Apfelschorle eingeschenkt hatte. »Auf das perfekte Chaos!«, rief sie und stieß einen Tick zu schwungvoll gegen Leas Glas, das laut klirrte.

In Kerstins Dachgeschoss staute sich die Hitze und es war so warm, dass Hinderk im Unterhemd am Computer saß. Kerstin selbst trug ein Amazonenkostüm aus ihrem Rollenspielfundus, das auch gut auf eine Erotikmesse gepasst hätte. Der Stoff bedeckte kaum das Drachentattoo, das sich von ihrer Schulter den halben Rücken hinunterzog.

Lea wischte sich über die heiße Stirn. »Das war gruseliger als bei der Addams Family. So verständnisvoll und empathisch kenne ich sie einfach nicht.«

Kerstin kicherte, und ihre goldenen Ohrringe wackelten. »I wo«, sagte sie und nahm einen tiefen Schluck. »Deine Mum ist völlig in Ordnung. Ich habe dich früher immer beneidet, weil sie sich in der Schule so sehr engagiert hat. Hat ständig freiwillig ausgeholfen und war sogar im Elternbeirat, oder? Meine Herrschaften sind nie auch nur zu einem Elternabend gegangen.«

»Das stimmt. Aber sie hat mir noch nie gesagt, dass sie stolz auf mich ist. Nie! Und dass sie Merles Schwangerschaft einfach so akzeptiert hat, das haut mich vom Hocker.« Sie brauchte nicht extra zu erwähnen, dass Merle ansonsten wohl auch Hackfleisch aus ihr gemacht hätte – Kerstin kannte Merles Temperament nur zu gut, seit sie mit vierzehn einen Typen mit einem Besen verdroschen hatte, der ihr ein Bein gestellt hatte.

»Menschen ändern sich.«

»Nee«, antwortete Lea. »Das halte ich für ein Gerücht.«

»Vielleicht. Aber ich denke, sie war immer schon stolz auf dich. Und deine Schwestern. Sie konnte es dir halt nie so direkt zeigen. Aber wenn sie meiner Mum von dir erzählt hat, leuchteten ihre Augen. Und Merle möchte sie einfach mit allen Mitteln beschützen. Das ist vielleicht so wie bei dir und Peanut – der kommt dir mit seiner Vorgeschichte bestimmt auch besonders zerbrechlich vor, oder?«

»Mhm, das stimmt.« Sie tätschelte Peanuts Kopf, der zu ihr aufschaute. Treu, und mit diesen fröhlichen Augen, die sie dahinschmelzen ließen wie Vanilleeis am Sommerstrand. »Bald wird Merle selbst Mutter sein«, sagte sie leise und lächelte unwillkürlich.

»Ja, das wird sie. Und sie wird das gut machen. Man wird ja nicht über Nacht Mutter, sondern wächst da rein.« Der Drache auf Kerstins Schulter schien zu nicken, als sie den Arm hob und wieder senkte, um sich ihr Getränk nachzufüllen.

Zaghafte Schritte näherten sich, und Melle baute sich vor ihnen auf, das Oberteil seines Flanellschlafanzugs trug er falsch herum. »Mama, Pickles klebt immer noch am Käfig«, schimpfte er und rührte mit einem Finger in seinem Mund. Rotz lief aus seiner Nase, und er schniefte ungeniert.

»Warum bist du denn noch um die Uhrzeit wach?« Kerstin erhob sich schwer und sank mit einem Uff wieder in die Sofakissen zurück.

»Was ist mit Pickles?«, fragte Lea, während sie Melle ein Taschentuch reichte.

»Er klebt fest.«

»Hamster kleben nicht«, erklärte Kerstin und startete einen zweiten Versuch, sich aus den tiefen Polstern zu erheben.

Melle stemmte selbstbewusst die klebrigen Hände in die Hüften. »Pickles schon!«

»Ich weiß gar nicht, woher du deine lebhafte Fantasie hast«, behauptete Kerstin und richtete ihren kunstvoll verschlungenen Gürtel, wobei die Metallschalen über ihren Brüsten klirrten.

»Soll ich ihn mir mal anschauen?«, bot Lea an, und Melle nickte erleichtert.

Es stellte sich heraus, dass Pickles tatsächlich klebte und zwar mit dem Gesicht an den unteren Stäben des Käfigs. Vorsichtig berührte Lea das Tier im Nacken, um zu sehen, ob er sich verkeilt hatte. Wütende Knopfaugen funkelten sie an. »Oje, der hängt fest. Und er ist sauer«, schlussfolgerte sie. »Wie lange ist er denn schon in dieser Position?«

»Äähm, seit ich ins Bett gegangen bin.« Melle schielte auf die Uhr.

»Also drei Stunden lang«, half Lea ihm aus.

»Er ist mir weggelaufen, als ich ihn vorm Schlafengehen noch mal gekuschelt habe. Ist einfach so in die Küche geflitzt, und ich musste ihn unter dem Kühlschrank hervorholen. Er hat sich doch nichts getan und ist jetzt verwirrt?«

Lea stupste den Hamster noch mal an und runzelte die Stirn. »In der Küche sagst du?« Sie tastete Pickles vorsichtig an mehreren Stellen ab und schob ihn vorsichtig hin und her. Erst passierte nichts, dann löste er sich mit einem Ruck vom Metall. Lea öffnete sein kleines Maul und zog eine kleine schwarze Scheibe hervor. »Da haben wir noch mal Glück gehabt«, sagte sie. »Das ist Metall, kommt sicher von einem Kühlschrankmagneten.«

Melle nahm sein Haustier entgegen und küsste den Hamster sanft auf den Kopf. Lea lachte erleichtert. »Er hat nicht geklebt, er hat gehaftet.«

Kapitel 26

Bajo arbeitete schnell und effizient, sammelte hier und dort ein Ei ein, während er die Einstreu auf dem Boden der Scheune neu verteilte, dort, wo die Hühner am Morgen gescharrt hatten. Obwohl die meisten Hühner noch schläfrig auf ihren Stangen hockten, war es laut im Stall. Hier und da flatterte eine Henne umher, aufgescheucht von den Geräuschen, die Bajos Mistgabel verursachte, und dem Wasser, das Lea in die Tränken einfüllte. Es fiel ihr schwer, so eng mit Bajo zusammenzuarbeiten, aber das war ihr gemeinsames Projekt, und sie hatte ebenso wie er die Verantwortung für die Tiere übernommen.

Stetiger Regen tropfte auf das Dach und hüllte sie ein in eine trockene, warme Welt, die sich gemütlich anfühlen könnte, wenn Bajo nur ein klitzekleines bisschen Interesse an ihr zeigen würde. Immer, wenn sie sich in seine Richtung bewegte, trat er wie zufällig zur Seite, eilte fort, um sich einer anderen Ecke zu widmen, und drehte ihr den Rücken zu. Auch wenn sein Rücken wohlgeformt war und der feuchte Schweißstreifen auf seinem Shirt die Muskeln darunter betonte, hätte sie gern mehr von ihm gesehen. Zum Beispiel seine Augen. Wie enttäuscht musste er von ihr sein? Nicht nur wegen der Sache mit Tarja, auch weil sie bei der Konfrontation die Flucht ergriffen, ihn mit den Hühnern allein gelassen hatte und tagelang der Praxis ferngeblieben war. Vielleicht glaubte er nicht, dass sie wirklich schlimm krank gewesen war?

Jens, der auf einer Leiter stand, um eine Glühbirne auszutauschen, summte fröhlich vor sich hin und tat, als ginge ihn die angespannte Stimmung zwischen ihnen nichts an. Lea war dankbar dafür, aber sie war auch erleichtert, als er ihr schließlich winkte. »Ich fahre nach Hause und zieh mich um. Wir sehen uns nachher in der Praxis«, verabschiedete er sich. Auf seinem Hals war ein tiefblauer Knutschfleck zu sehen, um das ein Herz mit einem Kugelschreiber gemalt war. Dann sagte er so laut, dass Bajo es mitbekommen musste: »Du siehst immer noch blass aus, dich hat es wirklich schlimm erwischt.«

Lea nickte und füllte den letzten Trog auf. Dann half sie Bajo, die letzten Eier zu suchen. Einige davon würden sie den Tieren rückfüttern.

»Wenn es zu viel wird, mach ruhig eine Pause«, bot er an und nahm ihr den Korb ab. Endlich erhaschte sie einen Blick in seine Augen, die frostig blau wie das Eismeer wirkten. Statt der Hühner hätte jetzt auch ein Pinguin auftauchen können. Sie schauderte, aber wagte trotzdem einen Vorstoß. »Geht schon.«

»Soso.« Er zögerte, öffnete den Mund, schloss ihn wieder.

»Wie geht es Lucky und Hope?«, wagte Lea den nächsten Vorstoß.

Bajo machte eine unwirsche Geste, die alles bedeuten konnte. Dann aber ging ein Ruck durch seinen Körper, und er murmelte: »Gut. Hope hat zugenommen, Luckys Bein verheilt. Oh nein, Mist.« Er bückte sich, um ein totes Huhn aufzuheben.

»Oh nein.« Sofort war Lea neben ihm, strich über die Federn und fühlte den bereits erkalteten Körper darunter. »Das kam überraschend.«

»Das ist jetzt das vierte. Ihre Immunsysteme sind zerbrechlich wie Teegeschirr, und die Umstellung an sich ist bereits zu viel für sie. Ich gebe alles, aber manchmal reicht es nicht.«

Schuld überkam Lea, die sie von oben bis unten durchrüttelte. Es tat weh, Bajo so zu sehen – hätte sie etwas bewirken und die Tiere retten können? Die Scheune war im gedimmten Licht gehalten, es war ruhig, trocken, sauber, gab genug Platz, Futter, Wasser. Mehr hätte sie auch nicht tun können. »Komm, ich beerdige es für dich. Verrate mir nur, wo du die anderen vergraben hast.«

»Nein.« Er hielt das Huhn fest in der Hand, die Lippen blutleer und zu einer feinen Linie gepresst. »Das machen wir zusammen.«

Lea torkelte hinter ihm her, kämpfte mit ihrem Gleichgewicht, weil es sie so überrumpelte, dass Bajo sich freiwillig anbot, eine Aufgabe mit ihr gemeinsam zu erledigen. Sie buddelten ein tiefes Loch und schmückten das Grab anschließend mit ein paar Blumen, die in der Nähe wuchsen.

Bajo faltete die Hände, stand vornübergebeugt mit ernster Miene da. »Jedes Leben ist wertvoll«, raunte er, »und jeder Tod ein Verlust.«

Lea sah ihn nachdenklich an und spürte eine tiefe Leere in sich aufsteigen. Das klang so sehr nach ihrem Großvater, dass sie ihn in diesem Moment furchtbar vermisste. Sie stellte sich neben Bajo und betrachtete das kleine Grab, bis er seufzte und sie zu ihm schielte. Eine einzelne Träne rollte seine Wange hinunter, langsam, wie in Zeitlupe. Auch der Kloß in Leas Hals wurde dicker, als sie seine Verwundbarkeit sah, verstand, dass er sich vor allem von ihr abkapselte, um nicht verletzt zu werden.

Sie schaffte es vor der Arbeit nicht mehr nach Hause, sondern machte sich in dem blau gekachelten Stallbadezimmer von Bajo so gut es ging frisch. Ersatzkleidung hatte sie in ihrer Sporttasche dabei, nur ein Kamm wäre schön gewesen. Sie strich sich über die zerzausten Haare, dachte über Bajo nach und daran, wie er ein letztes Mal die Erde auf dem Grab festgeklopft hatte. Als Tierarzt war man oft mit seiner Trauer allein, es wurde einfach von einem erwartet, jede emotionale Herausforderung zu bewältigen. Deswegen wusste sie es umso mehr zu schätzen, dass er sich vor ihr seiner Tränen nicht geschämt hatte.

Als sie rauskam, war er bereits unterwegs. Im Laufe des Morgens sah sie ihn gelegentlich durch die Praxis laufen und hörte, wie er mit Jens, Nasrin oder einem Patienten sprach. Irgendwann sprang er in seinen VW-Bus und fuhr mit Jens zu einem Notfall, und sie blieb mit Nasrin allein in der Praxis zurück.

Zur Mittagszeit traf sie sich mit Kerstin und Christine im Funkelsteen. Christine hatte Muffin mitgeschmuggelt, der in ihrem Ausschnitt herumkrabbelte und ab und zu sein kleines Köpfchen rausstreckte. Sein zartes Miauen ging in der Jazzmusik unter, die Onno aufgelegt hatte. Heute kam er alle zwei Minuten unter einem Vorwand an den Tisch, bis Christine lachend nachgab: »Na gut, du kannst ihn gern mal halten.«

Onno errötete. »Ich wollte eigentlich nur eine Schale Erdnüsse vorbeibringen.«

Lea und Kerstin zwinkerten sich zu – denn Onno hatte bereits eine Schale Erdnüsse vor sie abgestellt. Verliebt hob er den Kater hoch, der ihn sogleich interessiert anschielte, die Tatze hob und miaute.

»Seht ihr, er ist ein kleiner Macho. Deshalb habe ich ihn mitgebracht, weil er seine Geschwister gern mobbt, wenn ihm danach ist. Und Keks geht es gerade nicht so gut, die hat sich heute Morgen übergeben.«

Sofort wurde Lea hellhörig. »Oha, kannst du mir das genauer beschreiben? War es das erste Mal? Wie sah es aus?«

»Du bist so eine Vollblut-Tierärztin«, kommentierte Kerstin, während sie Onno zuzwinkerte, der fasziniert Muffins flauschiges Köpfchen streichelte.

Christine zückte ihr Handy. »Ich habe ein Foto gemacht.« Gemeinsam beugten sie sich über das Display, während Kerstin sich nach hinten lehnte und die Arme vor der Brust kreuzte. Schließlich nickte Lea. »Da ist viel Fell drin, anscheinend hat sie sich nur geputzt.

Aber wenn sie sich noch mal übergibt oder du irgendwelche Krankheitssymptome feststellst, gibst du mir sofort Bescheid, okay?«

»Natürlich.« Christine nickte. »Jedenfalls ist Muffin auf ihr herumgeturnt, als würde er für die Olympischen Spiele üben. Da dachte ich, ich trenne ihn heute mal von der Gruppe. Vielleicht hilft ihm das, runterzukommen, und Keks hat ihre Ruhe.«

Onno zückte ein Tuch aus der Schürzentasche und murmelte: »Ich mache besser mal sauber.« Er wischte den Nachbartisch, mit dem Kätzchen auf der Schulter.

»Ob du Muffin jemals wiederbekommst, weiß ich nicht«, witzelte Kerstin.

»Ist noch zu jung zum Vermitteln«, brummte Christine und schaute dem Katzenjungen besorgt nach.

»Jaja, lieben heißt auch loslassen müssen«, erwiderte Kerstin lachend und pikte sie in die Seite. Sie trank ein paar Schlucke ihrer Zitronenlimonade, während Christine nachrechnete, wann die Kätzchen alt genug waren, um in ein neues Zuhause zu ziehen.

Ein paar Minuten später klingelte die Messingglocke über dem Eingang, als jemand eintrat. Kerstin schoss nach vorn und zog Lea mit sich hinunter, sodass sie hinter der Sitzlehne zur benachbarten Sitzgruppe verschwanden.

»Autsch«, raunte Lea und versuchte, sich zu befreien. »Was ist?«

»Pscht!« Kerstin bedeutete ihr unten zu bleiben und richtete sich langsam und mit rotem Kopf wieder auf, um über die Lehne zu lugen. »Puh«, stieß sie aus. »Entwarnung.« Als Lea nicht gleich reagierte, fügte sie hinzu: »Mann, Scheiße, da ist eine Frau reingekommen, und ich dachte, das ist Tarja.«

Lea rieb sich ihren wunden Nacken und setzte sich wieder aufrecht hin. Sie spürte einen Kratzer am Ohr, dort, wo Kerstins Fingernägel sie erwischt hatten.

»Immerhin kannst du dich echt auf meine Reflexe verlassen«, rechtfertigte Kerstin sich und wich Christines Blick aus, deren Augenbrauen vorwurfsvoll nach oben wanderten.

Die Frau, die Kerstin meinte, trat an den Tresen und sah sich suchend nach dem Wirt um, der allerdings mittlerweile in einer Nische in der Ecke saß und einen Faden entrollte, dem er Muffin hinhielt. Der winzige Kater stolzierte über den Tisch, als gehörte ihm das Funkelsteen.

Tatsächlich sah die Frau Tarja mit ihren langen blonden Haaren und der tadellosen Figur ähnlich, hatte aber einen dunkleren Teint und ein runderes Gesicht.

»Das wollte ich dir ohnehin erzählen.« Kerstin legte einen verschwörerischen Tonfall auf. »Hinderk war gestern im Klabautercafé in Rysum, um einen Kostenvoranschlag für ein neues Dach zu machen. Wusstest du, dass Tarjas Familie das Café vor ein paar Jahren gekauft hat?«

»Ja«, antwortete sie und zog eine Schnute. Das hatte sie ja bereits in der Bäckerei erfahren. Und von Bajo wusste sie, dass Tarjas Familie nicht gut auf ihn zu sprechen war.

»Krass, oder?« Kerstin wackelte mit den Augenbrauen. »Jedenfalls hat Tarjas Mutter ihm erzählt, dass sie nach einer zweiten Location sucht, um ein weiteres Café zu eröffnen. Und sie hat wohl gehört, dass dein Opa die Praxis verkaufen möchte.«

»Ach?«, fragte Christine, immer noch auf Onno fixiert, der mit dem Faden wild hin und her zuckte, was Muffin zu begeisterten Sprüngen verleitete. »Dein Opa möchte verkaufen?«

»Nein. Doch, ja«, gab Lea zu und knibbelte an der blauweiß karierten Tischdecke. Nur eine ihrer vielen Sorgen. Aber das ausgerechnet Tarjas Eltern durch die heiligen Hallen ihres Großvaters wandeln sollten, das tat weh.

»Was denn, nein oder ja?« fragte Kerstin. »Beides geht schlecht.«

»Wirklich wollen tut er es nicht, aber er möchte mit Oma die Rentenjahre genießen, und da bleibt ihm keine Wahl.«

»Und was wird dann aus dir?«

»Hm.« Lea zögerte. »Ehrlich gesagt, weiß ich es nicht.«

Irland, Australien und Kanada schienen auf einmal gar nicht

mehr interessant. Egal, wo sie hinginge, sie würde allein gehen. Ohne Bajo. Wenn doch nur diese verflixte Sache mit Tarja nicht passiert wäre …

Sie unterhielten sich noch eine Weile, bis Lea zurück in die Praxis musste, und zahlten dann. Gerade hatten sie das Funkelsteen verlassen, da schubste Kerstin Lea plötzlich in die Hecke und sprang hinterher. Christine, die es geschafft hatte, Muffin aus Onnos Armen zu lösen, stand verwirrt vor der Hecke und schaute unter einem Ast durch. »Pscht!«, zischte Kerstin. »Jetzt ist Tarja wirklich da.«

Lea saß auf dem Hosenboden und unterdrückte ein Fluchen, weil sie mit dem Steißbein auf einer Wurzel gelandet war. »Bist du sicher?« Sicherheitshalber krabbelte sie weiter nach hinten ins Gebüsch, riss sich den Zeigefinger an einem Dorn auf und wartete, bis Kerstins rote Wangen neben ihr auftauchten.

»Was macht die denn hier?«, flüsterte sie. »Verfolgt sie dich etwa?«

»Keine Ahnung. Sieht ganz so aus. Sie war bereits in der Praxis und hat nach mir gefragt. Und ist mehrfach an unserem Haus vorbeigefahren. Warum kommt Christine nicht?« Sie hockte sich hin und lugte vorsichtig durch die Zweige. Da war sie – Tarja, dieses Mal in einem hautengen senffarbenen Kostüm, in dem sie umwerfend aussah. Sie hielt geradewegs auf Christine zu.

»Hi«, sagte sie erstaunlich freundlich. »Ich glaube, wir kennen uns aus der Schule? Ich bin es, Tarja De Fries.«

Christine hustete und verschluckte sich dabei. »Hallo – ja«, röchelte sie, und Muffin miaute zur Bekräftigung. Der Kater zappelte und versuchte sich aus ihrer Umarmung zu befreien.

»Oh, der ist aber süß«, flötete Tarja und streckte die Hand nach dem Kätzchen aus, das der immer röter werdenden Christine auf die Schulter kletterte. Hoffentlich sprang der Kleine nicht hinunter und flüchtete sich ins Gebüsch – Lea würde vor Peinlichkeit und Panik sterben, wenn Tarja sie hier entdeckte.

»Wenn sie Muffin anfasst, bringe ich sie um«, fluchte Kerstin, die neben sie gerobbt war und mit den Zähnen knirschte.

»Vorsicht, der beißt«, behauptete Christine. »Er ist ein Findelkind, aber ein ganz frecher kleiner Kater.«

»Echt? Ich suche gerade nach einem Haustier für meine Tochter.«

»Eher grabe ich sämtliche Deiche Ostfrieslands um, als dass Tarja dieses Kätzchen bekommt.« Kerstins Wangen blähten sich auf, und die Haut an ihren Fingerknöcheln trat weiß hervor, als sie die Hände zu Fäusten ballte. Lea legte die Hände auf die Lippen, weil Kerstin so zappelte, dass kleinere Äste knackten.

»Sag mal, hast du zufällig eine Ahnung, wie ich mit Lea Ostendorf in Kontakt kommen kann?«, fragte Tarja und zückte ihr Handy, um ein Foto von Muffin zu schießen. »Ich darf doch, oder?«

»Äh«, stammelte Christine mit unglücklicher Miene und harrte steif aus, während Tarja gleich mehrere Fotos knipste.

Lea schloss die Augen. *Verrat mich nicht*, flehte sie gedanklich und faltete sicherheitshalber dabei die Hände – nur falls irgendjemand da oben zuhörte. Schaden konnte es nicht.

»Soll ich ihr, falls ich sie sehe, etwas ausrichten?«

Erleichterung durchflutete Lea – das war eine gute, unverfängliche Antwort.

Tarja diktierte Christine ihre Handynummer und lief dann ins Funkelsteen. Hoffentlich verplapperte Onno sich nicht, aber der Wirt war eigentlich zu gewieft, um sich in die Angelegenheiten seiner Gäste einzumischen.

»Puh, das war knapp.« Leas weißes Shirt war voller Erde und kleiner Zweige, und Kerstin sah aus wie nach einer Schlacht zwischen Zwergen und … Lea hatte keine Ahnung, vielleicht Ogern oder so?

Später am Tag, zwischen zwei Praxisterminen, versuchte sie Opa anzurufen. Es klingelte nur einmal, dann ging seine Mailbox ran. Also schrieb sie ihm eine E-Mail. Dann löschte sie die E-Mail wieder und tippte mit den Fingernägeln auf dem Schreibtisch herum, bis Bajo eintrat.

»Lea?«, fragte er, die Hände tief in den Taschen seines Kittels vergraben. Seine Haare waren hinten zu einem Zopf gebunden, aber oben standen sie wie elektrisiert ab. Das war süß, aber – aber.

»Ja?«, fragte sie und versuchte, möglichst lässig zu wirken, was dazu führte, dass sie sich mit dem Ellenbogen in der Luft abstützte und in ihrem Drehstuhl zusammensackte.

»Ich würde gern mit dir sprechen. Wegen Tarja.«

Er hätte auch sagen können, dass gerade ein Raumschiff gelandet sei, um die Erde zu entvölkern. Es hätte den gleichen Effekt gehabt. Erst verwischten die Bilder am Rande ihres Augenfeldes, dann verlor sie das Gefühl in den Fingerspitzen. Ihr Rücken bog sich gerade durch, als würde sie in einer mechanischen Lea-Puppe feststecken, die sich nicht mehr richtig aufziehen ließ.

»Na gut, was gibt es denn?«, fragte sie, zumindest hatte sie das vor. Heraus kam ein »Nawsdenn?«, das an die verzerrte Stimme eines sprechenden Papageis erinnerte.

»Alles und nichts.« Er strich sich nachdenklich über das Kinn, auf dem wieder ein dunkler Flaum zu sehen war.

Lea suchte derweil nach einem Fokuspunkt und fand ein Buch in Opas Regal, das sich mit dem Verdauungstrakt von Kleinsäugern beschäftigte. Es war weinrot und in Stoff eingebunden. Sicherlich war es älter als sie, und es gab ihr die Ruhe, durchzuatmen.

»Bitte setz dich«, forderte sie Bajo auf, der sich statt des Eckstuhls den blauen Fitnessball schnappte, den sie dort verstaut hatte. Da der Ball so niedrig war, reichten seine Knie höher als seine Hüfte. Außerdem hüpfte er bei jeder Bewegung, weil Lea den Ball prall aufgepumpt hatte.

»Tarja hat mir alles erzählt. Dass ihr in einer Klasse wart. Das mit ihrem Vater«, sagte er leise und schüttelte den Kopf. »Die ganze Sache ist ein Schock für mich, aber ich verstehe, dass es für dich noch viel schwieriger ist.« Der Fitnessball kam zur Ruhe, als Bajo sich ausbalancierte. Die dunklen Sprenkel in seinen Augen erinnerten Lea an einen Schwarm Dohlen hoch oben über dem Wattenmeer, mit dem Unterschied, dass sie an Ort und Stelle verharrten. Tränen stiegen in ihr auf, und sie schluckte, um die Fassung zu bewahren.

»Es tut mir so unglaublich leid, Lea. Auch, dass du krank geworden bist. Ich wollte schon viel früher mit dir sprechen, aber ich musste über alles nachdenken. Und es gibt so viel zu tun, dass ich kaum Zeit dafür finde.«

»Es tut mir auch leid.« Ihre Worte waren kaum mehr als ein Hauchen, gerade laut genug, um durch den Raum getragen zu werden.

Hilflos streckte Bajo den Arm aus, wie um sie zu berühren, aber der Ball bewegte sich, und er griff im letzten Moment nach der Schreibtischkante, um das Gleichgewicht zu bewahren.

»Es wäre besser, wenn ich das mit Tarja vorher gewusst hätte.« Er seufzte und kratzte sich mit der freien Hand über die Schläfe. »Das ist alles einfach unglaublich. Ich kann damit nicht umgehen. Aber ich würde gern deine Version der Geschichte hören.«

»Ich weiß nicht, ob –« Weiter kam sie nicht, weil Nasrin an die halb offene Tür klopfte und sofort eintrat. Sie schaute Bajo auf dem Fitnessball an, und es zuckte um ihre Mundwinkel. Aber sie wurde sofort wieder ernst, als sie sich an Lea wandte. »Deine Freundin hat angerufen. Christine. Eins ihrer Kätzchen ist schwer krank, Keks glaube ich.«

Lea sprang auf. Das Gespräch mit Bajo war wichtig – aber im Gegensatz zu den Katzenbabys konnte es warten. Trotzdem räusperte sie sich und knetete sich die Hände. »Ich würde das Gespräch gern weiterführen. Wann und wo immer du möchtest.«

»Wie wäre es mit heute Abend? Bei mir.« Der traurige Schimmer in seinen Augen wich einem hoffnungsvollen Licht, das an Leas Brust kratzte und ihre Kehle zuschnürte.

Keks lag abgeschlagen in der Ecke ihrer Box, getrennt von ihren Geschwistern und eingerollt in eine weiche Decke. Ihr dünnes Gesichtchen wirkte eingefallen, die Haut faltiger als sonst.

»Sie mag nichts trinken«, klagte Christine mit verheulten Augen. »Und sie ist zu müde, um wie sonst herumzutapern.« Ihr Make-up hatte sich aufgelöst und war überall im Gesicht verteilt.

Lea hob das Kätzchen vorsichtig hoch, und ein säuerlicher Geruch schlug ihr entgegen. »Gut, dass du mir Bescheid gegeben hast. Ich werde sie mitnehmen müssen, um sie zu rehydrieren und mit Medikamenten zu versorgen. Es wäre auch besser, wenn sie für ein paar Stunden in den Inkubator kommt, damit ihre Körpertemperatur nicht sinkt.«

Keks lag wie ein kleiner Waschlappen in ihrer Hand, und sie bemühte sich, die Kleine wieder in die Decke einzurollen, bevor sie sie zum Transport zusammen mit einer Wärmflasche in der Reisebox verstaute.

Christine schniefte und legte noch schnell einen winzigen Katzenteddy dazu. »Bitte gib mir Bescheid, falls es mit ihr bergab geht. Wenn sie es nicht schafft und … und stirbt, möchte ich bei ihr sein und sie begleiten. Sie soll sich auf dem letzten Weg nicht allein fühlen.« Sie stupste ihr Kätzchen ein letztes Mal an, bevor Lea die Box schloss.

Ja, sie hatte schon viele Tiere sterben sehen, aber es ging ihr jedes Mal aufs Neue nah. Man konnte einen professionellen Abstand wahren, und es gab Techniken, um sich davor zu schützen, zu sehr mitzuleiden, aber wenn man das Tier und den Besitzer gut kannte, dann tat es weh. Sehr weh. Wieder fühlte sie sich Bajo nahe, der diese Probleme nicht nur ebenso gut kannte, sondern der mit ihr gemeinsam unter dem Verlust des Huhns gelitten hatte.

»Ich werde mein absolut Bestes geben«, versprach sie und strich ihrer Freundin aufmunternd über den Rücken.

Christine putzte sich die Nase und straffte dann die Schultern. »Ich weiß, Lea. Das tust du immer.« Sie holte tief Luft und stieß sie wieder aus. »Was ist mit dir? Hast du mittlerweile mit Bajo geredet?«

Jetzt war es Lea, die sich zusammenreißen musste. Bajo war so durcheinander gewesen, wusste anscheinend ebenso wenig wie sie selbst, wie er seine Gefühle einzuordnen hatte. Betont langsam schüttelte sie den Kopf. »Wir waren gerade dabei, als dein Anruf kam. Aber ich besuche ihn heute Abend.«

»Mach das. Ich weiß nicht, Lea, ich habe so ein Gefühl, dass noch nicht alles verloren ist.«

Lea hob den linken Mundwinkel – für den rechten reichte ihr Optimismus nicht.

Als sie sich abends für den Besuch bei Bajo fertig machte, stand sie unschlüssig vor ihrem Kleiderschrank. Lässig cooler Look oder professionell? Ernst, mit streng zusammengebundenen Haaren, der Situation angemessen, oder offenes Haar, in der Hoffnung, dass ein Wunder geschah? Unschlüssig griff sie nach einer lockeren Bluse und warf sie wieder ins Regal zurück. »Was meinst du, Peanut?«

Der Border Collie, der auf dem Teppich lag, hatte die Schnauze auf seine Pfoten gebettet und rührte sich keinen Zentimeter. Nur die Augen verdrehte er nach oben. Mehr Desinteresse an ihrer Garderobe hätte er nicht zeigen können.

Sie griff nach ihrer Bürste und versuchte Ordnung in das Chaos auf ihrem Kopf zu bringen. Das Klima in Ostfriesland mochte gesund sein, aber der viele Wind hatte ihre Haare so trocken werden lassen, dass sie sich manchmal wie eine wandelnde Vogelscheuche vorkam. Wenn das so weiterging, konnte sie sich stundenweise auf die Felder stellen, um die Raben von den Ähren fernzuhalten.

Dann griff sie nach einem schlichten dunkelblauen Kleid, das sie bisher nur einmal auf einem Veterinärkongress getragen hatte und das laut Konstantin ihren Hintern »ausnahmsweise mal betonte«.

»Das sieht gut aus«, sagte eine spitze Stimme hinter ihr.

Lea sprang einen Meter zurück, das Kleid wie ein Schutzschild vor sich gepresst. Dabei stolperte sie über Peanut, stieß mit der Hüfte gegen die Kommode und krümmte sich zusammen. Das Kleid glitt zu Boden. Peanut heulte auf. »Was machst du denn hier, Tante Anneke?«, brachte sie gequält hervor. Ihre Hüfte brannte, das würde bestimmt einen fiesen blauen Fleck geben. »Und ist mit dir alles in Ordnung, Kleiner?« Peanut stand auf, schüttelte sich und schaute sie beleidigt an, bevor er sich eins seiner Bällchen schnappte, damit aufs Bett sprang und sich dort zusammenrollte.

»Jetzt schau nicht so. Ich habe einen Schlüssel. Deine Großeltern sind schließlich meine Eltern.« Anneke verschränkte die Arme, sodass der synthetische Stoff ihres Jacketts knisterte. Es zuckte unsicher um ihre Mundwinkel, bevor sie Luft holte. »Wenn du mich nicht besuchst, besuche ich halt dich«, sagte sie scharf und beobachtete Lea, die ihr Kleid vom Boden aufklaubte. »›*Wenn aber jemand für die Seinen, besonders für die Angehörigen seines Hauses, nicht sorgt, dann hat er den Glauben verleugnet und ist schlimmer als ein Ungläubiger.*‹ Timotheus 5 Vers 8«, zitierte sie eine Bibelstelle, aber als Lea sie verständnislos anstarrte, trat ein weicher Ausdruck in ihre Augen. »Familie ist wichtig«, erklärte sie. Sie trat vor, um den Stoff des dunkelblauen Kleides zu befühlen. »Da passen helle, flache Schuhe zu. Leider passt du mit deinen Quadratlatschen nicht in meine rein. Brauchst du auch nicht … du …« Sie holte Luft. »Siehst in allem gut aus.«

Lea hob überrascht eine Augenbraue. Dieses Zugeständnis musste Tante Anneke all ihre Kraftreserven kosten. »Danke?«, antwortete sie leise und betrachtete die feinen Linien im Gesicht ihrer Tante. Anneke hatte immer viel Wert auf ihr Äußeres gelegt, auch jetzt war sie dezent geschminkt und perfekt frisiert.

»Ich habe ein Date«, gab Lea zu. Ein sägendes Geräusch kam vom Bett – es war Peanut, der schnarchte. Vorsichtig zog Lea ihm das Bällchen aus der Schnauze, bevor sie an Tante Anneke vorbeitrat, um ihre beigen Ballerinas aus einer Schublade zu ziehen. »Passen die hier?«

Anneke nickte zufrieden und streckte beide Daumen hoch. »Ich will nicht weiter stören. Ich –« Sie brach ab, knetete ihre Hände unsicher und versuchte es noch mal. »Ich freue mich nur so, dass du wieder hier bist. Nur dass du das weißt.« Zögernd ging sie auf Lea zu, umarmte sie steif und tätschelte ihren Rücken. Lea tätschelte zurück. »Gottes Wege sind unergründlich, und ich vertraue darauf, dass er dich aus gutem Grund nach Hause gebracht hat«, fügte Anneke hinzu und schniefte, als unterdrückte sie gerade die Tränen.

»Ich freue mich auch, Anneke«, sagte sie leise.

Kaum war ihre Tante wieder gegangen und Lea ins Badezimmer geeilt, klingelte ihr Handy, und es war – Janna! Die Bürste landete im hohen Bogen im Waschbecken. Wenn das so weiterging, wurde sie nie fertig – aber Janna hatte natürlich Vorrang. »Hi, wie geht es dir? Wo steckst du?«, fragte sie und ihre Stimme überschlug sich vor Aufregung.

»Hallo Lea. Es … ich … äh …« Lea hörte sie tief durchatmen, im Hintergrund spielte ein Pop-Song. »Mir geht es gut. Ich bin bei einer Freundin in Aurich untergekommen. Ich wollte dir nur Bescheid geben, damit du dir keine Sorgen um mich machst. Mit Papa telefoniere ich ja gelegentlich.«

»Oh, Janna, meine Süße, wir vermissen dich alle total.«

Stille. Dann knisterte es leise, bevor Janna antwortete: »Ich euch auch. Aber ich musste von zu Hause weg, weil es Zeit wird, dass ich meinen Weg gehe. Ich habe mein Studium endgültig abgebrochen und werde eine Alternative finden, die mich wirklich erfüllt.«

Lea stellte sich ihre jüngere Schwester vor, wie sie in ihrem dunkelgrauen Trainingsanzug auf einer fremden Couch saß, umgeben von dutzenden Kissen – für Janna gab es nie zu viele Kissen –, trotz der Außentemperaturen mit dicken Wollsocken an den Füßen und eine Packung Schokokekse im Schoß. Gern hätte sie sich neben sie gesetzt und ihr die Haare zerzaust.

»Hast du schon eine Idee, wohin dein Weg führen könnte?«

»Ehrlich gesagt, ja.«

Lea richtete sich auf – das war unerwartet.

»Ich recherchiere und schreibe jetzt für einen Nord-Blog auf Insta – und bevor du lachst, das macht richtig Spaß.«

»Wieso sollte ich lachen? Ich find's cool. Journalismus verändert sich ständig. Und durch die sozialen Medien kann man eine große Reichweite bekommen.« Mann, kam das wirklich so steif rüber, wie sie sich gerade fühlte? Sie klemmte das Handy zwischen Ohr und Schulter und griff nach ihrer Sportuhr, um sie über ihr Handgelenk zu ziehen.

Janna stieß erleichtert die Luft aus. »Danke, Lea. Ich weiß das echt zu schätzen, dass du das sagst. Ich schreibe vor allem über Geheimtipps, also besonders schöne Cafés oder Läden. Die haben genauso jemanden wie mich gesucht, der sich auf der Krummhörn auskennt und kreativ texten kann.«

Lea lächelte. »Das passt richtig gut zu dir. Wenn du mir einen Link schickst, lese ich mir deine Artikel gern durch.« Sie hockte sich hin und schaute nach Keks, die immer noch zusammengerollt und warm verpackt in ihrem Kasten lag. Das Kätzchen brauchte die konstante Wärme des Inkubators nicht mehr, musste aber unter Beobachtung bleiben. Deshalb würde sie die Kleine nachher mit zu Bajo nehmen.

»Bitte richte Mama aus, dass ich mich demnächst bei ihr melde.«

»Mach ich«, versprach Lea und spürte, wie der Druck in ihrem Herzen ein klein wenig nachließ. »Pass gut auf dich auf.«

»Du auch, Lea.«

Das Telefonat hatte sie Zeit gekostet, und als Lea auf die Uhr schaute, bekam sie Panik. In einer Viertelstunde sollte sie bereits bei Bajo sein! Sie entschied sich für einen lockeren Dutt und zog das blaue Kleid an, das sich eng um ihren Körper schmiegte.

Die Fenster in Bajos Schafstall waren hell erleuchtet und wirkten einladend. Trotzdem zögerte Lea, einzutreten. Flecken bildeten sich unter ihren Armen, und das Hemd schien am Hals zu spannen.

Drinnen auf der Fensterbank sah sie Jessica, die ihr langes Fell gegen die Scheibe drückte. Dann Bajo, der sie sanft herunterhob und nachdenklich ins Dunkle schaute, eine ultramarinfarbene Bandana um den Kopf geschlungen. Er trat wieder vom Fenster fort, und Holz klapperte.

Gerade wollte sie anklopfen, da hörte sie drinnen ein paar Töne auf dem Piano klimpern. Sie hielt inne, lauschte, wie die einzelnen Noten sich zu einer melancholischen Melodie verbanden, die sanft an- und abschwoll. Bajo spielte mit so viel Gefühl, wie nur ein Tierarzt es konnte, dessen Finger sein wichtigstes Instrument waren. Die Musik legte sich wie ein Pflaster um ihr zersplittertes Herz, und es dauerte keine Minute, bis die Tränen ihre Wange hinunterströmten. Sie wünschte sich so sehr, mit Bajo zusammen zu sein, so sehr, den Lauf der Geschichte zu ändern.

Als die Musik schließlich verstummte, suchte sie nach einem Taschentuch in ihrer Tasche und fand keins. »Mist«, fluchte sie, als sich die Tür öffnete.

»Hi«, sagte Bajo, versenkte die Hände in den Taschen seiner Cordhose und schaute verlegen auf seine nackten Zehenspitzen.

»Hi«, hauchte Lea, bevor sie den linken Arm vertikal ausstreckte und Bajo einen apfelgroßen Anker überreichte. »Den habe ich in einem Antiquitätenhandel gefunden. Beziehungsweise eigentlich war es Peanut, der begeistert daran gerochen hat. Ich dachte, vielleicht gefällt er dir?« Um den Hals trug sie die Kette, die Bajo ihr geschenkt hatte. Falls er sie zurückwollte.

»Danke, der ist süß.« Ihre Finger berührten sich, und für einen Moment prickelte es in Leas Bauch, als wäre nie etwas zwischen ihnen vorgefallen. »Hier.« Er reichte ihr eine Packung Tempos, und Lea zupfte sich dankbar eins heraus. Gut, dass sie wasserfeste Mascara trug. Auch Bajos Augenwinkel leuchteten feucht, und rote Flecken standen auf seinen Wangen.

»Komm rein«, lud er sie ein und schielte zu der Box, die vor ihr stand.

Lea erklärte: »Ich habe Keks mitgebracht. Hast du einen sicheren Ort, an den ich den Karton stellen kann?« Sie sah, wie Jessica ihre mächtigen Krallen am Teppich schärfte und skeptisch zu ihr hinüberstarrte. Sicherlich hatte sie den Geruch aus der Box schon längst erkannt.

»Stell ihn am besten ins Bad, da ist sie am sichersten.«

Jessicas Fell sträubte sich drohend, als Lea schnell an ihr vorbeitrat und die Box im Bad verstaute. Sie nahm den Deckel ab und richtete die Decke neu, in der Keks eingewickelt lag. Sie war verschwitzt und unruhig, aber zu schwach, um aus der Box zu klettern.

Sie zog die klemmende Tür hinter sich fest zu und ging zurück ins Wohnzimmer, wo Bajo auf das Sofa deutete. »Bitte setz dich doch.«

Wie zuvor roch es in seinem Haus nach Pfefferminz, Holz und Potpourri, aber da war noch ein anderer intensiv süßlicher Geruch wie von vergorener Ananas. Sie schnupperte, als sie sich auf das Sofa gleiten ließ, versuchte den Geruch einzuordnen. Die Federn der durchgesessenen Polster drückten in ihre Wirbelsäule, und sie rutschte ein wenig herum, um sich in eine bequeme Position zu bringen.

Bajo klapperte in der Küche mit der Teekanne, er war so nah und doch so weit weg. Er hob den Kopf und sah sie an, nachdenklich und besorgt. Seine Lider flatterten kaum merklich, als er den Kopf schräg legte. Leas Herz raste, und sie suchte nach einem Gesprächsanfang, aber da waren keine Worte mehr in ihrem Gehirn, nur Schwärze und Fragezeichen. Zum Glück kam Jessica angetrottet, strich um ihre Beine und schnurrte. Lea bückte sich, um die Katze zu streicheln, und das beruhigte ihren Puls.

Bajo stellte eine Tasse vor sie, die nach Heu und Kräutern roch. Ein heller Rauch kräuselte sich aus ihr empor. Bajo räusperte sich. »Du solltest mit ihr reden, Lea. Mit Tarja, meine ich.«

Die Vorstellung war genauso verlockend wie nacktes Wattwandern im Winter. Aber Bajo setzte sich ihr gegenüber in den Sessel, überschlug seine langen Beine und fixierte sie. »Du kannst nicht ewig vor ihr weglaufen. Ich kenne Tarja zwar nicht sehr gut, aber ich kenne sie lange. Man kann mit ihr reden.«

»Oder sie hört einfach auf, mir nachzulaufen«, schlug Lea vor und ruckelte auf ihrem Platz umher, der immer ungemütlicher wurde. Der Ananasgeruch wurde intensiver, kratzte an ihren Nasenwänden. So hatte sie sich das nicht vorgestellt. Viel lieber würde sie mit Bajo darüber reden, wie gern sie ihn hatte, dass sie es furchtbar schade fand, dass Tarja zwischen ihnen stand und dass …

»Oder, du hörst mir einfach zu, was ich zu sagen habe.« Tarja trat aus der winzigen Speisekammer, und mit ihr schwappte eine Welle Ananasduft in den Raum – hatte sie sich dort die ganze Zeit versteckt?

Lea sah sie wie in Zeitlupe auf sich zukommen. Ein Traum in Beige, die Haare fielen ihr in perfekten Locken über die Schultern. Bajo, der schluckte und kurz die Augen schloss. Jessica, die neben ihr auf die Couch sprang und dort anfing zu treteln, dass die Polster in Bewegung gerieten. Die Ecken des Raumes verschwammen. Ihr Fluchtinstinkt setzte ein, und sie schätzte die Entfernung bis zur Tür. In weniger als drei Sekunden konnte sie draußen sein.

»Bitte höre mich an, Lea.« Tarja ging vor ihr auf die Knie, ihre feine perlmuttfarbene Strumpfhose berührte Bajos rauen Sisalteppich. »Bitte.«

Der Weg zur Tür war abgeschnitten, und die Energie, die Lea eben erfasst hatte, war weg. Dafür riss nun eine bleierne Schwere an ihr, die sie an das Sofa fesselte und ihr alle Kraft nahm, sich zu bewegen.

Kapitel 27

Über Tarjas langen Wimpern lag ein silberner Lidschatten, der kunstvoll aufgetragen war. Das Muttermal auf der Wange hatte sie mühevoll überschminkt. Und sie war unsagbar schön. Kein Wunder, dass Bajo ihr für eine Nacht verfallen war, es war schwierig, sie nicht anzuschauen. Leas Entsetzen verwandelte sich zunehmend in Trauer, die an ihr zog und zerrte, als wollte sie jede einzelne Faser ihres Körpers zerreißen. Es tat weh, Tarja zu sehen. Aber am meisten schmerzte sie, dass Bajo sie verraten hatte. Dass er sie zu diesem Gespräch zwang.

»Lea?« Perfekt manikürte rote Fingernägel schwebten vor ihr, legten sich auf ihre Hand – sofort zuckte Lea zurück. Tarja hatte sie in die Enge getrieben, und sie konnte nicht mehr weg.

»Bitte höre mir zu. Ich weiß, dass du nicht mit mir reden möchtest, aber das schulde ich dir.« Wieder tastete sie nach Leas Hand, wieder entzog sie sich.

»Lea …«, hauchte Bajo. »Tarja, ich glaube, das war die schlechteste Idee meines Lebens. Vielleicht solltest du jetzt besser gehen.«

Aber Tarja schaute Lea eindringlich an und redete weiter: »Was damals passiert ist, mein Vater … Das war nicht deine Schuld. Das war ganz allein seine eigene Schuld. Ich habe das damals nicht verstanden, aber mittlerweile ist mir das klar.«

Überrascht hob Lea eine Augenbraue. Was passierte hier gerade?

»Ich habe meinen Vater verloren, und das war schrecklich. Aber es war gemein von mir, dich dafür verantwortlich zu machen. Du hast selbst genug gelitten und wärst beinahe selbst verletzt worden.«

Lea bemerkte, dass Bajos Bein unruhig auf und ab wippte. Seinen Adamsapfel, der sich immer wieder bewegte, die verschwitzten Stellen an seinem Hals. Er war ebenso nervös wie sie.

»Jahrelang war mir das nicht bewusst. Bis ich dann vor Mias Kindergarten ein Kind angefahren habe, das mir beim Rückwärtsausparken einfach vor die Stoßstange gelaufen ist.« Ihre Stimme zitterte, und sie schlug die Augen nieder. »Ich hatte keine Chance, den Jungen zu sehen – oder zu bremsen. Zum Glück hat er sich nur den Arm gebrochen, aber …«

Der Tee in Leas Tasse schlug winzige Wellenkreise, als Bajo mit dem Bein gegen die Tischkante stieß. Sie atmete langsam aus, spürte überdeutlich wie sich ihr Brustkorb hob und senkte. Tarjas Worte waren wie ein Rausch, den sie erst mal verarbeiten musste. Mit allem hätte sie gerechnet – aber nicht damit. Dank Tarja, Konstantin, Adele und auch Peanuts Vorbesitzer hatte sie ihr Grundvertrauen in andere Menschen verloren. Die jahrelange Angst vor Tarja konnte nicht so schnell verschwinden, dafür hatte sie sich zu tief in Leas Eingeweide gefressen. Hatte Tarja sich wirklich so verändert? Oder war das eine grausame Finte? Hilfesuchend schaute sie zu Bajo, der sich mit aller Mühe zusammenriss, die Lippen zu einer schmalen Linie gepresst. Ihm gefiel diese Konfrontation offensichtlich nicht, aber er hielt sie anscheinend für notwendig.

Jetzt glitzerten Tränen in Tarjas Augen, und ihre Stimme kippte, als sie sagte: »Ich hätte den kleinen Jungen so leicht töten können.« Sie strich mit ihrem Ringfinger, an dem sie gleich zwei goldene Ringe trug, über die Sofalehne. »Seither reden die anderen Mütter nicht mehr mit mir. Ich wollte den Kindergarten wechseln, aber Mia hat sich geweigert, weil ihre beste Freundin dort ist. Jetzt weiß ich, wie sich das anfühlt, ausgegrenzt zu werden.«

»Lea, möchtest du Zucker in deinen Tee?« Es war eine lächerliche Frage, aber Lea verstand, warum Bajo sie stellte. Als Mediziner sah er die Blässe in ihrem Gesicht, sah, wie ihr Kreislauf herunterfuhr, und überlegte, wie er dem entgegenwirken konnte. »Sollen wir zwei gemeinsam an die frische Luft?«

»Es geht schon.« Sie sammelte sich und sah Tarja fest an. »Warum erzählst du mir das? Du hast mich zwei Jahre lang terrorisiert, so schlimm, dass ich aus meiner Heimat geflohen bin. Warum entschuldigst du dich jetzt?«

Tarja stand auf und sah zu Bajo, der bereits löffelweise Zucker in Leas Tee schaufelte.

»Weil ich nicht möchte, dass dein Leben meinetwegen wieder aus den Fugen gerät.« Sie nahm Bajo den Zuckerlöffel weg und legte ihn auf den Unterteller. »Ich habe genug Schaden angerichtet, den ich nicht wiedergutmachen kann.«

»Hast du mich deswegen in der Praxis und zu Hause aufgesucht?« Das Funkelsteen ließ sie bewusst weg, Tarja musste nicht wissen, dass sie sich erbärmlich ins Gebüsch gekauert hatte. »Um dich bei mir zu entschuldigen?« Sie hatte sich so vor der Begegnung mit Tarja gefürchtet, war wie selbstverständlich davon ausgegangen, dass der Terror weitergehen würde, sich nichts geändert hatte. Aber Menschen änderten sich. Sie selbst war auch nicht mehr die Lea von damals.

»Ja, zumindest war das am Anfang so. Meine Entschuldigung ist viele Jahre überfällig. Und dann kam die Sache mit Bajo hinzu. Er ist ein toller Vater und kümmert sich, so gut er kann, obwohl wir nie ein Paar waren. Das rechne ich ihm hoch an. Aber er war immer ruhelos, hat sich wegen Mia nie getraut, sich eine Freundin zu suchen. Und er war nie glücklich damit. Seit du in sein Leben getreten bist, ist er zum ersten Mal im Reinen mit sich. Ich wusste natürlich erst nicht, mit wem er zusammen ist, aber ich habe mich für ihn gefreut. Als ich Mia zum Schweinestall gebracht und dich gesehen habe, war ich genauso baff wie du, aber habe verstanden, dass du es bist, die ihn so zum Strahlen bringt. Und da wusste ich, dass ich mit dir reden muss. Was auch immer die Zukunft für euch beide bereithält, macht es bitte nicht von mir abhängig.«

Lea sah sie lange an, während in ihr drin ein Sturm tobte. Sie suchte in Tarjas Miene nach verräterischen Anzeichen, einem Zucken auf der Wange, einem Zurseiteschielen oder hektischen Bewegungen mit den Fingern. Aber Tarja wirkte ehrlich reuevoll, und Bajo zerfloss mittlerweile zu einem See aus Schweiß und Sorge.

»Hast du uns deshalb heute zusammengebracht?«, wandte Lea sich direkt an ihn. »Damit ich es von ihr persönlich höre?«

Bajo nickte zaghaft. »Ich verstehe, wenn du jetzt nie wieder mit mir reden möchtest, aber ich wollte, dass du deinen Seelenfrieden findest. Als du weggelaufen bist, da ist in mir etwas zerbrochen. Du bist so mutig … so stark … und plötzlich warst du jemand anderes, der von dunklen Schatten umgeben war und den ich beschützen wollte. Es hat leider ein paar Tage gedauert, bis ich das verstanden habe, weil mich das alles so aufgewühlt hat.«

»Hm. Du bist korrekt davon ausgegangen, dass ich mich von mir aus niemals auf ein Treffen mit Tarja eingelassen hätte. Ich mag es nicht, überrumpelt zu werden, aber ich verstehe deine Motivation.«

Ein Funke Hoffnung glomm in Bajos Blick auf, und er lehnte sich nach vorn. »Als du weggelaufen bist, habe ich Angst bekommen, Lea. Und als Tarja mir die Situation erklärte, verwandelte sich diese Angst in Sorge. Ich möchte, dass du diese Last ablegst. Nicht für mich, sondern für dich. Es tut mir leid, dass ich das Gespräch heute nicht mit dir abgesprochen habe, ich –«

»Ich verstehe, Bajo.« Es gefiel ihr nicht, übergangen worden zu sein, aber er hatte wie ein guter Mediziner gehandelt – manchmal musste man das Pflaster schnell abreißen, damit sich der Schmerz nicht zu lange hinzog.

»Ich werde jetzt gehen, Lea«, unterbrach Tarja ihre Gedanken. Sie kramte umständlich in ihrer Tasche und zog einen Zettel daraus hervor. »Ich habe meine Entschuldigung aufgeschrieben. Handschriftlich. Mit Unterschrift. Einfach, damit du weißt, dass ich es wirklich ernst meine. Ich kann die Zeit nicht zurückdrehen, aber ich bin jetzt jemand anderes. Es tut mir leid, dass wir das nicht früher klären konnten. Und ich wünsche euch von Herzen alles Gute.« Sie sah zu Bajo, der die Hand zum Abschied hob, bevor sie Lea ein letztes Mal anschaute. »Ich werde euch nicht im Weg stehen.«

Lea schwieg. All die Bilder in ihrem Kopf, die sie jahrelang verfolgt hatten, schwebten wie aufgescheuchte Vögel in ihren Gedanken hin und her. Es war schwierig gewesen, damit zu leben, und es war ebenso schwierig, damit abzuschließen. Sollte es so einfach sein?

Dann gab sie sich einen Ruck, nahm den Zettel entgegen und sagte: »Es gibt nichts, was ich mir mehr wünsche, als mit der Vergangenheit abzuschließen. Wenn du das ernst meinst, Tarja, dann sollen die alten Geschichten nicht mehr zwischen uns stehen.« Sie hörte ihre eigenen Worte, die in ihrem Kopf widerhallten und wie Gummibälle von den Schädelwänden abprallten.

Tarja lächelte traurig und schlüpfte zur Tür hinaus. Als diese wieder ins Schloss fiel, sackte Lea in sich zusammen, zurück auf das Sofa. Das Adrenalin, das sie aufrecht gehalten hatte, versickerte. Dafür erfüllte sie eine neue Ruhe, die sich wie ein schweres Federbett über sie legte und ihr Wärme schenkte. Erleichtert stieß sie die Luft aus. Sie würde sich nie wieder in einem Gebüsch verstecken müssen.

Bajo löste sich aus seinem Sessel und kam auf sie zu. Er kniete vor sie nieder und fragte: »Darf ich?«

Als sie müde lächelte, griff er nach ihrer Glückslocke, um sie ihr hinters Ohr zu klemmen. Aber die war widerspenstig, sprang sofort wieder zurück. Er hob den Mundwinkel und schüttelte den Kopf. »Die Locke ist ebenso eigenwillig wie du. Und unbeugsam.« Sein Finger berührte ihre Wange, und am liebsten hätte sie sich in die Berührung hineingelehnt. Sie hatte ihn so vermisst, seine Nähe, seine Zärtlichkeit.

»Es gibt viele Möglichkeiten, wie es jetzt weitergeht. Ich respektiere jede deiner Entscheidungen, auch wenn ich eine klare Präferenz habe.« Seine Stimme klang rauchig und voller Sehnsucht. »Was möchtest du, Lea?«

Seine Sommersprossen waren in den letzten Tagen dunkler geworden, und neue hatten sich neben seinem linken Ohr gebildet. Es fiel ihr nicht schwer, auf diese Frage zu antworten. »Dich.« Der Knoten in ihrer Brust löste sich auf, als Bajo sanft lächelte. »Mit allem, was dazugehört«, schob sie hinterher und atmete tief ein, um seinen Körpergeruch tief in sich aufzunehmen. Er roch so vertraut, dass der Geruch fast greifbar schien. Nur sein Atem hatte eine deutliche Minznote.

»Oh Lea«, seufzte er, kam noch ein Stück näher. Seine Hände wanderten zu ihren und er drückte sanft ihre Finger. »Und ich möchte dich.« Endlich glitt er an ihr vorbei, um sich neben sie zu setzen. »Meinst du, wir schaffen es, in Zukunft Probleme direkt zu klären? Du musst nicht mehr weglaufen. Und ich verspreche dir, dich nie wieder zu übergehen. Dich mit Tarja in einen Raum zu stecken war eine Notlösung, auf die ich nicht stolz bin. Wir können ab jetzt gern immer über alles reden.«

Lea lehnte sich zu ihm und legte ihren Kopf genau in die Kuhle an seinem Hals. Dort passte er perfekt hinein, wie ein Puzzlestück. Sein Hals war so weich und warm, dass sie ein wenig mehr loslassen konnte. Das hier war richtig.

»Ja«, murmelte sie, während sie den Arm um seine Brust schob. »Aber ich bin nicht vor dir weggelaufen, sondern vor Tarja.«

»Ich weiß. Und ich kann dich gut verstehen. Ich bin auch lange weggelaufen.«

Sie schielte zu ihm hoch, sah seine schwungvollen Lippen auf und ab tanzen und sehnte sich nach einem versöhnenden Kuss, der ihnen die Schwere des Moments nahm. »Du?«

»Ja. Nachdem klar war, dass Tarja von mir schwanger war, bin ich vor mir selbst weggelaufen. Habe Frauen gemieden, Angst vor einer Beziehung gehabt. Habe mich tief in mir selbst versteckt und keine Liebe mehr zugelassen. Nach außen hin war ich der selbstbewusste Tierarzt, der alles im Griff hat – dabei war ich furchtbar allein. Bis du Wirbelwind in mein Leben getreten bist und ich mir eingestehen musste, dass meine Taktik nicht mehr funktioniert. Dass du zu wunderbar bist, um dich aus meinem Leben auszugrenzen.«

Langsam, ganz langsam streckte Lea ein Bein über Bajos Schoß, und als er sich nicht wehrte, kletterte sie ganz auf ihn. »Ich möchte dich nie wieder loslassen, Bajo.« Sie strich über seine Lippen, seinen Hals, und die Stimmung änderte sich, als es in seiner Hose spannte.

»Lea«, keuchte er, und sie biss ihm spielerisch ins Ohrläppchen.

»Es gibt da etwas, was ich schon lange tun wollte«, verriet sie ihm und zwinkerte.

»Oha? Darüber würde ich gern mehr erfahren«, gurrte Bajo, der nun ungeniert in ihren Ausschnitt schaute. Die elektrische Spannung zwischen ihnen surrte wie ein Hochspannungsmast, in dem sich ein Ast verfangen hatte. Die Welt stand für einen Moment still, in dem Lea nur ihren keuchenden Atem und das Knistern der Couch hörte.

Jetzt endlich nahm Bajo sie fest in die Arme und küsste sie. Warm, zart und intensiv. Leas Körper schmolz an Bajos, während ihre Zunge mit seiner spielte, kleine drehende Bewegungen, die die Hitze zwischen ihre Schenkel trieb. Ein langer Kuss, der zärtlich anfing und immer wilder wurde. Er kam ihr vor wie ein Gewitter, das sich aus der Ferne näherte und plötzlich über ihr war, sodass sie alles andere um sich herum vergaß. Die Außenwelt war ein weit entfernter Nebel, der sie nicht erreichen konnte, während sie selbst im Auge des Sturms stand. Hier in ihrer Umarmung auf der Couch gab es nur noch sie beide, in der Berührung vereint. Ihre Brust lag an seinem Oberkörper, ihr schnell pochendes Herz war kaum von seinem getrennt. Nur ein paar Schichten Kleidung waren im Weg, um seine Haut zu spüren und in seiner Wärme zu versinken.

Ihre Nasen stießen gegeneinander, als sie beide gleichzeitig den Kopf drehten. Kurz öffnete Lea die Lider und blickte auf Bajos lange Wimpern, die weit die Wange hinunterfielen und in der gedämpften Beleuchtung des Raumes noch dunkler wirkten. Zwischen Licht und Schatten wirkten seine Gesichtszüge noch markanter als sonst, wurden die Konturen seines Kiefers und die feinen Linien seiner Wangenknochen betont. »Oh Bajo«, seufzte sie, als er sie anschaute. Seine Augen reflektieren das gedimmte Licht, das ihre tiefe Farbe und Intensität verstärkte.

»Ja?«, fragte er. Die Halbschatten umspielten seine vollen Lippen, ein leicht belustigter Zug lag auf ihnen, als amüsierte es ihn, dass sie ihn so fasziniert betrachtete. Er wirkte so männlich und ungezwungen und gleichzeitig doch so unschuldig und verletzlich, dass ihr Herz heftig gegen ihre Brust klopfte. Vorsichtig nahm sie sein Kinn zwischen ihre Finger, studierte sein Gesicht, und als er sie anschaute und lächelte, kam sie ihm wieder näher, um ihre Lippen auf seine zu legen. Er schmeckte so gut nach Natur und Meer, nach Holz und Salz und Pfefferminze.

Jetzt tastete Bajo unter ihr Shirt, und sie spürte seine Hände fragend auf ihrer Haut. Ohne den Kuss zu unterbrechen, schob sie sein Shirt ein wenig weiter hoch, nur um gleich darauf mit dem Zeigefinger über seine Brust zu fahren. Es fühlte sich genauso gut an, wie sie es erwartet hatte.

»Mehr«, keuchte sie. »Das ist schön.« Ihre Hüfte bewegte sich wie automatisch in rhythmischen Kreisen auf seinem Schoß, als der Druck stärker wurde. Sie wollte ihn. Jetzt. Hier. Ihre Bewegungen wurden drängender und stürmischer, und irgendwann hielt sie es nicht mehr aus. Ihr Shirt flog auf den Boden, und sie half Bajo mit dem Verschluss ihres Sport-BHs. Er stöhnte leise, und das spornte sie an, den Knopf seiner Jeans zu öffnen, die Hand hineingleiten zu lassen.

»Du machst mich total verrückt.« Er seufzte und verdrehte die Augen. Dann aber schüttelte er den Kopf und holte tief Luft. Seine

Hände kamen auf ihrem Bauch zur Ruhe, sein Zeigefinger lag direkt über ihrem Bauchnabel. »Warte«, raunte er, und als Lea ihn gequält anschaute, weil alles in ihr danach drängte, mit ihren Lippen seinen gesamten Körper zu erkunden, blinzelte er und schluckte. »Möchtest du das wirklich?«, fragte er heiser. »Ich meine … was wird dann aus uns?«

Es knarrte hinter ihnen, und Lea versteifte sich augenblicklich. War Tarja zurück? Im nächsten Moment sah sie Jessica, die über die Dielen lief in Richtung ihres Wassernapfs. Erleichtert schüttelte sie den Gedanken ab – Tarja war kein Problem mehr –, und küsste Bajo auf die Wange, spürte die winzigen Bartstoppeln und küsste ihn gleich wieder, dieses Mal auf die Stelle neben seinem Ohr, an dem die Sommersprossen besonders dicht waren. »Keine Sorge, wir finden einen Weg. Ich möchte mit dir zusammen sein. Mehr als alles andere.« Seine Härte presste sich gegen ihren Oberschenkel, und Lea spürte ein leichtes Zucken.

»Ich folge dir, wohin du auch gehst, Lea. Egal ob Kongo oder Papua-Neuguinea.«

»Ui.« Lea schmunzelte und küsste seine Nasenspitze. »Beides nicht ganz ungefährlich. Vielleicht bleiben wir aber auch einfach beide hier in Ostfriesland?«

Jetzt lachte Bajo und hob sie hoch, als wöge sie nichts. Lea klammerte sich kichernd um seinen Hals, während er sie zu seinem Bett trug.

Kapitel 28

Bajo war über ihr, unter ihr, neben ihr. Ihre nackte Haut rieb aneinander und erzeugte noch mehr Hitze und Schweiß. Lea keuchte und stöhnte, hörte Bajo vor Lust ächzen und gab sich ihm hin, als er zwischen ihre Schenkel glitt. Ihre Nägel krallten sich in seinen Rücken, als er tief in ihr kam. Erschöpft sank er über ihr zusammen, brummte etwas Unverständliches, und sie streichelte seine Haare, während er sich kurz ausruhte.

Doch ein paar Minuten später richtete er sich auf den Ellenbogen auf, zwinkerte ihr zu und raunte: »Und jetzt bist du dran.« Er rutschte tiefer, und sie spürte seine Zunge, die sich den Weg zu ihrer Mitte suchte. Feuerwerke explodierten in ihrem Kopf, und ihr gesamtes Inneres schien zu vibrieren. Er nahm seine Finger dazu, streichelte sie an den inneren Oberschenkeln, küsste sie an jeder erdenklichen Stelle, saugte und biss sie sanft. Die Wellenberge wurden höher und intensiver, bis Lea sich ihnen hingab und von ihnen überspülen ließ.

Danach lagen sie lange gemeinsam im Bett. Eng umschlungen, um möglichst viel Haut voneinander zu fühlen. Lea war unfähig zu reden, unfähig aufzustehen und etwas zu trinken, obwohl ihre Kehle sich trocken anfühlte. Immer wieder tastete sie über Bajos Bizeps, fasziniert davon, wie hart er sich anfühlte, selbst wenn er entspannt war. »Das war scharf«, murmelte Bajo ihr ins Ohr.

Schweißperlen überzogen seine Stirn, und seine Haare lagen ihm wirr um den Kopf, aber das machte ihn nur noch attraktiver für sie. Er war roh, authentisch und stark.

»Du bist so roh, authentisch und stark«, sagte Bajo im nächsten Moment, und Lea starrte ihn an, während ihre Kinnlade herunterklappte.

»Äh«, stammelte sie und lachte gleich darauf. Ja, sie passten gut zusammen, waren sich bei den wichtigen Dingen ähnlich und doch unterschiedlich genug. Sie stand auf, um nach Keks zu sehen, die immer noch im Bad in ihre Decke eingerollt lag. Die Kleine schlief, aber ihre Tatzen zuckten im Traum gelegentlich. Ihr Puls war hoch, aber nicht im bedenklichen Rahmen. Sie streichelte das Kätzchen ein paar Minuten lang und sprach ihm gut zu. Mehr konnte sie momentan nicht für die Kleine tun. Kurz darauf schmiegte sie sich wieder an Bajo, der bereits sehnsüchtig auf sie gewartet hatte.

»Möchtest du heute Nacht hierbleiben?«, fragte er und zupfte an der Decke, um sie höher über Leas Körper zu ziehen. Ein kühler Luftzug wehte durch seine einfach verglasten Fenster, und Lea kuschelte sich dankbar darunter. Konnte sie? Sollte sie? Sie verzog das Gesicht und dachte nach. Aber Bajo tastete unter der Decke nach ihrem Bauchnabel und ließ einen Finger darum kreisen. Das Kribbeln in ihr wurde wieder stärker, und sie rollte sich in einer Bewegung auf ihn, drückte seine Arme hinunter und fragte: »Runde zwei?«

Zwei Stunden später lagen sie eng umschlungen auf dem Bett, dessen Laken sich an zwei Ecken gelöst hatte. Die Decke lag längst zerwühlt auf dem Boden. Lea schmiegte sich an Bajos Brust, spürte das Pochen seines Herzens an ihrem Ohr und die Bewegung seines Brustkorbs, der sich langsam hob und senkte. Sie hatten die Lichter gelöscht, und nur das Funkeln einiger Sterne und das Schimmern der Straßenlaterne, die durchs Fenster schien, erhellte die Dunkelheit um sie herum. Zu Beginn war Jessica ungeduldig um das Bett herumgetappt, in dem sie normalerweise zu Bajos Füßen eingerollt schlief. Irgendwann hatte sie sich verzogen.

Bajo seufzte und küsste Leas Haare, roch an ihnen und seufzte wieder. Ein Windzug spielte um ihre Zehen, und das erinnerte sie an Keks. Der Zug kam aus Richtung des Badezimmers, hatte sie die Tür etwa nicht richtig geschlossen? Vorsichtig löste sie sich aus Bajos Armen, und als er enttäuscht knurrte und nach ihr tastete, kitzelte sie ihn an der Seite, sodass er sie losließ. »Ich schaue mal nach Keks«, flüsterte sie, und Bajo maulte: »Okay, aber komm wieder.«

Tatsächlich stand die Tür einen Spalt offen, aber im Bad war es totenstill. »Puh.« Lea seufzte leise – zum Glück hatte Jessica den freien Zugang zur felinen Konkurrenz noch nicht entdeckt. Als sie auf den Lichtschalter im Bad drückte, blendete sie das grelle Licht im ersten Moment. Es raschelte in Keks' Karton, aber es war kein zartes Rascheln, verursacht von einem winzigen Kätzchen, sondern ein schabendes Knistern, das den Karton zum Wackeln und seine Wände zum Ächzen brachte. Die letzten Stunden über hatte Lea sich so verausgabt, dass ihre Knie wacklig wie Mandelpudding waren und nachgaben, als sie sich nach vorn beugte. »Was ist hier los?«, fragte sie in den Karton hinein. Sie brauchte ein paar Sekunden, um ihren Blick zu fokussieren und Keks inmitten einer grauen, flauschigen Decke zu entdecken, aus der ihr zartes Köpfchen oben herauslugte. Die Kleine schlief tief und fest. »Moment«, murmelte sie verwirrt. Sie erinnerte sich nicht daran, diese Decke in den Karton gelegt zu haben.

Erst als sie sich hinhockte, erkannte sie, dass es keine Decke war, sondern Jessica, die sich einmal um das Katzenjunge herumgerollt hatte.

»Nein!«, rief sie erstaunt aus und drückte testweise auf Jessicas weichem Rücken herum. »Was machst du denn hier?« Jessica rührte sich und veränderte ihre Position. Lea hielt den Atem an. Aber Jessica gab nur ein grunzendes Gähnen von sich, gefolgt von einem Kaugeräusch. »Ach du Schande, ihr beide solltet eigentlich nicht miteinander in Kontakt kommen.«

Die Holzdielen knarrten, dann beugte sich Bajo über ihre Schulter und betrachtete das friedliche Bündel. »Jessica kuschelt mit einer anderen Katze? Dass ich das noch erleben darf. Ist mit Keks alles in Ordnung?«

Lea befreite Keks ein Stück weit aus Jessicas Umarmung und fühlte ihren Puls. Die kleine Katze schien tiefenentspannt. »Ich denke schon«, sagte sie ungläubig.

»Krass. Das ist sicherlich die einzige Katze auf der ganzen weiten Welt, die Jessica mag.« Er schlich weg, nur um kurz darauf mit seinem Handy wiederzukommen und die beiden Katzen aus allen möglichen Winkeln zu fotografieren.

Irgendwann verzog Lea amüsiert das Gesicht. »Erst kommt sie so gut mit Peanut klar und jetzt mit Keks. Ich glaube, in der steckt viel mehr Zärtlichkeit, als man ihr zutraut.«

»Du hast da was.« Lea strich über Bajos Wange und wischte den feuchten Schimmer einer Träne weg, die sich aus seinem Augenwinkel stahl.

»Das ist nur die Lichtempfindlichkeit, verursacht durch Übermüdung«, log Bajo und schoss ein paar weitere Fotos. Er war sichtlich aufgewühlt und murmelte unentwegt vor sich hin. »Meine süße Jessy, du überraschst mich immer wieder«, sagte er schließlich und legte das Handy auf den Waschbeckenrand.

Darauf hatte Lea nur gewartet: Sie umarmte ihn von hinten und betrachtete mit ihm gemeinsam die Katzen. Durch die hockende Haltung waren seine Muskeln angespannt und hart. Keks miaute im Schlaf, und sofort veränderte Jessica ihre Position, um dem Kätzchen über die Nase zu schlecken. *Wie eine kleine Familie,* dachte Lea, und als könnte Bajo ihre Gedanken lesen, sagte er leise: »Keks hat noch kein Zuhause gefunden, oder?« Und als Lea das bestätigte, wurden seine Muskeln weich, und er flüsterte: »Jetzt schon.«

Peanut hüpfte auf dem Weg zum Feld freudig auf und ab, wie ein Zicklein beim ersten Weidegang im Frühling. Aufgeregt beschnupperte er jede Blume und jeden Käfer, nur um im nächsten Moment wieder brav an Leas Seite zu trotten, sobald sie mit der Hand auf den Oberschenkel klopfte. Es war das erste Mal, dass er ohne Leine laufen durfte, und er hörte perfekt.

»Das Training war ein voller Erfolg, ich bin dir echt dankbar«, sagte Lea lächelnd, als sie Noel an ihrer Kreuzung traf. Allerdings war ihre Freude verhalten, denn seit dem Kuss hatte sie ihn nicht mehr gesehen. Sie war darauf vorbereitet, dass die Begegnung mit ihm unangenehm würde und sie sich von ihm bis auf Weiteres verabschieden musste.

Aber Noel nickte nur selbstzufrieden, seine Bewegungen waren leicht und unverkrampft wie sonst auch. »Wenn du möchtest, helfe ich dir, ihn zum Agility-Hund auszubilden«, bot er an. Lea merkte, dass er einen größeren Abstand als sonst zu ihr hielt, aber in seiner weichen Stimme klang keine Wehmut mehr mit, und in seinem Blick lag auch keine Sehnsucht. Dennoch musste sie offen ein paar Sachen klären.

»Ich möchte, dass du weißt, dass ich mit Bajo zusammen bin«, sagte sie leise und biss sich auf die Lippe, aus Sorge, dass ihn die Nachricht aufwühlen würde.

Aber er nickte nur, schaute in die Ferne, in der einige Silbermöwen am Himmel kreisten. »Das habe ich mir schon gedacht, ihr seid ein süßes Paar. Ich finde dich toll, Lea, und ja, ich bin ein klitzekleines bisschen in dich verliebt. Aber ich glaube, mein Problem ist ein ganz anderes. Du bist so selbstbewusst und gehst deinen Weg, hast keine Angst vor Neuem und lässt dich spontan auf Abenteuer ein. Das imponiert mir und lässt mich meine eigene Leere fühlen.«

Lea wollte ihm widersprechen – die meiste Zeit fühlte sie sich weder übermäßig selbstsicher noch mutig, aber Noel sprach bereits weiter: »Und das ist es, was ich auch will. Meinen Weg gehen.

Nicht mehr unerfüllt sein. Deshalb habe ich gestern einen Schlussstrich auf meiner Arbeit gezogen und gekündigt. Mein Chef hat wenig Verständnis dafür, aber das ist mir egal. Ich mache mich jetzt als Hundetrainer und Hundesitter selbstständig. Anfragen gibt es mehr als genug, und ich brauche ohnehin nicht viel zum Leben, weil meine Eltern keine Miete für meine Einliegerwohnung haben wollen.«

Peanut machte einen Satz nach vorn, um einem Klumpen Dreck auszuweichen, den eine Treckerspur hinterlassen hatte, und Lea klopfte sich auf die Schenkel. Sofort war Peanut wieder neben ihr. »Ich empfehle dich gern meinen Praxisbesuchern weiter, Noel.« Sie strich Peanut im Gehen über die Ohren und dachte daran, dass sein Vorbesitzer auch von einem guten Hundetrainer profitiert hätte. Dann fiel ihr etwas ein, und sie wurde blass. Sie würde Noel niemandem empfehlen können – denn Opa wollte die Praxis verkaufen, wenn er das nicht schon längst getan hatte. Sie musste dringend mit Bajo sprechen, bevor es zu spät war.

Kaum hatte sie Peanut bei ihrer Mutter abgegeben, die ihn mit einem Knochen in ihr Fermentierzimmer lockte – hier entstanden neben Sauerkraut und Tempeh auch asiatische Spezialitäten wie Kimchi und Gochujang –, rief sie ihren Opa an, aber sein Handy war immer noch aus. Fluchend eilte sie ins Haus ihrer Großeltern, goss schnell die Pflanzen, duschte und schaute auf den Kalender. Heute würden Jens und Iven die Morgenroutine bei Bajos Hühnern und den anderen Tieren übernehmen. Keks hatte sie in Bajos Obhut überlassen. Die Kleine war über den Berg und brauchte nur ein paar Tage Ruhe, außerdem hatte Jessica wütend miaut, als sie Keks von ihr herunterklauben wollte, und die Kleine hatte versucht zu Jessy zurückzukrabbeln.

Sie klappte ihren Laptop auf und rief die E-Mails ab, und tatsächlich war eine von Opa Enno dabei.

Mien Leev,
wusstest du, dass Kreuzfahrtschiffe trotz ihrer Größe plötzliche Bewegungen machen können? So unerwartet, dass einem das Handy aus der Hand gleitet und in die Toilette fällt? Ich wusste es auch nicht. Tja. Jedenfalls funktioniert es seither nicht mehr richtig, und deine Oma schimpft jeden Tag dreimal mit mir. Deshalb gebe ich viel Geld für hübsche Blumen und Souvenirs aus, die sie in den Hafenstädten kauft, in denen wir anlegen.
Jedenfalls wollte ich dir schreiben, dass du dir keine Sorgen um die Praxis zu machen brauchst. Es tut mir leid, ich wollte dich nicht unter Druck setzen. Ich weiß doch, dass du deine eigenen Pläne hast und von der weiten Welt träumst. Jetzt, da ich sie kennenlerne – viel zu spät –, kann ich dich besser verstehen.
Die Verhandlungen für die Praxis sind gut angelaufen, und ich bin mir sicher, dass sie bald einen neuen Besitzer findet. Bitte richte Bajo aus, dass ich mich diesbezüglich bei ihm melde, sobald ich ein neues Handy gekauft habe. Oma hat mir eine Tabelle ausgedruckt, in der alle aktuellen Handyanbieter miteinander verglichen werden. Die ist komplizierter als ein Open-source-Datenbankmanagementsystem.
In Liebe
Dein Opa
PS: Oma richtet Grüße aus und fragt nach Gummibaum Günther

Lea las die E-Mail einmal, zweimal. Dann klappte sie den Laptop abrupt zu. Sie musste Opa unbedingt erreichen – persönlich – und mit ihm über die Praxis sprechen. Wenn er wirklich bereit war, sie aufzugeben, gab es sicherlich Möglichkeiten, sie zu übernehmen und langsam abzubezahlen. Aber zuerst musste sie mit Bajo sprechen, um herauszufinden, ob es ihm recht war, langfristig mit ihr zusammenzuarbeiten.

Es klingelte an der Tür. Lea schnappte sich ihre Strickjacke vom Stuhl und ging gedankenverloren zur Tür. Kühle Luft schlug ihr entgegen. Dick eingemummelt in einen XXL-Kapuzenpullover und mit einer knallroten Basecap auf dem Kopf stand Janna vor ihr.

»Hi.« Ihre jüngere Schwester hatte die Arme vor der Brust überkreuzt und wippte frierend vor und zurück.

Lea brauchte eine Sekunde, dann stürzte sie vor und nahm ihre Schwester in den Arm. »Janna! Schön, dich zu sehen. Wie geht es dir?« Janna roch nach einem fremden Waschmittel, aber ihre schmalen Schultern fühlten sich genauso knochig und kantig an wie immer.

Janna seufzte und schob sich die Basecap in die Stirn zurück, die Lea aus Versehen nach hinten gezogen hatte. Ihre Wangen leuchteten rosig, und die dunklen Ringe unter ihren Augen waren verschwunden. »Ich dachte, ich schaue mal vorbei. Rede mit Mama und so.«

Lea löste sich, drückte ihre Arme und nickte. »Das ist eine gute Idee. Ich denke, sie ist jetzt bereit dazu. Soll ich mitkommen?« Sie würde zu spät in der Praxis sein, aber das hier hatte Priorität.

Für einen Moment zögerte Janna, dann schielte sie in Richtung ihres Elternhauses. »Ja, das wäre nett«, sagte sie.

Während sie mit Janna hinüberlief, schickte Lea Nasrin eine kurze Nachricht, um sie über die Verspätung zu informieren.

»Puh.« Janna atmete geräuschvoll aus, bevor ihre Mutter die Tür öffnete.

»Hi Lea, hast du was vergessen?«, fragte die freundlich und erstarrte dann, als Janna sich an Lea vorbeischob.

»Hi, Mum«, sagte Janna schlicht und knetete ihre Finger nervös.

Es zuckte in den Mundwinkeln ihrer Mutter, und Unsicherheit lag in ihrem Blick. Die Falten auf ihrer Stirn schienen sich zu vertiefen. Aber sie hob stumm die Arme, sodass ihr Kimono ein großes Viereck bildete, und zog Janna an sich. »Mein Kind«, schluchzte sie, und es dauerte nur wenige Sekunden, bis die ersten Tränen ihre Wange hinunterkullerten.

Janna ächzte unter der Umarmung, aber strich ihrer Mutter sanft über den Rücken. Nach wenigen Sekunden ging ein Schütteln durch ihren Körper, und Janna schniefte, als auch sie weinte.

»Ich habe deinen Blog gelesen«, stammelte ihre Mutter. »Du hast wirklich Talent.«

Das Zittern in ihrer Stimme berührte Lea, und als Janna schluchzend erwiderte: »Danke, das bedeutet mir so viel«, stiegen auch ihr die Tränen in die Augen.

»Es tut mir leid, Mama. Es tut mir alles so leid«, flüsterte Janna.

Lea wandte sich ab und schlich zu ihrem Auto. Dieser Moment gehörte nur den beiden, und es gab viel, das sie miteinander zu besprechen hatten.

Kapitel 29

Obwohl die Praxis erst seit fünf Minuten geöffnet hatte, war der kleine Parkplatz bereits voller Autos. Verwundert stieg Lea aus und sah sich um. Neben einem Sportwagen mit dem Logo-Aufdruck eines Immobilienmaklers entdeckte Lea auch den Kleinbus eines Baugutachters. »Oh nein«, murmelte sie und lief zu den beiden Männern, die neben der Regenrinne standen, und dort, wo sie im Boden verschwand, die Erde aufwühlten. Hoffentlich kam sie nicht zu spät.

»Moin«, sagte sie. »Lea Ostendorf. Darf ich fragen, wer Sie hierherbestellt hat?«

Der ältere der beiden Männer reichte ihr eine furchtbar schlammige Hand, auf die der jüngere verlegen schaute. »Wir sind im Auftrag von Herrn Doktor Ostendorf hier.« Er musterte sie abschätzend, als versuchte er, ihr Familienverhältnis einzuordnen. »Ihrem Vater?«

»Meinem Großvater. Führen Sie gerade eine Inspektion für einen Verkauf durch?« Die Schwere in ihren Gliedern zog sie nach unten, als wollte eine unsichtbare Kraft sie in den Erdboden ziehen.

»Es tut mir leid, aber Ihr Großvater hat uns klare Anweisungen gegeben, nur mit ihm direkt zu kommunizieren.«

»Aha«, sagte sie, unfähig, einen klaren Gedanken zu fassen. In dem Moment fuhr Bajos pinker VW-Bus vor, und Lea lief zu ihm.

»Wir haben ein Problem«, sagte sie und nickte in Richtung der beiden Männer.

»Was ist denn los?«, fragte er. Er sah wild aus, sein halbherzig gebundener Pferdeschwanz hatte sich an mehreren Stellen aufgelöst, und sein Outfit wirkte, als hätte er sich im Dunkeln – oder stark gehetzt – angezogen. Zwei unterschiedliche Socken lugten unter einer zu kurzen dunkelblauen Cordhose hervor. Darüber trug er ein offenes Karohemd, das ein ausgeblichenes Bandshirt freilegte. Ein leichter Geruch nach Huhn und ein starker Geruch nach Seife gingen von ihm aus.

»Mein Opa möchte seine Praxis verkaufen«, erklärte sie schnaufend und führte ihn zum Eingang, um sich dort haltsuchend an der Wand abzustützen. »Sein Handy ist kaputt. Er hat mir eine E-Mail geschrieben und meinte, ich soll dir ausrichten, dass er sich diesbezüglich bei dir meldet.«

»Ui. Das haut mich von den Socken. Ich meine, mir war klar, dass er sie nicht ewig weiterführen wird, aber das kommt plötzlich.« Bajo kratzte sich am Kopf und brachte noch mehr Unordnung in seine Haare. »Sind die beiden deswegen hier?« Lea nickte und er verzog den Mund. »Na gut, dann warte ich mal, was Enno mir zu sagen hat. Puh, das hat mir gerade noch gefehlt.«

Lea griff nach seinen Händen. Seine raue warme Haut fühlte sich vertraut an. »Wir sollten nachher in Ruhe darüber reden …«, setzte sie an, aber brach ab, als einer der Gutachter neben sie trat, um an die Wand zu klopfen. Er murmelte ein paar undeutliche Worte und lief ein paar Meter weiter, um auch dort gegen die Wand zu klopfen, die an dieser Stelle hohl klang.

Bajo schüttelte unbeirrt den Kopf. »Warum will Enno denn auf einmal verkaufen? Geht es ihm nicht gut?«

»So wie ich es verstanden habe, möchte er in Rente gehen, um mit Oma um die Welt zu reisen. Aber –« Wieder brach sie ab und schluckte. Er hatte sie mehrfach gefragt, ob sie in seine Fußstapfen treten wolle, und sie hatte abgelehnt.

»Entschuldigung.« Der Immobilienmakler hielt eine Kladde vor sich, in der er sich in winziger Schrift Dinge notierte. Ohne aufzusehen, fragte er: »Wissen Sie, wo ich den Sicherungskasten finden kann?«

Lea schaute Bajo fragend an. Der nickte. »Kommen Sie.« Er führte den Mann weg, aber Lea eilte hinterher und fragte: »Wie geht es den Hühnern?«

»Alles okay. Jens und Iven haben den Dreh raus.«

»Super.« Sie eilte in die Praxis, denn sie hatte den Wagen von Karsten Reineken entdeckt, ihrem Kunden mit dem Wellensittich, der gleich einen Termin hatte. Der alte Mann saß bereits im Wartezimmer und unterhielt sich mit Nasrin, die Fragen zu seinen Vögeln stellte.

»Oh, Sie haben sich einen zweiten Wellensittich angeschafft?«, fragte Lea erfreut und betrachtete die beiden Vögel im Käfig, die sich gegenseitig den Nacken kraulten.

»Ja, deswegen bin ich hier. Sie hatten recht, mein Ubbo war einfach nur einsam. Schauen Sie mal, wie fröhlich er jetzt ist. Ich wollte, dass Sie seine neue Freundin Kirra mal durchchecken. Mein Enkel hat sie mir vor ein paar Tagen vorbeigebracht.«

Nasrin lächelte sie an und zwinkerte. »Zu zweit ist es immer am schönsten«, sagte sie.

Während sie Herrn Reineken ins Behandlungszimmer lotste, hörte Lea irgendwo draußen Hammerschläge. Meine Güte, was untersuchte diese Baufirma alles? Sie lief an Opas Büro vorbei und erhaschte einen Blick auf die alten Möbel. Bald würde hier alles aufgelöst werden, wenn sie nicht einen Weg fand, Opa Enno zu erreichen und von seinem Vorhaben abzubringen.

Mittags hatte Bajo einen Notfalltermin, und Lea traf sich währenddessen mit Kerstin und Christine im Funkelsteen. Seit sie Karstens neue Vogeldame untersucht hatte – sie erfreute sich bester Gesundheit –, hatte sie pausenlos Patienten empfangen, und als ihre Mittagspause anbrach, war Bajo bereits unterwegs. Ebenso wie die Immobilienfirma und die Baugutachter. Wie hießen die noch gleich? NordImmo Heinz Acker oder so ähnlich? Sie musste Bajo später fragen. Und nach Feierabend, wenn sie es sich bei ihm gemütlich machten, konnten sie sich über die Praxis unterhalten – und danach dort weitermachen, wo sie gestern Nacht aufgehört hatten.

Im Funkelsteen war wenig los, aber Lea quetschte sich trotzdem mit ihren Freundinnen auf ihre Lieblingssitzbank gegenüber der Theke, einfach, weil das der gemütlichste Platz im Lokal war. Christine hatte Muffin mitgebracht, nur um das Kätzchen Onno in die Arme zu drücken. »Hier«, sagte sie mit verschmitztem Ausdruck, während der Wirt den Kater behutsam zu einer Sitzecke trug. In der nächsten halben Stunde hörten sie aus der Richtung Lachen, Quieken, Lob und Komplimente – immer wieder unterbrochen von Muffins zartem Miauen.

»Der hat Onno um seine kleinen Pfoten gewickelt«, meinte Kerstin schmunzelnd. »Das hast du doch mit Absicht gemacht, du Profi-Vermittlerin?«

Christine sagte nichts, aber ihre Miene verriet, dass Kerstin damit ins Schwarze getroffen hatte.

»Jetzt aber zu dir, Süße.« Kerstin wischte sich über die Oberlippe, auf der sich Cappuccinoschaum in einen Schnurrbart verwandelt hatte. Sie verschmierte den Bart restlos.

»Halt mal still«, befahl Christine und faltete eine Serviette zusammen. Kerstins Restschnurrbart wölbte sich nach oben, aber sie hielt still, als Christine ihren Mund mit der Serviette abtupfte.

»Tja, wo soll ich anfangen? Ich habe mich mit Bajo versöhnt, und wir sind jetzt zusammen«, verkündete Lea.

»Oh herzlichen Glückwunsch, Süße!«, rief Kerstin und klatschte in die Hände. »Ich wusste es. Ihr passt so gut zusammen, und er ist echt ein Sahneschnittchen …«

»Das ist schön, aber was ist mit Tarja?«, fragte Christine deutlich nüchterner.

Lea sog an dem Strohhalm, der in ihrer Holunderlimonade steckte, um ein paar Sekunden Zeit zu gewinnen. »Das ist eine lange Geschichte. Aber ich fasse mich kurz.« Sie erzählte den beiden von dem Gespräch mit Tarja, und als Kerstins Augen so groß wurden wie ein Suppenteller, holte sie zur Bekräftigung den Brief heraus, den Tarja geschrieben und unterzeichnet hatte. »Ich fühle mich total befreit. Dieses furchtbare Gewicht, das immer auf meinen Schultern lag, ist einfach weg, hat sich in Luft aufgelöst. Ich kann es zwar selbst noch nicht richtig fassen, aber ich weiß, dass sie hinter ihren Worten steht.«

»Und sie hat nichts dagegen, dass du mit Bajo zusammen bist?« Kerstin leerte ihren Cappuccino und schnappte sich dann Leas Getränk.

»Es war ihre Initiative, mit mir zu reden. Und Bajo vertraut ihr.«

»Ich weiß nicht«, meinte Kerstin. »Ich jedenfalls traue ihr nicht.«

»Also das klingt schon recht glaubwürdig«, sagte Christine hingegen und legte eine Hand auf Leas Arm. »Und vergiss nie, dass wir bei dir sind, egal, was passiert.«

»Nein, das tue ich nicht«, flüsterte sie mit einem Zittern in der Stimme, denn ein plötzliches Aufwallen in ihrem Magen erinnerte sie an Opa Ennos E-Mail und den Besuch des Immobilienmaklers. Ohne dass sie sich dagegen wehren konnte, verzog sich das Gesicht vor Unbehagen. »Es gibt nur ein klitzekleines Problem. So wie es aussieht, ist Opa gerade dabei, die Praxis zu verkaufen.«

»Im Ernst?«, rief Kerstin entrüstet, und Christine sagte sanft: »Ausgerechnet jetzt. Und wie geht es mit dir weiter?«

»Tja. Ehrlich gesagt kommt mir das ziemlich ungelegen, weil ich mir mittlerweile vorstellen kann, mir auf der Krummhörn eine Existenz aufzubauen. Ich möchte gar nicht mehr weg. Ich –« Weiter kam sie nicht, denn Kerstin stupste Christine in die Seite und grinste, und auch Christine strahlte mehr, als es die Situation erlaubte. »Was ist denn daran so komisch?«, fragte sie.

Kerstin quietschte: »Du willst wirklich hierbleiben?« Aber Lea kam nicht zum Antworten, weil ihre Freundin sie bereits stürmisch umarmte und rief: »Ich wusste es! *Best news ever!*«

Christine winkte Onno heran. »Können wir noch drei Limos haben? Aber mit Schirmchen, es gibt etwas zu feiern.«

»Klar, gern.« Doch er blieb noch kurz vor ihnen stehen und schaute Christine unverwandt an. Schließlich gab er sich einen Ruck. »Sagt mal, der Kleine sucht immer noch ein Zuhause, oder?« Muffin hockte mit selbstzufriedenem Blick auf seiner Schulter – anscheinend ein guter Ort, denn von hier aus konnte er in Seelenruhe nach Onnos schütterem Haar angeln und damit spielen.

»Ja, das stimmt. Aber er braucht jemanden, der ihn versteht, so ein dominanter Kater ist nichts für jedermann. Er braucht ein ganz besonderes Zuhause.«

Onno versuchte eine blanke Miene zu wahren, aber die Enttäuschung war ihm anzusehen. Lea hob eine Augenbraue – Onno und Muffin waren wie füreinander gemacht, aber dann sah sie es um Christines Mundwinkel zucken.

»Könntest du dir vielleicht vorstellen, ihn zu adoptieren?«, fragte sie unschuldig, Kerstins breites Grinsen ignorierend.

Nach dem Treffen mit ihren Freundinnen fuhr Lea gut gelaunt zur Praxis zurück, wo sie auf Bajo traf, der gerade seine mit Erdklumpen verschmutzten Stiefel unter dem Wasserhahn abspülte.

»Viele Grüße von Fenna!«, rief er fröhlich. »Ich war gerade auf ihrem Hof und habe nach ihrem Wallach geschaut. Dem geht es prächtig.«

Hinten auf seinem Overall hatte sich ein Schweißstreifen gebildet, aber der Reißverschluss auf der Vorderseite stand weit offen und gab den Blick auf ein graues Grobrippshirt frei. Gern hätte Lea sich das genauer angeschaut, aber er stellte das Wasser ab und ging in die Hocke, um die Stiefel mit einer Bürste abzuschrubben. Also hockte sie sich zu ihm und reichte ihm einen Lappen. Seine Sommersprossen bewegten sich, als er die Nase kritisch kräuselte und die Stiefel begutachtete.

»Keks ist jetzt in der Praxis. Jessica war zwar arg beleidigt, aber ich wollte die beiden noch nicht so lange miteinander allein lassen, zumindest bis Keks vollständig genesen ist. Ist das in deinem Sinne?«

Lea nickte. Dann hob sie mit einem Finger Schaum aus einer Pfütze und kleckste ihn auf Bajos Nase. Der schielte verwundert darauf.

»Du möchtest wohl von unten bis oben mit Schaum eingerieben werden, wenn ich das richtig verstehe?« Drohend hob er eine Handvoll Schaum, aber als Lea ihm die Zunge rausstreckte, lachte er nur. »Na gut, ein andermal«, sagte er, beugte sich vor und küsste sie auf den Mund. Seine Lippen waren feucht und salzig vom Schweiß, aber es schmeckte trotzdem gut. Viel zu gut. Lea lächelte – endlich durfte sie ihn unbeschwert lieben!

»Was meinst du – soll ich heute Abend mit zu dir kommen?«, fragte sie.

Bajos Augenbrauen wanderten nach oben. »Oh yeah«, antwortete er.

Lea sah ihn verliebt an, und er schaute ebenso glückselig zurück. Ihr Handy piepte, und sie fummelte es sofort aus der Hosentasche. »Tschuldige«, sagte sie und schaute auf das Display. Eine Nachricht von Janna und ein Link zu ihrem aktuellen Artikel. »Oh, ich hatte gehofft, dass es Opa ist.«

»Mach dir keine Sorgen wegen des Praxisverkaufs, Lea.« Er kreiste mit dem Lappen immer wieder über dieselbe Stelle an seinem Stiefel, ohne es zu merken, als er fortfuhr: »Ich würde ihm die Praxis gern abkaufen, weil ich ehrlich gesagt gar keine Lust habe, wieder umzuziehen. Aber ich wollte vorher deine Meinung dazu hören.« Dem Blau seiner Augen war heute ein Grauton beigemischt, der gut zu dem bewölkten Himmel über ihnen passte.

»Ja, genau darüber habe ich auch nachgedacht. Also, ob ich ihm anbieten sollte, die Praxis zu übernehmen. Ich habe ein bisschen gespart, aber nicht genug, um sie auf einmal abzubezahlen.« In ihrem Bauch rumorte es, denn auch wenn Bajo die Sache anscheinend gelassen nahm, spürte sie den Zeitdruck. Hatten sie überhaupt noch eine Chance, oder war Opa kurz davor, irgendeinen Vertrag zu unterschreiben? »Ich denke, wir sollten keine Zeit verlieren und versuchen, umgehend mit ihm zu reden. Immerhin war der Baugutachter schon da.« Sie überlegte – die *Summer Star* lag gerade vor Athen, vielleicht konnte sie dort hinfliegen und ihre Großeltern für ein Gespräch abfangen?

Als könnte Bajo ihre Gedanken lesen, schüttelte er nun den Kopf und sagte: »Wenn ich nicht die Verpflichtungen mit meinen geretteten Tieren und den Hühnern hätte, würde ich vorschlagen, dass wir Enno einfach einen Besuch abstatten, aber so komme ich hier nicht weg.« Er schlang einen Arm um sie, und der Geruch nach Pferd, Heu und Stroh umfing sie – außerdem war sie seiner muskulösen Brust ein Stückchen näher, und das war prinzipiell immer gut. Und gefährlich, weil ihre Gehirnfunktionen einen Gang zurückschalteten und dafür ihre Urinstinkte zum Vorschein kamen. *Anfassen*, dachte sie, *meins*.

»Ich schlage vor, wir üben uns in Geduld und warten, bis Enno sich meldet. Er kommt doch eh in weniger als einer Woche zurück. Vorher wird er keinen Vertrag unterschreiben. Wenn du die Praxis übernehmen möchtest, lasse ich dir natürlich den Vortritt.« Er küsste sie auf die Wange und suchte den Weg zu ihren Lippen, als Lea ein Kichern hinter sich hörte. Es galt nicht ihr – sondern kam von Jens, der Hand in Hand mit Iven zur Praxis schlenderte. Von der anderen Seite kam Frau Hinrich anspaziert, die Pavlova an der Leine führte. Richtig, sie sollte sich die Zähne der Schäferhündin noch mal anschauen.

»Bis später!«, rief Iven, und Jens antwortete: »Ich ruf dich an.«

»Wenn ich dich nicht vorher anrufe.«

»Ha! Das glaube ich kaum. Ich habe viel weniger Geduld als du.«

»Dafür vermisse ich dich mehr.« Sie küssten sich links und rechts auf die Wangen und verabschiedeten sich.

Bajo verdrehte die Augen. »Mann, die haben sich ja lieb«, sagte er grinsend. Demonstrativ gab er ihr auch einen Kuss und wuschelte ihr durchs Haar.

»He«, beschwerte sich Lea und pikte ihn in die Schulter. Mittlerweile war Frau Hinrich nur noch ein paar Schritte entfernt, und Lea richtete sich auf. »Moin!«, rief sie und begleitete die alte Dame in die Praxis. Bajo hatte recht – Opa war bald zurück, solange musste sie sich in Geduld üben, es sei denn, sie erreichte ihn vorher.

»Sie und der Doktor haben sich aber auch lieb, nicht wahr?«, fragte Frau Hinrich verschmitzt, als sie in das Behandlungszimmer trat. Lea zwinkerte ihr zu.

Immer wieder versuchte Lea ihren Großvater zu erreichen. Aber sein Handy blieb aus, und auch ihre nächste E-Mail – eine kurze Bitte, sich schnell bei ihr zu melden –, blieb unbeantwortet. Bajo schrieb ihn ebenso erfolglos an, damit er einen potenziellen Verkauf auf die Rückkehr verschob. Als sie am Samstag immer noch nichts von ihm gehört hatte, wandte sich Lea besorgt an ihre Mutter, die gerade damit beschäftigt war, burmesischen Tofu herzustellen. Sie rührte in dem gelben Kichererbsenbrei, der langsam immer zähflüssiger wurde, während Lea die Blumentöpfe auf der Fensterbank von Staub befreite.

»Meinst du, ihm ist etwas passiert?«, fragte sie und setzte einen Kaktus vorsichtig ab, dessen Topf einen Riss hatte.

Ihre Mutter probierte den Tofu und verzog den Mund. »Kreuzkümmel«, murmelte sie und zog die Gewürzschublade auf. »Nein, das denke ich nicht. Oma Tilda hat mir gestern eine E-Mail mit Fotos geschickt. Ich glaube, die beiden haben einfach nur einen straffen Entspannungsterminplan.«

Janna schlurfte in die Küche, den Laptop unterm Arm. Sie legte den Computer ab und hielt geradewegs auf die Kaffeemaschine zu, um ihre XXL-Tasse mit dem Möwenaufdruck zu befüllen. Sie nahm einen tiefen Schluck, seufzte »Ah« und schaute in die Runde. »Moin.«

»Viel zu tun?«, fragte Lea und deutete auf den Laptop, bevor sie sich die nächste Pflanze schnappte.

Janna nickte zufrieden. »Ja. Es macht nicht nur Spaß, es ist zur Abwechslung auch mal toll, wenn man für seine Arbeit bezahlt wird.«

Ihre Mutter tätschelte ihr den Arm, sodass die XXL-Tasse in bedrohliche Schieflage geriet. »Deine Schwester«, sagte sie an Lea gewandt, »hat jetzt einen regelmäßigen Freelancer-Job für das Ostfrieslandmagazin *Brummpohl* gelandet. Sie schreibt über den Strukturwandel der Krummhörn und stellt kreative Initiativen vor.«

Jannas Gesicht leuchtete rot wie das Brustgefieder eines Gimpelmännchens. Lea schaute von ihr zu ihrer Mutter und wieder zurück. Hatten die beiden sich endlich zusammengerauft? Glücksgefühle machten sich in ihr breit – wenn ihre Familie wieder zusammenfand, dann gab es kaum etwas, das sich ihnen in den Weg stellen konnte.

Sie verbrachte den Tag bei Bajo und half ihm mit den Hühnern und den anderen Tieren. Mittlerweile hatte sie die meisten Handgriffe heraus, aber am liebsten kümmerte sie sich um Hope und Lucky. Hope hatte sich zu einer äußerst energetischen Henne gewandelt, die in der Erde scharrte und angerannt kam, sobald sie das Gehege betrat. Sie ließ sich gern von Lea hochnehmen und untersuchen, weil sie wusste, dass Lea ihr hinterher immer einen getrockneten Mehlwurm oder eine halbe Traube reichte. Auch Luckys Bein verheilte gut, aber es würde noch eine Weile dauern, bis sie zu den anderen durfte. Lucky war schüchterner als Hope, aber freute sich, wenn Lea ihr einen getrockneten Mehlwurm hinhielt.

Bajo hatte eine Henne namens Joy mit gebrochenem Flügel zu ihr gesetzt, damit sie nicht allein war. »Die beiden sind unzertrennlich«, sagte er, während er hinter Lea stand, die Hände um ihre Hüften gelegt und seine Brust eng an ihren Rücken geschmiegt.

Die Hennen lagen dicht beieinander und gackerten leise, als unterhielten sie sich. Lea schmolz unter Bajos Berührung, ihre Füße schienen kaum den Boden zu berühren. Sie hätte ewig so stehen bleiben können, aber Otto und Hilde grunzten, weil sie darauf warteten, auf die Weide zu dürfen.

Bajo küsste sie in den Nacken und brummte sehnsüchtig, bevor er sich widerwillig von ihr löste.

Eine kleine Spinne seilte sich vor ihnen ab, und Lea trat zur Seite, um ihr auszuweichen. Nachdenklich beobachtete sie, wie der kleine Gliederfüßer auf einem Balken landete. »Sag mal«, fragte sie leise, »wenn Opa die Praxis wirklich verkauft, hättest du vielleicht Interesse, mit mir in der Gegend eine Gemeinschaftspraxis zu gründen?« Ihre Kehle fühlte sich trocken an, denn hinter dieser unscheinbaren Frage stand so viel. Ihre gemeinsame Zukunft. Ihre Karriere. Seine Karriere. Ihre Heimat.

Bajo zögerte, und für einen Moment stockte Lea das Herz, weil sie Angst hatte, er würde ablehnen. Aber dann lächelte er schief und sagte: »Klar. Falls Enno den Verkauf durchzieht, machen wir das.«

Gemeinsam liefen sie zu den Schweinen, die erwartungsvoll die Köpfe hoben und mit den Schnauzen gegen das Gatter stießen. »Mia kommt mich morgen besuchen«, erzählte Bajo, während er den Riegel wegzog. »Möchtest du vielleicht mit uns gemeinsam ans Meer fahren?«

Überrascht hielt Lea in der Bewegung inne. »Und Tarja?«, fragte sie. Die ganze Thematik war immer noch so fragil wie friesisches Porzellan. »Ist das nicht ein bisschen viel auf einmal?« Es war die eine Sache, dass Tarja kein Problem damit hatte, wenn sie mit Bajo zusammen war. Immerhin war sie selbst verheiratet. Aber ihr Kind?

Otto und Hilde latschten an ihnen vorbei und gingen zielstrebig durch den kleinen Gang, der sie nach draußen auf ihre Weide führte. Dort befand sich auch ein von Bajo künstlich angelegter Teich, in dem sich die beiden oft suhlten.

»Keine Sorge.« Bajo wartete, bis die Schweine draußen waren, um die Klappe hinter ihnen zu schließen, die am Ende des Ganges lag. »Es war Tarjas Idee, und ihr Mann hat kein Problem damit. Ich denke, Tarja weiß, dass ihre Entschuldigung nur etwas bedeutet, wenn sie mich nicht hinterrücks boykottiert. Und mir Mia zu entziehen, das wäre …« Er sprach nicht weiter, musste er aber auch nicht.

»Ich verstehe«, sagte Lea. »Das ist höchst anständig von ihr.« Die Worte perlten auf ihrer Zunge, aber es tat gut, etwas Positives über Tarja zu sagen, und war ein Schritt zur inneren Heilung.

»Warum bist du nur so unglaublich süß?«, fragte Bajo, trat zu ihr, küsste sie auf den Mund und steckte seine Nase in ihr Haar. Er roch nach Stall und Stroh, nach Hühnern und Schweinen, trug einen verschmutzten Overall und Gummistiefel. Aber Lea hätte schwören können, dass sie noch nie einen schärferen Typen gesehen hatte.

Nervös knetete Lea die Hände, als Tarjas Auto vorfuhr und kurz darauf Mia aus dem Wagen kletterte. Die Kleine trug ein Sommerkleid mit riesigen Sonnenblumen drauf und dazu hellbeige Sandalen. Im Arm hielt sie ein Stofftier, das alles hätte sein können – Hase, Hund oder Teddy, das war nicht so ganz klar, weil es so verwaschen und geflickt war.

»Papa!« Es dauerte keine drei Sekunden, bis Mia am Knie ihres Vaters klebte.

Bajo hob sie hoch und wirbelte sie herum. Als er sie absetzte, warf er Lea einen aufmunternden Blick zu. *Ganz ruhig,* sollte das heißen. Aber auch wenn Lea aufgeregt war und ihr Nacken schwitzig und heiß, behielt sie die Fassung, ging auf Tarja zu und begrüßte sie freundlich.

»Heute soll es zwar warm werden, aber ich habe Mia trotzdem eine Strickjacke eingepackt«, erklärte Tarja und deutete auf die Tasche, die sie mitgebracht hatte. »Und feste Schuhe findest du in der Seitentasche. Falls ihr spazieren geht.« Lea hörte ihr zu und versuchte, sich alles zu merken. »Und wenn Mia zu müde wird, lasst sie ruhig Mittagsschlaf machen. Dann habt ihr – und sie – mehr vom Tag«, schloss sie und drückte Lea die Tasche in die Hand. »Viel Spaß.«

»Danke«, murmelte Lea. »Gibt es irgendetwas, das ich wissen sollte? Erdnussallergie oder so?«

»Keine Allergien, keine Unverträglichkeiten. Sie redet gern und viel von Ponys, damit kommst du leicht mit ihr ins Gespräch. Der Teddy heißt Doktor Spaß, und das meine ich ernst.« Sie lachte, als Lea belustigt zum Teddy schaute. Es war ungewohnt und merkwürdig, unbefangen mit Tarja umzugehen. Wahrscheinlich würde es Jahre dauern, bis die Anspannung in ihrer Wirbelsäule in ihrer Gegenwart ganz verschwand.

Mia und Bajo waren bereits im Haus verschwunden, um Jessica zu begrüßen – und Keks, die Jessica nur dann von der Seite wich, wenn sie Hunger hatte oder auf Toilette musste.

Plötzlich wirkte Tarja unsicher. »Ich würde übrigens gern ein paar eurer Hühner adoptieren«, sagte sie und kaute auf ihrer Unterlippe. »Wir haben einen kleinen Garten, in dem sie tagsüber herumlaufen könnten, und Mia liebt Tiere über alles. Ich möchte kein Tier im Haus haben, aber zwei oder drei Hühner könnte ich mir vorstellen. Und …«, ihre Stimme wurde hell und weich, »vor allem mit ihrer Vorgeschichte. Die haben genug durchgemacht. Ich bin nicht so die Praktikerin, aber ich würde mir alle Mühe geben.« Sie legte den Kopf schief, und auf einmal erkannte Lea die Verletzlichkeit in ihrem Gesicht. Wärme rieselte durch sie hindurch und ein tiefes Verständnis für eine Frau, die sich die größte Mühe gab, ihre Fehler auszubügeln. Tarja war immer ein Feindbild für sie gewesen, eine Übermacht, die ihre Schritte gelenkt hatte. Aber Tarja hatte früh ihren Vater verloren, hatte darunter gelitten und es geschafft, aus ihrem unfairen Verhalten gegenüber anderen zu lernen.

»Das ist eine schöne Idee«, sagte Lea und dachte gleich an Lucky, Hope und Joy, die durch die ganzen Sonderbehandlungen so freundlich und zuneigungsvoll waren, dass sie Tarja und Mia sicherlich viel Freude bereiten würden. »Ich habe da drei ganz besondere Hühner für dich, die ich dir gern vorstellen würde.« Sie zog ihr Handy aus der Hosentasche, um Tarja Fotos zu zeigen.

Zum Abschied gaben sich die Frauen die Hand, und Lea bemerkte, dass Tarja ebenso erleichtert aussah, wie sie sich selbst fühlte.

Kurz darauf lief sie ins Haus, wo sie Bajo, Mia, Jessica und Keks auf dem Wohnzimmerteppich liegend fand. Mia verhielt sich ganz still, während Keks auf ihr herumkletterte. Jessica beobachtete die Szene genau – ihr missfiel es, dass ihr Kätzchen furchtlos über Mias Bauch tapste.

Lea ging in die Hocke und sah Mia fröhlich an. »Ich habe richtig Lust darauf, eine Sandburg zu bauen«, sagte sie und schaute in die Runde. »Wer macht mit?«

Die Sonne schien warm auf ihr Gesicht und ihre Schultern, als Lea sich zwei Stunden später träge in den Strandkorb fallen ließ. Vor ihnen stand eine prachtvolle Sandburg mit Türmchen, Muscheldeko um die Fensteröffnungen und sogar einem Geheimgang, der unter der Burg durchführte. Mia schlief friedlich neben ihr – das Spielen hatte sie müde gemacht. Lea zog das Handtuch fester, in das die Kleine gewickelt war, und strich ihr über die Wange, um den Sand wegzuwischen. Sie sah Bajo so ähnlich, aber wenn man genau hinschaute, konnte man Tarjas Augenbrauenpartie erkennen. Ihren

Kuschelteddyhasenbär Doktor Spaß hatte sie eng an sich gepresst. Bajo war auf dem Weg zum Kiosk, um Wasser zu besorgen. Und hoffentlich auch ein paar Süßigkeiten, Lea konnte etwas Zucker gebrauchen. Ihr Handy klingelte, und sie meldete sich flüsternd, um Mia nicht zu wecken. »Hi Christine, was gibt es?«

»Ich wollte nur fragen, ob bei dir alles läuft?«

Lea lächelte. Es tat gut, dass ihre Freundinnen sich um sie sorgten und für sie da waren. »Ja, alles gut. Mia ist ein zauberhaftes Kind, und Tarja hat die Übergabe professionell gewuppt. Und bei dir?«

Christine atmete erleichtert aus. »Auch alles super. Ich bin mit der Vogeltruppe unterwegs und soll dich von allen grüßen. Für mich sehen die Vögel zwar alle gleich aus, aber es tut unendlich gut, draußen zu sein. Die Zeit des Einigelns ist vorbei.« Im Hintergrund hörte sie Gerd, der Jens vorwarf: »Also Jens, mit dieser bunten Weste verschreckst du alle Vögel von hier bis nach Kanada.«

Iven verteidigte ihn: »Dafür zieht Jens mich damit umso mehr an. Er setzt nur Prioritäten, Gerd.«

Jens lachte und rief: »Genau, ich bin nur ein schräger Vogel mehr auf der Krummhörn!«

»Hörst du das?«, fragte Christine. »So geht das den ganzen Morgen. Der arme Gerd hat zwar keine ruhige Minute mehr, aber ich amüsiere mich köstlich.«

»Das freut mich sehr! Sobald die Hühner vermittelt sind, komme ich gern öfter zur Vogelbeobachtung mit, ich –«

»Oh du, ich muss los. Da ist irgendein seltener Reiher. Oder Geier? Keine Ahnung, aber Fenna wedelt mit den Armen wie eine Windmühle, und wenn sie so weitermacht, hebt sie gleich vom Boden ab.«

Lea verabschiedete sich, gerade rechtzeitig, als Mia gähnte und sich streckte. Verschlafen öffnete sie ein Auge, dann das andere.

»Magst du kuscheln?«, fragte sie und tastete nach Lea, um sie an sich zu ziehen. Die glitt hinunter in den Strandkorb und legte die

Arme um das kleine Mädchen, das schlaftrunken seufzte. »Du hast weiche Haut«, sagte Mia, »wie eine Aprikose.«

»Ach?«, erwiderte Lea und lächelte unwillkürlich. Es war egal, dass Mia Tarjas Tochter war – sie hatte sie jetzt schon so tief ins Herz geschlossen, dass alles in ihr strahlte, als Mia ihren Teddy hob und ihn an Leas Wange presste, damit er sie küsste.

Kapitel 30

»Sag mal, hat dir jemand dein Grinsen festgetackert?«, fragte Jens ein paar Tage später, als Lea sich zwischen zwei Terminen im Mitarbeiterraum der Praxis einen Kaffee eingoss. Statt zu antworten, zwinkerte sie ihm zu, bevor sie sich die Hafermilch schnappte, die auf dem Tisch stand.

»Von dir geht aber auch ein nahezu radioaktives Strahlen aus«, behauptete Nasrin, die auf einer Samosa kaute. Sie deutete erst auf Leas Hals, um den ihre Ankerkette baumelte, dann zu Jens' silbernem Kettenanhänger in Form einer Herzhälfte, auf der *Iven* stand. Die andere Herzhälfte, auf der *Jens* verewigt war, hatte Iven morgens getragen, als er ihn zur Praxis begleitet hatte.

»Ach, Iven ist genau der Typ, auf den ich immer gewartet habe. Mit dem kann ich mir was Ernstes vorstellen. Er ist so süß und sexy und küsst wie ein – ach, das wollt ihr alles gar nicht wissen.« Er lachte, als Nasrin vielsagend die Augenbrauen hob.

»Gerade, wo es spannend wurde«, witzelte sie und schob sich den Rest der Samosa in den Mund. Dann aber fuchtelte sie mit den Armen, als wäre ihr gerade etwas eingefallen. »Isch hab eine schuper Idee«, nuschelte sie, kaute, schluckte. »Ihr wollt doch immer noch den Tag der offenen Tür für die Hühnchen Anfang August machen? Was haltet ihr davon, wenn wir das wie ein richtiges Hoffest aufziehen? Dann erreichen wir alle Generationen, können die Besucher in positiver Atmosphäre aufklären und hoffentlich ein paar Adoptiveltern für eure Hühnchen gewinnen. Meine Mum macht die besten Samosas und sucht immer nach Gelegenheiten, sie zu verteilen.«

Lea nippte an ihrem Kaffee. »Ja«, sagte sie, »das finde ich gut. Ich werde mal mit Bajo reden, was er davon hält.«

»Dann reich mal eine Samosa rüber, damit ich testessen kann«, sagte Jens hoffnungsvoll.

Nasrin schob ihm seufzend die Packung hin. »Wie jemand so viel essen kann und dabei so schlank bleibt, das ist mir ein Rätsel.«

»Gute Gene«, behauptete Jens. »Iven und ich können bei dem Hoffest die einzelnen Hühner vorstellen. Wir präsentieren Fotos der Hühner – die könnte Christine doch machen? – und halten dazu Kurzvorträge. Iven ist so lustig, der kann die jeweiligen Persönlichkeiten sicherlich gut rausarbeiten.« Er räusperte sich und verstellte die Stimme: »Und die nächste Hühnerdame ist Elvira, deren klangvoller Koloratursopran Ihren Garten in einen Konzertsaal verwandeln wird. Aber lassen Sie sich nicht täuschen, dieses kultivierte Huhn zieht einen einfachen Wurm jederzeit einem Fünf-Gänge-Menü vor.«

Lea prustete los, und Nasrin hieb vor Lachen mit der Faust auf den Tisch. »Das ist genial!«, rief sie.

»Hab ich was verpasst?« Bajo trat ein, zog seinen Kittel aus und warf ihn lässig über eine Stuhllehne. Dabei schielte er sehnsüchtig, aber leicht übermüdet zu Lea, in deren Fingern es auch gleich wieder kribbelte. In den letzten Nächten hatten sie so oft miteinander geschlafen, dass sie aufgegeben hatte, mitzuzählen. Mal war es so wild zugegangen, dass der Putz von der Decke rieselte, mal so romantisch, dass sie morgens inmitten von Rosenblüten aufgewacht waren, die überall auf der Haut und den Laken festklebten.

»Allerdings – die Vorstellung von Elvira, unserem Drei-Oktaven-Huhn.« Jens richtete sich auf, klopfte sich demonstrativ auf die Brust und verbeugte sich.

»Nasrin schlägt vor, dass wir ein Hoffest machen, um die Hühner zu vermitteln«, erklärte Lea Bajo.

Der zeigte sich einverstanden. »Na gut. Ich bereite Info-Materialien vor und einen Stand, an dem genau erklärt wird, was bei der Hühnerhaltung wichtig ist. Wir sollten auch Kaffee und Kuchen anbieten.«

Gemeinsam feilten sie an weiteren Ideen, bis Leas Handy klingelte. Gedankenverloren schaute sie aufs Display und riss dann die Augen auf. »Sorry, Leute, da muss ich ran.« Sie eilte aus dem Raum und durch die Hintertür ins Freie hinter die Praxis. »Hi Oma«, keuchte sie und holte tief Luft. »Gut, dass ihr euch endlich meldet. Wie geht es euch? Hat Opa endlich ein neues Handy?« Die Sonnenstrahlen kitzelten in ihrer Nase und brachten sie zum Niesen.

»Gesundheit, mein Kind. Bei uns ist alles in Ordnung. Ja, dein Opa hat ein neues Handy, aber er muss erst über alles nachdenken, bevor er sich meldet. Du weißt ja, wie er ist. Jetzt gerade ist er beim Golf-Simulator und arbeitet an seinem Handicap. Das macht er jeden Tag zwei Stunden lang. Hat sich sogar ein Golf-Outfit gekauft. Du solltest ihn sehen, er geht völlig darin auf.«

So sehr Lea sich auch bemühte, sie konnte sich Opa Enno nicht mit einem Golfschläger vorstellen. Und erst recht nicht in einer karierten Golfhose. »Und bei dir – genießt du das Reisen noch?«

»Oh ja, jede Sekunde! Ich habe ein Prospekt der Reederei Hurtigruten durchgeschaut, weißt du, die befahren die ehemaligen Postschiffrouten entlang der Westküste Skandinaviens. Fjorde, Berge und malerische Küstenstädte – das möchte ich alles sehen.« Sie brach ab und räusperte sich. »Aber wir haben dir schon so viel zugemutet, Lea, du bist sicher froh, wenn du dich wieder auf deine Zukunft konzentrieren kannst.«

Lea hockte sich auf einen moosbewachsenen Mauervorsprung, der sich trotz des warmen Wetters feucht anfühlte. »Weißt du Oma, die Sache ist die …« Sie erzählte ihrer Großmutter die ganze Geschichte mit allen Details, einschließlich ihrer aufblühenden Liebe zu Bajo, der guten Zusammenarbeit in ihrem kleinen Praxisteam und der Versöhnung mit Tarja. Sie ließ nichts aus, und als sie eine halbe Stunde später fertig war, fühlte sie sich gleichzeitig erschöpft und befreit.

»Kind«, sagte Oma leise und seufzte, »das sind ziemlich viele Neuigkeiten auf einmal. Ich rede mit deinem Opa.«

Am selben Abend meldete sich Oma noch einmal, diesmal mit einem Videoanruf. »Wie geht es Gummibaum Günther?«, platzte es aus ihr heraus, noch ehe Lea etwas sagen konnte.

»Gut«, antwortete sie und stupste Merle verschwörerisch an, die eng angekuschelt neben ihr lag.

»Hach, so langsam vermisse ich die Krummhörn«, gab Oma zu. »Euer Opa ist gerade beim Senioren-Fitness, und ich habe festgestellt, dass es Zeit für mein jährliches Umtopfen ist.« Sie lag auf einer Liege auf dem oberen Deck, hinter ihr war ein blutroter Sonnenuntergang über dem Meer zu sehen.

Auch Lea hatte es sich mit Merle auf deren Bett gemütlich gemacht, während sie sich gemeinsam vor die Handykamera quetschten. Merle konnte vielleicht nicht sehen, aber sie wollte gesehen werden.

»Hast du mit Opa über die Praxis sprechen können?«, fragte Lea, aber Oma schüttelte den Kopf.

»Das mache ich heute Abend. Bei deinem Opa muss man immer einen guten Zeitpunkt abwarten, damit er einem richtig zuhört.«

»Hihi, das sagt Opa über dich auch immer«, gab Merle kichernd zurück.

»Das nennt man eine stabile Ehe. Nach fünfzig Jahren wird man sich halt ähnlich«, behauptete Oma. »Aber wie sieht es bei dir aus, Merle, gibt es Neuigkeiten?« Merle hatte Oma vor ein paar Tagen von der Schwangerschaft erzählt, und seither schickte Oma alle paar Stunden Namensvorschläge per WhatsApp.

»Oh ja. Ich war heute mit Nils beim Frauenarzt«, verriet diese und entrollte dabei ein Ultraschallbild, das sie weit über das Handy hielt. Lea korrigierte ihren Arm nach unten und beobachtete, wie Omas Züge schmolzen.

»Oh Liebes, ich freue mich so für dich.« Sie kniff die Augen zusammen und kam näher an den Bildschirm, um die unscharfe Jelly Bean zu betrachten, die Merles Baby war – Lea hatte Merle die Aufnahme heute schon mindestens dreimal detailliert beschrieben. »Wie gefällt dir Manno? Oder Foelke für ein Mädchen? Ich kann es nicht glauben, dass ich Ur-Oma werde. Gestern war ich noch zwanzig, und jetzt verwirrt es mich, dass ich im selben Jahr geboren wurde wie alte Menschen. Selbst Helge Schneider ist jünger als ich. Aber schaut mal, wie schön!« Sie bewegte ihr Handy, und Lea sah auf eine blutrote Sonne, die hinter dem Horizont versank. Und auch, wenn Oma sich mitten auf dem Mittelmeer befand, erinnerte der Sonnenuntergang an den Ausblick, den man von Horumersiel hatte. Nicht mehr ganz die Krummhörn, aber eine Autofahrt wert, wenn man die Sonne hinter dem Meer untergehen sehen wollte, weil die Küste gen Westen ausgerichtet war.

Eine feuchte Nase schob sich unter Leas Achsel. »Du, Oma, ich glaube Peanut möchte auch Hallo sagen.« Lea lachte und bedeutete dem Hund, auf die Matratze zu springen.

Und endlich, am 12. Juni, einem Sonntagabend, kamen Oma und Opa nach Hause. Die ganze Familie drängte sich in das Wohnzimmer von Leas Eltern, in das Janna und Lea sämtliche Stühle aus Keller und Dachboden getragen hatten, damit auch Bajo, Jens und Nasrin Platz finden konnten. Lea bebte vor Ungeduld, weil sie das klärende Gespräch mit Opa suchen wollte – hatte er die Praxis nun verkauft, oder nicht?

Aber zunächst stürzten sich alle auf ihre Großeltern. »Du bist so knackig braun geworden, dass man dich vor der Schrankwand gar nicht erkennen kann«, behauptete Janna, die Oma immer wieder an sich drückte und zwischendurch ihre Hand hielt.

»Und du bist bestimmt zwei Zentimeter gewachsen. Das ist wohl das neue Selbstbewusstsein dank deines neuen Jobs«, konterte Oma und wuschelte Janna liebevoll durchs Haar.

Tante Anneke war erstaunlich friedlich an dem Abend und bot Lea sogar an, mit ihr den Teller zu tauschen, damit sie das größere Stück Kuchen bekam. Sie bestand darauf, ein Tischgebet zu sprechen, in dem sie sich für das reichliche Essen und die Gemeinschaft bedankte. Hinterher lächelte Lea sie an und versprach: »Wenn du magst, komme ich in den nächsten Tagen bei dir vorbei. Wann wäre es dir denn recht?«

Anneke strahlte. »Jederzeit«, sagte sie.

Opa redete nicht viel, aber er hörte sich alle Neuigkeiten an und holte nach dem Essen einen ganzen Stapel Fotos aus seiner alten Ledertasche, die er an alle verteilte. Lea staunte nicht schlecht – ihre Großeltern hatten keinen Spaß ausgelassen! »Du warst beim Parasailing?«, fragte sie und reichte das Foto an Bajo weiter, der anerkennend nickte.

Nachdem sie die Fotos durchgesehen hatten, wandte sich Leas Vater an ihn. »Was hältst du denn davon?« Er deutete auf ein Bücherregal – seine neueste Kreation –, das die Wohnzimmerwand zierte. Zwischen knorrig verdrehten Treibholzstücken waren Bretter angebracht, sodass alles wie ein uralter Baum aussah.

Bajo stand auf und betrachtete das Regal von allen Seiten. »Oh, das ist eine coole Idee. Ich liebe selbst gebaute Möbel. Hast du das Holz selbst gesammelt?«

Lea, die die beiden aus dem Augenwinkel beobachtete, sah, wie ihr Vater sich so stolz aufplusterte, dass er gleich zu platzen schien. »Ja, habe ich. Wenn es dir gefällt, dann komm mal mit, ich habe noch mehr davon.« Er führte Bajo, der Lea im Vorbeigehen zuzwinkerte, aus dem Zimmer. Damit hatte er sicher bei ihrem Vater gepunktet.

Jemand tippte ihr auf die Schulter – Opa. »Hättest du morgen früh Zeit, mit mir eine Runde über den Deich zu drehen?«, flüsterte er, fast verschwörerisch. Dabei hätte er gar nicht so leise sprechen müssen, denn alle anderen sprachen durcheinander, während sie das aufgeschnittene Obst auf ihre Teller schaufelten, das Leas Mutter vorbereitet hatte. »Es gibt so viel zu besprechen, und das sollten wir unter vier Augen tun. Von mir aus gern morgen in der Frühe?«

Damit war Lea mehr als nur einverstanden. »Klar. Wäre dir gegen sechs Uhr recht? Dann verbinde ich das mit Peanuts Morgenspaziergang und gehe danach zu Bajo, um ihm mit den Tieren zu helfen.«

Es blitzte in Opas Augen, als sie Bajos Namen erwähnte, und er nickte wissend. Aber Lea spürte nur den Stich in ihrer Brust – ab morgen würde sie nicht mehr in der Praxis arbeiten, und alles würde anders werden.

Opa wartete wie versprochen am Deichfuß, direkt neben dem Pilsumer Leuchtturm, der um diese frühe Uhrzeit noch verlassen vor ihnen lag. In ein paar Stunden würden Besucher zahllose Fotos von sich vor dem Turm knipsen und verliebte Paare Vorhängeschlösser an der dafür vorgesehenen Gitterwand befestigen. Opa wedelte mit einer klapprigen Gartenschaufel, sobald er Lea und Peanut entdeckte.

»Was hast du denn damit vor?«, fragte sie belustigt. »Uns verteidigen, falls ein paar Piraten von ihrer Karibikroute abkommen?«

Aber Opa schulterte die Schaufel nur lässig. »Das wirst du schon sehen.«

Gemeinsam spazierten sie über den Deich, entlang am glitzernden Meer, das heute erstaunlich glatt und ruhig aussah, als wollte es nach einer langen Nacht ausschlafen. Normalerweise musste Lea sich mit ihren langen Schritten zurückhalten, aber Opa legte einen zügigen Gang vor. Bald erreichten sie einen Abschnitt, an dem eine Bank stand. Daneben auf der Wiese war die Erde frisch aufgewühlt, und darin hatte jemand mit einem Stock ein Kreuz gemalt.

»Hier«, sagte Opa. »Da wir gerade schon über Piraten gesprochen haben, darfst du jetzt deinen eigenen Schatz ausbuddeln.«

»Wie bitte?« Lea nahm die Schaufel skeptisch entgegen und reichte ihm dafür Peanuts Leine. Hier in dem Bereich grasten die Schafe von Jonne, der mit Großvater befreundet war. Bestimmt hatte Jonne ihm geholfen, das Loch zu graben.

Der aufkommende Wind wehte ihr die Strähnen ins Gesicht, als sie losbuddelte. Opa trippelte neben ihr aufgeregt von einem Bein aufs andere, als könnte er sich kaum zügeln. Sie musste nicht tief graben, bis sie auf eine Metalltruhe stieß. *»Shiver me timbers!«*, las Lea den mit Edding geschriebenen Text auf dem Deckel vor.

»Nu mach schon auf!«

Möwen zogen kreischend über sie hinweg, und ein neugieriges Schaf kam angetrippelt, als Lea die Kiste öffnete. Ihr Herz schlug schnell, denn Opas Aufregung hatte sie angesteckt. In der Kiste lag ein Schlüssel. Sie nahm ihn heraus und schaute Opa an, der Peanut die Ohren kraulte.

»Das ist der Praxisschlüssel, Lüttje.«

Lea schluckte, spürte wie ihre Gelenke weich und wackelig wurden. Überließ Opa ihr gerade wirklich die Praxis?

»Ich gehe in Rente. Weißt du, ich hatte nie wirklich vor, die Praxis zu verkaufen, sondern wollte vor allem herausfinden, wie du wirklich zu der Praxis stehst. Weil ich geahnt habe, dass dein Glück in deiner Heimat liegt, wenn du es nur schaffst, dein Trauma zu überwinden. Und du hast dir viele Gedanken gemacht, das weiß ich. Aber das Leben ist das, was passiert, während man Pläne schmiedet. Herzlichen Glückwunsch.«

Er strahlte sie an, und Lea spürte, wie die Tränen in ihr aufstiegen. Sie ballte ihre Faust um den Schlüssel, spürte das leichte Metall, das gegen ihre Hand drückte, und schaute in den Himmel, hoch zu den Wolken, die langsam über das Meer zogen. Mit der Praxis hatte sie eine Existenz in Ostfriesland, konnte problemlos mit Bajo weiterarbeiten und sich auf die Dinge konzentrieren, die wichtig waren. All der Ballast, all die Sorgen lösten sich von ihr und stiegen zu den Wolken auf, um mit ihnen in weite Ferne zu ziehen.

»Hey, mien Leev, nicht weinen.« Opas Arme umfingen sie, als ihre Knie so wacklig wurden, dass sie nachzugeben drohten. Er zog sie fest an sich, so fest, dass sie jeden einzelnen Finger auf ihrem Rücken spürte. Lavendel, Moschus und Zitrone stiegen in ihre Nase, vermischten sich mit dem Geruch von Schaf, Algen und Meer.

»Weingarnicht«, behauptete Lea und versuchte sich unauffällig mit dem Ärmel über die Augenpartie zu wischen.

»Du hast das mehr als verdient. Und für mich gibt es nichts Schöneres, als zu wissen, dass all meine Patienten in den besten Händen sind.«

»Danke«, hauchte Lea. »Ich freue mich so sehr.« Sie würde in Ostfriesland bleiben und ihre alte Heimat zu ihrer neuen Heimat machen. *Bajo wird sicherlich ebenso erleichtert sein*, dachte sie und schmiegte sich noch etwas näher an ihren Opa. »Ich möchte die Praxis aber abbezahlen, damit es fair zugeht«, sagte sie.

Opa schob sie ein Stück von sich fort und grinste: »Natürlich wirst du das. Ich kenne dich doch. Mach dir aber keine Sorgen, erbtechnisch hat deine Oma alles ausgetüftelt. Wir haben das Haus, die Wertanlagen und so weiter, alles wird gerecht verteilt.« Die Falten um seine Augen vertieften sich, als er hinzufügte: »Dann wirst du Bajo jetzt jeden Tag um die Ohren haben. Zum Glück hast du große Ohren.« Er lachte und fuhr mit der Fingerspitze über ihr linkes Ohrläppchen. »Vor dir liegen spannende Jahre, Lüttje.«

***

Anfang August

Am Tag der offenen Tür eilte Lea über Bajos Hof, um die letzten beiden Kuchen auf den Tapeziertisch zu stellen, den ihre Mutter zusammen mit Tante Anneke mit einer blauweißen Tischdecke und ein paar selbst gemachten Trockenblumengestecken aufgehübscht hatte. Die beiden würden mit Merles Unterstützung, die gerade fleißig Eis in eine riesige Kühltruhe schaufelte, Kuchen und Getränke verkaufen. Janna half Nasrin, den zweiten Tisch aufzubauen, an dem sie würzig duftende Pakoras, Beguni und Fuchka sowie eine Schüssel voller süßer Bhapa Pitha, die oben mit Kokosflocken bestreut waren, anbieten würden. Das – und bergeweise Samosas, die Nasrins Mutter liebevoll geformt hatte.

»Ich hoffe, dass die halbe Krummhörn im Laufe des Tages bei uns einkauft, ansonsten muss ich die einfrieren und kann bis zum Ende des Jahres nichts anderes mehr essen«, hatte Nasrin gestern bei der Morgenbesprechung gesagt, woraufhin Jens ihr großzügig angeboten hatte, beim Resteaufessen zu helfen.

Am dritten Essensstand verkauften Oma Tilda und Opa Enno traditionelle friesische Gerichte, extra fluffigen Butterkuchen, Teebrötchen und Rullekes, jene knusprigen Waffelröllchen, die sie sonst nur zu Silvester backten.

Peanut verbrachte den Tag bei Noel und seiner Hündin Gretje. Bestimmt würden die beiden pausenlos spielen und Peanut heute Abend total kaputt sein.

Es war noch früh, und die goldenen Sonnenstrahlen, die den Hof in ein weiches Licht tauchten, hatten noch keine Kraft. Kalt war Lea trotzdem nicht, denn es gab so viel zu tun, dass sie in steter Bewegung blieb. Kaum hatte sie ihrer Mutter die beiden Kuchen übergeben, eilte Fenna auf sie zu.

»Wo finde ich denn die nächste Steckdose?« Sie hielt eine Bohrmaschine in der einen Hand und eine Säge in der anderen, so wie andere Leute eine Kaffeetasse und einen Muffin trugen.

»Da drüben, komm ich zeig es dir.«

Fenna wollte den Besuchern demonstrieren, wie man einfache, artgerechte Hühnerställe bauen konnte. Dafür hatte sie ein Beispielgehege aufgebaut und Unmengen an Holz, Nistkästen und Sitzstangen aufgebaut.

Mia stand fasziniert zwischen den Brettern und stupste ein Stoffhuhn an, das Fenna zu Anschauungszwecken in eine Box gesetzt hatte. »Mama hat uns bereits ein Gehege gekauft«, krähte sie, als sie Lea erblickte. »Das ist soo groß.« Sie breitete die Arme aus und merkte, dass es nicht reichte. Also lief sie die Distanz zwischen zwei Balken ab. »Aber ich schaue Fenna trotzdem zu, weil ich alles genau verstehen will.« Sie deutete auf ihren Gürtel, in dem ein Spiel-Akkuschrauber aus Plastik steckte. »Hab sogar mein Werkzeug mitgebracht.«

»Super, den Akkuschrauber werden wir gut gebrauchen können.« Fennas Mundwinkel zuckten belustigt. »Man kann gar nicht früh genug anfangen, Werkzeug zu sammeln.« Sie zwinkerte Lea zu, die besorgt auf die Säge sah. Aber als Mia fröhlich davonhüpfte, um ein Stück Kuchen zu stibitzen, versicherte Fenna ihr: »Keine Sorge, ich passe gut auf sie auf, damit sie sich nicht mehr als drei oder vier Finger abhackt.« Sie lachte dröhnend und klopfte Lea so fest auf den Rücken, dass sie zwei Schritte stolperte. »Im Ernst, ich behandele die Kleine wie ein rohes Ei. Gerd sollte auch gleich hier sein. Ich hoffe, er bringt gute Laune mit. Das ist bei dem ja wie russisches Roulette mit seiner Stimmung. Mal hat man Glück, mal geht man besser direkt hinter dem nächsten Baum in Deckung.«

Aber Gerd, der gerade vom Baumarkt kam, um die letzten fehlenden Schrauben zu bringen, war so gut gelaunt, dass Lea ihn kaum wiedererkannte. »Moin, ihr Gebintenspringer.« Statt seiner eintönig braunen Klamotten trug er eine Jeans-Latzhose, die drei Nummern zu groß war und in deren Brusttasche ein Zollstock steckte. »Ik hebb Hummeln in'n Mors. Von mir aus kann es losgehen!«, rief er.

Auch Reent half Fenna mit den Hühnerställen, wobei er ständig verliebt in die Richtung der Mühlenbauerin schielte und sich kaum konzentrieren konnte.

»Wann macht ihr auf?«, rief ein schnauzbärtiger Mann, der mit seiner Familie vor dem noch geschlossenen Hofgatter wartete.

»In knapp einer halben Stunde!«, rief Lea und schaute zum hundertsten Mal an diesem Morgen auf die Uhr. Vor dem Hof standen bereits viele Autos und neugierige Besucher drängten vor, um einen ersten Blick auf den festlich dekorierten Platz zu werfen. Sie sah sich zufrieden um: Zusätzlich zum Essensangebot gab es einen Traktor, auf den die Kinder klettern durften, Jens und Iven führten den Info-Stand, Kerstin und Christine verkauften gemeinsam die von Christine gestrickten Hühnerpullover und einige neonfarbene Warnwesten für Hühner, die sie im Internet gekauft hatten. Christine hatte außerdem wunderschöne Fotos von jeder einzelnen Henne geschossen, damit die Tiere individuell mit Steckbrief vorgestellt werden konnten.

Leas Vater hatte eine Schokokuss-Wurfmaschine gebaut, um die Kinder – und mutige Erwachsene – zu unterhalten. Das mit dem Zielen musste er noch üben, wie Oma Tilda feststellte, die sich als Versuchskaninchen meldete und den Schokokuss anschließend aus ihrem Ausschnitt wischte.

Die Hühner verbrachten den Tag frei zwischen Scheune und ihrem abgezäunten Auslauf, sodass sie genügend Rückzugsorte vor dem Trubel hatten. Nur einige von ihnen pickten in einem doppelt abgesicherten Gehege direkt neben dem gepflasterten Hof herum und gackerten fröhlich vor sich hin. Wer Interesse an einer Adoption hatte, durfte mit Lea und Bajo in die Scheune gehen und die anderen Tiere kennenlernen. Das Tierwohl sollte zu jedem Zeitpunkt an erster Stelle stehen.

Lea drehte sich im Kreis – alle waren emsig mit den letzten Vorbereitungen beschäftigt, ihr Vater testete gerade mit Mia die Schokokussmaschine und traf sie mitten auf der Stirn, Opa Enno schoss Fotos von Jens und Iven, die sich vor ihrem Infostand in Pose geworfen hatten. Nur einer fehlte – Bajo! Sie lief in seinen umgebauten Schafstall und fand ihn dort auf dem Boden sitzend, Jessica im Schoß, die kleine Keks im Arm.

»Ich wollte die beiden beruhigen, bevor der Rummel heute losgeht«, entschuldigte er sich und setzte Keks vorsichtig ab. Das Kätzchen miaute und rieb sich an seiner Hüfte.

Vorsichtig schob Lea sie beiseite, um neben Bajo zu gleiten, ihm einen Kuss auf die Nase zu geben und die Arme um ihn zu schlingen. »Unsere kleine Familie«, sagte sie seufzend und spürte ein Kribbeln tief im Innern. Mit Bajo konnte sie sich auch gut vorstellen, irgendwann, vielleicht in ein paar Jahren, eine richtige Familie zu gründen. Dann, wenn Merles kleiner Stöpsel in den Kindergarten ging und Bajo und sie noch stärker zusammengewachsen waren – falls das überhaupt möglich war. Manchmal kam es ihr wie ein Traum vor, wenn sie morgens aufwachte und er friedlich schlafend neben ihr lag. Er war ihr so nah und sie ihm.

»Von mir aus können wir die gern irgendwann erweitern«, sagte Bajo sanft, als hätte er ihre Gedanken gelesen. Jessica streckte sich und stand auf, um Keks zur Wasserschale zu folgen. Auch alle anderen Kätzchen waren jetzt bei ihren neuen Besitzern, bis auf Trüffel und Puschel, die bei Christine geblieben waren, die ihr Wohnzimmer mit Wandbrettern, Brücken und gleich drei Kratzbäumen in einen beeindruckenden Katzenkletterpark verwandelt hatte.

In Bajos Blick standen zärtliche Liebe, Hoffnung und ein Stolz, den Lea gut nachvollziehen konnte. Die letzten Wochen waren harmonisch verlaufen, ihre Zusammenarbeit wunderschön und produktiv, und sie hatten gemeinsam mit ihrer Familie und ihren Freunden so viele Stunden Vorbereitung in das Hoffest gesteckt, dass es sicherlich ein großer Erfolg werden würde. Die Stimmen und das fröhliche Treiben draußen waren wie ein entferntes Konzert, während Lea die Nähe zu Bajo genoss, die paar Minuten Zweisamkeit, bevor die Besucher den Hof eroberten. Neben Bajos Bett standen ihre Pantoffeln – nachdem Oma und Opa nach Hause gekommen waren, hatte Bajo ihr angeboten, vorübergehend zu ihm zu ziehen. Aber bisher lief das Zusammenwohnen so gut, dass es keinen Grund gab, sich eine eigene Bleibe zu suchen. Bajo war ebenso ordentlich wie sie und kochte so lecker, dass Lea sich freiwillig angeboten hatte, stattdessen den Waschmaschinendienst zu übernehmen.

Er fuhr ihr übers Haar und sagte leise: »Ich kann es kaum fassen, wie viel wir gemeinsam in der kurzen Zeit erreicht haben. Du bist die beste Teamplayerin, die ich mir jemals erhoffen konnte. Mit dir kann ich mir alles vorstellen.«

»Alles?«, fragte Lea und strich ihm über die Wange. Meine Güte, Bajo zu küssen machte süchtig. Zu jedem anderen Zeitpunkt wäre sie jetzt über ihn hergefallen.

»Alles«, bestätigte Bajo. »Wir können in jedes Land der Welt reisen. Weitere Tiere retten. Unsere Praxis ausbauen, uns weiterbilden. Eine Familie gründen, egal ob mit Zwei- oder Vierbeinern. Ich bin für alles offen, solange du an meiner Seite bist und mich beim Basketball ab und zu auch mal einen Korb werfen lässt.«

Lea küsste ihn auf die Nase, auf die Wange, schmeckte das Aftershave und spürte die ersten Bartstoppeln auf seiner Haut, die bei ihm erstaunlich schnell wuchsen. Sicherlich konnte das Hoffest noch fünf Minuten warten. Die Zuversicht durchflutete sie ebenso wie die Gewissheit, dass das hier ihr persönliches Paradies war. »Ja«, sagte sie, hörte das Lachen ihrer Schwestern durch das offene Fenster hereinwehen und sog die Luft tief ein, die erfüllt von Energie und Leben schien und in der ein Hauch Salz lag. »Das will ich auch.«

Und als sie am selben Abend mit ihm Peanut am Meer spazieren führte und sie sich gemeinsam über jedes einzelne Huhn freuten, das ein neues Zuhause gefunden hatte, schaute sie in die Wellen, auf deren Spitzen sich Schaumkronen kräuselten. Ihre Hand lag fest in seiner, warm und mit einem Versprechen für die Ewigkeit.

»Das Meer ist so tief, geheimnisvoll und manchmal unergründlich«, sagte Bajo und machte eine ausladende Bewegung. »Es kann stürmisch sein, uns herausfordern und gleichzeitig so viel Schönheit und Ruhe bieten.«

Das Basecap saß schief auf seinem Kopf, und sein Hemd war

falsch zugeknöpft, nachdem er sich vor dem Spaziergang eilig umgezogen hatte, damit sie die letzten Sonnenstrahlen gemeinsam genießen konnten. Lea strich über sein Hemd, legte die Hand auf seine Brust, um seinen Herzschlag zu spüren. Peanuts Hecheln neben ihr wurde leiser, als der Border Collie sich flach auf den Boden legte und sie beobachtete. Er wirkte äußerst zufrieden mit der Situation.

»Ich liebe dich ebenso sehr, wie das Meer seine Geheimnisse liebt«, gestand sie Bajo und genoss es, wie sein Herzschlag ein bisschen schneller wurde. »Mit all seinen Tiefen und Höhen. Egal, was kommt, ich möchte mit dir durch die Wellen des Lebens gehen.«

Die Worte verbanden sich mit dem Pfeifen des Windes, der ihren Zopf löste, und dem Kreischen der Möwen, die über sie hinwegflogen. Sie fühlte sich eins mit dem Meer, dem Land, ihrer Heimat und mit Bajo, in dem sie alles gefunden hatte, was sie sich je von einem Mann erträumt hatte. Und während die Sonne langsam hinter dem Horizont versank, spürte sie, wie das Band der Liebe zwischen ihnen fester wurde, unzerstörbar und für die Ewigkeit, wie das sanfte Rauschen des Meeres, das nie verklang.

Ostfriesisches Platt

Brummpohl	Telegrafenmast
Bullerjan	Unsensibler Mensch
Dat dürst du driest doon!	Das kannst du bedenkenlos tun!
De Schohmakers lopen mit de schofelste Schoh.	Um seine eigenen Belange kümmert man sich zuletzt.
Dröggel	Langsamer Mensch
Du kannst di dreihen as du wullt, de Mors blifft alltied achtern.	Manche Dinge ändern sich nie. (Du kannst dich drehen, wie du willst, der Po bleibt immer hinten.)
Du Sabbelschnut, holl de Muul!	Du Labertasche, sei still!
Gebintenspringer	Junger Angeber
Harrijasses!	Mist!
Hummeln in'n Mors hebben	Hummeln im Hintern haben
Krabben un Braden Tuffels	Nordseekrabben und Bratkartoffeln

Krintstuut	Ostfriesisches Rosinenbrot
Lüttje	Meine Kleine (Kosewort)
Mien kloog Muuske	Mein schlaues Mäuschen (Kosewort)
Mien Leev	Meine Liebe, mein Schatz
Prüllkers	Ostfriesisches Gebäck
Schwiensteertjes	Süßes Fettgebäck
Struwen	Eine Art Pfannkuchen, der oft zu Feierlichkeiten zubereitet wird
Tüütjes	Schatz
Up 'n vullen Buuk steiht 'n lüstigen Keerl.	Ein voller Bauch macht gute Laune.
Verdüllter Mövenschiet	Verdammte Möwenscheiße
Wat mutt, dat mutt	Was muss, das muss / So ist es eben, manchmal gibt es keine andere Wahl

Zum Schluss

Das ist Split, mein charmanter Border-Collie-Mischling, der ebenso wie Peanut aus der Tierrettung kommt und nur knapp dem Tod entronnen ist. Split und Peanut haben viel gemeinsam: Beide sind charakterstark, loyal und lebensfroh – nichts bringt sie leicht aus der Fassung. Auch wenn sie Schlimmes durchmachen mussten, spüren sie instinktiv, dass sie jetzt in Sicherheit sind.

Split kam als Welpe in mein Leben, wild, voller Energie und mit unerschütterlichem Charme. Vom ersten Tag an hat er mich beeindruckt, und seither wickelt er mich täglich um den Finger. Weil er sich gern und viel bewegt und ein schlaues Kerlchen ist, machen wir bei verschiedenen Hundesportarten mit. Er liebt es, wenn andere ihm zuschauen und er zeigen kann, was er draufhat. Split hat nicht nur die Figur Peanut inspiriert, sondern auch die von Noel – denn ein guter Trainer ist in Gold nicht aufzuwiegen! Split und Peanut sind keine ganz einfachen Hunde und mussten ein paar Regeln lernen. Und für Peanut ist Noel dafür die richtige Person.

Für mich ist Split nicht nur ein guter Freund und ein treuer Begleiter, sondern auch ein Symbol für Hoffnung und Neubeginn. Er ist unendlich wertvoll für mich und ich bin dankbar, ihn in meinem Leben zu haben.

Marieke Hansen, im Herbst 2024

Die Community für alle, die Bücher lieben

Das Gefühl, wenn man ein Buch in einer einzigen Nacht verschlingt – teile es mit der Community

In der Lesejury kannst du

- ★ Bücher lesen und rezensieren, die noch nicht erschienen sind
- ★ Gemeinsam mit anderen buchbegeisterten Menschen in Leserunden diskutieren
- ★ Autoren persönlich kennenlernen
- ★ An exklusiven Gewinnspielen und Aktionen teilnehmen
- ★ Bonuspunkte sammeln und diese gegen tolle Prämien eintauschen

Jetzt kostenlos registrieren: www.lesejury.de

Folge uns auf Instagram & Facebook:
www.instagram.com/lesejury
www.facebook.com/lesejury